ZHUZENGQUAN

SANWEN YU SUIBI

朱增泉 散文与随笔

人物卷

人民文学出版社

图书在版编目(CIP)数据

朱增泉散文与随笔.人物卷/朱增泉著.—北京:人民文学出版社,2016
ISBN 978-7-02-012104-5

Ⅰ.①朱… Ⅱ.①朱… Ⅲ.①散文集—中国—当代 Ⅳ.①I267

中国版本图书馆CIP数据核字(2016)第246263号

责任编辑	包兰英
装帧设计	刘　静
责任印制	王景林

出版发行　人民文学出版社
社　　址　北京市朝内大街166号
邮政编码　100705
网　　址　http://www.rw-cn.com

印　　刷　三河市西华印务有限公司
经　　销　全国新华书店等

字　　数　291千字
开　　本　710毫米×1000毫米　1/16
印　　张　24.25　插页3
印　　数　1—5000
版　　次　2017年5月北京第1版
印　　次　2017年5月第1次印刷

书　　号　978-7-02-012104-5
定　　价　68.00元

如有印装质量问题,请与本社图书销售中心调换。电话:010-65233595

目　录

自序 …………………………………………………………… 001

一位烈士和他的妻子 …………………………………………… 001
第五"名旦" ……………………………………………………… 007
我惦记着两位西部士兵 ………………………………………… 012
寻找昌耀 ………………………………………………………… 028
一飞惊世界 ……………………………………………………… 035
统帅 ……………………………………………………………… 044
彭大将军 ………………………………………………………… 051
周涛的才气与霸气 ……………………………………………… 071
怀念韩作荣 ……………………………………………………… 081
中国诗坛流星雨 ………………………………………………… 087

从范蠡说到吕不韦 ……………………………………………… 095
访张钫先生故园 ………………………………………………… 103
同庆毋忘告林翁 ………………………………………………… 115
舍楞其人 ………………………………………………………… 123

孤独的陵园	133
汉初三杰悲情录	145
周勃、周亚夫父子	164
卫青与霍去病	186
曹操	201
严嵩倒台	247
成吉思汗	263
朱可夫雕像	313
铁头萨达姆	330
狂人卡扎菲	345
幽灵本·拉登	365

自　序

这套《朱增泉散文与随笔》，共分四卷：历史卷、人物卷、战争卷和游记卷，一百多万字。

我从二十世纪八十年代后期开始写诗，后来转向散文与随笔写作。到了九十年代后期，写诗越来越少，写散文与随笔越来越多。我写的诗歌，曾由四川文艺出版社汇编出版过《朱增泉诗歌三卷集》：一卷政治抒情诗《中国船》；一卷军旅诗《生命穿越死亡》；一卷抒情诗《忧郁的科尔沁草原》。但我的散文与随笔没有汇编过。

近二十年来，各出版社出版的散文、随笔年选和其他各种选本，几乎年年都有我的文章入选。我一直想编一本散文选，但由于各种选本选编视角不同、类别不同，把收入各种选本的文章放到一起，显得较杂，这个想法就放弃了。2015年大病一场，停笔不写了。养病期间，把散乱无序的散文与随笔旧稿翻出来倒腾了一遍，经过分类，形成了现在出现在读者面前的这四卷集子。还有一些归不进以上类别的文章，虽然也有一些获得过好评的篇目，但未能编入。

为什么要用"散文与随笔"来命名我的这四卷集子呢？这有两方面的原因：一方面，我本人向来以"写作无定法"为信条。动手写每一篇文章时,从来不会刻意考虑散文应该怎么写、随笔应该怎么写,只以表达出我想表达的内容为目的。我是一名业余作者,写作的随意性是我与生俱来的习惯。自从有了"大散文"一说,我就更少注意散文与随笔的文体区别了,写作时更加自由自在,不受任何拘束,这就有利有弊。有的评论家认为我这种写法是一种优点,曾把我作为"跨文体写作"的成功例子。但另一方面,各地出版社的编辑专家们,还是会根据我的文章所具有的不同文体特点,分别选编进他们定名的"散文选"或"随笔选"中,这说明我写的文章"文体"不够一致。我接受这种"裁定",因为我承认凡事都得有所规范。

鉴于以上两方面的因素,我这四卷集子中的文章均可分属两类,有的可称散文,有的可称随笔。不过,从文章内容上区分,历史卷、人物卷、战争卷和游记卷的界定是清晰的。

我对历史散文有些偏好,写得较多,也有些心得。我既注意写一些中国五千年历史长河中的大起大落、大分大合这样的重大历史题材,从中发现一些我们今天仍然值得观照的历史规律;也注意写一些特定历史条件和历史环境中的特殊情景、特定人物、特殊事件,表达我对某些问题的历史见解。

我的人物散文,最早是写现实生活中的人,他们中有军嫂、士兵、诗人、航天员、元帅、领袖,后来写历史人物较多,成为我历史散文的一条支脉。历史都是由人创造的,有些文明成果也是被人毁灭的,讲历史不可能不涉及具体的人,上至帝王将相,下至蝇头小吏、黎民百姓。写古今中外的战争,同样离不开写人物,比如二次大战期间的罗斯福、丘吉尔、斯大林、朱可夫等,又比如伊拉克战争中的萨达姆、反恐战争中的本·拉登、北非和中东风暴中的卡扎菲、穆巴拉克等。有的评论对我的历史散文和人物散文给出了如下综合评价:"上自秦汉,下至明清,有秦始皇、汉武帝、项羽、刘邦、曹操、严嵩等历史人物，有秦行大统、楚汉相争、安史之乱等历史事件，无论钩沉历史，臧否人物，讲述王朝的兴衰存亡，勾勒以史鉴今之道，无不立意深远，取材精到，夹叙夹议，文字洗练，尤其战争题材，纵横捭阖，酣畅淋漓。"故我的历史散文和人物散文赢得了不少读者。我十多年间写下的大量历史散文和人物散文，成为一种重要的积累和准备，为我后来系统撰写五卷本《战争史笔记》打下了基础。历史卷中的《汉武帝与匈奴的战争》《楚汉相争一局棋》《安史之乱》和人物卷中的《曹操》《成吉思汗》《严嵩倒台》等篇目，其实是《战争史笔记》一书有关章节的摘录。这类文章，我追求的是对重大历史事件和重要历史人物的叙述能给人以相对完整的轮廓，夹叙夹议地发表一些见解。

这次收进战争卷的散文和随笔，不包括古代战争内容。这卷集子中的文章，以我当年跟踪观察伊拉克战争所写成的《观战笔记》一书为主，这本书在当时引起了广泛注意。2010年末至2011年初，突尼斯爆发了以网络推手引发群体性事件为特点的"茉莉花革命"，这场风暴很快席卷北非和中东。我写了一批观察分析突尼斯、埃及、利比亚等国通过低烈度战争（以网络推手和街头事件为主）发生政权更迭的现象，还写了分析叙利亚战乱、伊朗核危机等一些文章。这些文章以研究新一代战争中以"非战争"手段达到战争目的的全新战争样式为主，兼带时事评论性质，政论色彩较浓。一般来说，这类文章将会随着时间的推移而退色。然而，我在书中对美军打信息化战争新的作战理念、新的作战样式和新的作战手段的概要介绍，对二十一世纪美国战略思维及其战略走向的分析和预判，对二十一世纪亚洲国家群体性崛起的历史机遇及必将面临美国战略遏制的分析和预判，正在"不出所料"地一步步展现在我们面前。这是我认为这些文章仍有某些阅读价值的理由。顺带说明，这一卷中的萨达姆、卡扎菲和本·拉登，分别是伊拉克战争、利比亚战争和"9·11"恐怖袭击三场战争的三位主角,因我对这三位人物做了较为透彻的剖析,故也将这三篇文章收入了人物卷,但题目与战争卷中不同,内文相同。

　　我写的游记包括国外和国内两部分。国外部分,我对访问俄罗斯所写的一组文章较为满意。当时我是带着满脑子问题去的:搞了七十年社会主义的苏联,为何会在一夜之间土崩瓦解,如今到底如何?我在俄罗斯接触了各个阶层的人物,同那里的新旧官员、普通工人、失业的集体农庄主席和向往西方民主制度的青年人有过面对面的对话和讨论,对俄罗斯的现实社会生活做了我力所能及的详尽观察,我找到了一些我想找到的答案,解开了我的一些心头疑惑。对于普京将以何种方式带领困境中的俄罗斯前进,直到今天,我一直觉得我当初所做的分析是对的。普京以其非凡的魄力,依靠彼德大帝崇拜、东正教信仰、苏维埃情结这三样东西重建俄罗斯民族精神,既不走西化道路,也不重走苏联老路,在苏联崩溃的废墟上,放平了他的"三足大鼎",正带领俄罗斯艰难前进。我写的国内游记也不少,这部分文章虽然不像历史散文、人物散文那样厚重,但就文章写作而言,却是我自己比较满意的一部分。这些文章大都比较短小、轻灵,较有文化内涵,其中有的篇目曾被选作高考语文题,有的篇目被选入高中和普通高校语文教材。

　　总起来说,我的散文与随笔,具有我自己的一些写作风格和特点。比如有些评论提到的大气、厚重、具有历史纵深感、有独特见解等。但写法不很一致,水平参差不齐,这些也是明摆着的文本事实。切盼读者和评论家们多多指教。

朱增泉
2016年3月27日

一位烈士和他的妻子

　　今夜,我因公外出归来,回到战区指挥所那间临时木板房里,桌上照例已堆放着许多干部战士从前沿阵地寄给我的信件。我忘却了长途驱车的疲倦,急速将信封一个个剪开,一封封读着,急于捕捉来自一线猫耳洞内的每一丝声息、每一滴汗味;倾听前沿阵地上的每一声爆炸、每一声壮喝,生死线上官兵们心脏的每一次搏动。

　　我忽然读到了一封非同往常的信件,心头为之一动。信是从朱厚良烈士牺牲的阵地寄来的。他的战友们在信中告诉我,朱厚良烈士的爱人胡正英,在中秋节那天,从四川寄来了一封信,随信附来一首她深深怀念阵亡丈夫的诗,请他们务必将这首诗在朱厚良牺牲的阵地上读一下。他们照办了。

　　胡正英的这首诗,不仅是写给阵亡丈夫的,也是写给所有同朱厚良并肩战斗过、现在仍然在继续战斗的战友们的,甚至是写给我们所有人的,因为她在诗中表达了一个崇高的主题——为了和平的太阳不落。

　　胡正英,我虽然不认识你,但我却看到了感受到了你天空一样的胸怀、海洋一样的深情。我要深深感谢你。我曾经许多次向后方来的慰问团、新闻记者和我所接触到的各种关心前线将士的善良的人们,介绍过朱厚良烈士的事迹,介绍过你,一位当代中国军人妻子承受的重负,你以你的举动展示了天空一样的胸怀,你对丈夫、对前线战士海洋一样的深情。我的介绍——不,你们夫妻俩感人肺腑的事迹,曾把所有听介绍的人的心都打动过,我听到他们的唏嘘抽泣,见到有人在失声落泪。但是,今天,却是你的这首诗,把我这硬心肠带兵人的心打动了,我含泪读完了你这首深情的诗。你不是诗人,但你写出了诗人写不出的诗。

朱厚良,一位多么好的连队指导员啊!我想说,他是世界上最懂爱的人。他对他的爱妻是那么钟情,参战前,他曾经像护卫一位女神似的护卫着他的爱妻,到北京去找最好的医院为她治眼疾。他深深地爱着他年迈多病的双亲和他那刚会走路就染上了慢性肝炎的小女儿。他也爱他那个从小得了癫痫病不能料理自己生活的亲哥哥,由他背账,为哥哥找了一个人……因为他要上前线了,他要竭尽全力把深深的爱注满这个家庭,把家中的一切都安排好。

他来到前线,又以父母之心、兄长之情,把心中深深的爱全部倾注到全连每一个战士身上。朱厚良所在的八连上阵地前,我曾到过他的连队,见到过他和他的战士们。当时刚刚下过几天雨,满地烂泥,他们的张团长领着我,踏着战区临时板房间的烂泥路,从这一间走到那一间,看望战士们。来到八连,朱厚良和他的战友热情地围着我们。我们挤在一起照过一张合影,战士们都争着往中间挤,我只注意了周围这些即将走上前沿阵地去浴血奋战的战士们,反倒没有更多注意他们的指导员朱厚良。他们上阵地的时候,我又到靠近前沿的山路旁去送他们,战士们曾经在那里停下来吃干粮,我现在已想不起来那次是否见到过朱厚良。因为他太朴实了,很难从战士群中一眼看出他来。

他带着一群无畏的战士走上火线去。出发前,有四十八名战士把血写的誓言交到他手里，坚决要求把他们分配到靠敌人最近、最危险、最艰苦的哨位上去。朱厚良深深感到，这样的战士是最值得爱的。上阵地不几天，他冒着随时可能被敌人子弹击倒，或被敌人的炮弹炸飞的危险，走遍了全连每一个战斗哨位。有一名新战士刚上哨位时，夜里站岗有些紧张，朱厚良一连陪他站了五夜岗。那位新战士含着泪对他说："指导员，你走吧，我不怕了。"有一个最靠前的哨位，敌人夜夜来偷袭。朱厚良每时每刻挂念着那个哨位上的几名战士。白天情况少一些，他在连指挥所值班，把连长替下去让他休息，晚上他就上了那个哨位，和战士们一起观察敌情，以静制动，三个晚上歼灭七名来犯之敌，使那里的防御稳定了。

前沿阵地上的战士们天天啃压缩饼干，虽然也有罐头送上去，但谁见了都不想吃。战士们多么想吃到一口碧绿鲜嫩的蔬菜啊！虽然战士们谁也没有把这个想法说出口，朱厚良却知道了。他对连部几名战士下了命令：后面送上来的蔬菜，把摔烂了的、捂黄了的菜帮子留在连部，菜心子一律送到一线去。"同志们在前面太苦了！"他说。他身边的几名战士，天天和他在一起吃黄菜帮子下面条，他们都是含着泪在吞咽，但谁也不敢对他们敬重的指导员看一眼。他们都知道，指导员一身都是病：风湿关节炎、坐骨神经痛、肩周炎、胃痛，身上到处贴着伤湿止痛膏。他身边的战士都担心他这么苛刻自己，长期在阴暗潮湿的猫耳洞里会顶不住的。

他远在四川的爱人胡正英，又何尝不时时刻刻在挂念着他。她一次次给他寄来麦乳精、糖果小食品。他拆开，一件件看过，拿起来闻着，终于放下，转过身来下令："都送到前面哨位去，同志们在前面太苦了。"又补充一句，"告诉同志们，是后方人民寄来的慰问品，不能给后方人民丢脸。"不久，阵地上热得不行了，战士们晚上战斗，白天抢修工事，出大汗，水贵如血。团长、政委下了命令："到后方去买西瓜，往上送！"西瓜分到八连，朱厚良下令："全部送到前沿！"通信员周军"偷"了一个，想留给连长、指导员吃，副团长突然来到，小周心里一慌，西瓜掉在地上。朱厚良捡起一块比较完整的，请副团长吃，又拿吃饭的小勺子，把撒在地上的西瓜瓤一勺勺舀在饭盒里。副团长走后，他拿起那大半饭盒瓜瓢，把几个战士叫到身边，说："你们很辛苦，但前面哨位上的战友们更辛苦。西瓜都送到前面去了，没给你们留一个，对不起你们，今天我们每人尝一口吧……"

正当战斗打得紧张的那几天，三班长耿广合父亲病故。朱厚良知道小耿家里本来困难就不少，把当月留下的二十元买烟钱给小耿家寄了去，还写去一封安慰信。阵地上好多战友知道了，一个个往一起凑钱，给耿班长家寄去。耿广合在哨位上迎着朱厚良，拉住了他的手，想说一句感激的话或是表决心的话："指导员，我……"他流着泪，说不出来。最后说了句："指导员，您保重！"转身上哨位去了。

1986年5月31日，朱厚良和连长来到前沿哨位上，看望战士，检查工事。敌人突然向这边炮击。"快进洞！"朱厚良反应快，连喊带推，把连长和三名战士推进洞内，他用身体堵住洞口。平时仅供两人战斗、生存的猫耳洞，怎么也容不下五个人。连长拖他，要换他进去。他大吼："你是连长，你出了事谁指挥？"几个战士使劲推他："让我们出去，你进来！你进来！"他骂："嚷什么，谁也不准动！"敌人的两发炮弹就在洞口爆炸，朱厚良倒下了！洞里的四个人安然无恙，他们一拥而出，抱起指导员，拼命喊他、摇他，但再也听不到他的回答。

指导员朱厚良牺牲的消息传遍阵地，全连为之恸哭。他的遗体从阵地上抬下来，八连的和不是八连的战士们，都跟上来为他送行，无意中形成了一支浑身泥血、满脸是泪的送葬队伍。战士们将他安放到一条小溪边，为他清洗，他一身挡住了敌人二百多块罪恶的弹片。战士们又哭起来,被他的鲜血染红的溪水,载着他的忠魂向远处呜咽流去。

部队还没有来得及通知烈士家属,胡正英从《人民日报》上看到朱厚良壮烈牺牲的消息,当即昏死了过去。周围的人们突然发现了他们身边存在着这样一位当代中国军人的年轻妻子。人们开始认识胡正英,了解胡正英,逐渐知道了胡正英心灵上经历的一切。战争是要死人的,对于这一点,朱厚良是有充分精神准备的。部队上阵地前夕,他带领全连开过誓师会后,悄悄把团政治处主任张君堂叫到一边,请他为自己单独照一张相。在一间十分简陋的板房里,墙上挂好了中国共产党党旗,朱厚良紧握拳头,举手向党宣誓。张君堂为他"秘密"摄下了他这一生中最后的、也是最庄重、最辉煌的一瞬。

朱厚良牺牲后没有多少天,在他刚刚离去的前沿阵地上,就收到了胡正英从四川寄来的信件和包裹。不过,她这一次写的已不是"朱厚良收",收信人和收件人是朱厚良生前战友的名字。她在信里说,你们失去了一位好指导员,我失去了一位好丈夫,我的孩子失去了一位好爸爸。她还说,厚良生前在给我的信中交代了两件事。一件是让我买些防暑的药品寄去,他说战士们在猫耳洞里太热了。怪我没有抓紧,现在遵照他的嘱咐,我寄给你们。第二件事,他说他太忙了,让我帮他做些工作,给你们在后方的亲人们经常写些信,给他们一些安慰也好。请你们把家庭地址都告诉我吧,我要遵照他的嘱咐给你们的亲人写信……胡正英已成为鼓舞前线战士英勇战斗的又一面旗帜。

中秋前夜,胡正英又写下了深切悼念阵亡丈夫的诗寄往前线。她在诗中写道:

是军人的妻子哪能没想过

在这感情的天平上
我们选择了祖国
为了和平的太阳不落……

  多好的诗啊！这是只有像她这样有文化知识和高尚情操的军人妻子才能写出来的诗。朱厚良和她本身就是一首诗，一首深沉的诗，一首壮美的诗！

1986年6月

第五 "名旦"

尧山壁给我的第一印象是：邋遢。邋遢到什么程度呢？有一次我见到他，是好几年前夏天的一个傍晚。我到文联宿舍去看过一位画家，告别出来，下楼往外走，胡同口迎面走来一位中年大汉，背心、短裤，满脚尘土，趿一双塑料拖鞋，推着一辆饱经风雨、从不擦拭，除了铃铛不响别的地方都响的破自行车，车把上挂一个塑料提兜，提兜内斜插着一把晒蔫了的大葱。他走到我跟前嘿嘿一笑，我抬眼一看：哟，尧山壁！

论学识，论头衔，他身为河北省作家协会主席，也是省城数一数二的大文人了。我怎么也想不到，他在闹市区上街，竟是这么一身装束，压根儿就是一位刚从地头归来的庄稼汉子！

我跟他打趣："下地去啦？"

他嘿嘿一笑："买菜。"

后来跟他交往多了，更有机会观察他的四季装束：他连冬天穿皮鞋也是踩倒了鞋跟趿在脚上的！偶尔在某些正式场合遇见他，外面也套件灰色西服，皱皱巴巴，不熨不烫，也从不系领带——我怀疑他不会打领结。人家的皮鞋都是擦油的，他的皮鞋却是扑粉的，鞋头上总有白蒙蒙的一层尘土。文联大楼内有他几位大学时代的同窗，人家常年西装革履，一身知识分子干部气派。就连以《我乡间的妻子》闻名诗坛的"乡土派"诗人刘小放，他送给我的一本新出的诗集上，也印有一张身穿大红衬衫的彩色照片，被时代熏染了半身风流倜傥气派。唯独这位河北省作家协会主席尧山壁，始终是这么一副邋里邋遢的样子，洗不尽、冲不掉的浑身泥土气息。

他身上邋遢，他的办公室也邋遢，我同他的交情不算浅，曾几次到文联大楼去看他，但他一次也不让我进他的办公室。他每次听到动静都急急地趿着鞋迎到走廊上，将我领到隔壁值班室里去坐，坐下后朝我嘿嘿地笑。我好不纳闷，悄悄问过刘小放："他办公室里可有什么秘密吗？"小放答："从来不打扫。"于是我竭力想象他办公室内的脏乱模样，但总也想象不出脏乱差到什么程度，后来，他搬了家，住进了文联院内的新楼里，他把门牌号码告诉了我。我有一个星期日去看他，家里只有他女儿在，说父母都在前面的办公楼上。她说着马上下去叫，不一会儿夫妇俩上来了。我问："星期天还开会哪？"他夫人道："帮他在办公室里大扫除，出垃圾！"他朝我嘿嘿一笑，为我倒了一杯茶。

家里是他夫人的领地，虽朴素，但利索。

他头发不多，常年凌凌乱乱，从不去理发店。家里有把推子，待他夫人看不下去时，就强按住他脑袋为他收拾一下，"用不着'间苗'，只修修'地边'而已"。他将此视作莫大美事，特作散文《理发》一篇，意思是说：他对夫人情有独钟，夫人为他理一次发，能令他享受到一次全身心的舒坦。若是上理发店，要是不巧遇上一位或胖或瘦或美或丑的女理发师，会使他浑身别扭不知如何是好，回到家见了夫人会脸红。

他是位烈士遗孤。他父亲曾是活跃在冀南抗日根据地的八路军某游击支队的一位传奇人物，在他出生的第十四天，父亲就在战斗中牺牲了。敌人追捕他们母子俩,母亲抱着襁褓中的他四处逃难,辗转了四五个县。不久抗日队伍找到了他们母子,便随队伍过着游击生活。后来被寄养到外祖父家,因大舅父是冀南暴动中牺牲的烈士,二舅父是1926年入党的老党员,仍要常常躲避敌人的搜捕。他在诗集《我的北方》后记中说:"我生长在北方,是北方荒野上的一棵苦苦菜","我的幼年和童年是在刀光剑影中度过的"。

看来,幼年和童年的遭际,在他性格中留下了难以磨灭的烙印。难怪,我每次同他对坐交谈,他总是用一双深不可测的大眼望着我,我的十句话他倒有六七句都是用嘿嘿一笑作答,活像个沉着老练的地下工作者。有时一堆人在一起高谈阔论,很少听到他的声音。我冷不丁回头朝他一瞥,发现他总是在用藏在眉毛下的两只大眼静静地专注着某个人。浑身邋遢、拙于言辞的尧山壁,只有这双大眼是明澈而机警的,执着而专注的,总让人觉得里面有些什么东西深藏不露。

他有一首诗,题目是"登天柱山寻魏碑"。魏碑的摩崖石刻在千仞绝壁之上,他硬是要攀上去看:"脚下／百丈深壑／风一吹,落下冷汗几颗／手在风里抖着／心在手里捏着／仿佛这大山／也跟着我的双脚哆嗦……"接下去的几句是:

爬呀,我手脚并用,
在石壁上慢慢地挪,
山下人看我,
形体一定十分笨拙,
可是,这却是我
对心中的艺术,
第一次真正的临摹。

诗写得老实极了,完全像他;他就是这样子成了一位"笨拙"的著名诗人。这些年,诗坛从闹纷纷、乱哄哄,再到清清寂寂、死气沉沉。他闪到一边,用他那双并不灵动但却专注的大眼,静静地观察着这一切,一言不发,一首诗不写。他开始专注于另一处摩崖石刻:具有深厚传统的中国散文。三四年前他就离开闹市,去"穷乡僻壤"的邢台市,创办起一个《散文百家》杂志,亲任主编。因为是白手起家,刊物用的是白皮封面,每期封面上只用最简单的线条勾勒出一位成就卓著的散文家头像,一期一位,素净淡雅,同尧山壁的邋遢相形成强烈对照。其实,这白色封面是他的一个宣言:摒弃一切花哨,只要本色。这在眼下满街书摊上花花绿绿的万千杂志中,白色封面的刊物恐怕只此一家。但他硬是用他的执着风格赢来了读者,刊物订数逐年递增。你说他"土",他却出过许多次洋。前年访俄,回来写出一本散文;去年访美,回来又是一本。但他不管访俄也好、访美也好,回来见到他,依然是那副邋遢相,依然是时不时嘿嘿一笑,听不到他嘴里讲过一句国外见闻。

1994年夏天(又是夏天!)我在邢台一支部队里检查工作。他同刘小放因为办报上的事也去邢台,又因为那支部队的政治部主任也是一位作家,他将他俩邀请到我住的那个招待所住下。我正在找一位领导干部谈话,有人进来通报:省作协主席、副主席驾到。因为都是熟人,我说一起吃晚饭时再见面吧。我谈完话,也到了开饭时间,想先去看他们一下。尧山壁先从房间里出来了:背心、裤衩、拖鞋。我伸过手去,语带双关地对他表示欢迎:"一见如故!"他依然是嘿嘿一笑。

大家好久不见面了,晚饭时我提议喝点酒。刘小放滴酒不沾,在我强迫命令下喝了一口。尧山壁说,出门时老伴有交代,少喝。我问他年轻时放开了能喝多少?他嘿嘿一笑:"老白干斤把吧。"我说:"那好,喝!"谁敬他他都喝。大家谈兴甚浓,忽然有人提议:唱个歌吧！我天生不会唱歌、不会跳舞，一听这提议心里就紧张，极怕有人生拉硬扯来拉我，最后弄得大家没趣，于是只管吃菜。

接连三四个人唱毕，有人起哄："山壁来一个！"我一听暗笑，他会唱歌?！好奇心驱使我也用胳膊肘拱了他一下："来一个。"我本想看一下他的窘态，谁知他却并不怎么谦让，很随意地站起来说："来一个？好，来一个。"我想坏了，这老兄喝多了。我十来年前曾写过一篇散文《驴的歌》，今天真正要听一次"驴的歌"了！我不好意思看他，低头慢慢喝汤。

音箱里骤然响起《苏三起解》，京剧花旦。清脆，明丽，字正腔圆；地道，纯真，珠圆玉润。我估摸这是在放刘长瑜的唱片呢，饭桌上却突然掌声大作，我抬头一看，竟是尧山壁在唱，还做着"兰花指"手势，腰身也是女式姿态！我大惊，大笑，大拍手，笑出了眼泪！

他唱毕归座，我抹着笑出的眼泪对他说，以前我只知道中国有"四大名旦"，今天可是发现了第五位"名旦"！他用他那双大眼望望众人，嘿嘿一笑，用筷子挑起面条就吃，只两筷子，一碗面条就吃完了。

当晚，我对尧山壁获得了同邋遢相对立的第二印象：内秀。

《散文百家》主编朱梦夕当场向我约稿："给第五'名旦'来一篇，稿子给我！"

1994年9月

我惦记着两位西部士兵

我到今年已经历了四十余年军旅生涯,接触的士兵千千万万,但有两位少数民族战士却令我久久难忘。二十多年过去了,我一直惦记着他们,一直在寻找他们。

他们都是西部人。

他们离开部队以后,重新回到他们家乡山重水复的闭塞环境中,生活、工作得怎么样?现在西部大开发了,他们在干什么、想什么?

一

不久前,我到西昌卫星发射基地去参加他们的一个庆功会,结识了凉山彝族自治州的几位党政军领导干部。凉山州州长张作哈,西昌军分区司令员沙振华,他俩都是彝族人。想当年,红军长征途经大凉山,刘伯承与彝族首领小叶丹"歃血为盟",留下了千古称颂的传奇故事。当时正是中国革命生死攸关的危急关头,彝族人民帮助红军走出了困境,走向了胜利。后来,西昌建立了卫星发射基地,最初进行卫星发射试验的时候,为了保证通信线路畅通,彝族群众在每根电线杆下站一个人昼夜看护,有一次在高山上还为此冻死过人。我对张州长说,彝族人民对中国革命和中国航天事业做出的这些贡献,我们是不会忘记的。张作哈州长说,我们的军民情谊地久天长。

这时,我又想起了那两位少数民族战士,他们都是从凉山州入伍的。我对张州长说,我每次到西昌来,都会想起从这里入伍、到我当时所在的部队去服役的两名少数民族战士。

坐在一旁的沙振华司令立即问我,这两名战士叫什么名字,家在哪里?我告诉他,他俩是同乡,都是凉山州木里藏族自治县俄亚乡人。一位名叫阿孜尔·夏拉,是纳西族;另一位叫贾布·英扎,是藏族。他们曾告诉过我,他们家乡十分闭塞,从部队回一趟家非常困难,到木里县下了长途汽车,还要骑马走五六天,晚上就在原始森林里过夜。

张州长和沙司令都说,现在要到那里去,还是这样。

"哦……"我当初听说夏拉和英扎家乡那样闭塞,只是觉得神秘和好奇,今天张州长和沙司令告诉我说现在那里仍然那样闭塞,我听了却有些惊愕。

沙司令说:"我一定帮你找到这两位战士。"

张州长说:"对,把他们接出来,见见首长。"

这件事说过去也就暂时放下了,我留在基地处理一些其他事情。

二

闭塞,是文明进步的最大障碍。我国西部大山深处的某些少数民族,由于地理环境严重阻隔,文明进程极其缓慢,几乎千百年来停滞不前。例如,泸沽湖的摩梭人(纳西族的一支)至今仍保留着母系社会遗存下来的婚姻习俗;大凉山区的彝族同胞直到二十世纪五十年代初才告别奴隶制。

记得和夏拉、英扎一起入伍的那批少数民族战士,有的刚到部队时不会讲汉语,不会写汉字,见了人直愣愣地盯着对方看。后来为他们一人配了一位有文化的战士,教他们学文化、学汉语。有的战士晚上不肯脱衣服睡觉,缩在床铺角落里蹲着,一直蹲到天亮。班长怀疑他是不是想在夜里逃跑,催他快脱衣服睡觉,他却说在家里就这样蹲着睡,祖祖辈辈就是这样蹲着睡。后来才弄明白,生活在大凉山区的有些彝族同胞,身上常年披一件羊毛毡子做的"查尔瓦"(斗篷式披风),白天当衣,夜里当被。尤其出门在外时,夜里像一只长了羽毛的鸟一样,往山根墙角一蹲,将整个身子罩在披风里,勾下头,闭上眼,就睡了。

夏拉和英扎的家乡,比大凉山彝族地区更闭塞。木里县是藏族自治县,虽然行政区划属于凉山州,地理位置却已上了青藏高原的东南角。按照地质学家的说法,青藏高原属于亚欧板块,由于印度板块从南面插入它的底部向北一挤,使青藏高原的东端扭转成南北走向的横断山脉,挤出许多褶皱,形成一系列南北走向的高山大川。在这片互相阻隔的山山水水间,生存着藏、纳西(摩梭)、彝、蒙古、普米、怒、傈僳、独龙、白、布衣等众多少数民族。木里藏族自治县虽然以藏民为主,但全县实际上共有十五六个少数民族杂居。由于地理环境严重闭塞,这些少数民族的许多原始习俗被长久地保存了下来。换句话说,就是他们的文明程度长久停滞不前。

夏拉和英扎曾分别向我讲述过他们各自家族中的一些婚姻状况,明显地带有从母系社会过渡而来的痕迹。阿孜尔·夏拉的父母都是纳西族。贾布·英扎的父亲是藏族,母亲是纳西族。他们两个家族延续的都是纳西族婚俗,但实际情况比人们通常听说的纳西族的"阿注""走婚"习俗更为奇特。夏拉和英扎参军后,投身到部队的现代文明氛围中,立刻觉得他们祖祖辈辈相袭下来的婚姻习俗太"落后"了,渐渐不愿再与别人谈起它。他们表示,自己要向汉族学习,不能再像他们的父辈那样。

夏拉和英扎是我们那支部队接收的第一批少数民族战士,各级领导对他们格外关照,悉心教育培养。夏拉和英扎渐渐从那批少数民族战士中显露出来,夏拉成为学雷锋积极分子,英扎成为军事训练标兵。两人一文一武,成了重点培养对象。我每次到他们所在的那个团里去,都会找夏拉和英扎谈一次心,时间一长,他们两人就把我当成知心朋友,每次都会向我敞开心扉,讲述他们经历的欢乐、苦恼,甚至把最秘密的心事也毫无保留地告诉我。

我至今还清楚地记得,他俩提干后,第一次批准他们结伴回去探亲,考虑到他们家乡交通严重闭塞,给的假期比较长,但他俩却早早提前归队了。我听说后专门到他们团里去了一次,分别找他俩一谈,有情况。夏拉回家,在本村谈了一个对象,女方有个姐姐是民办教师,他去看望她。那位姐姐却对夏拉一见钟情,表示愿意和妹妹一起嫁给他,希望夏拉到她家去做上门女婿。夏拉觉得此事难办,决定提前归队,向领导报告。英扎回到家里,哥哥已经结婚,老人对他说,哥哥的妻子也是你的妻子。英扎听后像被羞辱了一般,一怒,又一笑。最后是真怒了,脖子一梗,提前归队。他俩一五一十地对我讲了事情的全部经过,我问他们下一步打算怎么办?他们毫不犹豫地向我表示:要向汉族学习,讲文明,各人自己找一个对象,在一起过一辈子。

我现在很想知道,他们回到家乡以后,是否成为传播现代文明的一粒种子?

三

第三天傍晚,军分区来电话告知:贾布·英扎已到西昌,他们马上派车子送他到招待所来见我。我一听很是高兴,就在招待所等他。不一会儿,一辆吉普车驶进招待所院子,车上下来一位身材高大、穿着一身黑色警服的中年汉子。驾驶室里走下来一位军人,指着那位警察向我介绍说:"他就是贾布·英扎。"

说实话,我已经认不出他来了。

在我的记忆中,贾布·英扎是一位十分英俊的藏族青年,一米八〇以上的个头,身材挺拔,动作敏捷,射击技术特别棒。记得当时有位记者写过一篇宣传他的稿子,形容他"有一双鹰一样的眼睛"。可是,现在站在我面前的英扎,身体已经发胖,脸上胡子拉碴。特别是他那双眼睛不再像山溪一样清澈见底,已变得像山洪过后的江水那样浑浊泛白。他看我,我看他,都隔了一层朦胧。我领他走进接待室,让他在我对面的一张藤椅里坐下。跟在他身后的是他的一位内弟,我叫他也坐,小伙子只是腼腆地笑着看我,十分拘束,说什么也不肯坐。英扎侧过脸去狠命瞪他,可能是嫌他太没有出息,见不得场面。小伙子说他要到昆明去采购服装,贩回木里县去销售,跟英扎来看看他的老首长。

我急于知道英扎这些年来的工作、生活情况,但还没有等我问话,英扎的第一个动作却是从上衣口袋里掏出一张一百元的钞票来,大声吆喝服务员:"酒!酒!拿酒来!"这时,我看着他那双变得浑浊而充满醉意的眼睛,内心不由得吃了一惊:他变了,他重新变成了一位刚从青藏高原上走下来的粗犷藏民。凭我的感觉,我知道他的生活已被"泡"在酒中,酒已成为他宣泄感情的最好东西。我好不容易将他制止住,要他把钱重新装进口袋,好好和我说话。但他却是翻来覆去对我念叨着一句话:"我不知道是叫我来见你嘛,我什么礼物也没有带嘛,什么也没有带嘛!"只见他浑身上下不知怎么是好。我能感觉到,他有些想不起我来。他对我召见他太突然、太意外了。他压根儿没有想到居然还有一位部队老领导会想起他,特意召见他,这使他意外而激动。他极想表达对我的真挚感情,却又找不到别的表达方式,只想请我喝酒。

可能是高原藏民的生活吧,没完没了的酒,把英扎"泡"得有些走样了。

英扎稍稍平静下来之后,急于向我打听:"团长朱树和现在怎么样?"我告诉他,我在集团军当政委时他就转业了。英扎马上自问自答道:"我知道他转业了,回唐山了,他是唐山人。"朱树和是英扎的老连长,后来当到团长,可以说英扎是由朱树和一手栽培起来的,他对朱树和的感情很深。我发现,不管此刻坐在我面前的英扎体态神情已经有了多么大的变化,但从军营到战场凝结在他心底的深情还在,这种生死感情他是永远不会忘记的。

我让英扎在招待所住下,他不肯,他说等夏拉到了以后他再过来。他告诉我,他把儿子放在西昌一所中学里住校读书,晚上要去看望儿子。这使我得到一个惊喜,虽然英扎自己身上有许多东西又"变"了回去,但他却把儿子送到外面来接受文化教育,说明他希望儿子在现代文明哺育下成长。

四

第二天一早,凉山州副州长蒋民清同志陪我到昭觉去参观彝族风情。一路上,我坐在车子里时不时想起贾布·英扎的形象,心里颇有些感慨。一个人的生存环境,对他的生存状态产生的影响是多么巨大。英扎在部队曾是一名英姿勃发的年轻军官,老山作战时曾是指挥他的连队坚守在最前沿的一位连长。可是,当他重新回到那个闭塞环境中去十来年后,他的精神气质竟会发生那么大的变化,甚至连他说话的发音也重新带上了浓重的藏族口音,有些话我已不能完全听清。

不知道另一位阿孜尔·夏拉现在是什么样子,他是不是也像英扎这样"变"了回去?

蒋副州长陪我去参观的昭觉,是一座古城,它千百年来一直是大凉山彝族同胞的政治经济文化中心,也是建国后凉山彝族自治州的州府所在地。胡耀邦同志任总书记时,曾来凉山彝族自治州视察,他感到昭觉地处大凉山深处,太偏僻,太闭塞,不利于彝族的经济文化发展。他请凉山州的领导同志们考虑,能否将州府迁往西昌,因为西昌通铁路,西昌还有一个卫星发射基地,有机场,便于和外界交流沟通,带动彝族地区经济文化发展。不久,凉山州就根据耀邦同志的提议,将州府迁到了西昌。现在,外地来的客人想看古朴的彝族风情,他们还会将客人领到古城昭觉去。蒋副州长也是彝族人,他曾在昭觉县当过县委书记,对那里的情况很熟。同去的还有凉山彝族奴隶社会博物馆馆长瓦渣克己,他一路上讲述了许多我以前闻所未闻的彝族历史知识。

蒋民清同志是位少有的实在人。昭觉县有国家拨款新建的移民点,将高寒山区的彝族山民迁下来安置,生活条件大为改善。年轻的县委书记建议领我们到移民新村去看看,蒋副州长却说:"不,那是靠国家给钱建起来的,并不能反映我们多数彝族群众的真实情况。"他顺路将我们领到一个彝民山村,不打招呼,没有任何准备,下车就进村,见哪家有人就进屋去看。我们进了村边一位中年男子的家,屋子里黑得睁不开眼睛,需要闭上眼睛等几分钟才能渐渐看清屋里的情景。屋子中间是一个火塘,两个屋角里是两张窄窄的床铺,阁楼上面的房梁上吊着几块腊肉,除此之外别无他物。有几只鸡跟了进来,在屋子里咯咯叫着乱走。

从这一家出来,我们的车子旁有很多彝族群众在围观,蒋副州长一眼看到人堆里有个一瘸一拐的残疾男孩,对我说:"走,去看看这个残疾儿童家。"蒋副州长分管民政工作,他深知有残疾人的家庭生活更困难。我立刻想到,据说阿孜尔·夏拉现在是木里县残疾人联合会的理事长,专门从事助残工作,属于蒋副州长的管辖范围。听说他这几天到成都去出席一个残疾人工作会议去了,还不知道他能不能到西昌来看我……

我们要看望的这位残疾儿童的家在村子南端,他的母亲为我们开了门,进去一看,果然更穷。火塘边有个盛放食物的石槽,里面是煮熟了的一种名叫"圆根"的薯类植物,人也吃它,猪也吃它。据说,山民们每年要靠这种食物度过好几个月。残疾儿童的母亲手里正拿着一个生"圆根"在啃食,见我们进去,她不好意思地将啃剩的一半丢在地上。我们部队来的随行人员给了她二百元慰问金略表心意,她的那位残疾儿子坐在院子对面的石阶上对我们傻笑着。

离开村子的时候,蒋副州长用彝语对聚集在路边的老乡们讲了一通话。我一句也听不懂,只见老乡们听着听着,一个个面有羞色,有的笑着低头走开了。蒋副州长却脸色严肃起来,有些生气的样子。离开了这个山村,我们下到深谷中去看一处名叫博什瓦黑的岩画,它是南方丝绸之路上的一处重要文物,画的是南昭时期的佛教故事。附近一个山村的彝族老乡见了车子都追上来看热闹,大多是怀里抱着孩子的妇女,还有一些成天在外野跑的儿童。蒋副州长又站在山坡前用彝语对前来围观的老乡们讲话,又把老乡们讲得一个个羞愧难当。

我终于忍不住问他:"你对老乡们讲了些什么?"

"嗨,我要他们讲卫生,天天洗脸。"

"两次讲话都是这个内容?"

"都是。"蒋副州长不无感叹,"要使老乡们改变千百年来养成的习惯,真难哪!"

接着,他向我介绍了这样一件事:由于大凉山区许多彝族山民解放前还在奴隶制度下生活,社会地位低下,卫生习惯极差,祖祖辈辈都是人畜同屋而居。这几年,州里下了大决心,投入了很大一笔资金,搞了一个"人畜分居"工程,帮助老乡们在每家院子里盖畜圈、盖厕所,屋子里只住人,从根本上改善卫生条件。

"可是,要使老乡们养成讲卫生的习惯,比搞'人畜分居'工程更难,我是走到哪里宣传到哪里啊!"

蒋副州长的举动使我深受感动,他不愧是一位全心全意为彝族同胞服务的好干部。

我由此想到一个问题:西部大开发,最重要的应当着力开发什么?扶持西部经济项目、大力发展西部交通、出台西部优惠政策、加大对西部的资金投入等,这一切都需要;但除此之外,还有一项最根本,也是最困难的开发任务,就是要着力从文化上去开发西部,帮助那里的众多少数民族原住民从文化上"觉醒",从根本上激活他们自身求发展的渴望和潜能,追赶现代文明,加快文明进程。而这种意义上的开发,绝不是空喊口号所能见效的,它必须同改善西部少数民族群众生存状况的一点一滴的具体工作结合起来。

五

傍晚,我们从昭觉回到西昌时,阿孜尔·夏拉已在招待所等我了。可喜的是,我发现夏拉并没有像英扎那样"变"回去,他上身穿了一件黑色皮夹克,精神气质比在部队时更显沉稳,已像个老练的机关干部样子。毕竟,夏拉在部队的成长经历与英扎有所不同,他曾被评为新长征突击手,上过天安门,后来成长为一名政工干部,当到副指导员,最后是在部队百万大裁军时转业回去的。

我问夏拉,回去以后的情况怎么样?他告诉我说,木里县是贫困县,过去靠采伐木材,现在禁止采伐了,财政更困难了。他们残联更困难,上面每年拨给他们的办公费只有几千元钱,只够几个月花,到了下半年电话也不敢打,向上写报告不敢用打印机,因为没有钱买打印纸,只能用手写。

由于当晚张作哈州长要宴请我,事前说好要把我寻找的这两位士兵一起带上。这时,约定时间已到,蒋副州长已在门外喊"上车了,上车了",可是贾布·英扎还不见踪影。我只得带上夏拉先走,一起前往凉山州宾馆。上车前,我把刚才夏拉对我说的那些话转述给了将副州长,蒋副州长埋怨夏拉说:"你怎么从来不找我?"夏拉回答说:"我不敢啊,我上面有一位副县长分管我们这一摊工作,我不能越级。"蒋副州长爽快地说:"行啦,今天你老领导说了话啦,你写个报告来,我给你批点钱。"夏拉高兴得叫起来:"啊,太好啦,谢谢啦!"

宴会开始不久,英扎终于也找来了。酒过三巡,英扎到主桌上来敬酒。我见他一沾酒,动作、语言显得有些粗鲁起来。我在心里仍然把他看成是我手下的一个士兵,觉得他这样是对张州长等领导不够尊重,连声劝他说"好了,好了",请他回到自己桌上去,但他不肯回去。而张作哈州长则把他看成是本州的一名警察,觉得他这样让我这位客人看了不雅,也连声对他说"好了,好了",请他回到自己桌上去。可是英扎敬了这个敬那个,围着桌子转圈,不肯走。张州长亲自走到另一桌把夏拉叫过来,请夏拉把他劝回去,谁知英扎却冲着张州长来了一句:"咦哟,今天不是将军请我来,我有啥子机会来敬你们领导酒嘛!"

张州长向我尴尬地一笑。

我在心里狠狠地骂了英扎一句:"这浑蛋!"但马上又想,在座的人不一定都能恰当地看待英扎这样一个人。他虽然在酒席上表现得不够文雅,但他在老山战场上却是坚守在前沿阵地上的一位勇猛连长,战场上需要这样的猛士啊!

旁边有人说,英扎说话虽然粗了点、冲了点,但他完全是真情、真话。有人这样一说,我心中倒也释然了。我今天把这两名士兵引见给州里领导,无非是想让州里多关注一点他们所在的偏僻家乡。州里领导作为他们的父母官,想必也不会过于介意他们的言谈举止,何况我的另一名士兵阿孜尔·夏拉表现得斯文有加呢。

同席作陪的张培敏大校曾在藏区部队工作过,他对藏民的特点比较熟悉,为了缓解一下气氛,他站起来笑道:"英扎,来,咱们一起唱个歌吧!"

英扎这才一笑:"好嘛。"

一首雄浑的男声二重唱立刻在宴会厅内响了起来:"骏马奔驰在辽阔的草原,钢枪紧握刺刀亮闪闪,祖国的山山水水连着我的心,决不让豺狼来侵犯……"

张培敏同志搂着英扎的肩膀,英扎将手里的筷子握成话筒状,举在胸前,眯着眼睛,左脚在地上踏着节拍,身子左右摇晃,两人配合得那么默契,唱得那么投入、那么深情。

那一刻,我内心真的被他俩的歌声感动了。

六

当晚,我把英扎和夏拉叫到我的房间里,同他俩作了一次长谈。

夏拉一坐下就说:"你那时很瘦,现在比过去胖了。"我告诉他,我每次到西昌来都要打听他们两人的下落,总也打听不到。夏拉说,他根本没想到还能见到老部队的人,更想不到我还会特地寻找他们两个。夏拉说到这里,动感情了,掉泪了。

我也忍不住鼻子有些发酸。

真情还在,真情还在啊!

这时,贾布·英扎也激动起来:"真没有想到,你当了这么大的官还会来找我们!你这次一定要到我们木里县去住几天,你的安全我包了!我们那里有大山,有原始森林,有草地,可以爬山,可以骑马,天上有鹰,天空很蓝很蓝,空气好极了。"

我当着英扎的面,问夏拉:"英扎从部队转业回到地方后,他干得怎么样?"

"他干得不错啊,不怕吃苦。我们那里不准砍伐森林了,也不准打猎了。英扎在木里县林业局公安科工作,一年到头在外面收枪支,今年全县收缴了几千支枪,他辛苦得很。"夏拉停顿了一下,笑着补充道,"他不喝酒什么都好,喝了酒脾气不太好。"

"现在有的干部多么坏,你知道吗?你不知道的!"英扎为自己辩解地对我说,"老百姓要办什么事,他都要让你先拿这个,"他用手指比画着点钞票的动作,"我就看不惯,我要揍他们!"

我问夏拉:"他打过人吗?"

夏拉笑道:"他嘴硬,不敢打。"

英扎一个劲儿地动员我到木里县去:"你去吧,我招待你,我有钱,我有金矿。"

我又问夏拉:"他说的是真的吗?"

夏拉告诉我,英扎家里是开了一个小金矿,是他老婆在管。可是他借的贷款还没有还清,他还不富。不过,英扎的豪爽好客是毋庸置疑的。如果他认为必要,他甚至可以把自己的胳膊剁下来,向你表示他的真心。英扎向我介绍说,自从他们那里发现了金矿,现在从各地拥去了很多人在挖金矿,挺乱的。我的脑子里综合了一下这些来自木里县的信息,得到的印象是:商品经济之风已开始吹进这片千年闭塞的深山僻壤,那里也有了满街的服装铺子,也有了门口贴着红纸绿纸的歌厅、录像厅以及各种时尚,也有了长盛不衰的酒席,他们那里也在滋生不正之风、干部腐败。生活的激流犹如雨季山洪突发,山溪暴涨,泥沙俱下,鱼龙混杂。但正是这充沛的雨水,才使漫山遍野的树木野草在雨季争相旺长。英扎就在这样的环境中生存着、奔忙着、牢骚着。他长年累月地在外奔波,跑遍山山岭岭到山民家去收缴枪支。他走到哪里都离不开喝酒,喝高兴了就唱卡拉OK,喝多了回家和老婆吵嘴。他贷款开了小金矿,也想发家致富。国家为了保护那里的生态环境,一方面已下令禁伐禁猎,另一方面却又出现了一窝蜂乱挖小金矿的现象,环境和资源又在以另一种方式遭到破坏……

七

我把话题转向阿孜尔·夏拉,问:"你现在的夫人是当时的那个姐姐,还是妹妹?"

夏拉一惊,转向英扎大笑道:"哈哈,他怎么还记得我谈恋爱的秘密啊?"

笑过后,他回转头来告诉我,当时那位姐姐的确一心想嫁给他,可是比他大好几岁,他没有答应;他喜欢的是那个妹妹,但有姐姐夹在当中,关系不好处理,所以那次恋爱没有成功。后来那个妹妹和别人结了婚,现在已经是四个孩子的母亲了。他自己的爱人是后来另找的,她是木里县政协机关里的一位服务员。她也有一位姐姐,在会理县中学当老师,现已退休。夏拉把儿子寄养在这位大姨子家里,让他在会理上中学。

夏拉谈到自己的儿子,语气中充满了爱意。他说,儿子取名叫夏航,现在在会理中学读初三。木里县的教学质量太差,会理好多了。儿子在木里县上学时,几门主课加到一起才得180分。到会理中学一年,已上升到400多分。自己身边有个女儿,取名英宗,在木里县上小学五年级。

英扎和夏拉都把自己的儿子送到外面来求学,这一点意义重大。它说明,为了改变他们祖辈沿袭的生存状态,他们两人都寄希望于下一代,寄希望于文化教育,寄希望于让孩子到外部世界去拓宽视野。从他们身上表现出来的这种有别于先辈的观念、决心和行动,也许是他们人生的最大感悟,这一步有望成为他们家族迈向文明进步的一次质变、一次飞跃。

谈到夏拉的工作。

夏拉说,他这几年主要在抓"三康"工程,即帮助小儿麻痹症患者、聋哑儿童、白内障患者进行康复治疗。他的这个工作岗位,使他乐于助人的品德操行在新的环境中、新的层面上得到了延续。据夏拉介绍,木里县是白内障眼疾的高发区,主要原因有以下几条:一是高原阳光强烈;二是家家火塘烧木柴,往往现砍现烧,湿柴烟多,又没有烟囱,家庭主妇长年累月烟熏火燎,泪流满面;三是祖祖辈辈卫生习惯差;四是经济文化落后,交通闭塞,老百姓手里没有钱,本地缺医少药,到外地治疗更没有条件。还有更要命的一条,过去那里的少数民族群众全都认"命",讲迷信,认为六十岁以上的人眼睛瞎掉是正常的,从来没有想到可以医治、要去医治。

以下是夏拉向我讲述的他的一些工作经历。

夏拉说:"香港回归那一年,香港支援内地一列由四节车厢组成的'健康快车',是一个专做白内障复明手术的流动医院。当时'健康快车'开到西昌,我们木里县残联经过申请,破天荒动员了十二位白内障病人前去做了复明手术。从那以后,我们木里县残联和成都空军452医院签订了合同,每年由我们残联负责把白内障病人从偏僻山区动员出来,由452医院从成都派医疗小组到木里县来为他们做复明手术,每年做七十例左右。到今年为止,已经帮助三百多名白内障病人做了复明手术。

"我的工作是三句话:下乡去搞调查是'千辛万苦';说服老乡

出来做复明手术是'苦口婆心';向上申请经费是'叫苦连天'。不这样不行啊!

"我们下乡去调查病人,只能骑马。其实大部分时间马也骑不成,因为一路上要不断翻大山,上坡下坡都很陡,人在马背上骑不住,只能让马驮着营生(行李),拉着它走。有时走几天都不见人烟,马背上拴一口小锅,带上一些苞米、红薯,走饿了就在路边支锅做些吃的,夜里就铺开营生睡在露天。

"动员老乡出来做复明手术,也不那么简单。他们认为瞎掉眼睛是命中注定的,是神的意志,不能治的。有的人同意出来治了,临走时又变卦了,说是今天日子不好,不能出门,不肯走了。又得苦口婆心向他们讲道理、搞宣传。他们终于同意走了,还得想办法为他们找马,保证他们路上的安全。

"到省城去做一例白内障复明手术要花费六七千元,到凉山州做一例也要花费三四千元。到木里县做一例,合同上规定本人掏六百元。但多数病人六百元也掏不起,往往路费、伙食费、医疗费都得免。可是,向上申请补助经费难啊,我就得向他们'叫苦连天'!现在,我们每年向省残联康复处打报告,每年批给我们三万元医疗补助费。

"过去,老乡们都认为六十岁以上的人瞎掉眼睛是'天命',没法治。为了帮助老乡们破除这个迷信,我们为八十三岁的彝族老太太马咭咭做了复明手术。马咭咭是木里县最远的倮波乡人,动员她出来做复明手术真不容易,人背马驮走了七八天。但手术做得很成功,我们就利用这件事向群众做宣传,说服力很强。通过推动这项工作,最大的收获是帮助老乡们破除了迷信,他们不再听天由命了,越来越多的白内障病人愿意做复明手术了,也使越来越多的山区少数民族群众相信科学了。"

夏拉最后这句话,虽然他说得很平静,我的内心却被震撼了。

夏拉通过他那"千辛万苦""苦口婆心""叫苦连天"的工作方式,以他默默无闻的工作精神,正在给家乡的少数民族群众带去讲科学、讲文明的思想观念,带去懂得防病治病的卫生习惯,他正在帮助越来越多的白内障病人重见光明,他是那片穷乡僻壤的一位真正的光明使者。

  这时,有人进来要为我们三人拍照。英扎那么大的个头,他立刻蹲到我座椅边要和我合影。我起身将他一把拉了起来,又伸手拽过夏拉,一边一个,我和这两位久别重逢的西部士兵紧挨在一起,拍了一张合影照。

2002年2月

寻 找 昌 耀

2003年8月,我第一次有机会走上青藏高原,参加全国政协组织的青海湖考察活动。我利用这个难得的机会,在青海了却了一个心愿:寻找昌耀。

昌耀在病中写给我的那封短信,我曾一读再读。信是写在他送给我的那本诗集的扉页上的,他最后一句写的是"手抖不能禁"。每读至此,我就像亲眼看到了他苦苦挣扎在死亡边缘时的那份艰难。我一直惦记着要给他写一封回信的,可是,还没有等我将回信发出,他已撒手而去。他的手终于在那一刻停止了抖动,因为他已解脱。至此,他的名字已定格在高原,他的生命已凝结成一首重如岩石的高原之诗。

他去世后,上海《新民晚报》的一名记者打电话来采访我,要我谈谈和昌耀交往的印象。我如实告诉她,非常遗憾,昌耀生前,我们两人并未谋面。她说,不,你们两人同时出席过张家港诗会,应该见过面的。是啊,1998年秋天的张家港诗会,昌耀去了,我也去了。可是,我公务在身,发过言就走了。我与昌耀虽然相聚在同一个会场,却并未相见相叙。我和他失之交臂的遗憾,已经永远无法弥补了。

2000年初春,昌耀和我同时获得中国诗歌学会颁发的中国诗人年度奖。当我获此消息,心中曾想,这次一定能与昌耀在北京相识相叙了。可是,在人民大会堂正式颁奖的那一天,两位荣获终身成就奖的老诗人臧克家和卞之琳,由于年事已高,都由家属前来代为领奖;昌耀和我两位年度奖获得者,却只有我一人到场。当时,我从朋友口中得知,昌耀已病得无法前来出席这次颁奖仪式了。在那次颁奖会上,我获得了一份荣誉,却因为又一次与昌耀失之交臂而增添了一份遗憾。这也是中国新时期诗歌的一个遗憾,对昌耀的颁奖来得太迟了。为了表达我对昌耀的一点心意,我当场决定把我那份奖金转赠给他治病,这是我对这位身患重病的诗友的一个问候,也是我对他获奖的祝贺,更是我对他诗歌成就的敬重。昌耀的发现者、当时的《人民文学》副主编韩作荣专程前往西宁,代表中国诗歌学会到昌耀病榻前去为他颁奖,同时也带去了我对他的问候。昌耀在病榻上硬撑起身子,"手抖不能禁"地给我写了那封短信。

我和昌耀就是以这样的方式相识了,相识在生与死的交界处。昌耀远远地向我挥了一下手,便很快转过身去毅然决然地走了。他去了"死"的那一边,我留在"生"的这一边,我和他就这样结下了"生死之交"。

我这次到青海来,我要寻找昌耀。不仅要寻找诗中的昌耀,也想寻找生活中的昌耀。从北京出发前,韩作荣向我介绍了两位了解昌耀的人,一位是班果,另一位是肖黛。我到达西宁时,班果外出了。肖黛提前接到了韩作荣的电话,通过她在省委工作的丈夫主动和我取得了联系。这一天下午,肖黛领着我和中国作协副主席王巨才两人,坐着她丈夫的车子,在西宁市内一处又一处地寻找着昌耀生前的踪迹,她一路上向我们讲述着昌耀生前的一件件往事。当年,她和燎原、马丁等文学青年,经常去看望他们心目中的大诗人昌耀。最早是崇拜,后来是友谊,他们去听他谈诗、谈文学,听他讲述多灾多难的人生经历。有时候并不是为了谈什么,就是去看看他,同他闲聊。以致后来,燎原和班果两位年轻人成了昌耀的忘年之交。肖黛更成了昌耀的"心腹",他可以把家事、心事统统告诉她,向她倾诉内心的一切秘密。每当昌耀遇到高兴的,或痛苦的,或十分难办的某件事情,他都会给肖黛打电话:"肖黛,你来一下,我有件重要的事情告诉你。"昌耀与前妻离婚前后的情况肖黛都了解。后来,昌耀又新交了一位吴姓女友,他立刻向肖黛透露了心中的那份喜悦,用诗人的眼光和语言向肖黛描绘他这位新女友的美丽。在外人看来,其实昌耀的几次爱情都并不成功。但在昌耀的词典中只有诗意,没有苦涩,因为他是一位真正的诗人。

初秋的西宁,时不时飘下一阵冷冷的细雨。我们在胜利路的一条小巷口停车,昌耀的前妻和小儿子就住在小巷中的那幢土红色砖楼内。我从昌耀的诗里知道,他的前妻就是《慈航》中的"那个以手背遮羞的处女",那时她的眼睛就像"墨黑的葡萄"。昌耀在诗里深情地回想起当初和她邂逅时的情景,"美啊,黄昏里放射的银耳环"。在另一首诗里,昌耀曾深情歌唱"我的土伯特妻子及三个孩子"。我于是得到一个清晰的判断,虽然昌耀和这位土伯特妻子的婚姻后来发生了裂变,但她是昌耀生命中最重要的一个女人,这一点已无法更改了。她的回眸微笑曾是昌耀见到的"劫余后的明月",那是使他"再生的微笑"。正是由于她在昌耀生活中的出现,才使他"在善恶的角力中",找到了"比死亡的戕残更古老、更勇武百倍"的"爱的繁衍和生殖",从而奠定了他诗的原色和内质,厚重,浓烈,粗犷,呈现着远离喧闹的原始之美、古老之美。但是,昌耀和这位土伯特妻子的婚姻,就像一幅色彩浓重的高原油画,"美"得极不和谐,极不协调。它反映的是昌耀苦难中的幸运,幸运中又包裹着他命运中的不幸。这就是昌耀的人生基调。昌耀后来经历的几次爱情,无论昌耀对其中某一位的自我感觉如何美好,却没有一位能够帮助他跳出他的人生基调。事实上,他再也不能找到一次新的爱情,能够赶上甚至超过他同这位土伯特发妻的婚姻般热烈隆重了。

　　肖黛告诉我们,昌耀的发妻名叫羊尕三,藏族,不识字,其实人很豁达的,只是和昌耀的文化差异太大了。他们之间就像两团不同色彩的陶土,无论怎样捏合,都难以调和两种不同色彩的强烈反差。每当她和昌耀发生争吵,她都会张开双臂将三个孩子护在身后,像一只高原鹰似的护着她的幼雏。她和昌耀离异后一直没有再婚,现在和小儿子生活在一起。小儿子已读完了电大,目前在一个企业里打工。

　　在西宁市内湟水河边的一座桥头,我们又一次停车。河对岸是一幢绿色楼房,昌耀最早的家就在那个位置。生活中的昌耀,在精神上从来没有得到过真正的宁静,可是他一直在追求着自己心目中向往的宁静。肖黛说,那时昌耀家中有一间七平方米的小房间是属于他个人的天地,两边靠墙都是书柜,中间支着一张单人木板床。他在杂乱的家中辟出这么一个小小的房间,不让外人,甚至也不让妻子儿女们进入他的这片"圣地",他要独享这片窄小的宁静。文学青年和文人朋友们来看望他,他必定会起身关上房门,将妻儿的嘈杂吵闹之声关在门外,客人们就坐在他那张单人木板床上和他交谈。

　　昌耀的苦难经历,铸就了他的孤僻性格,让人觉得他孤傲,木讷,多疑,始终在提防着什么,回避着什么,坚拒着什么。只要别人的举动对不上他的心思,即使人家完全是一片好意,他也会毫不留情地坚决拒绝。以致就在他"独处"的这间小房间里,曾经发生过一件令青海省作协领导十分尴尬的事情。他们有一次前来看望某位病号,由于记错了楼层,敲开了昌耀这间小房间的门,作协领导于是也想顺便看看他,他却死死挡住了房门,坚决不让他们进入。作协领导何尝不想接近他、关心他,可是旁人实在太难琢磨透他的心思了,太难与他沟通了。昌耀的这种"自闭"倾向,反映出这位苦难诗人性格中的又一种悲剧色彩。

在西大街省政府大院旁边,我们第三次停车,寻找昌耀曾寄宿过的另一个住处。据说,省文联曾经在北大街分配给他一套比较宽敞的新居,但他将领到的新居钥匙交给了已经离异的发妻羊尕三,把这套房子让给了她和三个孩子。按规定,搬进新居必须把原来的住房退出来。这样,昌耀就把自己独自一人扔到了大街上,成了一名无家可归者。我们眼前是一座拔地而起的新大楼,正在建造中。这个位置原先是文联的办公楼。当时,美协出于同情,让昌耀每天晚上在美协的那间办公室里过夜。但白天美协的人要来上班,昌耀必须早早收拾起折叠床,穿上他那件摄影背心,到大街上去"流浪"。据说,他的这种无家可归的日子不是几天,而是将近十来年。

我们的车子又拐过几个街口,还想去寻找昌耀曾经栖身过的另一处破旧房子,但那里已经成了一个建筑工地。我听见肖黛立在路边自言自语:"拆掉了,没有了,找不到了。"

昌耀的一生,差不多大半生过的都是居无定所的日子。他的灵魂一直在漂泊、在流浪。不,他在游牧,他一生都在走向荒原,走向人迹罕至的高海拔雪域,在高寒缺氧环境中放牧着他自己的灵魂。唯其如此,他才看到了别人难以看到的那些摄人心魄的奇异风光,那高原太阳的涌动和沉落,从星斗之侧滚过的高车,车轮如刚从太阳分裂的细胞,那荒甸的篝火、磷光,蚀洞斑驳的岩原,孕雪的云朵,浩歌般的风,帐房的熏烟和铜炊,神秘的燔祭,那晨曦中向天啸叫的羚、鹿,岩羊初醒的锥角。唯其如此,他才领略到了旷古的沉寂、空旷、恒大、天籁,抵达了青藏高原游牧文化的底蕴,抵达了诗的本质,产生了独具审美意义的昌耀之诗,它们是中国新时期诗歌中高标独立的高原牧歌。昌耀的诗,也是他的生命之诗、苦难之诗。

最后,我们来到省医院内,来到昌耀住院时的那座小楼前。昌耀被病魔折磨得实在痛苦不堪了,他对女儿说:"去把你吴阿姨叫来吧。"他那位善良的吴姓女友,本来已经同他结束了关系,但当她见到昌耀的病容形如枯柴,得知他已病入膏肓,毅然决然地将他接回她的住处。她看着他痛苦得实在不行,又送他入院治疗。可是,昌耀为了省钱,只肯睡在医院的走廊上,承受着艰难和煎熬。宁愿独自承受种种艰难,几乎成了昌耀的一种生命形式,成了他一种惯常的生存方式,这同样是由他的苦难经历铸就的。省委宣传部、省文联和省作协的领导得知消息后,立即与医院沟通,将昌耀转入这幢小楼的单间干部病房内,为他协调解决医疗费用,而且一次又一次来看望他。肖黛说,她当时正在北京学习,等她回到青海,立即赶到医院来看望昌耀。每天晚上,都由昌耀那位吴姓女友,以及他和羊尕三所生的女儿路曼、小儿子俏也,轮流到医院来陪护他。他经常趴卧在病床上,用脑袋顶着墙壁,弯曲起膝盖挤压住胸部,呻吟着,咬牙抵抗着难以忍受的疼痛。肖黛说,由于放疗和化疗,昌耀枕头的凹陷处,掉下的头发像一个鸟巢。

苦难和贫穷伴随了昌耀一生。他在生命的最后日子里,把自己身上仅存的一点钱,甚至把自己死后按标准可以领到的丧葬费、抚恤费都加到一起,在纸上算了又算,除去要为自己留出应由本人承担的部分医疗费用,主要部分要为小儿子俏也留够上学的生活费和学费,余下的部分留给女儿路曼。他把这些都写了下来,请省文联及他的知心朋友在他死后代为办理。他的这些举动表明,他正在向人世举行告别仪式。他对自己生命之诗的结尾已经酝酿成熟,他的内心已经沉静下来,他知道自己行将结束人生的漂泊和流浪,他的灵魂即将牧归。他正在为自己的生命之诗挑选一个尾句,它必须是一个壮烈的警句。

那天早晨,昌耀的吴姓女友扶他坐起,为他端水洗漱完毕,为他穿好衣服,垫好后背,下楼去为他打牛奶。她返回时刚走到楼门口,只听得楼前人声大作,人们奔跑着乱作一团:昌耀跳楼了!

昌耀的生命是在坠落中结束的。或许,这是昌耀最后一次"在天堂的入口处／享受鹰翔的痛快"。实际上,坠落,一直是昌耀的生命轨迹。他像一块陨石,一生都在坠落,在坠落中燃烧,在燃烧中发光,最终坠落在青藏高原。在这块陨石表面烧蚀得发黑的、坑洼不平的、坚硬的熔壳内,储存着陨石自身的,以及它在陨落过程中一路捕获的外部环境的全部信息,日后将会有人慢慢研究它、分析它。

昌耀在给我的那封短信上,郑重地称我为将军,而他自称是一位老战士。是的,我们两人的生命里都有一段当兵的历史,分别在两支战功卓著的英雄部队经受过历练。我在二十七军从战士当到集团军政委,他曾在三十八军当过兵。他参军比我早一点,我晚一点;我的军旅生涯比他长一点,他短一点。我们都经历过战争,他去过朝鲜战场,我去过老山战场。我向他捎去问候,他在信上向我致以军礼。昌耀在给我的信上说得很对,我们之间不仅有诗友之情,更有军人之情。正因为这样,我们从未见面,却似曾相识。

昌耀,在你逝世三年半之后,我终于有机会走上青藏高原,找到了你。

2003年9月

一飞惊世界

一

杨利伟,中国太空飞行第一人。

随着"神舟"五号载人飞船在内蒙古中部草原成功着陆,杨利伟的名字迅速传遍世界。

杨利伟的"首飞"壮举,是中华民族一次划时代的伟大飞行。

"太空一往返,中华五千年。"中华民族是最早产生飞天梦想的伟大民族,嫦娥奔月的神话故事家喻户晓,敦煌壁画上的飞天艺术形象美妙绝伦。中国明代的万户,在人类历史上第一个用火箭捆绑在自己身上进行升空飞行试验,第一个为人类探索太空飞行献出了宝贵生命。杨利伟的"首飞"成功,终于使中华民族的飞天之梦想变成了现实。

从嫦娥、万户到杨利伟,从辉煌到衰落,从衰落到再度辉煌,中华民族经历了多么漫长的奋斗历程啊!我们这个伟大民族,自古有着灿烂文明,但进入近代以来却远远落后了。苏联的加加林1961年就上了天,美国的阿姆斯特朗1969年登上了月球,中国的航天员什么时候才能上天啊?世界在问中国,中国在问自己。今天,迅速崛起的中国，终于具备了这样的科技实力和综合国力，可以把飞向太空的美妙理想变成现实了，这是中华民族实现伟大复兴的一个重要标志。

谁去完成中华民族首次太空飞行的壮举呢？

历史选择了杨利伟！

二

人们是否知道，我们遴选"首飞"航天员的工作进行得多么慎重、多么庄严，因为我们是在挑选一位天之骄子。

第一轮遴选工作是在今年7月初进行的。几本厚厚的航天员考评报告，交到了"首飞"航天员评选委员会每一位委员手里。会议室里坐满了航天医学专家、航天员训练专家、心理学专家，以及航天员训练中心的领导，向评选委员们进行着详尽的介绍和汇报。我是评选委员会成员之一。经过逐人逐项认真分析比较，从十四位航天员中选出了综合素质最优的五人。其中，杨利伟的综合评定指数排名第一。

9月初，又进行了第二轮遴选。对第一轮选出的五位航天员进行了两个月的强化训练，根据"强中选强，好中选好"的原则，评选委员会以无记名投票的方式，又从中选出三人：杨利伟、翟志刚、聂海胜。

我国的"神舟"号飞船返回舱是按照三人乘员组设计的：一名领航主任、一名飞船驾驶员、一名随船工程师。此次"首飞"虽然只上一人，但选出的三名航天员都要进入飞船发射准备的最后程序，都要做好太空飞行的一切准备。一直要到飞船点火发射前的最后时刻，再根据对他们生理、心理的检测情况，谁的状态最稳定，就由谁担任"首飞"。

9月下旬,航天员们从酒泉卫星发射中心进行"人、箭、船"模拟发射合练回来,杨利伟见到我的第一句话就说:"合练一切正常,感觉很好。"这时,我越来越确信,杨利伟最有希望担任"首飞"。

三

杨利伟1965年6月出生,正团,中校,今年三十八岁,正处在航天员的最佳年龄段。他的家乡是辽宁省绥中县,这里背靠蜿蜒于崇山峻岭的万里长城,面对浩瀚无际的辽东湾万顷碧波。古代秦始皇在此修过长城,近代是中华民族抗击外敌入侵的海防前沿,当代是辽沈战役的广阔战场。杨利伟是这片英雄土地的优秀儿子。他个头不高,理了一个"航天员式"的平顶发型,肤色白净得像江南人似的,每次见了我都是一脸微笑。他父母都是教师,教子严格而得法。他小学毕业后考入本县重点中学尖子班,曾多次参加全县中学数学竞赛并获奖。良好的家庭启蒙教育,扎实的中小学基础教育,为杨利伟的成才之路奠定了坚实的根基。

杨利伟似乎与生俱来就具备"当第一"的超常素质,但这绝不是天生的。从尖子飞行员到航天员的非凡经历,造就了杨利伟的优秀品质:既有坚韧不拔的顽强意志,又有严谨精细的良好习惯。

"在航校,我每一个飞行课目都是第一个放单飞。"他在航校是尖子学员,毕业后先后分配到华北、西北和西南的飞行部队,几乎飞遍了祖国的广阔蓝天。他飞过强击机、歼击机,飞行时间达到一千三百五十小时,飞行技能出类拔萃。有一次,他在新疆某飞行训练基地参加强击机超低空课目训练,刚飞到艾丁湖上空,只听"砰"的一声爆响,飞机一抖,一台发动机突然停车。飞机侧滑着往下掉,他与塔台的无线电信号已被天山隔断,只能靠空域内的其他飞机为他导航。他沉着冷静,靠一台发动机将飞机慢慢拉起,艰难地爬高了一千五百多米,顺着一条名叫"干沟"的天山峡谷从天山以北"钻"到天山以南,飞回机场,将飞机降落在跑道上。当他从机舱内下来时,浑身衣服已全部湿透,战友们拥上前来同他拥抱,师首长当场宣布给他记三等功。事后检查,发动机的一个叶片折断了。后来,他调到四川某飞行部队改飞歼击机,担任领航主任。全团训练空中打靶时,每次都由他驾机拖靶。训练结束后,他必须先把空靶扔掉,然后才能驾机返航降落。他每次将空靶投到指定地点都投得特别准,新飞行员问他有什么诀窍。他回答说:"我是飞强击机出身,练的就是投得准嘛。"新飞行员对他佩服得五体投地。

杨利伟对我说:"选拔航天员时,我到北京来参加体检,也争了个第一。"这时的杨利伟已经给我留下一个深刻印象,他是这样一个人:一旦人生的重大机遇出现在他面前,他绝不会轻易放弃。当时,他参加选拔航天员的体检初选合格后,又通知他到北京来进行复检。他提前好几天就到北京空军总医院报到,当时医院接待他们的准备工作尚未做好,护士就说他:"你也太积极了。"他笑着说:"争当航天员,我能不积极吗?"他报到了两三天,其他人才陆续来到。

他还对人说:"航天员训练开始后,我第一次考试就争了个第一。"谈起这一点,他特别感激他当时的飞行师师长邵文福。1998年1月,他到北京航天员训练中心正式报到之前,去向师长告别。师长对他说:"我对你的身体素质和飞行技术都不担心,你今后面临的主要挑战是学习,你将学习大量载人航天的相关知识。"他把师长这句话牢牢记在心里,做好了发奋学习的思想准备,在心理上打了一个主动仗,一开始就争得了主动。第一阶段学习基础理论,一本《载人航天工程基础》教材,十六开的大本子,厚厚的六百页,涵盖了载人航天各方面的相关知识:飞行动力学、空气动力学、地球物理学、宇宙物理学、气象学、天文学、天体力学、航天器轨道理论、火箭推进原理、载人飞船系统组成、飞船结构、空间导航、太空飞行测控通信等等。他回忆说，教材里面有些内容很深奥，许多都是当飞行员时没有接触过的，要记忆的东西很多。最初三年，他晚上十二点以前没有睡过觉。第一次考试，除了从俄罗斯留学回来的两位教练员，他在新入选的十二名航天员中名列第一。学习基础理论这个最艰难的阶段闯过来了，他的成绩是全优。他说："我越学越有信心，对自己有了底，我能行，我能学下来。"

四

上天难，上天确实难。中国老百姓遇到极其困难的事，常常用"比登天还难"来形容。

因此，要想成为一名合格的航天员，除了必须具备特殊的身体素质，掌握深奥的相关知识，还必须接受一系列严格的特殊训练。杨利伟在航天员训练中表现得出类拔萃，他那坚韧不拔的顽强意志、严谨精细的良好习惯充分发挥了作用。

他同我谈到航天员训练时，经常用到一个词叫作"走程序"。这是他在当飞行员时就养成的习惯，每次飞行训练前都要在脑子里先把这一训练课目的飞行程序走一遍。他每个飞行课目都能第一个放单飞，奥秘就在这里。在航天员训练中，他做得更仔细了，每次在脑子里"走程序"可以做到不漏一个动作，不错一个程序。他宿舍墙上贴满了飞船舱内的各种电门、仪表的图标，整天看啊，背啊，记啊，弄得很熟很熟。每次训练结束后，他还要把操作程序在脑子里"复走"一遍，自己先检查有没有错漏的地方，然后再去听教员讲评。教员每次拿着考评记录先问他："你这次做得怎么样？"他会毫不犹豫地回答："这次没有差错！"教员往往笑着对他说："你的训练没的说！"

他胜人一筹之处，表现在他总能通过仔细分析客观条件，找准突破点,通过主观努力去争得主动。在模拟舱训练中,十四名航天员轮流进舱操作,每个人轮到的时间有限。为了使自己取得更好的训练效果,他用摄像机把模拟舱内的各种电门、仪表拍摄下来,输入电脑,编辑成模拟舱直观景象,自己可以利用更多时间熟悉、默记。他对我说:"我现在只要一闭上眼睛,眼前马上会呈现出一幅清晰的舱内景象,什么按钮在什么位置、什么形状、什么颜色,都记住了。甚至连哪个按钮上被手指磨出的发亮痕迹也都印在我脑子里了,闭着眼睛也能操作了。"强化训练中,有一个"数管失效"应急程序,一旦飞船进入太空后计算机管理程序失效,马上要改为手动操作应急返回,一共有三十多道指令、五十多个动作,他做得分毫不差。

强化训练阶段进行了五次考试,他第一次得了99.5分,第二次得了99.7分,后面连续三次全部得了100分。他抑制不住内心的激动,兴奋地对我说:"我对自己越来越充满信心。"

五

首次太空飞行,毕竟是一项超常任务,需要具备超常意志的人去完成。杨利伟对完成"首飞"任务充满了必胜信心。他的自信不仅表现在热情和意志上,更表现在他对自己适应能力的冷静分析上。他说,"首飞"中对他最大的挑战将是两个问题,一个是进入太空后的"空间运动病",另一个是一旦弹道式应急返回时的"过载"。对于这两项挑战,他都早就做好了主动适应的准备。

所谓"空间运动病",通俗的说法就是进入太空后犯迷糊。如果扛不住它,到了太空肯定会影响操作。他平时看了不少俄罗斯和美国有关"空间运动病"的资料,早就有意识地在训练中加强了这方面的自我锻炼。转椅训练是最难受的,但他每次都坚持做最长的时间,做最大的动作,以增加这方面的训练强度。练到后来,教员说他这个课目可以免试。

抵抗弹道式应急返回时的"过载",他经过长期刻苦训练,也有了这方面的体能储备。飞船升空后一旦发生意外情况,应急弹道式返回时航天员可能要承受 8.5G 载荷。他说:"我属于兴奋型体质,能在短时间内爆发能量,百米速度现在仍能保持 11 秒 97。平时训练,我在离心机上做到 8G 载荷时心率仍可控制在 110 次。一旦发生意外情况,再入时扛住 8.5G 载荷是有把握的。"

我和他单独交谈时,也谈到了太空飞行的风险。他对这个问题的态度是冷静的、科学的、坦然的。他说:"载人航天是多么伟大的事业啊,我会坦然面对这种风险。我过去当飞行员的风险就很大,更何况为人类的航天事业献身,无论多大风险也值得。祖国要我去'首飞',我义无反顾。"此刻,我听到的是一位祖国之子的肺腑之言。

他也谈到了朝夕相处的航天员战友们。他说:"我们十四位航天员是一个光荣群体,互相之间即使有些差距也不会很大,让谁担任'首飞'都能完成任务。最后选上我'首飞',我是这个群体的代表,我要当好这个代表。"

我和他握手告别的时候,我衷心祝愿他"首飞"成功,并告诉他说:"你返回着陆的时刻,我将在内蒙古着陆场迎接你!"

附记:

这篇稿子,我是在 2003 年 10 月 15 日"神舟"5 号载人飞船发射升空前写就的,发表在 10 月 16 日《人民日报"号外"》上。现在它已成为历史性记录,我不能对它再作改动。当时,我提前两天把这篇稿子交给了《人民日报》,立刻动身飞往内蒙古飞船着陆场,到那里去迎候杨利伟从太空归来。但事先选定的三人首飞乘员组中,最终究竟是不是杨利伟上天,在升空前的最后一刻还有可能因生理、心理等方面的原因发生变化。所以,我在给《人民日报》的稿件上贴了一张小字条:杨利伟正式升空之前,千万不能透露此稿内容。《人民日报》负责处理这篇稿件的贾西平同志给我回电话说:"你放心吧,保证做到。"10月15日凌晨,我从内蒙古中部飞船着陆场同酒泉飞船发射场通了一个电话,核实首飞航天员人选,我问:"谁?"对方回答:"1号!""1号"就是杨利伟,我听了心里一动,这种感觉应该叫激动吧!

10月16日清晨6时23分,飞船返回舱在阿木古郎草原准时着陆。13分钟后,我乘坐的738号直升机降落在返回舱附近。这次搜索行动之迅速,在世界太空飞船返回舱搜救史上堪称奇迹。在我到达之前,已经有两架直升机赶到。我跳下直升机,返回舱的舱门已经打开,杨利伟正在解开身上的各种束缚带。我俯下身去叫了他一声:"杨利伟!"他一听是我的声音,惊喜地侧转脸来,笑着向我敬了一个礼,我伸进手去和他握手,问他:"怎么样?"他答:"很好!"由于舱门太小,我当时穿着厚厚的棉大衣,我的身体挡住了舱门,记者们没有抢拍到我和杨利伟握手的镜头。这时,航天医学专家们急于要检测杨利伟出舱前的各种生理数据;同时,由于返回舱着陆时颠了一下,杨利伟嘴唇上磕碰出了一个小血泡,医生们急着要为他作止血处理。我立刻让开,让他们工作。这时记者为我抢拍到了第一幅照片,我正站立在返回舱门口,航天医学专家们正蹲在返回舱门口紧张地工作着,这幅照片记录下的已是第二瞬间的情景了。

后来,新华社统一发布的一套照片中,有一张是我和杨利伟、夏长法三个人坐在一起的照片,我穿着一身迷彩服,那是在直升机里拍的。那时我们已经从着陆场登上了直升机,要去毕克齐机场换乘专机飞回北京。在专机上,我和杨利伟面对面坐着,他首先向我透露了一个秘密,返回地面后的第一需要是急于小便。虽然在太空中内裤里衬有"尿不湿",但人到三十多岁,已经养成的心理习惯极难打破,"尿不湿"成了"尿不出",在飞船内蹩尿蹩了一昼夜。这个问题成了下一次太空飞行必须研究解决的课题。将来在太空长期飞行的空间站上不会出现这种情况。

杨利伟还向我介绍了飞船上升段、在轨飞行段和返回段的不同感觉。我向他介绍了将为他在北京西郊机场举行隆重欢迎仪式的程序安排。

我们的交谈不时被打断,医学专家不停地给杨利伟测定心律、血压,询问他的各种感觉;被堵在后舱的记者们都急于要过来摄像、采访;专机上的每一个人都想与杨利伟合影。我和杨利伟的交谈断断续续地进行着。

关于杨利伟的更多情况,我将在适当时候通过其他文章再向读者们介绍。

2003年11月14日补记于北京

统　帅

　　我第一次见到邓小平,是1981年秋天,在华北地区举行大规模军事演习期间。当时,邓小平第三次复出后,担任中央军委主席,成为我军威重如山的统帅。华北军事演习,是他担任军委主席后做出的一项重要决策。这次演习是建国以来规模最大的一次,当时曾在国际上引起过不小的轰动。在那次演习中,我被抽调到演习导演部,依据这次演习的军事想定①,参与方面军防御战役政治工作导演。从这次演习的筹划阶段开始,直至演习结束,邓小平的一些重要决策和指示精神,我均能及时听到传达,得以从字里行间领略他的深谋远虑。

　　记得演习开始的那一天,是1981年9月14日。初秋的华北,酷暑刚过,早晚微凉,正是"沙场秋点兵"的黄金季节。演习部队头天晚上都已进入阵地。长城内外,张家口以北坝头一线的山山岭岭,许多地方被漫漫黄沙覆盖,杂生着稀疏的青草,更烘托出几分塞外的荒凉,有意无意间将一幅雄浑阔大的古战场画面勾勒在我们眼

---

　　① "军事想定"是一个军用术语,它如同拍电影的"脚本",乃据以进行军事演习的文字表述方案。隔行如隔山,此文在转载过程中,有的报纸编辑将它改为"军事决定",有的杂志编辑将它为"军事规定",都不对。

前。使人觉得,我们今天的演习上承历史,下启未来,这片土地上永远有一股滚烫的血脉在流动着。由于这次演习是实兵、实弹、实爆,演习区域内的老乡们都已提前疏散转移。庄稼地里的玉米、高粱、瓜果正在成熟。那天早晨,天空有些薄云,气温凉爽。前几天下过暴雨,坦克碾轧过的通道低洼处仍有积水和泥浆。上午九时二十分,演习的一切均已就绪。参观台上的中央领导、党内老同志、国务院各部部长、全国各省和直辖市的主要领导,都已陆续到达参观台,找到各自位置就座。

万事俱备,只等统帅。

这时,山前公路上,在演习总指挥、北京军区司令员秦基伟的车子引导下,军委主席邓小平的车子紧随其后,驶至参观台前。邓小平下车,上坡,就座,时针恰好指向九时三十分。秦基伟向邓小平请示,演习是否准时开始?邓小平点头示意:开始。

三发红色信号弹腾空升起。

那次演习的总题目是"方面军防御战役陆空联合实兵演习"。根据战役进程,又将演习分成若干阶段性课题。为了能让参演部队逐个课题进行演练和研究,也为了让参观的人都能看得明白,演习方法有一个创造,叫作演"折子戏"。每天演一个课题,连演四天。第一天演的课题,是"蓝军"以坦克集群为主要突击力量,采取"宽正面、高速度、大纵深"战法向"红军"实施战略突袭,检验"红军"一线防御部队能不能顶住这"第一个浪头"。霎时间,四周爆炸声骤然响起,地动山摇,震耳欲聋,"蓝军"强大的火力突袭开始了。原先隐蔽在四野里的"蓝军"坦克,突然从地底下全都钻了出来,漫山遍野,向南高速推进。"蓝军"轰炸机群呼啸掠过,向"红军"阵地猛烈轰炸,脚下的大地在一阵阵震颤,四野里腾起的爆烟遮蔽了天空。显示"红军""蓝军"战斗行动的炸药也分成红、蓝两色,双方的交战进退,观者一目了然。面对这极具震撼力的一幕,参观台上的领导者们,有的看得惊诧入神,有的老革命因重新闻到呛人的硝烟而兴奋不已,有的伸手指点着前方某一处紧急交谈几句,急忙站起身子,前倾而观。

邓小平稳坐不动。

他看得那么专注,又显得那么沉稳。他自始至终没有跟任何人交谈一句,脸上不露半点表情。此时此刻,他那恢宏的战略思维,一定处在极其活跃的状态。他需要这种震撼。不,他正在精心营造出这种震撼,以震醒军队,震醒国人。

继毛泽东、华国锋之后,邓小平担任中央军委主席,这是众望所归。在我军漫长的战斗历程中,邓小平资历深,威望高。红军时期,他领导过百色起义,创建过红七军、红八军;抗日战争时期,他担任八路军129师政委,与刘伯承一起开辟晋冀鲁豫抗日根据地;解放战争时期,刘邓大军挺进大别山,中间突破,千里跃进,使我军完成了从战略防御到战略进攻的大转折,拉开了向国民党军发动战略进攻的序幕。随后,刘邓大军逐鹿中原,激战淮海,横渡长江,挺进西南,扬赫赫威名,建不朽功勋。

从一定意义上说,邓小平接替我军统帅,也是毛泽东生前亲自选定的。"九一三"事件后,毛泽东就开始思考让邓小平重新出来工作。他在邓小平的来信上批了一大段话,对他的错误只点了一句,对他建国前后的功劳却概括了四条,其中有一条就是从军事上讲的:"他协助刘伯承同志打仗是得力的,有战功。"在全国四届人大召开前夕,重病在身的周恩来抱病,去向毛泽东汇报人事安排,推荐邓小平主持国务院日常工作。毛泽东经过深思熟虑,对邓小平重新委以重任的决心,超出了周恩来的预料。毛泽东提议,邓小平同志可担任中共中央政治局常委、党的副主席、国务院第一副总理、军委副主席兼总参谋长。从1975年1月开始,邓小平开始全面主持党、国家和军队的日常工作。

从古到今的军事理论都认为,将帅能否服众,这一点非常关键。统帅者,肩负护国安邦之责,手握号令三军之权,位高权重,非同小可。孙子说:"不知三军之事,而同三军之政者,则军士惑矣。不知三军之权,而同三军之任,则军士疑矣。"毛泽东曾对八大司令们说,我为你们请回来了一位总参谋长。邓小平向有治党治国治军之才,胸有决战决胜之策,回军队主持工作乃众望所归,老将们哪有不服之理?服,谁都服,百分之百地服!国不可一日无君,军队不可一日无统帅。统帅威望如何,是否服众,对军心士气影响之大,只有身在军中的将士们心里明白。统帅威望高,军心为之大振。

毛泽东称赞邓小平"人才难得"。邓小平的非凡才能,决定了他的非凡性格。他虽然经历了如此大的磨难,但他一旦复出,他的政令、军令一出手就不同凡响。他复出后的方针十分明确:大刀阔斧,全面整顿,收拾"文革"造成的乱局。而且,他主持的全面整顿先从军队"开刀"。他1975年1月5日担任军委副主席兼总参谋长,1月25日就在总参谋部机关干部大会上发表了《军队要整顿》这篇重要讲话。他讲了我军在毛泽东同志领导下,从井冈山开始就形成了一套老传统、好传统。接着话锋一转,批评军队:自从林彪主管军队后期开始,军队被搞得相当乱,好多优良传统丢掉了。把军队搞得臃肿不堪,将来无法打仗。有些干部闹派性,在军队闹,到地方去也闹。部队纪律性差,所以毛泽东主席要带领大家唱《三大纪律八项注意》。不久,在正式部署全军整顿的会议上,邓小平在讲话中把军队的问题概括为"肿、散、骄、奢、惰"五个字,掷地有声,振聋发聩,全军震动,全国震动。他这是在其位,谋其政,行其令。很明显,他主持的全面整顿,要让军队当表率,要从军队打开"突破口"。其中蕴含的另一层意思是说,军队都能整得,全国哪个行业整顿不得?他说,党要整顿,工业要整顿,农业要整顿,各方面都要整顿,全面整顿。回避矛盾,含糊其词,拖拉敷衍,绝不是他邓小平的风格。斩乱麻要用快刀,杀鸡要用牛刀,这才是他的邓氏风格。

可是,那时"四人帮"还在台上,他们抢班夺权的阴谋没有得逞,他们不甘心;邓小平全面整顿的矛头所向,对"四人帮"步步逼近,使他们越来越感到严重威胁,于是对邓小平发起疯狂反扑。

1976年4月,邓小平被再次打倒。同年10月,"四人帮"被粉碎。

1977年7月,邓小平第三次复出。

邓小平一生,三下三上,大落大起。天降大任于斯人也,必先使他受尽磨难。他以七十三岁高龄第三次复出,不为官职,为中国。他面对"文革"后百废待兴的中国,口无怨言,心有宏志。他对全党说了一声"团结一致向前看",便专心致志领导全党加紧探索强国富民之策。邓小平是愈挫愈坚,蓄势以待,要干大事。毛泽东似乎也有某种预感,举目中国,成大事者,必小平也。所以,他在最后一次撤销邓小平党内外一切职务时,仍然为他留下了最后一线希望:保留党籍,以观后效。这一"保留",实乃中国之大幸。邓小平第三次复出后,以超人的胆识、非凡的气魄和宽广的胸怀,主持清理"文革"灾难,纠正"左"的错误,对若干历史问题做出公正结论,然后全力推进改革开放,拯救中国于贫穷,探索一条中国特色的社会主义新路。毛泽东的"以观后效"确实有效,邓小平公正处理历史问题、团结一致向前看的大政策,在政治上收到了全国安定团结的大效果,邓小平的改革开放之策,更在经济上收到了奇效。

华北军事演习时,我军正处在一个重要的历史性时刻。军队建设,事关国家安危,死生之地,存亡之道,不可不察。邓小平决定搞这样一次大规模的军事演习,是有他深远的战略考虑的。当时,国家已见转机,军队建设自然提上了他的工作日程。从国家战略全局上看,我们既然要坚定不移地以经济建设为中心,一心一意搞建设,那么,国内必须有个稳定局面,周边必须有个安全环境,军队应该尽到这个职能。要让世界听到我们这支军队的动静。不是要让人家听到我们想去进攻别人的动静,我们没有这个能力,也永远不会有这个野心;但要让人家听到我们有决心、有能力打退任何侵略者的动静。不必顾虑邻国对此会有什么反应,他们也搞演习嘛,他们年年都搞嘛,搞的次数也不少嘛,规模也不小嘛。对于军队本身而言,搞这么一次演习,也是给军队打打气。军队有问题当然要批,狠批。但军队太重要了,气可鼓而不可泄。也好让人民知道军队在干什么。军队要务正业,要把教育训练提到战略地位,要潜心研究未来战争。军队懒懒散散不行,演习结束后要搞阅兵,摆给人民看一看,改善军队在人民中的观瞻。还有一个问题,我军今后要搞合成军,这次演习就要有所体现,这方面的内容演一演,也好知道我军的差距有多大,知道今后的前进方向。

在这次演习前,杨得志已接任邓小平的总参谋长职务。总参和北京军区商讨了大、中、小三个演习方案。大方案动用部队超过十万人,中方案压缩到个把师,小方案只搞图上作业。杨得志和张震去向邓小平当面汇报,供统帅决策。

邓小平一锤定音:同意第一方案。

大手笔,大气魄。

第一天的演习搞得非常成功。接下来,后面三天的演习课题分别是:一、"蓝军"在"红军"防御纵深实施空降,夺占要点,"红军"组织反空降作战;二、"红军"依托坚固阵地组织顽强防御,迟滞"蓝军"攻势,掩护国家转入战时体制,掩护"红军"主力作战略展开;三、"红军"利用有利地形,向"蓝军"发起强大战役反突击。

9月18日,演习圆满结束。19日上午,在演习地域某野战机场举行阅兵式。邓小平站在敞篷车上检阅演习部队,他问候官兵们辛苦,受阅官兵们的应答声如山呼海啸,响彻云霄。邓小平检阅完部队,回到检阅台上,当他和秦基伟握手的一刹那,我发现他第一次笑了。

世界舆论为之震惊,评论的中心点是:中国国防现代化的决心与展示。

四年后,在邓小平亲自主持下,我军进行百万大裁军,以他非凡的魄力,率领我军迈出了向现代化进军的第一步。

2004年6月

彭 大 将 军

一

我实时观察伊拉克战争的《观战笔记》出版后,有位记者在采访最后问了我一个问题:"您最崇拜的中国军事家是谁?"我脱口而出道:"彭德怀。"

我对那位记者陈述了崇拜彭德怀的四条理由:第一,彭德怀的军事活动贯穿了我军对内对外战争的全过程。我们这支军队从小到大、从弱到强,打蒋军,打日本,打美帝,哪一场战争没有他彭老总?在我军老一代将帅中,彭德怀的军事实践活动是极为丰富的。平江起义、井冈山斗争、万里长征、抗日战争、解放战争、抗美援朝战争,他真正称得上是叱咤风云,征战一生。第二,彭德怀一生,打了许多关乎我党我军生死存亡的硬仗、恶仗、险仗、关键之仗。保卫井冈山、突破湘江封锁线、勇夺娄山关、重夺遵义城、断敌吴起镇、保卫延安等。他指挥的这些硬仗、恶仗、险仗、关键之仗,仗仗打得艰苦卓绝,惊天地、泣鬼神。今天重温这些战例,仍然令人荡气回肠。第三,彭德怀指挥作战,是以少胜多、以劣胜强的能手。他指挥的延安保卫战,巧妙运用"蘑菇战术",仅以边区两万多兵力,把胡宗南的二十五万国民党军像牵小毛驴一样牵着走,在陕北的山沟沟里打转转,用这种"蘑菇战术"一口一口地吃掉敌人,直至将其全部歼灭。彭德怀落难之后,毛主席于1965年9月最后一次找他谈话时还说起:"在西北战场上,那么一点军队,打败国民党胡宗南等那样强大的敌人,这件事使我经常想起来。"(见《彭德怀自述》,以下简称《自述》)。第四,彭德怀是我军唯一一位先后与日、美两大强敌交过手的前线最高指挥员。抗日战争中,朱德总司令回延安以后,他以八路军副总司令的身份在华北抗日前线指挥百团大战,威震日寇,振奋全国。抗美援朝战争中,他以中国人民志愿军司令员的身份,威严如铁,号令如山,把不可一世的美军打回三八线。

"谁敢横刀立马?唯我彭大将军!"这是毛泽东长征途中在一首诗中给彭德怀的"封号"。毛泽东麾下猛将如云,他如此夸奖一位手下大将,除了彭德怀,没有第二人。

我军十大元帅,彭德怀位列第二,仅次于朱德总司令,这充分说明了彭德怀在我军历史上的功绩和地位。

二

彭德怀敢打硬仗、恶仗,早在井冈山时期就出了名的。1928年7月,彭德怀领导平江起义、创建红五军后,不久就率领部队上了井冈山,与毛泽东、朱德领导的红四军会师。红五军上山不到一个月,蒋介石调集湘赣两省六个旅三万余兵力向井冈山发动"会剿"。红军前敌委员会研究决定:朱、毛率红四军向赣南敌后转移,引开敌人,以解井冈山之围;彭德怀领导的红五军暂编为红四军三十团,留守井冈山。彭德怀心里明白,一场恶战已经摆在他面前。后来他在《自述》中回忆道,"我知道这是一个严重而又危险的任务",但这是党的决定,他无条件服从。他回到红五军连夜开会,向干部们传达了前敌委员会的这一决定。红五军军委（党委）委员们对此大感意外，都觉得红五军新来乍到，让他们留守井冈山有些不合适。当时红五军上井冈山的是一纵和三纵（黄公略率二纵留在湘鄂赣边界，没有上山），总共才八百来人，要抗击超过自己几十倍的敌人，这一仗凶多吉少。彭德怀和党代表滕代远向大家苦苦解释说，我们是自愿将部队编入红四军的，是自愿留下来守卫井冈山的。现在大敌当前，应以大局为重，为了保存红军主力，保卫根据地，我们做出一点局部牺牲也是值得的。彭德怀出身太苦了，从小遭受的屈辱和苦难实在太多了。他投身革命赤胆忠心，烈火金刚。

彭德怀率领红五军将士投入了艰苦卓绝的井冈山保卫战。激烈的战斗在多个方向同时打响。彭德怀忽然得到报告，黄洋界哨口失守。他亲自带领教导队和勤杂人员跑步驰援黄洋界，连续组织三次反击，但因寡不敌众，均未奏效。这时又接到报告，八面山失守、白泥湖告急。如果一味死拼下去，将有全军覆灭的危险。他当机立断，下令突围。彭德怀深知，突围之军，尤其是力量单薄的孤军突围，前有狼、后有虎，全军覆灭的巨大危险会追着脚跟而来、随着身影而至，容不得指挥员有一忽念的侥幸、一星半点的疏忽。他率领红五军向赣南方向且战且走，连续战斗，农历腊月三十渡过章水。对岸一个大村庄里有一户大地主正在大摆宴席，宴请族人宾客过大年。红军一到，四散而逃。饥饿、疲乏至极的官兵们趁机大吃一顿，也算在转战途中过了个年。

彭德怀有着敏锐的战场感觉，他觉得这个村子离粤赣公路太近，章水渡口还有电话，敌人一旦得知我部行踪，半夜就能扑到这里。他催促干部们说，吃过晚饭立即组织部队出发，哪怕走出五里再宿营也好，以防敌人夜间袭来。可是，部队实在太疲乏了，干部们都不同意马上就走，坚持要休息到拂晓再走。彭德怀在《自述》中回忆道，党代表滕代远和他的关系一直很好，以往很少干预他的军事指挥,这一次也不同意马上就走,把彭德怀"气得难以形容"。

彭德怀后来回忆说,"这天晚上我没有睡,也不能睡,到各连去看,都睡得很死,甚至守卫的也睡着了",大概"(深夜)一点了,爆竹声中飞来子弹声,敌人果然袭来了"。他速令部队紧急集合,仓促应战,但部队被冲散了。天亮清点人数,只剩下二百八十三人。彭德怀经过定神思索,决定绝地反击,转守为攻,奔袭零都。他率领部队连续行军十八个小时,走出一百四十里,半夜赶到零都,奇袭得手。这一仗歼敌六百余人,俘虏三百多人,缴获一批枪支弹药。紧接着,彭德怀又挥师东下,击溃瑞金守敌,占领瑞金县城,接连打了两个胜仗。尤其是夺取瑞金县城,意义重大。

艰苦转战三个多月后,1929年4月初,红五军和红四军在瑞金第二次会师。朱、毛、彭三人相见,互道分兵后的战斗情况。彭德怀讲到井冈山失守的经过,深感内疚,心情沉重。毛泽东听后默然,沉思良久,说:"这次很危险,不应该决定你们留守井冈山。"这时候的毛泽东虽已显雄才大略,但他能实事求是地反思决策得失。彭德怀被毛泽东的坦荡胸襟所感动,自己心中的内疚和自责也略感减轻。在井冈山时期,彭德怀以识大体、顾大局的政治胸怀,尤其是他敢打硬仗、恶仗的顽强作风,赢得了毛泽东的信任。直到1965年9月,毛泽东最后一次找彭德怀谈话时还说,"在粉碎蒋介石的一、二、三次'围剿'时,我们合作得很好。"

三

万里长征,是毛泽东和彭德怀相知相识的重要阶段。在毛泽东领导下,彭德怀在长征路上走一路,打一路,而且打的都是硬仗、恶仗、险仗、关键之仗。毛泽东对他是看得比较清楚了,了解是比较透彻了。两人之间虽然也曾小有磕碰(如"会理会议"),但毛泽东对彭德怀的信任、赞扬乃至倚重,远多于对他的批评。毛泽东是哲学大师,精通辩证法。他深知彭德怀是块真金,但金无足赤,人无完人。革命方兴,征途漫漫,任重道远,大将难得。彭德怀,足可委以大任也。在党内"左"倾路线和李德等人的错误指挥下,第五次反"围剿"惨遭失败,红军被迫撤离中央苏区,踏上了漫漫长征路。

彭德怀指挥红三军团掩护中央机关突破湘江封锁线时,战斗激烈残酷的程度,难以形容。蒋介石为了阻止红军突围,调集几十万大军在湘西设置了一道又一道封锁线。彭德怀率领红三军团日夜兼程,顽强奋战,二十天内连续突破敌人三道封锁线。中央军委在途中下发通令,嘉奖"三军团首长彭德怀同志及三军团全体指战员在突破汝城及宜章两封锁线时之英勇与模范的战斗动作"。蒋介石又急调几十万大军设置第四道封锁线,准备把红军阻截在湘江东岸,一举围歼。这时,中央机关仍以庞大的非战斗队伍,携带大量辎重,作甬道式前进。

彭德怀深感这种前进方式后果不堪设想,急提建议,中央不听。敌人十几个师从几个方向压了过来,形势异常危急。在红军生死存亡关头,彭德怀指挥红三军团从左翼拼死堵住敌人,血战几昼夜,一直打到同敌人展开肉搏战,先后牺牲一位师参谋长、三位团长,付出了沉重代价,终于完成了阻击任务,掩护中央红军大部分队伍渡过了湘江,突破了湘江封锁线。担任后卫的红五军团三十四师、红三军团十八团被敌人围于湘江东岸,大部分官兵壮烈牺牲。红军长征出发时有八万六千人,渡过湘江后只剩下三万多人。

长征途中,彭德怀指挥的湘江战役,真正称得上是关系到我党我军生死存亡的决定性战役,拼杀的残酷程度惊天地、泣鬼神。

不久,召开遵义会议纠正"左"倾路线时,彭德怀支持了毛泽东。当时,红三军团负责沿乌江警戒。遵义会议开到一半,忽报沿江警戒的红六师遭到国民党吴奇伟部队进攻,彭德怀立即离座奔赴前线指挥战斗,击退敌人进攻,保证了遵义会议顺利开完。遵义会议后,由毛泽东、周恩来、王稼祥组成三人军事指挥小组,指挥红军的作战行动,毛泽东重新回到了红军主要领导岗位。

毛泽东指挥红军北出娄山关,准备在泸州和宜宾之间渡过长江,未成功,折回,回师遵义。回师途中,彭德怀指挥红三军团抢占娄山关,重夺遵义城,这一仗意义重大,是对毛泽东同志的最大支持。彭德怀在《自述》中写道,红军"改换新的领导后,打这样一个胜仗意义更大"。

彭德怀指挥的娄山关之役,打的也是一次险仗。娄山关是遵义城的门户,要想重占遵义城,必先夺取娄山关。当时敌我相向运动,红三军团从折返地到娄山关,同遵义守敌赶到娄山关,距离大致相等。遵义守敌上午八九点钟就已出发前去抢占娄山关,企图阻挡红军返城。彭德怀中午十一点钟才得到消息,他大喊一声:"不好,快!"立即命令部队跑步前进,跑死也要赶在敌人到达之前抢占娄山关。红三军团先头部队登上娄山关制高点时,敌军离山顶还有两三百米。红三军团先头部队居高临下,以百把人顶住了敌人五个团的进攻。彭德怀后来在《自述》中回忆这一仗说:"阵地上,枪管子都打红了。"那一仗,由彭德怀统一指挥红三军团和红一军团的作战行动,共歼敌两个师又八个团,俘敌三千余人,夺得红军长征以来第一个重大胜利。

此战获胜,毛泽东精神为之一振。他在《忆秦娥·娄山关》这首词中写道:"雄关漫道真如铁,而今迈步从头越。"毛泽东当时的振奋心情,溢于壮美诗词间。在毛泽东心目中,勇夺娄山关这一仗,是长征途中的一个转折点。因此,他的《忆秦娥·娄山关》这首词于1957年1月在《诗刊》正式发表时,被排在他的长征诗词的第一首。毛泽东还亲自为这首词写了一条注,他说:"万里长征,千回百折,顺利少于困难不知有多少倍,心情是沉郁的。过了岷山,豁然开

朗,转化到了反面,柳暗花明又一村了。"(中央文献出版社《毛泽东诗词集》注释)

抢夺娄山关,重占遵义城,彭德怀是立了大功的。彭德怀说过,他对毛泽东的认识过程是"三段论":大哥—先生—领袖。毛泽东对彭德怀的认识过程,也不妨概括为"三部曲":考验—信任—倚重。长征途中,大敌当前,两人之间虽然有过小磕小碰,却没有影响毛泽东对彭德怀的信任和倚重,两人的合作渐入佳境。红一方面军过了雪山草地,中央政治局于1935年9月12日在俄界召开扩大会议,决定将红一方面军和军委纵队整编为中国工农红军陕甘支队,彭德怀任司令员,毛泽东任政治委员。同年11月3日,中央政治局又决定成立西北革命军事委员会,并恢复中国工农红军第一方面军番号,彭德怀任司令员,毛泽东任政治委员(当时朱德总司令随红四方面军行动,尚未到达陕北)。

中央红军长征到达吴起镇时,忽报马鸿宾、马鸿逵和东北军的骑兵部队尾追而至。毛泽东对彭德怀说:"我们要斩掉'尾巴',不要把敌人带进根据地。"彭德怀立马回枪,指挥部队一举将敌击溃,从此结束了长征以来敌人对红一方面军的一路追剿。彭德怀得胜而归之时,毛泽东兴之所至,诗赠彭德怀:

山高路险沟深,
大军纵横驰奔。
谁敢横刀立马?
唯我彭大将军。

四

八年抗战,艰苦卓绝,毛泽东似乎有意要给彭德怀一片天空去展翅翱翔。抗日战争时期,国共第二次合作,红军整编为国民革命军第八路军,朱德任总司令,彭德怀任副总司令。党中央和毛主席在延安运筹帷幄,朱、彭在华北抗日前线指挥将士浴血奋战。抗日战争时期是我党我军的大发展时期,一大批军队指挥员和地方干部迅速成长起来。1937年,担任八路军副总司令的彭德怀三十九岁,年富力强,却已身经百战,军事指挥更富经验。1940年4月,中央电告八路军总部:朱德总司令先赴洛阳与卫立煌就停止国共摩擦进行谈判,然后返回延安,准备参加党的"七大"。

朱德年长彭德怀十二岁,彭德怀对朱总司令敬重如同前辈。为了确保朱总司令去洛阳、回延安的一路安全,彭德怀亲自选定路线,亲自布置沿途的警卫工作。临行前,又把朱总司令的随从侍卫周桓叫到自己屋里,仔细交代。他对周桓说,总司令年纪大了,一路上要多加小心,照顾好总司令的起居饮食,"晚上如有紧急情况,要先轻轻叫醒,等总司令坐起来,再报告。如有急电,先把蜡烛点好,再请总司令起来看,等总司令处理完毕再离开"。叱咤风云的彭德怀,平时严肃得像铁人,谁都怕他,心里却深藏着对朱总司令如此细致入微的关切之情。周桓被感动得说不出话来,眼眶湿润,一个劲地点头:"是,是。"

朱总司令回延安后,根据延安党中央、毛主席的指示,彭德怀以八路军副总司令的身份,在华北抗日前线横刀立马,独立指挥作战。八路军在抗日战争中影响最大的两次战斗,一是平型关战斗,二是百团大战。彭德怀参与了平型关战斗的决策过程,前线指挥员是林彪;而百团大战则是彭德怀亲自谋划和直接指挥的。百团大战是一次大规模的破袭战役,八路军参战兵力达一百○五个团,歼灭日伪军两万余人,拔除敌人据点两千九百多个,破坏敌人铁路、公路交通线近两千公里,沉重打击了日寇气焰,鼓舞了全国人民的抗日决心,提高了共产党和八路军的声望。据彭德怀在

《自述》中回忆："此役胜利的消息传到延安,毛主席立即给我来电说,百团大战真是令人兴奋,像这样的战斗是否还可组织一两次?"1940年12月22日,由毛泽东起草的,以毛泽东、朱德、王稼祥三人名义发给彭德怀的电报说:"百团大战对外不要宣告结束,蒋介石正发动反共新高潮,我们尚需利用百团大战的声势去反对他。"

百团大战后,日寇向华北抗日根据地发动报复性进攻,我军遭受一定损失。由此,"七大"前夕在延安召开的"华北地方与军队同志座谈会"上,彭德怀指挥的百团大战却遭到了指责甚至批判,"说是暴露了我军力量"。对此,彭德怀心里不痛快,这也是很自然的。

五

解放战争开局阶段,蒋介石命令胡宗南率领几十万大军进攻延安,其势汹汹,其声隆隆。对于我军而言,此战事关全局安危、局势顺逆,非同小可。大风起兮尘飞扬,安得大将兮守延安?

彭德怀主动向毛主席请战:"我来指挥吧。"毛泽东抬头看着彭德怀,只回答了一个字:"好!"毛泽东说,你老彭敢于在关键时刻争挑重担,这是一种临危请命的精神。彭德怀指挥的延安保卫战,成功地掩护党中央、毛主席转战陕北,在惊险万状中度过了从战略防御转换到战略进攻的艰难时刻。

胡宗南向延安进攻的总兵力达到二十五万余人,彭德怀把陕北的几个旅和后勤部队全部集中起来,总共才两万余人,敌我兵力对比是十比一。彭德怀如果没有钢铁般的意志,如果没有对惊险战局的控制能力,如果没有以一当十的指挥魄力,他怎敢主动向毛主席请战?彭德怀自信担当得起这样的重任,具备这样的资格,有这样的能力,彭德怀,大将也!

对毛泽东而言,此战事关大局,非他老彭不用,这是统帅的魄力。他深信彭德怀能够打好这一仗。也许,毛泽东想起了当年决定彭德怀留守井冈山寡不敌众的教训,这一次,他没有命令彭德怀在延安"留守",而是指示彭德怀将部队撤出延安,诱敌深入,先拖疲敌人,逐渐削弱它,各个消灭它。彭德怀领会意图,执行命令,又充分发挥自己的指挥才能,在来回"磨旋"中一点一点将敌人吃掉,直至把进攻延安的二十多万胡宗南军吃光,在我军战史上创造了以少胜多的经典战例,彪炳史册,光辉永存。

彭德怀的这种"蘑菇战术",除了得益于毛泽东的游击战理论,更直接来源于他在井冈山时期就一直主张的"盘旋式游击"的实战经验。他在延安保卫战中将这种"蘑菇战术"进一步发展,运用得更加得心应手,发挥得淋漓尽致。延安保卫战的胜利,极大地鼓舞了全军指战员,我军从战略防御全面转入战略反攻,解放大军全线出击,一泻千里,势不可当。

后来在清算彭德怀"罪行"时,他指挥的延安保卫战大概是受指责最少的,因为他指挥得太精彩了。他运用以弱击强、以少胜多的战术,达到了炉火纯青、几近完美的程度。他在"蘑菇战术"中采取的主要战法是"牵大吃小"。每战集中兵力,巧设伏兵,在运动中歼敌一股。然后再走,再牵,再设伏,再歼一股,屡战屡胜。西北野战军的官兵们,对彭总的指挥艺术佩服得五体投地。他们说,彭总指挥作战就像老鹰抓小鸡,一抓一个准,一次吃掉敌人一个旅两个旅,一个个地把敌人收拾干净了。

彭德怀在西北战场上打得这么好,他后来在《自述》中却检讨说,"我在西北战场有过两次错误"。一次,是打下清涧活捉敌师长廖昂后,又第二次去打榆林,结果因气候寒冷没有打下来,使部队少休整了一个月。另一次,是瓦子街战役大胜后想乘胜进攻宝鸡,结果胡宗南迅速调集优势兵力向我夹击,我不得不撤出宝鸡,把部队搞得很疲劳,犯了急性病。彭德怀的坦荡胸襟,尽显大将风度。

六

抗美援朝战争,林彪生性狐疑,顾虑多端,托病不去。于是,毛泽东亲自点将,请彭德怀挂帅出征。在毛泽东眼里,彭德怀具备同世界强敌较量的气魄和胆略。

中央急电召彭德怀进京时,他正在办公室里埋头审阅西北三年经济恢复计划。那时,他满脑子都在想,共产党为人民打天下,就是要让老百姓尽快过上好日子。现在战争终于结束了,今后的任务就是要尽快医治战争创伤,努力发展经济。可是,谁让他彭大将军是世界级名将呢?他连一天太平日子还没有过上,战争又来找他了!

彭德怀在北京西郊机场一下专机,直奔中南海,出席讨论出兵朝鲜的政治局会议。会上畅所欲言,有的主张出兵,有的主张不出。毛泽东说:"你们说的都有理由,但是别人处于国家危急时刻,我们站在旁边看,不论怎么说,心里也难过。"毛泽东是伟大的政治家,也是一位伟大的诗人。在讨论这样重大的国际政治问题时,他竟用这样几句充满感情色彩的话语表达了自己的意向,从中可以窥见一点毛泽东政治思维的特点:有时重感情、动感情。

当时,由于彭德怀刚刚赶到中南海,只听,没有发言。不过,他已听出了毛泽东决心出兵朝鲜的意向。当晚,彭德怀躺在北京饭店的房间里辗转反侧,怎么也睡不着。他回想着政治局会议上每个人的发言,思考和梳理出自己的见解。他已过惯了枪林弹雨、出生入死的野战生活,睡惯了山野战壕、茅屋马厩、石板土炕、地铺沙窝,硬是享受不了北京饭店软得让人魂不附体的席梦思床。他越想睡越睡不着,火辣辣地爬起来,把被窝搬到地毯上,睡地上。还是睡不着。他在想,如果美军占领了朝鲜,在北边对我隔鸭绿江相望,在南边又控制着我国台湾,隔台湾海峡相望,两头牵制着我们,随便找个什么借口都能发动对华战争。不同美帝见个高低,我们要建设社会主义是困难的。

第二天,彭德怀发言了。他说:"出兵援朝是必要的,打烂了,等于解放战争晚胜利几年。"彭德怀此言一发,毛泽东心头一热,手掌在座椅扶手上轻轻一拍,大事定矣!

彭德怀一到朝鲜,指挥中国人民志愿军在全世界面前打出了威风,也为他本人赢得了巨大的国际声誉。

有一次,彭德怀从朝鲜战场上带着浑身硝烟,赶回国内,径直闯进毛主席的卧室去汇报战场情况。虽说前方军情紧急,但毛主席此刻正在午睡,秘书想劝没劝住,警卫人员想拦不敢拦,他一推门,进去了。彭德怀见了毛泽东,说:"主席,我下了飞机就往中南海赶,赶到中南海又说你在西郊玉泉山,我到现在还没有吃饭哩。"毛泽东说:"你不吃饭,我就不听汇报。"彭德怀被工作人员领出去吃饭,他心急火燎地扒拉了几口,又进来了:"汇报。"

彭德怀到朝鲜战场上是去摸美帝国主义的老虎屁股的,虽说那老虎屁股一半是纸的,一半是铁的,但摸上去还是有些扎手。他向毛泽东汇报说,出国作战与国内作战有很大不同,目前志愿军面临诸多严重困难。一条,兵力不够。在国内作战,兵员不够有俘虏,一教育就转变过来了。同美军作战不一样,我们的战斗减员难以及时得到补充。另一条,敌机狂轰滥炸,我们没有一点对空防护手段,更谈不上制空权,我们的运输线全部暴露在敌人的空中火力下,道路和运输车辆受损严重。再一条,朝鲜冬季严寒,我们有的部队身着夏装仓促入朝,在战斗中打得破衣烂衫,至今尚未换上冬装,大批指战员被冻伤,非战斗减员很严重。还有,几十万志愿军得不到足够的粮食供应,一把炒面一把雪,缺乏营养,病号增多,许多人得了夜盲症,等等。

毛泽东耐心听完,沉思了一会儿,说:"中央对志愿军在朝鲜前线的困难处境很关心。根据现在的情况看,朝鲜战争能速胜则速胜,不能速胜则缓胜,不要急于求成。"

彭德怀一听,觉得这一趟没有白跑。毛主席给了他一个明确的战略指导方针,"能速胜则速胜,不能速胜则缓胜"。这样,同美军周旋的余地就大多了,他内心很满意。

但那次,毛泽东也不愠不火地说了他一句:"只有你老彭才会在人家睡觉的时候闯进来提意见。"

七

彭德怀是一位举世闻名的猛将、大将,如果没有一点非同常人的性格特点,那是不可想象的。彭德怀的性格铁石其表,炽热其里。他对人民、对祖国、对革命、对领袖,忠心耿耿,赤胆忠心。当年,林伯渠老人曾说:"彭德怀同志是有德可怀,有威可畏啊!"他当年的副手、西北军区副司令员赵寿山,虽然对他过于严厉的作风不太习惯,但对他的赤诚之心敬佩之至,常说:"彭总忠诚感人,是真正的大将军!"

彭德怀为革命出生入死,征战一生,功勋卓著。他不计个人荣辱得失,敢为人民的温饱疾苦"鼓咙胡",人民永远怀念他。

彭德怀是中国第一号硬汉子,铁骨铮铮,铁面无私。在党内,彭德怀敢于讲话、敢于讲真话,这是谁都知道的。他打了大胜仗从不喜形于色,但若因指挥失误导致作战失利,却绝不躲闪,坦坦荡荡,敢于承当。他治军之严,威名传遍全军。许多老同志都说,"彭德怀,脾气坏"。他对部下,尤其是对高级指挥员,谁要是不顾大局,搞本位主义,打滑头仗,他绝不容忍,绝不迁就,绝不放过。他会在大会上用最猛的火力剋你,剋得你不敢抬头,不敢看他,头上冒汗,背上发凉,会场上鸦雀无声,没有人敢小声议论、大声出气。他有一句名言:"你不恨敌人,我就恨死你!"

彭德怀自己似铁如钢,对别人也往往恨铁不成钢。他训人、克人,如炸弹爆炸,不顾一切,震撼一切,难免过火。当他一旦冷静下来,又常常会后悔、自责、深感不安,觉得自己太粗了、太狠了、太过了。他常说:"我是很粗的,有点像李逵。"抗日战争时期,八路军总部机关的同志们有个共同评价:"慈总严副。"意思是说,朱总司令慈祥,彭副总司令威严,有时严得有点过火。

彭德怀也曾"整"过人,甚至也曾"整"错过人。他知道这是很伤感情的,曾不无感叹地说:"我是阎王老子开店,鬼都不上门。我以后要注意这点。"他坦诚地检讨自己,希望得到别人谅解,愿意接受批评。他说:"我头上长着角,常常碰着人,使别人不高兴。我脾气不好,有缺点,有错误,希望和我一道工作的同志不顾情面地给我指出来。咱们赤诚相见,我愿意接受和改正。"其言灼灼,光明磊落。

彭德怀是真诚的。红军时期,中央苏区第三次反"围剿"战斗中,彭德怀指挥红三军团追击敌人,他和军团参谋长邓萍一路小跑赶往先头部队,警卫员在前边挥动小旗开路,有个战士可能太疲劳了,坐在路当中不动。彭德怀急得大骂一声:"狗娘养的,起来!"那位战士站起来,朝着彭德怀就是两拳,彭德怀被打得一愣。但前方军情紧急,他顾不得与一名士兵去计较,急匆匆赶路去了。不一会儿,传令排长把那个战士捆绑着追上来,对彭德怀说:"就是他,刚才打了军团长,请军团长发落!"那个战士吓得发抖,他不知道自己打的竟是军团长。彭德怀却训斥传令排长道:"谁叫你捆来的?小事情,放回去!"那个战士含着眼泪向彭德怀深深鞠了一躬,快速跟上部队走了。这样的战士是会冲锋陷阵、万死不辞的。彭德怀的带兵之道,继承的是中华民族军事文化传统中的将帅美德:爱兵、护兵。大将爱兵,不计小过。那位战士那样对待他,他都能谅解,不记私仇。彭德怀,大将也!

彭德怀的倔强脾气和反抗精神,是他童年苦大仇深的产物。他是忠烈之人,在他的"忠"与"烈"之间,缺乏过渡。他对是与非、爱与恨,从不暧昧。换句话说,他不太讲究方法,甚至太不讲究方法了!历史经验证明,过于圆滑的人谁都看不起,但身居高位的人要同来自方方面面的人打交道,要与水平能力参差不齐的、性格特点各不相同的人一道工作,天天要处理各种各样的矛盾、解决各种各样的问题,一点不注意方式方法显然也是不行的。为真理而斗争也得讲究策略和方法啊!彭老总疾恶如仇,从来看不起低声下气的做派,认为那是"没骨头",他的这种观点有时也难免失之偏颇。他为此付出了惨重代价。彭德怀的晚年悲剧,其根本原因是在我们党和国家那段不幸的历史之中。但又不能不说,彭德怀性格上的某些缺点,也是导致他晚年悲剧的因素之一。毛泽东最后一次找他谈话时也说他:"你这个人是少有的犟脾气。"他太"倔"了,太"犟"了,"倔"得不肯拐弯,"犟"得不肯低头。对他这种烈火般的性格,部下能谅解他,战友能谅解他,人民能谅解他,可是当时党内"左"的那一套怎能谅解他?

八

彭德怀从小苦大仇深,他是中国农民的一个缩影。中国农民的酸甜苦辣、喜怒哀乐,都会在他心灵上产生强烈反应。大跃进,大炼钢铁,人民公社大办食堂,农民吃苦头了。铁锅都砸了,拿去炼铁了。烧小高炉把树木竹子砍光了,还拆房子。猪羊鸡鸭都宰了,谎报产量,牛皮吹破了,农村开始闹饥荒了。大跃进带来那么多问题,其实党内许多人都有看法,只是不敢直说。他彭德怀在这种时候装聋作哑不说话,就不是彭德怀了。他说,他在庐山会议期间"给主席写信的目的,就是为了尽早地纠正当时存在的那些问题","是维护党"。

可是,毛泽东看了彭德怀的信,吃了三次安眠药,睡不着。他对中央常委的几个同志说,要评论这封信的性质。毛泽东这句话是倾盆大雨前的一声闷雷,响声不太大,却极具震撼力。果然,一场狂风暴雨说来就来了,电闪雷鸣,劈头盖脸,把彭德怀打得不知所措。庐山会议是一次"打铁"会议,有些"左撇子"把"政治风箱"拉得噼啪作响、风声呼呼,彭德怀这块硬铁就被烧红了。毛泽东放下手里的铅笔,只一锤,就把这块硬铁打扁了。

这时,轮到彭德怀天天晚上吃安眠药了。他百思不得其解,我这封信是写给主席做参考的嘛,主席用得着动这么大怒吗?那些批他、斗他的人,为什么对他上"纲"上得这么高?护士怕他出意外,安眠药只肯给两片,根本压不住。他说:"放心吧,小同志,我不会自杀,再加两片。"

在战场上叱咤风云的彭德怀,当他在庐山会议上遭到粗暴对待后,"犟"劲又来了,千不该万不该,突然冒出一句带"操"字的政治粗话,毛泽东动怒了!事情闹到这一步,不好办了。

后来,毛泽东和彭德怀之间曾出现过一次缓解的机会。但由于彭德怀仍然不肯"服软",这次机会失去了。1959年10月13日,也就是彭德怀搬去吴家花园的第十三天,毛泽东让秘书打来电话,约彭德怀到中南海去谈话。彭德怀心中重新燃起了希望,心情有些激动,早饭也没有吃,坐了车就去了。他快步走进中南海颐年堂,发现屋子里除了毛泽东,还有刘少奇、朱德、邓小平、陈毅、彭真、李富春、谭震林等人,原来今天是以中央的名义集体找他谈话。他坐定,毛泽东说:"我们一起来商量一下你今后一段时间的工作、学习问题。"彭德怀说了自己的打算,毛泽东表示同意。毛泽东还说,你年纪大了,就不要到人民公社去劳动了,每年可以下去搞些调查、参观。参加中央党校读书学习很好,但用不着四年,两年就够了。话语中,不乏关切之情。毛泽东说到这里,停住了,注视着彭德怀,有所等待。在座的人都看出来了,毛泽东是在等待彭德怀当面认错,以便接下去对他有所表示。但彭德怀觉得自己在庐山会议上给主席写信没有错,他不肯再做违心的检讨了。空气凝固起来。过了片刻,彭德怀表示感谢毛主席和党中央的关心,起身告辞。

九

彭德怀的一生,是一部辉煌而悲怆的命运交响曲,背景宏大,主题强烈。乐章时而辉煌激越,时而哀怨低回,大起大落,撼人心魄。

我在阅读《彭德怀传》时,不仅被彭老总一生身经百战、出生入死的辉煌经历所深深打动,同时也读到了彭老总一生中的许多次哭,这是我事先完全没有料到的。每每读到他在不同情景下或放声痛哭,或独自唏嘘,或悲恸欲绝,或怆然泪下,或"伏泣呈辞",都令我一次次含泪掩卷,起身离座,不能自已。

自古猛将重真情。彭德怀这个人,铁骨柔肠。他平时很凶、很严、很厉害,不苟言笑,内心却深藏着对亲密战友至纯至真的情谊。在艰难困苦的战争年代,我从《彭德怀传》中读到过他曾经两次痛哭。一次,是他与朱、毛在瑞金第二次会师后,根据红四军前敌委员会的决定,他率领红五军回师井冈山,巩固罗霄山脉中段,配合红四军恢复和扩大湘赣根据地。他主张以"盘旋式游击"打击敌人,但中共湘赣边特委书记邓乾元等人滋长了盲动主义,主张夺取安福,彭德怀不同意。他认为安福城虽然不大,但城墙高而坚固,我方一旦攻城,附近县城的守敌必会四面来援,我军攻城部队极易陷入四面受敌的危险境地。但争论的结果,多数人主张打,只有彭德怀一人不主张打。根据少数服从多数的原则,打。战斗打响后,不出彭德怀所料,遭敌三面伏击。虽然杀开一条血路突围而出,但刚刚得到恢复的红五军不仅牺牲了三百多名战士,而且有一名纵队长和一名纵队参谋长牺牲,另有一名纵队长和九名大队长负伤,损失了一大批重要骨干。清点完毕,彭德怀伤心至极,坐在石头上放声大哭,官兵们无不动容。另一次,是在勇夺娄山关、重占遵义城的战斗中,红三军团参谋长邓萍在攻打遵义老城时中弹牺牲。邓萍是彭德怀领导平江起义时的亲密战友,邓萍牺牲,使彭德怀痛心不已,他闻讯赶到,摇晃着邓萍的身体哭喊:"邓萍同志!邓萍同志!"

此后的几十年间,彭德怀似乎再没有哭过。但庐山会议后,又到了彭德怀不断落泪的日子。庐山会议上,他给毛主席写的那封信引起轩然大波。聂荣臻和叶剑英两位元帅一起来到他住处,劝导他说,要着重反省自己。毛主席的批评即使有些出入,也是难免的,只要对党和人民有利,就不要管那些细节,要着重从全局上检讨自己。两位老帅耐心劝导他,说,你不是常讲一个共产党员要能任劳任怨,并说任劳易、任怨难吗?现在到了你自己检讨的时候,就应该表现任劳任怨的精神。三位鬓发斑白的大元帅,三位出生入死的老战友,"谈了两个多小时,热泪盈眶而别"(见《彭德怀自述》)。

彭德怀开始做检讨。可是,许多不实之词被写进了《中共中央八届八中全会关于彭德怀反党集团的决议》。彭德怀不服,在家里仰天大喊:"为什么写了一封信就是反党、反毛主席,我想不通!"他把《决议》看了一遍又一遍,瞪着眼睛问妻子浦安修:"你说说,为什么这样?"浦安修是有文化的人,她到延安去之前在北京上过大学,庐山会议后她仍在北师大当领导。她看着自己这位铁骨铮铮的丈夫,看着这位刚直不阿、宁折不弯的倔老头,无言以对,只有眼泪、眼泪。

　　七千人大会,开始纠偏、平反。彭德怀没有出席这次会议,但他看到了发给他的会议文件。文件中说,"(庐山)这场斗争是完全必要的"。并说,对彭德怀斗争并不是因为他写那封信,"是因为由于长期以来彭德怀同志在党内有一个小集团","同某些外国人在中国搞颠覆活动有关"。因此,"别人都可以平反,唯彭德怀同志不能平反"。他看到这里,拍案而起,情绪失控,怒吼道:"诬蔑!诬蔑!"他抓起电话就要中央办公厅:"我彭德怀向党郑重声明,没有此事!"放下电话,彭德怀对着秘书景希珍号啕大哭,哭得撕心裂肺、肝胆俱裂!他让小景给他去买纸,他要给毛主席写信。

　　景秘书一听他又要写信,急了,和司机赵凤池一起劝他,别写了,免得又惹新祸。彭德怀怒吼道:"杀头都不要紧,但事情要弄清楚!我有权利申诉!"说着又哭,"小景啊,有人说我'里通外国'呀,我不向毛主席说清楚,你叫我把这个罪名背到棺材里去吗?"说完又哭,泪流满面。

　　彭德怀又开始写信,写了一封更长、更长的信。他在庐山写信惹了祸,这次还想用写信的办法来解开这把"锁"。他一件件、一桩桩地写,从出生写到井冈山,从井冈山写到长征,从长征写到延安,从延安写到北京,从国内写到出访。把心掏出来,把肺掏出来,把肝掏出来,长长八万言,最末一句是:"伏泣呈辞,恳希鉴察。"

　　读到这样的文字,谁能不为之心动泪下?

　　1965年3月,美国出兵越南,战火又一次烧到了中国大门口。中央指示加强战备,提出"准备应付最严重的局面"。毛主席要彭德怀去西南三线工作。彭德怀接到毛主席约他去中南海谈话的电话,激动万分,立刻驱车前往。谈话中,毛主席甚至说了一句"也许真理在你那边"。还历数了他在战争年代的一件件功绩,并且留他吃了饭。可是,临别时,毛主席并没有表示要给他平反的意思。彭德怀奉命去三线之前,去向一位红军时期的老战友辞行,他对老战友说,有人说我反对毛主席,其实我只是对主席思想跟不上。说着,又怆然泪下。

1966年春夏之交,"文革"骤起,彭德怀被抓回北京,批斗、监禁。在监禁中,彭德怀已欲哭无声,但仍有流不尽的心头血泪。专案组提审彭德怀,竟说,毛岸英在朝鲜不是被美军飞机炸死的,而是被他有意害死的,逼他老实交代。这绝对不是毛泽东的本意,而是当时那些自认为"越'左'越革命"的干将们干出来的勾当。一位敢于跟美帝国主义较量的民族大英雄,居然遭到如此恶毒诬陷,彭德怀连续失眠,出现幻视幻听。专案组就毛岸英之死又一次提审他后,他在返回关押他的房间时神志恍惚,走错了地方。哨兵将他叫住,领他回到屋里,他一头撞倒在床上,昏厥了过去。哨兵将他扶起时,他双眼满含着泪水,已经认不清人了……

一位看管彭德怀等"要犯"的干部,是个副教导员,要转业离队了。临走前,他去买了几斤苹果,用军用挎包装好,交给他最信任的一名战士,要他悄悄送给"一号"(彭德怀被关押的房号)。在当时,这名干部要冒多大的政治风险啊!那个战士巧妙地把苹果送到了彭老总手里,并告诉他说:"这是一位姓李的高个子干部送给你的,他要转业了。"这时,这位干部就在屋子外面,他要最后看一眼彭老总。那名战士从屋子里出来问这位干部:"你想进屋去看看他吗?"那位干部说:"不进去了。"他从小窗中看见彭老总手里攥着一个苹果,眼圈红了,眼睛里闪着泪光。那名干部自己的眼泪唰的一下就下来了,他急忙用手捂住自己的哭声,急急地转身走了。

2007年10月

周涛的才气与霸气

周涛者,狂人也!

我对周涛,未识其人,先闻其名。在老山前线,我们办了一张战地诗报《橄榄风》,编辑中有一位写诗的年轻军官张国明,他来自新疆军区。我从他那里知道新疆军区创作室有"二周",写诗的周涛,写评论的周政保,是中国文坛上叫得响的两位人物。不久,周政保和《解放军文艺》的编辑刘方炜结伴到老山前线来采风,认识了。周政保不善言辞,但为人实诚,可交。我过去不写东西,不关心文坛人事,自从写了几首诗,沾了一点文学的边儿,就想结识几位文坛朋友。周政保和刘方炜到落水洞指挥所的野战板房来向我告别,我对政保说,有机会邀请周涛也来认识一下嘛。政保说,这个没问题。我们从前线撤回石家庄后,周政保曾邀请周涛一起去石家庄看我,却被周涛一口拒绝了。周涛这一声嘹亮的"叫板",我开始并不知道,是若干年后,从他发表在《解放军报》上一篇写我的文章《文坛武将》中知道的。

几年后,我调入国防科工委(总装备部前身)担任政治部主任,新疆有个核试验基地,我去新疆的机会就多了。有一次我到基地去,先在乌鲁木齐停留一天。我和新疆军区原政委周永顺熟悉,他手下还有我的一位老部下,是作为战斗骨干调往新疆军区的,很久不见了,约好第二天中午一起吃顿饭,见一面。忽然想起周涛,我就说:"明天把周涛也找来。"第二天,他来了,英俊挺拔,相貌堂堂,是条汉子。他坐下抽烟,用犀利的目光对我一扫,不说话,在判断。他是我请来的客人,我先敬了他一杯酒,他含含糊糊在嘴角露出一丝笑意,没话。酒过三巡,他端起酒杯向我敬酒,道:"朱主任是继我之后,对军旅诗做出了贡献……"我笑了,对全桌的人说:"听听,我还是继他之后,人家说你周涛狂,不假呀。"大家哈哈大笑。

举杯对答之间,双方的距离就拉近了,后来就成了莫逆之交。他每次到北京来开会、参加文学活动、到现代文学馆和北大去讲课等,只要我知道,都要叫过来一起吃顿饭,喝顿酒。二十多年过去,至今友情弥笃。

周涛比我小七岁,但他青春得志早成名。他在文坛名声大噪之时,本人还不知道诗为何物,他在我面前完全有骄傲的资格。相识后,我亲身领教过一回,他在文坛的盛名,如何将我这位区区中将盖了个没顶。那一年,中国作协和诗歌学会举办第一届诗歌节,地点在李白晚年漂泊谢世之地安徽马鞍山。李白谢世的确切地点在当涂,当涂现属马鞍山。那时周涛已经不再写诗,诗坛活动也不再参加,但我俩分别接到了邀请函。他打电话问我:"你去吗?"我说:"去一下吧。"他说:"你去我也去。"他从乌鲁木齐飞到北京,我俩结伴前往。在南京机场下了飞机,马鞍山举办单位的接机人员举着牌子在出口处等候。有一块牌子上写着:"将军诗人周涛。"我向举牌者介绍:"这位就是周涛。"旁边有一人翻开接待名册核对,我一眼看到名册上写着:"将军诗人周涛,随行者朱增泉等。"上车后我对周涛说:"今天好了,我被正式任命为你的随从了。"他既有些得意,又有些不太好意思,"啊哈哈……"装傻。周涛享受将军级待遇不假,但军队高级文职人员和将军军衔的不同名称,地方同志分不清,一律称"将军"。周涛文名之隆,从我俩这次机场经历中可见一斑。一进宾馆,不对了,我住套间,他住标准间,他反过来安慰我:"看看,结果还是你大嘛!"这一出"真假将军"的小插曲,经常成为朋友们聚会时的笑料。

周涛的诗歌、散文俱佳。我喜欢读他的东西,读着读着就会有火星迸出来,眼前一亮,总觉得他才气过人。

周涛的诗歌基调雄浑大气,豪放深沉,同时又不乏灵动。《我属于北方》是他的代表作之一,全诗在一幅阔大的背景上展开,诗歌能力低下者是驾驭不住的——

男性的北方啊……

袒露出黄土高原粗犷的胸肌
并在它山峰般宽阔的肩膀上
斜斜地,仿佛毫不经意地
披挂着古长城的甲胄
一任黄河的奔泻激荡
渲染我们种族的肤色……

在这严厉、任性的父亲脚下
生存着、衍息着
像他们的父亲一样粗壮的
北方的儿女们

骄傲的北方啊……

>我是在你
>赭黄色的干燥胸膛上
>吃着土
>喝着风
>长大的儿子
>我属于北方……

这首诗奠定了周涛和这片土地的血肉关系,他是这片土地的赤子。他的诗歌一直在这个基调上歌唱。周涛性格狂放,但他对诗歌的真谛有着超出一般诗人的深刻认知和坚守,他从不"玩弄"诗歌。

他深情地讴歌这片土地,讴歌我们这个曾经多难的民族,同时又把自己的张扬个性熔铸其间,使他的诗歌充满着豪放、奋发、拼杀沥血的精神气质。他喜欢写翱翔苍穹的雄鹰,他甚至把鹰的死亡也写得那样苍凉而豪迈:"一只衰老的鹰,决不死于巢穴,/雄鹰的尸体,也决不作鼠们的食物","只有浩瀚的天空才配作飞翔者的坟场,/雄鹰的死亡,本身就是一次壮美的终结"(《鹰的挽歌》)。他意犹未尽,随后又写了《鹰之击》。这首有些散文化的、篇幅较长的诗,写的是一只年轻的雄鹰与一只狡猾老狼的生死搏击,过程完整,细节生动,写得惊心动魄。那只年轻勇敢但缺乏经验的雄鹰俯冲而下,"它伸出一只利爪,攫住狼的后臀,/让那利爪深深扎进骨缝","这剧痛是岩石也无法忍受的"。雄鹰本以为老狼会本能地回过头来咬它,它就可以伸出另一只利爪"闪电般抠住狼的眼睛"。但是——

>老狼没有扭头,
>它把一声狂嚎关在喉咙里,
>只挤出一丝呻吟;

老辣的计谋扼制了本能，
它反而更低地向前伸着头，开始狂奔……

老狼直奔一片枝干交错、密如蛛网的灌木林。这时鹰的一只铁爪已锁在老狼的骨肉之中，"它扑着翅膀挣扎，像一架倒拖的犁"，鹰本能地用另一只铁爪抓住了一根迎面扑来的树枝，身体被老狼"劈胸撕成两半"——

灌木深处
传出一声凄厉的啸声。

雄鹰牺牲得如此壮烈，老狼就能逃脱死亡的厄运了吗？留在它背上的一只鹰爪仍然深深地扎进了它脊梁的骨缝，"紧紧地掐住它的神经"，它在剧痛中一直往前狂奔，"直到筋疲力尽地死去"。
然而，"鹰是不死的"。

哦！我又看见一只鹰，和那只鹰一样年轻，
它又从峭壁上飞起，轻轻地一纵，
滑翔得那么自如，俯冲得那么英勇……

这首诗写于1982年，联系改革开放初期的艰难背景去读它，就更显得意味深长了。

周涛的诗，有时刚烈如火与温情脉脉相糅相济，显得更加诗意浓郁，更有韵味。他的《野马群》开头是一幅国画：

兀立荒原
任漠风吹散长鬃

引颈怅望远方天地之交
　　那永远不可企及的地平线
　　三五成群
　　以空旷天地间的鼎足之势
　　组成一幅相依为命的画面

接着写野马的不屈性格——

　　即使袭来旷世的风暴
　　它们也是不肯跪着求生的一群

忽然笔锋一转——

　　也有过
　　于暮色降临之时
　　悄悄地
　　接近牧人帐篷
　　呼吸着人类温暖的气息
　　垂首静听那神秘的语言和笑声
　　潜藏于血液中的深情
　　从野性的灵魂里唤醒
　　一种浪子对故土的怀念
　　使它们久久地
　　默然凝神
　　可是只需一声犬吠
　　又会使他们
　　消失得无踪无影

牧人循声而出
遥望那群疾不可追的
隐匿于夜色之中的黑影……

这首诗把野马不愿忍受任何羁绊而又对温馨生活充满向往，以及牧人与野马之间的微妙关系，写得撩人情怀，诗意浓郁得令人陶醉。

周涛的好诗很多。他的一首《对衰老的回答》，虽然写的是对生与死的态度，其实是在表达一种人生态度，写的是人生观。这首诗倾倒了无数读者，从青年到老年。几年前，在兰州军区专门为周涛举办的一次盛大的诗歌朗诵会上，这首诗在会场里掀起了排山倒海的掌声。中央人民广播电台的朗诵艺术家方明，曾在电视上谈及他在全国各地朗诵这首诗的情景，他说每次朗诵这首诗都会引起听众巨大共鸣，产生轰动效应。周涛曾在《人民日报》发表过一篇文章《诗是要朗诵的》，他提出要用朗诵来检验一首诗的好坏，甚至可以用朗诵来鉴别是真诗还是假诗，他的观点不无道理。

他还有唯一的一首两千行的长诗《山岳山岳，丛林丛林》，发表时遇到一点曲折，现在却有越来越多的评论文章在谈论和评价这首诗，有的评论文章认为这首诗"具有文学史意义"。诚如周涛本人所说，任何文学作品"所需要的只是时间的读者和读者的时间"。依我看，"时间的读者"也许是最严厉的评判者。在当今铺天盖地的文学读物中，经得起时间淘洗而能留住的，不会很多。

周涛的散文同样是一流的，自由，放松，才气横溢。我很注意沈苇对周涛诗歌和散文的看法，因为沈苇也是一位落户新疆大漠的南方才子，诗歌好，散文也好，他知道独具个性的好诗和好散文是怎样地不可多得。他说周涛在诗歌领域是"一个语言的游牧民，一个荒原上的浪子"，而在散文世界里他是一位"从容优雅的散步者",说得很到位、很贴切。周涛自己曾打过一个比方,大意是说,诗歌是奔腾在崇山峻岭间的急流,惊涛骇浪,激越澎湃;散文是冲出峡谷的大江大河,境界大开,水面宽阔,更加自由自在。他写大山:"海拔高度原来是一种境界,进入卓越宏大的山系,就是在接受对人生各个阶段的模拟演习和暗示"(《蠕动的屋脊》)。他写朱鹮面临灭绝危险时的感叹:"美的绝种是对强大世俗丑恶力量的抗议,也是留给这世界的唯一悲剧。它就是要让你永远无法弥补。"(《稀世之鸟》)在他的散文里没有肤浅,只有深沉和博大,他常常把沉重的话题写得举重若轻。

周涛描摹和形容各种动物习性之生动与准确,可称一绝。雪封大漠时的狐狸是"一串逃跑的火焰";扑进他家面粉缸里咬住老鼠的猫,抬起头来成了"戏台上的曹操";朱鹮是一对"中世纪王国复活的情侣"。他描写马群摆渡过河时的情景是这样的:"有的马小心翼翼,用鼻子嗅着前面试探,像近视眼一样谨慎地跨上木板;有的则昂起头嘶叫,屁股往后坐,不肯上船。醉酒的人一鞭子,那马一扬前腿,就蹦了上去,马蹄的铁掌在摆渡的木板上很响,很清脆,像一群穿着高跟皮鞋的漂亮女人,在甲板上焦急地走来走去。"(《忧郁的巩乃斯河》)这是诗人散文的笔触,有一颗天真的童心在搏动。

周涛告别诗坛后,他的散文为他赢得了更大的声誉。人民文学出版社为他出了典藏本,上海文艺出版社为他出了三卷集,各地为他出的散文选本,不事喧哗,络绎而来。

拒绝平庸,崇尚突兀高峻、雄奇险绝,这是周涛的性格。"绝路／或许也正是顶点呢"(《项羽》)。他发表的最后两首诗是《项羽》和《渔父》,渔父是为伍子胥逃亡摆渡过河的人。项羽和伍子胥是中国历史上的两位悲剧英雄,那位渔父为了掩护伍子胥逃亡,避免追兵逼他摆渡追杀伍子胥,自愿沉江而亡,同样是位悲剧英雄。周涛先用这样两首诗营造出一种悲壮气氛,突然抛出《新诗十三问》,宣布向诗坛告别,震撼了诗坛。如此毅然决然,中国诗坛就此一人,这就是周涛的霸气。周涛在"十三问"中的主要观点是中国新诗要坚持走民族化道路,而不要走全盘西化道路,东施效颦,邯郸学步,把中国诗歌的深厚传统都丢了。周涛提出的问题值得深思,这场讨论仍在继续。

现在有些评论文章认为,把周涛定义为"新边塞诗人"不妥,这一定义狭隘了,限制了周涛在诗坛、文坛和文学史上的应有地位。对此,我倒觉得并不尽然。周涛曾不止一次对我讲起,他几次差一点调离新疆,转往内地,但考虑再三,最终放弃了诸多诱惑,下定决心,终生不离开新疆。他说,他的根已经扎在新疆大漠,他的诗歌、散文,都带有浓郁的新疆地域特色。他如果来到内地,和内地众多优秀作家相比,他就失去了最大的优势,新疆才是他的安身立命之地。听君一番言,令我生感叹:"周涛,人杰也!"他在这样的大问题上比谁都清醒,这才是人生的大智慧。他如果没有这点底气,也狂不起来、霸不起来。

周涛有一条最大的贡献,是其他作家无人能比的。他使汉族文学在新疆这片广袤大漠上扎了根,开了花,结了果。同时,也通过他的优秀作品,把新疆多姿多彩的各个少数民族,以及新疆的雪山、大漠、草原、马群、河流、胡杨、牧人、毡房、铜壶、葡萄、花帽、歌舞、羊群、野狐、狗、馕……用诗的语言展现给了内地的汉族同胞,他是联结内地与边疆的文化纽带。周涛已成为新疆的一个文化品牌,他为新疆这片土地争得了文化荣誉,新疆各族同胞欢迎他,喜欢他,走到哪里都像"王爷"一样款待他。这使我想起了张骞和班超,周涛之风直追先贤。

周涛也是有缺点的。但我总认为,对文化人,对诗人、作家,尤其对取得重要成就的优秀诗人和作家,需要多一点宽容和爱护,这一点应该向俄罗斯民族学习。优秀的诗人和作家,毕竟是高智商的人,他们错过以后会反思,狂过以后会冷静。我发现,周涛为人为文,都比过去平和得多了。

2013年1月

怀念韩作荣

韩作荣去世得太突然了!

转瞬他已走半年,他的身影、神情和嘿嘿笑声,却依然历历在目。

那天上午,我接到程步涛电话,他告诉我说:"作荣走了。"我只"啊"了一声,一下子蒙了。稍停,我在电话里问步涛:"怎么回事啊?不久前还见过面,一点征兆都没有嘛!"步涛回答说:"他太累了,太不把自己的身体当回事了!"他是累死的,死于过度疲劳引起突发心绞痛。作荣去世前抱病奔忙的具体情况,程步涛在他撰写的一篇悼念短文《诗歌常青,诗人常青》中有详细描述。

2013年,中国诗坛失去了两位有声望的优秀诗人,中国诗歌学会失去了两位会长:雷抒雁、韩作荣。中国新诗正处在一个大变动时期,蓬蓬勃勃而又泥沙俱下。改革开放以来,中国社会经济、思想、文化的变革大潮,给中国新诗带来了巨大冲击。诗坛许多现象和问题的出现,有些是不以人们的主观意志为转移的。然而,作为中国诗坛的领军人物,面对人们对新诗现状的议论,面对新诗建设中需要解决的诸多问题,强烈的使命感驱使着他们,要为振兴新诗呕心沥血,鞠躬尽瘁,死而后已。

天哪,诗歌也能累死人的!天知否?地知否?

韩作荣是我诗歌创作的引路人之一,也是我结交将近三十年的好友之一。去年,在四川文艺出版社为我出版的诗歌三卷集"后记"中,我专门辟出一节写我这几十年来结交的各位诗友。我对作荣有如下记述:"我那时到北京来开会,只要晚上能抽出一点时间,都会到韩作荣家里去同他聊天。他抽烟很厉害,书房内满屋子都是烟,他不停地用茶壶喝着浓茶润嗓子。他在《人民文学》担任副主编、主编那些年,每年都要签发我一两组诗。韩作荣对诗歌要求比较严格,也很直率,我送去的稿子好就是好,不好就是不好,当面直说,我喜欢他这样。他的严格要求,迫使我每次给《人民文学》诗稿都要掂量一下是不是拿得出手。"

我和作荣的相交是真诚的、知心的,双方都有一种互相信赖的感觉,交谈时用不着考虑每一句话怎么说,海阔天空,畅所欲言。我们的每次交谈都离不开诗。他每天都要看稿子,新诗创作中出现的每一种新变化,诗坛冒出的每一位新人,都逃不过他的眼睛。有一次,谈到一些对精神世界发掘较深的好诗,他很兴奋,并且马上对我来一句:"这种诗你写不出!"说完朝我嘿嘿一笑,无遮无拦,那样真诚,那样坦率。但是,他对诗歌的不同风格、不同流派都很宽容,对我写的军旅诗和政治抒情诗同样热情扶持。我依稀记得,1988年夏天第一次给他送去的诗稿是《生命穿越死亡》,这是"猫耳洞奇想"长诗系列中的一首,已在战地诗报《橄榄风》上发表过一次。他看过稿子后说:"有些地方太啰唆了,划掉一些。"在当年《人民文学》11月号上刊登出来的是这首诗的"选章"。他就是用这样直接的方式,提醒我写诗要注意凝练。

作荣人品好。他为人一向低调、内向,从不在人前夸耀自己、贬损别人。有一件事令我难忘。新世纪来临前夕,回顾历史,展望未来,我陷入了对国家、民族前途命运的深深思考,激发了我写作长诗《前夜》的创作冲动。为了把中国的前途命运放在世界发展潮流的大背景下去反思和展望,我利用业余时间翻阅了五十多本书,重温了中国在二十世纪的衰败史,以及世界在二十世纪的变迁史。我的创作态度是严肃认真的。全诗两千行,上半部发表在《人民文学》1991年7—8月合刊,下半部发表在《昆仑》1992年第1期。1992年8月,解放军文艺出版社为我出版了《前夜》单行本。

我当初把《前夜》上半部诗稿寄给作荣时,担心他会说"太长"。出乎我的意料,他这一次没有说"太长",而是对我说"恰逢其时",并且破例把我这首长诗放在《人民文学》头条发表。除了《诗刊》之外,国家级综合性文学期刊在头条位置发表诗歌,这是罕见的,它是我写诗经历中享受到的一次特殊待遇。后来人民文学杂志社举办创刊四十五周年纪念活动时,又给我这首长诗颁发了优秀作品奖(在《昆仑》发表的下半部,也获得了该社优秀作品奖)。

表面看来,这首长诗从发表到获奖,似乎一切都很顺利。殊不知,它背后曾经历过一段曲折。这是事过十多年之后,作荣的前任、当时主持《人民文学》工作的副主编程树榛讲给我听的。他说,当时编委讨论这首长诗时,多数人同意发表,个别人反对,说这首长诗是"非马克思主义"的。这样一上纲,问题严重了。当时《人民文学》主编是刘白羽,为了解开这个"扣",程树榛带着韩作荣等几个人去向刘白羽当面请示汇报。刘白羽听完汇报,明确表态说:"我相信这位作者,他的诗稿我就不看了,你们多数同志认为可以发表,那就发表。"刘白羽是我敬重的前辈,我喜欢读他的散文,但我与他从未见过面,也无书信交往。他何以相信我这位作者,除了他可能看过我的某些作品,找不到别的解释。程树榛同志给我讲述这段插曲时,没有告诉我反对者是谁,我也不便问,只付之一笑。作荣也在场,他一直坐在旁边微笑着抽烟静听,没有插一句话。这就是作荣的为人,他顶着政治压力为我这首长诗的发表和评奖"全程护航",却从未在我面前表过功;程树臻向我透露这段"秘密"之后,他也从未告诉过我当初的反对者是谁。我了解作荣的为人,此后也从未问过他。

一切都已过去,我也不必再去弄清当时那位反对者究竟是谁了。在我看来,讨论问题时发表不同意见是正常的、允许的。我只想对那位反对者说,我对极"左"思潮深恶痛绝是真,若说我在这首长诗中反映的政治立场有什么问题,纯粹瞎掰。我曾用四年时间硬"啃"过三十多本马列著作,什么是马克思主义,多少知道一点,别来吓唬我。至于从诗歌艺术的角度来探讨这首长诗的得失,我后来曾有过反思,这些都白纸黑字记录在我的诗歌三卷集"后记"里了。

作荣还是我与昌耀"神交"的牵线人。2000年1月21日,中国诗歌学会在人民大会堂颁发了一次"中国诗人奖",获得终身成就奖的是中国诗坛两位前辈臧克家、卞之琳;获得年度奖的是昌耀和我。昌耀是韩作荣发现并一手扶持起来的。他曾兴奋地给我讲过发现昌耀的经过,讲昌耀的诗如何独特,讲他第一次把昌耀请到北京来改稿的过程,讲昌耀应对人际交往时如何木讷乃至手足无措,等等。作荣对昌耀的诗评价极高,称他是"诗人中的诗人",说他的诗"不可复制"。在人民大会堂颁发"中国诗人奖"时,昌耀已是肺癌晚期,未能前来出席颁奖仪式。当时我和昌耀并无交往,但我欣赏他的诗,同情他的苦难经历。我在领奖发言时当众宣布把五千元奖金转赠给他治病。会后,作荣专程前往西宁,到昌耀病榻前去为他单独颁奖,并向他转赠了我的五千元奖金。昌耀用颤抖的手在他的诗集扉页上给我写了一封短信,委托作荣带回北京交给我,表达他的谢意。昌耀在信中向我介绍说,他年轻时也曾从军,随三十八军入朝参战,他以一名老兵的名义向我致以军礼。我给昌耀的回信尚未寄出,得知他已驾鹤西去,使我留下终生遗憾。

2003年夏天,我和中国作协副主席王巨才一起随全国政协考察团去青海省考察青海湖的治理情况,临行前,我对作荣说,我这次去西宁想顺便了解一些昌耀的往事。作荣向我介绍了一位十分熟悉昌耀的西宁作家肖黛,并给她打了电话,请她为我提供帮助。正巧,肖黛的丈夫是青海省政府秘书长,负责接待考察团一行,我们很快得以沟通。利用考察间隙,肖黛丈夫为我们安排了车子,肖黛陪着我和王巨才两人一处一处去看昌耀生前住过的地方,她一路上向我们介绍昌耀的生平事迹。我回到北京,立即写了一篇《寻找昌耀》的散文,发表在《诗刊》2003年12月号上,多家报刊转载了这篇文章。我和昌耀从未见过面,但我们两人之间有过这么一段"生死之交",这是由作荣一手促成的,他对朋友就是那么真诚。

有一次我见到作荣突然消瘦得厉害,急问:"怎么回事?"他淡淡一笑:"糖尿病。"说完从上衣口袋里掏出一个小纸包,倒出两片药来,在就餐前用开水服下了。经过治疗,这几年已大有好转,压根儿不知道他心血管方面也有毛病。他于2013年6月当选为中国诗歌学会会长,朋友们都为他高兴。我邀请几位诗友小聚,对作荣当选中国诗歌学会会长表示祝贺。席间,谈到我的诗歌三卷集。这几年,我写诗少了,估计今后也不会多写了,我整理出版这套诗集是带有总结性的。朋友们曾建议开一次讨论会,由于我不久前刚开过一次规模较大的五卷本《战争史笔记》出版座谈会,再开这类讨论会显得太频繁了。我事前曾和程步涛商量,提出改变一个办法,请中国诗歌学会牵头组织一些评论文章发一下,也算有些动静,步涛说这个办法好。

这次小聚时,作荣对我说,你的诗歌三卷集出版,这是你诗歌创作中的一件大事,中国诗歌学会理应有所表示。他欣然同意亲自牵头,和张同吾、李小雨、刘立云、殷实等几位熟悉我诗歌创作的人各写一篇评论。这件事很快得到落实,6月28日的《文艺报》以一整版的篇幅刊登了他们几个人对我诗歌三卷集的评论。作荣的一篇登在头条,题目是"壮美的生命与军人情怀"。作荣待人有情有义有担当,这是我与他交往几十年的深切感受。

作荣是工程兵出身,在部队干的都是劈山开路、过江架桥这类急难险重的任务。部队生活的磨炼,对他的生命态度和创作生涯产生的影响是显而易见的。他平时少言寡语,骨子里却有一股子敢闯大江大海的勇气。他曾给我讲过一个故事,有一年夏天,他和几位朋友在长江南岸某地玩,说话互逗,他二话没说,只身下水,向长江北岸游去。游至江心,遇到一个旋涡,差一点被卷了进去。他奋力游出危险,到达北岸,一个人坐在江边抽烟,淡定如故。"那一次差一点送了小命。"他说。可是,那次自然界的旋涡并没有吞没他的生命,这一次事务缠身的旋涡却吞噬了他的生命!他走得太早了。他是一位务实干事的人,如果不是突然离世,他担任中国诗歌学会会长期间,一定能为中国诗坛脚踏实地干成几件实事。

2013年11月14日上午,我去八室山向作荣遗体告别。在休息室遇到中国作协主席铁凝,我对她说:"作荣去世令我始料不及,他走得太早了!"她说:"是啊,他刚刚完成了一部三十万字的《李白传》书稿,他是不惜命的,真是走得太可惜了!"

韩作荣突然谢世,是中国文坛的一大损失,同人好友无不为之扼腕叹息!

2014年4月

中国诗坛流星雨

2013年2月至2015年8月,两年半时间,中国诗歌学会的四位负责人雷抒雁、韩作荣、李小雨、张同吾先后去世。雷抒雁、韩作荣是前后两任会长,李小雨是副会长兼秘书长,张同吾是名誉会长。四颗中国诗坛之星,在同一个单位,间隔那么短,接二连三,一颗接一颗地陨落,这是中国诗坛前所未见的一场流星雨。

新时期诗歌创作,曾经出现过花团锦簇的繁荣景象,有些诗歌曾一夜红遍全国。那时,中国刚刚从长期"左"的桎梏中解放出来,新一代诗人引吭高歌,佳作迭出,那是新时期诗歌的黄金时期。可是,新潮滚滚,泥沙俱下,随后就出现了许多新情况、新问题,新诗创作陷入了迷茫和困惑。正是在这样的背景下,他们四位一任接一任地肩负起了中国诗歌学会的领导责任。然而,他们如勇士般前仆后继,却接二连三倒下。他们四位的岁数都不算大,走得都太早了。

雷抒雁是成名很早的一位优秀诗人。在我的印象中,他做人、写诗都很严谨。他的诗歌高雅、沉静、精致,却又充满内在激情,一首《小草在歌唱》就是经典。我似乎记得,艾青生前曾点评过他的诗,举的例子好像是他把夏天暴雨的雨滴形容成一颗颗晶莹成熟的葡萄。有一年初秋,我还在二十七集团军当政委,雷抒雁去石家庄,就住在我们招待所。他戴了一顶风帽,穿了一件风衣,很潇洒。晚上,我拿了长诗《前夜》的初稿去看他,请他指教。第二天早晨,我去陪他吃早饭,他把诗稿退还给我,对我说:"你这首诗里有一股气,别的作者写不出,只是诗句还需要进一步打磨。"后来,我这首长诗的上半部发表在《人民文学》杂志,下半部发表在《昆仑》杂志,两家杂志都给我颁发了优秀作品奖,由此可见雷抒雁的独到眼光。2012年4月25日,雷抒雁在中国诗歌学会第三次全国会员代表大会上当选为会长。那次会议我也参加了,选举结束后全体人员合影留念。照相结束,我从椅子上站起来同他握手,再次向他表示祝贺。我对他说:"我下午有个会,午餐我就不参加了。"他不无遗憾地用另一只手拍拍我的右手说:"哎呀,我们都希望你留下来一起就餐啊!"我使劲摇动一下和他握在一起的手,笑着对他说:"来日方长啊!"谁知我和他这次握手竟成永别。

韩作荣是我诗歌创作道路上的重要引路人之一。我在老山前线开始写诗,从战场回到后方,那时韩作荣是《人民文学》杂志副主编,分管诗歌散文,我因向《人民文学》杂志投稿,就与他认识了,并且很快就成了好友。我那时每次从石家庄到北京来开会,只要晚上能抽出一点时间,都会到韩作荣家里去同他聊天。海阔天空,什么都谈,谈各自在部队的种种经历,当然谈得最多的还是诗。他在《人民文学》担任副主编、主编那些年,每年都要签发我一两组诗。韩作荣对诗要求比较严格,也很直率,我送去的稿子好就是好,不好就是不好。在他的严格要求下,迫使我每次给《人民文学》的诗稿都要掂量一下是不是拿得出手。韩作荣自己的诗圆熟、深刻,又不断追求新的突破,屡有面貌一新之作问世。2013年6月某日晚上,为了祝贺韩作荣当选为中国诗歌学会会长,我邀请他和几位诗友一起聚餐。席间谈到四川文艺出版社为我新出的诗歌三卷集,我说:"出版座谈会我是不想开了,想组织几篇文章在报纸上发表一下,也算有个动静。"韩作荣回答得少有的爽快:"可以啊,这也是诗歌学会应尽的责任。"他带头认领一篇,又亲自点将,张同吾、李小雨、刘立云、殷实各写一篇。稿子很快落实,6月28日在《文艺报》刊登了一整版,头条就是韩作荣写的《壮美的生命与军人情怀》,同时刊登的有张同吾的《英雄泪·诗人情·中国梦》,李小雨的《谈朱增泉诗歌的两个意象》,殷实的《直爽的性格坦率的主题》。刘立云的《飞来山上千寻塔》因当日版面放不下,是隔了些日子单独发表的。韩作荣是很内向的人,平时话语不多,但他对朋友如此实诚,令我难以忘怀。我到八宝山去向他的遗体告别时,遇到铁凝,我和她握手时说:"作荣走得太早了!"她说:"是啊,他刚刚完成了一部三十万字的《李白传》书稿,他是不惜命的,真是走得太可惜了!"

李小雨留在我脑海中的印象始终是女诗人的那种细腻、耐心、慢条斯理、轻声细语。有一年夏天,新疆马兰核试验基地的领导委托我邀请了十多位诗人、作家到基地去辅导基层业余作者,充实荒漠戈壁中的官兵业余文化生活,李小雨也在被邀之列。基地为了表达对客人的谢意,花了很大力气组织了一次寻访古楼兰的活动。我们采取夜行军方式,连夜坐车抵达罗布泊左岸,黎明时大家站在罗布泊岸边看日出,眼前呈现一幅从未见过的辉煌壮观景象。然后穿越平坦得像镜面一样的罗布泊干湖,中午前到达楼兰废墟,大家兴奋之状难以言表。可是地表温度高达五十九摄氏度,逗留时间太长有危险,我下令撤出。上车前清点人数,少了李小雨。四处一望,只见她独自一人还在低头寻找着什么。大家齐声喊她,把她叫了回来,上车回撤。可是她始终对楼兰之旅意犹未尽,多年后还不止一次问我:"还能组织一次楼兰游吗?"我笑着回答她说:"那样的活动一辈子只能组织一次,风险太大了。"她每次都会笑着说:"啊,太遗憾了。"这件事尽显她性格中的单纯和童心。回想当年一同探险楼兰的友人,已有王燕生、李小雨和张同吾三人先后作古,不胜感慨。著名老诗人李瑛上了年纪,我每次同他联系,都是通过他女儿李小雨,她每次都耐心细致地帮我办妥。我出版诗歌三卷集时拉大旗作虎皮,请李瑛、谢冕和吕进三位名家为我作序。李瑛手颤,写的字只有小雨能识。小雨边看边读,她女儿记录,录出后再交李瑛校改。祖孙三代齐动手,最后小雨把打印得清清楚楚的文稿交到我手里,令我异常感动。我要小雨代向她老爸李瑛致谢,小雨笑着回答说:"哎呀,不用谢的。"她永远是那样笑容可掬、和颜悦色地待人。

张同吾跟踪评论我的诗歌创作二十余年,我和他的联系和接触也就更多。张同吾是我从老山前线回到后方以后认识的,第一次见面是在我们军部招待所,同去的还有王燕生。同吾和我同龄,他比我大几个月,互相一见如故,相谈甚欢。相识后,我每年都要到他家里去一两次。那时他家还住在北京东四演乐胡同,胡同较窄,一旦对面来辆车,要七挪八让折腾好一阵子才能交会过去。他家住的是老房子,狭长的客厅里两面堆满了书,中间放一张茶几,靠东面放了一张长沙发,茶几两头两张单人沙发。同吾拉着我坐在他身旁的长沙发上,他夫人孟繁琛从顶头右拐的厨房里出来,乐哈哈地和我打招呼。有一次我是带着老婆孩子一块去的,一家人把他家的小客厅坐满了。他后来搬到潘家园,我去的次数多一些。同吾每次和我交谈都敞开心扉,工作中的快事、难事、挠头事、窝心事都对我讲,一吐为快。他待人是真诚的,他为我写了那么多诗评,从没有在我面前说过一句表功的话。我身边的许多业余作者要出书时都请他作序,他统统满足他们的要求。对来自全国各地的求序者也是这样,我从未见他回绝过别人。他的诗论诗评甚丰,扶植了一大批在诗歌创作道路上摸索的新人,对新诗繁荣做出了很大贡献。他在中国诗歌学会主事长达十七年。他是知识分子作风,细致周到有余,大刀阔斧不足,杂务缠身却欲罢不能,遇到一些生气的事又如鲠在喉,于是矛盾在他身上交集,也因此惹来一些物议,这是他的苦恼所在。但张同吾对中国诗歌学会的成立和运作功不可没,对团结大批新老诗人功不可没。我眼看他长年累月为诗歌学会和诗坛事务忙得不亦乐乎,累得几次病倒。他第一次病倒,住在北京医院,我买了一只花篮去看他,他很感动,从病床上欠起身子说:"你那么忙,还来看我。"我见他气色不好,对他说:"你不能摆脱一些吗,何必累成这样?"他艰难一笑道:"没有办法。"他后来动了手术,在电话里对我说:"问题不大。"后来见面,见他恢复得不错,我为他高兴,他自己也很乐观。他最后一次住院,我自己也病了,我从301医院病房里给他打电话,明显听得出他有些气力不支,他在电话里对我感叹了一句:"我们都老了。"这是他生前对我说的最后一句话。没有想到,他很快就走了。我和老伴一起到八宝山去向他的遗体告别,在门口遇到谢冕,我把谢冕先生让到前面。谢冕先生比张同吾年长,但看他身体甚健。年长者送年轻者,这是让人感慨的事。张同吾的遗像还是那样笑容可掬地看着我,我向他鞠了三个躬,在心里对他说:"安息吧,同吾!"

他们四人接连谢世,全国众多诗人愕然长叹。逝者去矣,追思痛惜。生者何如,仍当奋发。三年前,我曾在《人民日报》发表过一篇小文:《新诗创作的期待》。如今,我对中国新诗充满新的期待。

2015年12月于北京航天城

从范蠡说到吕不韦

灯下读史，避开帝王看将相，注意两个人：一个范蠡，一个吕不韦。在漫漫五百年春秋战国这部风云际会的长剧中，这两个人一前一后，一东一西，先后粉墨登场，分别出演过重要角色。范蠡在长江之滨当过越国大夫，吕不韦在黄河岸边任过秦国相国。两人的经历异中有同、同中有异：范蠡先做官，后经商；吕不韦先经商，后做官。在他俩由做官到经商、由经商到做官的过程中，又各有一位他们心爱的绝色女子，为他们的事业或图谋献身殉情。

官职、财富、美人，这三件宝贝，哪一件里面都夹杂着善恶并存祸福相依的成分；倘若再将这"三原色"挤到同一块调色板上，那就对不住，贪婪者志浊情浑地涂抹出一幅幅污浊画面者众，而能以大智大德绘出灿然景致者寡焉。

独独范蠡此人，一生"居高官，致巨富，挟美人"，却能"名垂后世"，千古称奇。他是先做官，后经商。那就先看看他为何做官，又如何做官吧。夫范蠡者，楚国人氏，虽"出身衰贱"，却苦学有成，有奇志大谋，怀治国安邦之志。然其时之楚国，君主无为，贵族专权，国运衰落。他又死也不肯去走权贵们的路子，只得埋没民间，装疯卖傻。当权者清明公正招贤，昏庸徇私纳亲，古今通律，无可奈何。幸而春秋战国时代"人才市场"相当活跃，一些在本国得不到重用的文武人才，反被招纳天下贤士的别国吸引了去，破格重用，位至将相，这样的例子屡见于史。思想上的百家争鸣，组织上的人才竞争，相映成为春秋时代诸侯并起、群雄纷争之际的奇异社会景观。楚国上层的政治腐败，造成本国人才严重外流，伍子胥、伯嚭奔吴，文种和范蠡去越，都到别国去做了"客官"。吴、越两国得了这几位人才，吴越之争也就拉开了跌宕起伏、精彩纷呈的一幕。

这里有个问题，范蠡此人在本国混不到官职，竟跑到别国去做官，"官瘾"如此之大，他不以为耻吗？问得有理。然而叹我人类，为了治理这乱纷纷相争相扰的社会，自古至今，总得有人出来做官。孰荣孰耻，其实并不全在想不想做官，而在为何做官、如何做官。况且当时之楚、越其实都是中国，范蠡并未出洋。他离楚之前，曾同好友文种做过一次长谈，两人都为楚国的现状和前途忧心。他俩谈论的题目是，为了报效楚国，必须到越国去图谋发展。文种问："你我离楚，何以反能效楚？" 范蠡答："今楚之危，莫大于东邻日盛之吴。而能牵制吴国西向犯楚者，越国也。你我辅越图强，必能牵制吴国，以轻楚国之危也。"范蠡心系故国盛衰安危，真可谓苦心孤诣。由此可见，范蠡决意到越国去，绝非为了想去混张绿卡什么的，切望诸君稍加留意古今出国之士情怀之高下。

做官，自古就有种种不同做法。单说做官如何做出人格来，仅此一点，就很不易。范蠡恰恰在这一点上表现得相当出众。他认为做官仅仅为了谋取一己的荣华富贵非常容易，但很可耻；他做官的志向是要"有为于天下"。范蠡到越国去上任之始，正值勾践兵败会稽，越国命运危于累卵。他和文种立志要挽救越国于危亡，先避灭国之祸，再重振国运，然后称霸诸侯。他俩主动为越国挑起的这副担子，有多少斤两，可想而知。为了避免越国被灭之祸，范蠡苦苦劝谏勾践采纳了他的"忍其辱，待其时"的著名策略。勾践到吴国去忍辱服刑之时,原想把越国交给范蠡托管,范蠡却说:"兵甲之事,文种不如范蠡;治理国家,亲附百姓,范蠡不如文种,还是让文种在国内留守吧!"他自己毅然冒死伴随勾践"质于吴"。他伴随勾践在吴国服刑期间,吴王夫差从他的老乡伍子胥那里得知,范蠡这个囚徒,怀奇才,有大用,于是亲自出面来拉拢他说:"贞女不嫁破亡之家,志士不官灭国之君。你到我这里来吧,我马上任命你为大夫,如何?"范蠡答:"家破而去之妇非贞女,国亡叛君之徒非志士也!我谢谢大王您的一片好意了……"好个范大夫,太史公奋笔疾书而赞曰:"臣主若此,欲毋显得乎?"《史记》载:范蠡"与勾践深谋二十余年",终于实现了"灭吴国,临齐晋"的宏图大业,号称一时之霸。

一个人做官做出了如此丰功伟绩,又将何以处身?勾践深念范蠡大功,将他擢升为上将军。不料,功成名就的范蠡却日益寝食不安起来。一则,他在长期跟随勾践为越国复兴呕心沥血、赴汤蹈火的过程中,对勾践这个人了解得实在太透彻了,深知此人"可与之共患难,不可与之同荣华"。自己二十余年来为了越国的强盛戮力效命,虽然随时可能遇上灭身之祸,却从未有过半点犹豫、退却之心,因为那是为了一个国家的生死存亡,虽死犹荣。再说当时勾践正在患难之中,他的褊狭性格虽然时时发作,但用复国振兴大业为重的道理对他苦苦相劝,他尚能忍耐。如今大业已成,勾践的心境已变,他已不可能再像患难中那样忍辱负重听从劝谏,一旦君臣发生冲突,由于勾践一己的褊狭性格而使自己遭受杀身之祸,太不值得了。二则,再想想自己,以往二十余年由于重任在肩,壮志未酬,夜寝未敢忘思,日行未敢忘慎,生怕有半点疏忽,故能胜敌一筹,以曲求伸,以弱胜强,终成伟业。如今自己也已功成名就,位高而权重,寝食无忧,即使一日三省,也难免疏忽懈怠,因而深感"大名之下,难以久居"。经过反复深思,他毅然决然向勾践递交了一份情切意坚的辞呈,请求辞官而去。

谁知勾践却大大误解了他的心思,竟对他说:"我愿同你分国而有!"范蠡伏地叩首道:"臣闻'主忧臣劳,主辱臣死'。昔日大王临灭国大难,臣戮力相助,臣之职也。唯初谋之时,令大王质吴蒙奇耻大辱,臣之死罪,臣请诛!"勾践还是苦苦挽留,范蠡坚辞不悔,乘轻舟浮海而去。如此自觉自愿干净利落地丢掉已经到手的高官厚禄盛名荣耀,而且这一切都是因功而得,受之无愧,问千古以来,有几人乎?另一种说法是,范蠡带着爱妾西施到了无锡,在太湖之畔建了一座宅园隐居了一段时间。他和西施隐居的蠡园,现在是无锡的名胜之一。

从此,范蠡坚决同政治"脱钩",北上齐国,隐姓埋名,领着儿子们"耕于海畔,苦身戮力",从"居无几何",到"致产数十万",勤劳致富。不久,齐国发现了他,再次将他拉去做官,"以为相"。范蠡心中更加不安起来,觉得一个人"富"与"贵"不可兼得,自己一个布衣之人,如今"居家则致数千金,居官则至卿相",集富贵于一身,物极必反,"不祥"。于是,他再一次毅然决然"归相印,散尽其财",远走他乡,回归民间。最后游历到定陶一带,定居下来,专心经商,"候时转物",贸易越做越大,资产"累巨万"。

范蠡一生"三迁皆有荣名","天下称陶朱公"。

再看看吕不韦,他又是以怎样的人格、情怀、志向和手段,从经商走上了从政道路?范蠡死后数百年,吕不韦从卫国阳翟做买卖一路做到赵国邯郸。其时,他虽已"家累千金",却身无官职,总觉得心里空落落的,缺少点什么。他在长期"往来贩贱贵卖"的经商活动中,积累了"奇货可居"的投机经验。他正是凭着这条经验,终于在邯郸碰上了一桩政治买卖,施展出全部投机手段,从商界一脚踏进政治门槛,步上了从政之路。

一日,吕不韦在邯郸街上闲逛,迎面碰上一位落魄少年,一打听,那少年竟是秦国的王孙,名异人,在赵国当人质,赵国对他很是怠慢。吕不韦回到商舍,掐指算计了一阵,便同他父亲讨论起各种买卖的获利大小来。他问父亲:"耕种利几倍乎?"父亲答:"十倍。"又问:"贩卖重宝珠玉乎?"答:"百倍。"再问:"拥人立国乎?"他父亲一愣,心想自己做了一辈子生意,还从未听说过有这类买卖,无言以对。吕不韦奸诈地笑将起来,自己作了回答:"万世之利也!"吕不韦真不愧是经商世家出身,真不愧是一位满脑子生意经的地道商人,他是早在从政之前,就已算清了"从政获利大于商"!

吕不韦接着仔细算了另一笔"政治账":异人的父亲是秦昭王的太子安国君,秦昭王垂垂老矣,安国君迟早要接替王位,安国君虽同众妾生有二十多个儿子,偏偏他最宠幸的华阳夫人膝下无子。安国君一旦继承王位,立谁为太子必有一争。先别看子楚眼下落魄,细细分析起来,他倒具备争立太子的一定条件。因为在华阳夫人进宫之前,异人的生母夏姬也曾得宠过,幼时的子楚,安国君也喜欢过,父子间有感情基础。故要想为子楚争到太子地位,笼络华阳夫人便是关键所在……吕不韦掐着骨缝儿细细算出了异人身上的巨大潜在"价值",不禁大喜:"此乃稀世奇货也!"

两笔账算下来,吕不韦已毫不犹豫,上门拜访子楚。他对异人说道:"我可以帮你光大门庭。"子楚对他凄然一笑:"你还是先去光大你自己的门庭吧。"吕不韦说:"不,我的门庭要靠你来光大!"异人不解,问:"何以见得?"吕不韦对他附耳如此这般说了一通,子楚听罢,不禁热血沸腾,顿足许下大愿:假如照你的计策能够实现,我将"分秦与君共之!"一场空前未有的政治投机大买卖,就此落锤敲定。

商人吕不韦比谁都清楚,"欲获利,先下本"。他先"以五百金与子楚,为进用,迎宾客",先把子楚的门面撑起来。"复以五百金买奇物玩好",由吕不韦自己带上,亲自出马,西去秦都,展开活动。

他先通过关系找到了华阳夫人的姐姐,托她将礼物送给华阳夫人,并传进话去,说异人如何如何想念她老人家。从此,华阳夫人不断收到以子楚名义送来的各种心爱之物,不断听到有人在她面前说起子楚如何如何聪明能干。她的姐姐也不断前来为她的前途命运担忧,经常在她面前说些"色衰爱弛"之类,终于使华阳夫人因为自己没有亲生儿子而怏怏不乐起来。眼看时机已经成熟,吕不韦终于把一套编得天衣无缝的"好意",通过华阳夫人的姐姐搬到了她的卧榻之前:"我看异人这孩子真是不错,对你比对他的亲生母亲夏姬还好。我看倒不如你自己趁早在安国君面前说句话,把异人过继到你名下当儿子,将来名正言顺把他立为太子,这才是万全之计。"吕不韦苦心策划的这桩政治投机买卖,华阳夫人轻轻一点头,竟就这么做成了!因华阳夫人是楚国人,异人以此改名为子楚。

吕不韦风尘仆仆赶回邯郸,秦都传来一道玉符:子楚已成为安国君的嗣子、秦昭王的王太孙,吕不韦被任命为子楚的师傅。大约过了十来年,秦昭王亡,"太子安国君立为王,华阳夫人为王后,子楚为太子",完全不出吕不韦的预谋!安国君继位只一年,亡,立子楚,"是为庄襄王","以吕不韦为丞相,封为文信侯","食十万户",他梦寐以求的"万世之利"终于到手。子楚继位也只三年,又亡,立太子政。嬴政年少,不能亲政,于是"尊吕不韦为相国,号称仲父",秦国大权落到了吕不韦手里。这里藏着一个非同寻常的千古之谜,牵连到一个风流淫荡的女人。

当年,吕不韦为子楚争到了太子地位,把子楚请到自己府上为他举行庆祝宴会,招来家养舞女跳舞助兴。其中有位名叫赵姬的舞女,姿色"绝好",吕不韦私与居,有孕。子楚一见倾情,已无心饮酒,举杯为吕不韦祝寿,第二句话便向他指名要这位舞女。吕不韦一听火了,但他那股情火只倏忽一闪,便酸溜溜地往心底压将下去。心想,我既然已把全部家产都押在了他子楚身上,何惜一名心爱舞女？把赵姬献给他，不是更能放长线钓大鱼吗！于是"遂献其姬"，"姬自匿有身，至大期时，生子政"。原来，新继位的少年秦王"政"，即后来不可一世的秦始皇，竟是吕不韦的私生子！

庄襄王新亡，王后赵姬守寡，儿子虽已继承王位，但尚年少。吕不韦一面操纵国政，一面同太后姬的旧时淫情复萌，两人"时时窃私通"。可见，让少年秦王嬴政尊吕不韦为"仲父"，其中奥妙不言而喻。吕不韦灵魂之肮脏，更加表现在下面这件事情上：随着少年秦王嬴政日益年长，吕不韦深恐他与赵姬王太后的性丑闻败露致祸，于是使出一条转嫁危险于他人的阴毒之计。他物色到一位好色之徒嫪毐，养为舍人，将他的眉毛胡子拔掉，对外诈称此人已被"阉"过，送进宫去服侍太后，"太后私与通，绝爱之"。赵姬又同嫪毐生了两个私生子，许多政事"皆出于嫪毐"。

秦王政终于亲政，破了宫内这桩性丑闻大案，镇压了嫪毐的宫廷政变，诛其三族，杀掉了他的两个私生子。吕不韦的龌龊勾当也终于败露，免去相国，逐出京都，后又贬蜀。吕不韦终因干下的丑事太多，"恐诛"，在去蜀的途中自己饮毒酒自杀，不得善终。

吕不韦其人，以无德之身，逐利之心，阴诈手段，弃商从政，直至操纵秦国朝政，弄得秦国宫内丑闻不断，乌烟瘴气，严重污染毒化了秦国政治。秦嬴政是位有大作为的帝王，后来他扫平六合，将春秋战国以来争战不休五百余年的中国归为一统。但为何完成如此空前大业的王朝，竟二世速亡？除了其他种种原因，吕不韦对秦国政治的毒化，是否也是一个小小的内在因素？

回过头来再说范蠡。他也曾施展过美人计，作为他全部政治计谋的重要内容之一，委派自己的爱妾西施到吴王夫差身边去长期潜伏，执行一项从长计议的战略任务。范蠡在这件事情上表现出来的个人情操，则另具一格。他与文种一起到勾践那里去同谋此计时，文种提出，仅有姿色的美女易找，但若无才识，则难以完成这项重大使命。范蠡毫不犹豫地推荐了自己的爱妾西施,说只有她"堪当此任"。文种不忍。范蠡说,我与西施已经商量过了,她深明大义,愿意为国献身。西施到了吴王夫差身边,认真贯彻范蠡向她交代的战略意图,劝说夫差西向图霸,向北方用兵,把他的目光从越国身上引开。西施之美、之才,令夫差爱不能离,终日相伴。西施娇嗔地劝他说:"请大王珍重身体,万不可懈怠了称霸雄心。连我都经常在想,我们吴国何时才能称霸中原?"这使夫差对西施在怜爱之上又加了一层敬意。西施不辱使命,成功地把夫差的注意力从越国引开,使夫差屡屡向西、向北用兵,这就使越国获得了"十年生聚,十年教训"的喘息机会,卧薪尝胆,励精图治,积蓄了力量。后来终于在夫差西去黄池会盟称霸之时,越国趁其国内空虚,攻其不备,战胜了吴国。从此,越国开始向外采取战略进攻之势,其中西施功不可没。

今天人们去游苏州灵岩山,尚可见到一些古时吴国遗迹,听到一些关于这段历史的精彩传说。山上有囚禁过勾践和范蠡的石室,有为西施梳妆打扮开凿的西施井。站在山上回首南望,有一条笔直的"一箭河",从山脚直通太湖。相传,当年范蠡虽毅然辞官而去,但他对西施的真诚爱情不能忘怀。他专程赶到灵岩山来接了西施,怕勾践疑心病起,允诺有变,派人追来,对西施说:"快走!"他从腰间摘下弓来,倏地射出一箭,箭头飞出的方向开出一条河来,他们的小船顺着这条小河驶进太湖,即刻隐没在浩渺烟波之间。

史上,以姿色事敌国之君,而未留恶名者,唯西施一人。

1994年2月

访张钫先生故园

一

古都洛阳,值得一看的古迹很多。但我却坐着车子驰出洛阳城,在暮春时节麦苗碧波万顷的田野公路上赶了很远的路程,到洛阳西去百里之遥的铁门镇上,看了一处别有一番意义的人文景观:国民党起义将领张钫先生的故园。

铁门镇是豫西山区的一座古镇,北有万古长流的滔滔黄河,南有连绵的熊耳山脉,向东是函谷关[①],向西是潼关,处在中原沟通关中的咽喉要冲,古时有"百二关山严凤阙"之誉。

这座地处偏僻的私邸花园,因藏有张钫先生早年苦心收集的一千多块唐朝墓志石刻,以"千唐志斋"名世;又因园中留有康有为、章太炎、吴昌硕、于右任等人的件件墨迹、桩桩逸事,正在日益显示出它的历史文化价值。

[①] 函谷关有两处,古函谷关在今河南省灵宝东北,战国秦置。因关在谷中,深险如函,形成天险。公元前241年,楚、赵、魏、韩、卫合纵攻秦,至此败还。公元前207年,刘邦西入咸阳,遣兵把守此关,以拒诸侯军入关中。汉武帝元鼎三年(前114年),将古函谷关防向东前推三百里,移至今河南省新安县东,称新关,三国魏正始元年(240年)废,今遗址尚存。古函谷关在铁门镇以西,新函谷关在铁门镇以东。这里指的是新函谷关。

铁门镇小街两旁矮房老店,古风犹存;张园就在镇子北口。因"千唐志斋"现已闻名遐迩,游人日增,通往张园的出入道路正在修缮,无法通行。我们的车绕到镇南,从坑洼不平、布满积水泥坑的狭窄小街掉头向北,驶至一个缓缓的斜坡前停下,步入园内。

张钫这个名字我过去并不熟悉。

但对于清末民初风云变幻之际,活跃于时代激流潮头的两位饱学之士康有为、章太炎,清末民初书画篆刻巨子吴昌硕,国民党元老、近代著名书法家于右任等人的大名,还是熟悉的。这几个著名人物,康有为和章太炎的政治主张互相抵牾,最后两人都前辙后易;吴昌硕、于右任和张钫本人的命运遭际、最终归宿也各不相同。但是,当他们在戊戌变法、辛亥革命、讨袁活动、护法战争、张勋复辟等一连串历史事件中,忙忙碌碌地分别扮演完了各自的角色,共同经历了那一段历史大潮的荡涤之后,却喜剧性地由于张钫其人、其园、其富藏古人墓志石刻,使他们因金石碑刻之缘,又在这座偏僻庭园中"会合"了。他们当中有人屡次为这座庭园题额撰联;有人辗转来到这座偏僻庭园中聚首饮宴,观石题诗,扬文人之习气,浇心中之块垒。他们的名字和遗墨,使这里收藏的一千多块唐人墓志石刻有了新的生命气息,也为这座富藏古人墓志石刻的偏僻庭园注入了新的历史血脉。

康有为、章太炎两位都是国学大师,吴昌硕是位纯粹的艺术家,这三位都属文人之列;于右任中过举,写过诗,精于书法,而在护法战争和北伐战争期间,又曾在陕西两度领军,是位文人兼军人的"两栖"人物;张钫则属于纯军人。但这座充满古文化气息的偏僻庭园,以及园中收集的众多古人墓志石刻,却能将他们几位情系一隅,说明旧时代的文人和军人,虽然两者的表面属性泾渭分明,但他们的血脉里却共同流动着中国古文化的遗传基因。正是这一共同特点,决定了他们这一代人的生命样式。他们无论处在政治波澜潮头或谷底,乃至最终被时代激流抛向岸边,他们的生命始终在散发着那份割舍不去的旧文化书卷气息。金石诗书、碑刻墨翰,始终是他们寄托情怀、宣泄自我、告白世界的凭借;种种时代信息,也伴随着他们的喜怒哀乐被物化在这些物件里面得以保存下来,成为人们了解那个时代、研究这些人物的实物资料。

踏进这座小小的偏僻庭园,看着一块块古人墓志、今人题刻,不仅使我感受到了中国在二十世纪所经历的时事沧桑,同时也让我感悟到了这样一个问题:由中国古文化传统滋养出来的上一代旧式文人、旧式军人,在他们企图跨越新旧时代的门槛时,他们背负着怎样沉重的旧文化包袱;这沉重的旧文化包袱又怎样使他们一个个由激进到退缩,乃至消沉,最终又退回到他们自己营造的旧文化氛围中去寻找精神解脱。这的确是一种值得研究的文化现象。

在意识形态领域里,传统永远是一种巨大的保守力量。这是恩格斯的一句名言,正宗的马克思主义观点。

二

园中虽然也有一些曲径回廊、小亭竹丛,但在熟悉江南园林风貌的我眼里,它给我以过于简陋的感觉。园中最重要的建筑有两处:一是当年张钫先生的府邸"蛰庐";一是与"蛰庐"相连的"千唐志斋"。

"蛰庐"的门面是一座旧城堡式的门楼建筑,这是张钫先生读书会客的场所,称"听香读画之室";门楼后面是一幢二层青砖小楼,乃家居之屋。从"蛰庐"门楼的独特建筑形式上就可以看出,主人是一位深受中国古文化熏陶的旧式军人,但他被卷进了新旧时代更替的历史大潮。

张钫,字伯英,清末毕业于保定陆军速成学堂,早年追随孙中山,参加同盟会,是辛亥革命陕西新军起义的主要策动者之一。民国成立,任陕西陆军第二师师长。后因参加倒袁活动,被羁押,1916年袁死后与章太炎等一同获释。在1917年孙中山发动的反对北洋军阀政府的护法战争,于右任任陕西靖国军总司令,张钫赴陕任靖国军副总司令。他的这一段经历表明,他有着一条较为清晰的民主革命者的活动轨迹。从政治之外的文化层面上看,他与康有为、章太炎、吴昌硕等名士过从甚密,又是于右任的亲密"僚友",深受他们的影响,酷爱金石书画,自号"友石老人",这一点又决定了他是一位"崇文"胜于"宣武"的旧军人。旧文化赋予他的精神因素,时时影响着他在历史大潮裹挟中的思想举动。

1921年夏,张钫丧父,他从陕西靖国军副总司令任上返回故里铁门镇丁忧。这时,正值陕西靖国军瓦解前夕。家遇哀伤,仕途坎坷,纵有报国宏愿也无从施展,他当时的心情不难想象。但旧式人物"光宗耀祖"的心理,依然在他胸中炽烈地燃烧起来。

在这种双重心情的驱使下,他首先想到要为亡父张子温刻一块像样的墓志铭。《张子温墓志铭》由章太炎撰文,于右任书丹,吴昌硕篆盖。章太炎是近代民主革命家、思想家,又是位国学大师、文章高手,当时尚高居孙中山护法军政府秘书长之位;于右任是国民党元老、当代书法的一代宗师,当时手执陕西靖国军总司令帅印;吴昌硕则在书画金石界德高望重。这是章、于、吴三位大师联手完成的一件珠联璧合之作。

章太炎在辛亥革命前后的作为和经历,真可谓波澜起伏。他早年曾同康有为一起参加戊戌维新运动,遭清廷通缉,亡命日本;后来则成为旧民主主义革命的急先锋,与改良派首领康有为分道扬镳,发表《驳康有为〈论革命书〉》,并为邹容《革命军》作序,再次触怒清廷,被捕入狱,坐牢三年。出狱后被孙中山迎至日本,参加同盟会,主编《民报》,与改良派展开激烈论战。辛亥革命后曾任孙中山临时大总统府枢密顾问。后被人拉拢，鼓吹"革命军起，革命党消"之悖论，并拥护袁世凯任大总统，被袁世凯任命为总统府高等顾问、东三省筹边使。宋教仁被刺后宣布辞职，反戈讨袁，遭软禁，袁死后获释。他为张子温撰写墓志铭的时候，正在孙中山的护法军政府中任秘书长，可以算作张钫的上司。但当时的章太炎还十分清高，这篇墓志铭是张钫通过于右任去求他写的。

于右任与张钫是亲密"僚友"，因张钫之求，他即为之张罗其事，同河南大学校长、章太炎的学生王广元两人联名写信，请章太炎为张钫之父撰写了这篇墓志铭。于右任拿到章太炎寄来的文稿，亲赴铁门镇张府，将其书丹于石。于右任是中国近代书法大师，书法素养博大精深。他书于石上的这篇张子温墓志，楷书中融入魏碑笔意，气势浩荡，雄奇多姿。他自己觉得这件书法作品写得意法俱佳，不禁得意自鸣，特请来渑池县镌石高手马尚志精工镌刻。乃成，于右任又特地赶往张府去观看，只见字字刻得神韵粲然。他真是高兴极了，当即奖赏马尚志大洋二百元，其豪放性情于此可见一斑。

书法篆刻巨子吴昌硕其时已是耄耋之年，他为张子温墓志盖篆刻了"新安张君子温墓志铭"九字，高古豪迈，气度非凡。他自矜这件篆刻作品为"平生第一"。

从书法篆刻史讲，这是在当时风云变幻、时局动荡之际幸运留下的一件难得的艺术珍品，有"近代三绝"之称。现此件墓志铭的志、盖两石，均同唐朝墓志石刻一起镶砌于"千唐志斋"壁上，供人观赏。

对于张钫先生来说，仅仅为亡父刻一块墓志铭，当然还不足以"光宗耀祖"。于是，他在守孝期间耗资购地近百亩，费时两年，在铁门镇上营造了这座私邸花园。

花园落成后接待的第一位重要客人，便是大名鼎鼎的康有为，时间是1923年3月。

康有为是中国近代思想史上从封建主义到旧民主主义的过渡性人物,初为清末改良派领袖,后为保皇党首领。清朝在中日战争中的惨败,曾使他痛心疾首,连续七次向光绪帝慷慨上书,要求变法,那时他的维新思想曾经四射出耀眼的光芒。当他联络赴京会试的一千三百余名举人联名向清廷"公车上书",强烈要求拒签丧权辱国的"和约"时,曾给没落腐败的清廷以多么强烈的震动,给国人的精神以多大的振奋啊!但当戊戌变法惨遭慈禧太后残酷镇压、他亡命去国后,却又组织保皇会,掉转屁股反对起民主革命来了。再后来,他竟又参加辫帅张勋的复辟称帝活动,这是他一生中一次极不光彩的惨败。康有为的悲哀在于"只改良,不革命",可是对于腐败透顶的清王朝而言,改良已无济于事,何况慈禧太后对改良派也残酷镇压呢!

这时来到张钫新邸做客的康有为,已是一名背离时代主流的落魄者。但他作为一名渊博学者的文名犹存,尤其是康有为对金石造诣高深,令酷爱金石墨翰的张钫将他奉为座上宾,厚待有加。两人挥毫谈书,煮酒论碑,不亦乐乎。从康有为在此留下的题额、楹联、书跋、题诗等诸多墨迹来看,他在此做客期间与张钫相处得相当融洽,逗留七日方去。

一日,张钫于酒酣耳热之际,请康有为为他这座新园题写园名。其时,康有为作为一名保皇党人,眼看清廷已亡,他参与的张勋复辟又告惨败,但留恋清王朝之心并未死绝,便从自己的灰暗心理中挖出"蛰庐"二字,挥毫以名张钫其园。"蛰"者,蛰伏也;"庐"者,以诸葛孔明当年蛰居南阳之"草庐"相比喻焉。他同时还为张钫题写了一副楹联:"凡泥欲封紫气犹存关尹令 凿坯(音坯)可乐霸亭谁识故将军"。联中用典古僻,满含"怀才不遇"之意。又题《宿铁门》诗一首:"窟穿徘徊亦自安,月移花影上阑干。英雄种菜寻常事,云雨蛰龙犹自蟠。"他的联、诗,可作"蛰庐"园名的注解。

张钫郑重其事,将康氏题写的额、联、诗,均选石精工镌刻,镶砌于门额及墙上。当时的张钫,也正好借康有为之书、之诗,来浇他自己心中的块垒。他因参加倒袁而遭羁押之隐痛似乎尚未消尽;眼前的护法之役又看不出获胜曙光,各路军阀各有各的主意和打算,陕西靖国军前程暗淡,分裂、靖绥之气正在弥漫。而康有为沉于砚底、发于笔端的"蛰居观望"之意,岂不正合张钫此刻的心境?

无论"得意"或"失意",都要借助题墨刻石来寄托胸臆,这就是受中国古文化熏陶的旧式人物所共有的浓重习气。

三

到了二十世纪三十年代初,张钫"时来运转"。1932年至1934年,是张钫一生当中一段短暂的"得意"光景,先后任国民革命军第二十路军总指挥、河南省临时政府代主席等职,一度在河南集军政大权于一身,难免有"十年河西,十年河东"之慨。

1934年6月,他为母亲王太夫人庆祝七十寿辰,在这座私邸花园中大宴宾客,盛况空前。所收到的锦帐寿屏盈室满阶,其中有一件引人注目的寿屏,在这幅寿屏上署名的,是蒋介石率国民党军政大员朱培德、唐生智、顾祝同、张治中、俞大维等共四十一人,落款是"国民政府军事委员会委员长兼参谋总长世侄蒋中正顿首拜撰,参谋次长贺耀祖顿首再拜书"。连蒋介石在他母亲膝前也以"世侄"自称,这当然是值得张钫炫耀的。他将此寿屏也镌于石上,现此石也镶于"千唐志斋"壁上,成为难得一见的民国时期的一件遗物。当时的中国,已先后经过了北伐战争和历次军阀混战,北洋军阀已经覆灭,蒋介石已攫取了国民党军政大权,建立了他的独裁统治。在这同时,共产党也已在江西瑞金和另外几个地方红红火火地打出了一片片根据地。而日本军国主义发动侵华战争的阴谋,此时正在加紧策划之中,不久即将爆发。但是,蒋介石集团看来此时却并无危机四伏的感觉,正沉湎于觥筹交错之中。

如果说,张钫建造"蛰庐"是他仕途"失意"时的标志,那么,建造"千唐志斋"却是他仕途"得意"时的产物。

古都洛阳,自东周以来,达官连门,商贾云集,文人荟萃,死后均以葬于城北黄河之滨的北邙山为荣。白居易诗中就有"北邙冢墓高嵯峨"的句子。后人更说"北邙山上少闲土,尽是洛阳人旧墓"。横亘百余里的北邙山上,古墓多得"无卧牛之地"。后世盗掘成风,加上清末修筑陇海铁路,致使大量墓志石刻流失民间。迷恋金石碑刻的张钫,就在他集河南军政大权于一身的那段时间里,利用其地位、权势和金钱,在古都洛阳广泛收集古人墓志石刻,并与于右任有约:所得北魏墓志石刻悉归于,唐人墓志石刻尽归张。于右任将他得到的大量北魏墓志石刻运回故里陕西三原;张钫则将收集到的唐人墓志石刻全部运回了故里铁门镇,并决定斥资在他的这座私邸花园中建斋陈列。

看来,当时的张钫,迷恋墓碑石刻的兴致,远比他治军、从政的心思要浓厚得多。

从"蛰庐"经过一条不长的矩形回廊,就可进入西侧的"千唐志斋"。"千唐志斋"由十五孔砖砌窑洞围绕三个天井排列而成,回环相连,孔孔相通,显得迂回曲折。门外的每一根廊柱上、每一孔窑的洞壁上,都镶嵌着一方方、一排排古人墓志石刻。"千唐志斋"这种质朴中显深奥的构造风格,又让人强烈地感觉到从张钫身上透出的那份"探奥于方寸之间"的金石家气质。看来他似乎更适合于去探求金石碑刻的刀锋笔法行运之妙,而并不见长于山岭河野间的挥兵厮杀、政坛风云中的纵横捭阖。

他当时极想通过建造"千唐志斋",使他这座偏僻庭园一举成名。斋室尚在筹建过程中,他就早早请章太炎题写了"千唐志斋"斋名题额;斋于1936年竣工,而《千唐志斋石目录》则提前一年,于1935年就交西泠印社提前出版问世了。他"舆论先行",当然是希望获得世人对他这项文化工程重大价值的承认,以传世扬名。但是,《千唐志斋石目录》的出版问世,如同一名弱婴落地,那一声微弱啼声还未来得及引起世人惊喜,却已被抗日战争的炮火声、炸弹声淹没了。当时正值国土沦丧、山河破碎,文人墨客颠沛流离,无处能安放一张清静的书桌,谁有心境去细心品读那本《千唐志斋石目录》呢?到了1943年,深入中原腹地的侵华日军进驻铁门镇,竟将"千唐志斋"充当了他们的伙房。一块块墓志石刻,连同附着在墓志中的一个个古人幽灵,也在侵华日军的烟熏火燎中作壁上暗泣。可能是这些日军伙夫文化素养不是很高,或是由于日本投降的时刻来得太快,他们未将这些价值连城的古文物盗掠而去,真乃万幸。

"千唐志斋"门口上方那一块古篆体斋名刻石,便是当年章太炎的手笔,题写时间是1935年3月。但此时之章太炎,已非他日之章太炎矣。他早在1924年就已脱离了孙中山改组的国民党,此时偏居一隅,在苏州设立了"章氏国学讲习会","以讲学为业"了。他已成为继康有为之后,又一位被时代激流甩向岸边息足的观潮者。当时他为张钫写好了"千唐志斋"斋名之后,意犹未尽,又另撰一副古篆体对联相赠:"宁与凤凰比翼 不随鸡鹜争鸣"。此联与其说是书赠张钫的,倒不如说是他自己在借此宣泄胸中之郁积之气。此联文句清楚地表明,章太炎当年作为一名民主主义革命者同改良派激烈论争的思想锋芒早已不复存在,他终于厌倦了、消沉了,永难消逝的只是他一腔落伍的知识分子的孤傲清高。这时正值抗日战争爆发前夕,中国的前途命运即将迎来又一次更为严峻的挑战。曾以一腔热血为中国的民主革命奔走呼号的章太炎,对于时局之险恶征兆,对于蒋氏政权的所作所为,他真能做到不闻不问、心平如镜吗?他此时的心境,恐怕也不是他题写的这副对联所能完全表达得了的。不久,抗战爆发,他激愤日寇侵华,但也只能出些钱资助一下抗日救亡学生罢了。这就是思想植根于中国旧文化土壤中的章太炎,曾一度冲出"国学"最终又钻进"国学"去躲避时势的章太炎,在思想上只比康有为前进了半步的章太炎。

康有为和章太炎的经历和结局,说明了一个严酷事实,思想植根于旧文化土壤中的知识分子,他们思想上、精神上,联结旧文化的那根连血带肉的"脐带"是很难一刀割断的。他们的灵魂中,时时有一个声音在召唤他们向旧的文化传统回归。在时代更替的特定历史条件下,注定要有他们这样一些面临新时代的旧文化饱学之士,来扮演他们这一代知识分子局限性的代表。在时代更替、历史大变动之际,唯如鲁迅般全身心接受新文化的洗礼,并将传统旧文化咀嚼、消化得能够挤出新思想的奶来,才能全身心地去拥抱新的时代,成为"我以我血荐轩辕"的坚忍战士,为缔造新时代战斗到底。

四

张钫先后经历了清末民初那段特定历史时期的风云变幻,经历了民国政府时期的宦海沉浮,也经历了建国后的风风雨雨,称得上是一位"三朝"老人。他的经历、爱好,连同他为后人留下的"千唐志斋"这笔古文化遗产,都是值得人们研究的题目。

他生于清末国运衰败之时,从军、参政于风云变幻、时局动荡的时代更迭之际。金石碑刻,是他终其一生的酷爱。正是他酷爱的金石碑刻,赋予了他深厚的旧文化素养,使他成为一名"有文化"

的旧式军人,这一点深深影响了他的思维方式和行为方式。坎坷中,他寄情于金石墨翰,韬光养晦,蛰居以待。短暂得意、权倾一方时,他身上既有一些旧军阀旧官僚欲摆豪门气派的奢望,但又不像毫无文化气质可言的土军阀那样,以满足钱财奴妾的掳掠为人生目的,而是利用其地位、权势、金钱,投注于搜罗古人墓志石刻这样一项文化工程。也正因为他对中国古文化有着难以割舍的酷爱,他自然也苦恋着这片多灾多难的土地。因而,虽然他曾同蒋介石有过"称兄道弟"的官场关系,但他最后并未跟随蒋介石跑到台湾去。解放战争中,他于川西率军起义,投入了人民的怀抱。建国后,他曾历任第二届政协委员、中央文史馆副馆长,1966年5月病逝于北京。

他建造的"千唐志斋",现存唐朝墓志石刻一千一百八十五方。所属年代上起大唐开国之君李渊"武德"年号,中经"贞观""天宝"盛世,间有武则天改元、安禄山僭号,下迄唐末哀帝"天佑"年号,起讫约二百八十余年。这些墓志所载史事,涉及唐朝各个时期的政治、军事、文化、社会风俗、典章制度等方方面面。墓主身份有相国、太尉、刺史、太守,有雄踞一方的藩镇、位卑职微的尉丞曹吏,有皇亲国戚、缙绅名流、道观尊师,也有深锁内宫、苍凉一生的宫娥才女。他们有的峨冠皂履、宽衣博带,有的头盔甲胄、虎目熊背,有的束发微服、曲身弓腰,有的低眉愁容、病病恹恹。这些唐朝古人在张钫将军的统一指挥下,在"千唐志斋"内依次排列成了一条端坐侧立的人物长廊。将"千唐志斋"称作一部"石刻唐书",一部人物众多、形象生动的"唐朝人物志",一座纪年确凿、记事具体的"唐史博物馆",均毫不夸张。故"千唐志斋"被称为"一部石刻的全唐书"。

唐朝是中国书法艺术的繁荣时期,上承魏晋,下启宋元明清。这些唐朝墓志石刻,堪称唐朝书法艺术之大观。园门口一道长墙上镶有姚雪垠、舒同、启功、沈鹏、赵朴初、欧阳中石等人的题词镌石。其中除姚雪垠以小说名世外,其他几位都是当今中国书法界的"大腕"。他们泼墨挥毫,盛赞"千唐志斋"所展现的唐代书法艺术,"琳琅皆国宝","似闻地阙注幽咽","足见我书法传统葳蕤繁祉也"。天津市书法代表团来此参观后,留下了这样的题词:"米芾过此,百拜不起!"迷恋中国书法的日本人也纷至沓来,据说日本大道书院院长、八十高龄的川上景年,在斋室内遍观各志,仔细揣摩,恋恋不舍离去,一再建议早日正式对外开放,以满足中外书法爱好者观摩研究之渴望。由此足见"千唐志斋"在中外书法家心目中的重要地位。

历史是一条永远连续的文化之链。新文化永远要用旧文化作为自己茁壮成长的栽培土壤。建成"千唐志斋"的确是张钫先生的一件传世之作,他为后人保留下了一笔十分宝贵的文化遗产。如今,张钫的海外子女归来,为他在这座庭园中建造了坟茔,他的遗骨被安放在这座庭园之中,与他终其一生酷爱着的这些古人墓志石刻朝夕相伴。

曾是一名掌军将领的张钫,他在战场上的胜迹或败迹均不甚昭彰;而他建造的这座"千唐志斋",却要使他在中国碑刻收藏史上留下显眼的一笔了。张钫先生收集了如此众多的古人墓志石刻,却没有为自己刻下一块墓志铭。其实,这座"千唐志斋"本身,便是张钫先生的一篇极有价值的墓志铭。

1995年7月

同庆毋忘告林翁

一

中国历来的志士仁人有一种精神传统,对于国土沦丧的伤感是很强烈、很执着的。南宋诗人陆游那首有名的《示儿》,就寄托了这样的情怀:

死去原知万事空,
但悲不见九州同。
王师北定中原日,
家祭无忘告乃翁。

中国进入近代以后的一连串割地赔款、丧权辱国事件,陆游当然已经不会知道。鸦片战争失败后,被英国人一刀割走香港,痛心疾首的已经不是南宋的陆游,而是晚清的林则徐了。陆游是诗人,林则徐却是战斗在禁烟斗争第一线的斗士。不幸,鸦片战争失败,禁烟派首领林则徐、抗英将领邓廷桢均遭腐败昏庸的大清朝廷革职流放,充军新疆。

我这里且步陆游原韵奉和一首：

鸦片战败万事空，
但悲壮士厄运同。
香港九七回归日，
同庆毋忘告林翁。

林则徐作为禁烟派和抵抗派的首领，在特定的历史条件下出演了一个特定的角色。一方面，大英帝国向日益衰落的中国倾销鸦片，这一特定时代背景成就了林则徐。虎门销烟的壮举，使林则徐一举成为中国近代史上第一位民族英雄，名垂青史。另一方面，也正是这样一个时代背景，注定了林则徐是一位无法完成历史使命的悲剧英雄。正当禁烟斗争进行到尖锐激烈的关键时刻，他却在投降派的一片诬陷声中被革职流放，充军新疆。鸦片战争终于失败了，被称为"东方之珠"的香港被英国一刀割走了。从此，中国无可挽回地向着衰败的谷底跌落下去，一轮又一轮地在抵御外敌入侵中惨遭失败，一轮又一轮地俯首签约、割地赔款。

香港回归，洗雪了中华民族一个半世纪的国耻。庆典、狂欢和激动，都是情理之中的。但同时，香港回归也为我们提供了一个反思沉痛历史教训的契机。

二

中国近代史的大幕拉开之前，按照拿破仑的说法，中国这位巨人正在沉沉地昏睡。马克思则说，中国的历史发展好像要等西方用鸦片将这个国家的人民都麻醉了之后，才有可能把这个国家从麻木状态中唤醒。

中国的大清王朝昏昏沉沉一觉睡到了十九世纪中叶,仍未睡醒。

而当时的外部世界已是很精彩、很热闹了。

在这种情况下,中国近代史的历史大幕已不可能由中国自己来拉开。大英帝国的钢铁炮舰开到道光帝的鼻尖下,黑洞洞的炮口对准他吼道:"该醒醒啦!"也就是说,世界已经迫不及待地找上门来,要同中国对话。看来这是一条世界运行规则:世界不能听任哪一个国家长期在自我封闭的状态中昏睡下去,迟早会有一股什么力量来惊醒你、吵醒你,或者干脆用炮舰轰醒你,逼迫你参与世界的交流、竞争,甚至争吵打架,否则整个世界将会退化。这就叫不是冤家不聚头,这么多国家聚集到同一个地球上,谁都别想永远与外界隔绝。但是当时的中国皇帝不懂得这条规则,觉得我自个儿睡得好好的,碍你们什么事啦?出于无奈,道光皇帝打了个呵欠,让林则徐到吵吵嚷嚷的广州去看看究竟是怎么回事,要他想法使这些红头发蓝眼珠的"夷"们都安静下来。

林则徐就这样出场了,他一步跨到了中国近代历史开场剧的聚光灯下。

林则徐领受的任务是"驰往广州查禁鸦片",实际上历史赋予他的是一项远比查禁鸦片沉重得多的使命。林则徐要代表一个东方古老民族,去同一个新兴的西方强国对话。对于这场无法回避的对话,不是林则徐能否胜任的问题,而是远远落后于时代潮流的大清王朝,无论从经济的、政治的、军事的角度看,都不具备迎上前去同对手对话的"资格"。

林则徐出场之前,当时中国的社会历史条件已决定了他的悲剧命运。

三

中国近代史的遗训之一是,像走私和吸食鸦片这类严重毒化社会肌体的时弊,一旦让它蔓延成普遍的严重社会问题之后再想去治理它,很难找到灵验之"药",它最终给社会带来的恶果肯定是致命的。

鸦片早在唐朝已有"少量输入,供药用"。宋朝输入鸦片的情况怎样,未考。有的书中提到,明朝的万历皇帝朱翊钧就是一位鸦片吸食者,但明朝吸食鸦片似乎还没有发展成普遍的社会问题。情况严重恶化起来,是从清朝乾隆年间开始的。乾隆死后,嘉庆元年(1796年)清政府就下令严禁鸦片:"国外商人贩卖者枷一月,杖一百,遣边充戍卒三年;侍卫官吏犯者枷二月,杖一百,流三千里为奴。"嘉庆皇帝颁布的禁烟法令不能说不严,但鸦片却并没有禁住。1800年后,鸦片输入有增无减,逐渐发展到"禁令愈严,秘密买卖愈盛"的地步,"法愈峻,则胥役之贿赂愈丰,棍徒之计谋愈巧"(《许太常奏议》)。有令不行,有禁不止,这本身就是一个十分危险的信号,证明清政府已经腐败无能到了失去施政权威的地步。

到了1838年底,道光皇帝再任命林则徐为钦差大臣到广州去查禁鸦片时,实际上是要他去收拾一个已经无法收拾的局面。

作为林则徐出场的前奏曲,清政府内部爆发了一场对鸦片"弛禁"与"严禁"的激烈争论。"弛禁"派头目有首席军机大臣穆彰阿、直隶总督琦善等。他们主张"弛禁"的理由是:既然禁令愈严,秘密买卖愈盛,不如干脆开禁,"准令夷商将鸦片照药材纳税"。这里暴露了一个十分要害的问题,这时的禁烟,锋芒所指已不光是针对输入鸦片的"夷商",同时也针对着既要吸食鸦片,又要从鸦片走私中收受贿赂的中国官僚阶层。因此,"弛禁"派官僚们的所谓"准令夷商将鸦片照药材纳税",是置整个民族在鸦片毒害下严重衰败于不顾,为维护官僚集团的私利制造了一句遁词。"严禁"派的主要代表人物是湖广总督林则徐。林则徐用民族盛衰的眼光来看待这个问题,他痛心疾首地上书道光皇帝说,鸦片流毒已甚,"断非常法之所以能防",为了"力挽颓波",非采取严厉手段整治不可,若再任其蔓延下去,"中原几无可以御敌之兵,且无可以充饷之银"。林则徐奏章中的最后这两句话,使昏昏沉沉的道光皇帝受到了震惊,他对此"深韪之",将林则徐召进宫去单独谈话。但他优柔寡断,议而不决,竟连续将林则徐"召对十九次"后,才迟迟于1838年12月任命他为钦差大臣,驰往广州查禁鸦片。

林则徐是中华民族开始觉醒阶段的先驱人物。他有一条清晰的思想轨迹,力主严禁鸦片,组织人员翻译西方书报,编制介绍西方的《四洲志》,主张"师夷制夷"。朦胧的社会变革思想和坚决果断的禁烟行动,是林则徐身上表现出来的两大鲜明特点。

林则徐是一位有民族责任心的封建官员,他抱着挽狂澜于既倒的雄心壮志前去严厉查禁鸦片。在他之前,还没有哪一位中国官员敢于对输入鸦片的"夷商"动真的、来硬的。林则徐一到广州,雷厉风行,果敢坚决,真查真禁。他于道光十九年(1839年)三月十日抵达广州,经过一番调查,随即发布通告,限令"夷商"将鸦片全部交出。起初,"夷商"们凭借以往的经验,以为硬顶一下就能拖延过去,拒不交出鸦片。林则徐采取果断措施,撤走为十三洋行工作的中国员工,断绝对十三洋行的一切供应,并将十三洋行围封。鸦片商们毫无退路,至五月中旬,共交出鸦片二万余箱。六月初三至二十五日,林则徐率领地方官吏,在虎门海滩将缴获的鸦片全部当众销毁。这无疑是清廷屡次颁布禁烟令以来,唯一的一次重大胜利。林则徐出于彻底禁绝鸦片的目的,乘胜进击,限令各国商人出具不再贩卖鸦片之甘结;"以后如再做鸦片买卖而被发觉,货则入官,人则正法",义正词严。但是,英商从鸦片贸易中获利是如此巨大,虎门销烟使英商受到的损失是如此惨重,而且眼看将要从此断绝鸦片贸易这一重大牟利来源,他们自然不会善罢甘休。按照他们"全力以争通商"的扩张逻辑,不惜诉诸武力,悍然对中国发动了鸦片战争。

林则徐自己并不一定十分清楚,在这场禁烟斗争中,他一出场就陷入了腹背受敌的境地,当面是以坚船利炮为后盾向中国输入鸦片的英帝国主义,背后是本朝的"弛禁"派、投降派势力。

当初,道光皇帝任命林则徐为钦差大臣前往广州查禁鸦片时,虽然把"节制广东水师"的军事指挥权也同时交给了他,但从根本上说,道光皇帝和朝廷对于查禁鸦片可能导致中英军事冲突思想准备不足,更谈不上以积极的战备行动为查禁鸦片提供坚强后盾。而在广东前线,由于林则徐和邓廷桢、关天培等密切配合,在军事上采取了一系列防御措施,英军先后在九龙、尖沙咀开炮寻衅,均遭坚决抵抗,没有占到便宜。林则徐和邓廷桢预计到英军舰队可能沿着海岸线北犯,曾联名奏请朝廷,建议"令东部沿岸早作防备"。但是,当时的中国根本形不成一致对外、奋起抗战的局面。相反,"诸文武大吏惧祸怕事,颇不悦林则徐之所为",认为是林则徐为他们招惹来了麻烦。特别是当英军舰队北上攻占定海后,"诸大吏多有捏造蜚语上闻于朝廷者",诬陷林则徐在广东"禁烟措置失当",从背后狠狠地捅了他一刀。"弛禁"派代表、直隶总督琦善,战端一开立即成了投降派。北上的英军舰队开到大沽口外,他立即派人邀请英方义律、莫礼逊等十余人上岸在沙滩帐篷中会谈。英人见琦善是个软蛋,对他嬉笑怒骂,甚至当面挥刀舞枪,进而勾结他说:"中堂若赴广东,我等即可永远和好。"琦善当即要求朝廷"撤换林则徐,愿自往代之"。

如果林则徐背靠的道光皇帝是一位英主,既然委派林则徐"驰往广州查禁鸦片"是他亲自定下的决心,眼下禁烟斗争的成败又到了关键时刻,他肯定会亲自出面为林则徐排除一切干扰,坚定地支持林则徐将禁烟斗争进行到底。但是很不幸,道光皇帝是靠不住的。当禁烟斗争引起中英矛盾尖锐对立,战争爆发箭在弦上的当口,道光帝向林则徐下旨道:"英吉利自中国禁烟之后,反复无常。若仍准通商,殊非事体","其即将英吉利国贸易停止"。林则徐接旨后觉得,这样做坚决是坚决,但过于简单生硬,应该为我方留有一些回旋余地,因此立即复奏,建议"对英船遵法者保护之,桀骜者惩拒之"。但朝廷的批复却说,不行,英国商人"同是一国之人,办理两歧,未免自相矛盾",英国贸易必须一律停止。道光皇帝采取如此强硬立场,是以他"料英人不敢以此开战"为前提的。道光帝万万没有料到,英方立即以"断鸦片可,断贸易不可"为借口挑起了战端。战事一起,道光皇帝立即陷入了被动和慌乱。他居然被自己做出的决定搞糊涂了,不知道英国人究竟为什么要同中国开战。他向伊里布下了一道圣旨,命他到浙江前线去弄个明白:"此次英人内犯,其致寇根由传闻各异,有云绝其贸易,有云烧其鸦片,究竟启衅实情未能确切,着到浙密行访查","据实具奏"。反馈到道光皇帝那里的信息,投降派对林则徐的诬陷和英方的通牒威胁如出一辙。道光皇帝于是相信,英国向中国开战是由于林则徐在广州"禁烟失当"所致,进而得出荒唐结论,"若查办林则徐,必可使英人就范"。

林则徐就这样被道光皇帝荒唐地革职了!林则徐不是倒在英军炮舰的炮口下,而是倒在本朝投降派官僚们的诬陷中。极具讽刺意味的是,林则徐的那位真正敌人、英国侵华海军统领伯麦,听说林则徐被革职的消息后却不无感慨:"林公自是中国好总督,有血性有才气。"接替林则徐的,就是那位臭名昭著的琦善,香港就是在他手里丢掉的。起初,道光皇帝让革职后的林则徐留在广东协理夷务,可是一味妥协投降的琦善感到林则徐处处同他作梗,又参了他一本,林则徐终于被发配新疆,充军边陲。

哦!不妨假设一下,如果林则徐的在天之灵也能得知香港回归的消息,他会激动得怎样?我在一首诗里作了如下描绘:

甚至,林则徐老人
也在冥冥中听到了香港回归的钟声
他步履蹒跚,从充军地新疆走回虎门
激动得老泪纵横,颤巍巍回转身去
指着道光皇帝的鼻尖质问:"你你你……"
道光帝诺诺,林则徐唏嘘哽咽

1997年5月

舍楞其人

一

渥巴锡率领土尔扈特部落万里东归，六人领导集团中有位舍楞，是个复杂人物。此人在东归行动中很重要，也很特殊，但我在《遥远的牧歌》中对他的介绍却没有展开。当时从写作上考虑，对舍楞这个人讲少了说不清楚，讲多了又显得枝蔓，影响叙述主线的清晰，故从略之。

现在倒可以单独谈谈舍楞其人。

为什么舍楞其人还值得拿出来再单独谈谈？因为，一可看看舍楞本人如何从反叛到归顺的演变过程；二可看看乾隆如何审时度势，权衡轻重，慎重而恰当地处置这位复杂人物，以有利于大局。这两条都是值得说一说的话题。

土尔扈特部落自伏尔加河流域万里来归，这是清朝边疆史上的一个重大事件。乾隆妥善接纳、赈济和安置土尔扈特部落，是影响深远的一件善政。慎重而恰当地处理舍楞这样一位复杂人物，又是乾隆边疆政策把握得比较得当的一个缩影。

二

《卫拉特蒙古简史》中说,在土尔扈特东归行动中,策伯克多尔济和舍楞这两个人,是"仅次于渥巴锡的重要领导人"。两人都是土尔扈特部落贵族后裔。策伯克多尔济是敦罗卜旺布之孙,论辈分是渥巴锡的堂侄,但比渥巴锡年长,富于计谋。舍楞是和鄂尔勒克的叔父卫衮察布察齐之六世孙(一说七世孙),论辈分是渥巴锡的族叔。两人祖上的区别是:策伯克多尔济的祖上早年跟随和鄂尔勒克西迁去了伏尔加河流域;舍楞祖上这一支却并未西迁,一直留在伊犁境内,世代"附牧"于准噶尔。

可以这样认为,渥巴锡能够成功地将这两个人团结在自己周围,并使之成为自己得力的左膀右臂,这是他完成东归壮举的关键一招。要知道,这两个人都不是那么容易团结的,更不是那么容易驾驭的。

有必要先说一下策伯克多尔济的情况。

由于策伯克多尔济也是土尔扈特贵族后裔,他的祖上早年一起西迁、一起参与了创立土尔扈特汗国的奋斗历程,因而他也曾有过承袭汗位的奢望。渥巴锡承袭汗位,他心里不太舒服,曾跑到彼得堡去活动过,希望得到沙俄政府的支持,由他取而代之。沙俄政府此前曾企图用敦杜克夫取代渥巴锡,已经碰过一回钉子,不想在他身上再重蹈覆辙,只将他安排进了渥巴锡的汗王权力机构扎尔固,并位列扎尔固八成员之首。

策伯克多尔济认识到,沙俄政府对他做出这样的安排,无非是想让他充当沙俄控制土尔扈特的代理人。除此之外,他已不可能再从沙俄那里得到更多的东西。他知道,沙俄政府精心豢养的是敦杜克夫家族。敦杜克夫家族是策伯克多尔济的近亲,但这家近亲已在土尔扈特部落内失去人望,不值得去依附他们。纵观土尔扈特各种政治势力,他不得不承认只有渥巴锡最孚众望。最重要的一点是,他和渥巴锡同样感受到了土尔扈特在沙俄残酷统治下的生存危机。在此民族矛盾激化之际,当渥巴锡以肝胆相照的真诚态度同他相商东归大计时,拯救土尔扈特于水火的正义感、使命感,压倒了他心中的私欲和杂念。他以种族大义为重,果断地和渥巴锡站到了一起,全力以赴协助渥巴锡策划和组织东归行动,并发挥了重大作用。

舍楞的情况比策伯克多尔济更复杂,他的思想包袱和精神负担比策伯克多尔济沉重得多。他虽然也是土尔扈特贵族后裔,但他的祖上脱离土尔扈特本宗已经一百多年,留在伊犁境内世代"附牧"于准噶尔,他有生以来在思想上、感情上接受的不是土尔扈特的传统影响,而是准噶尔的传统影响。这使舍楞的思想和行为带上了准噶尔的复杂背景。他就是在土尔扈特东归前十二年,参加了准噶尔部阿睦尔撒纳的叛清兵变,失败后为逃避清廷的追捕,才流窜至伏尔加河流域,投奔了土尔扈特汗国。事情虽已过去十多年了,但清廷对他的通缉仍未取消。要想使舍楞这样的人也能放下包袱一起东归,谈何容易?

三

准噶尔带给舍楞的历史的和现实的双重包袱太重了。

准噶尔与大清朝廷的矛盾冲突由来已久。"明代开国后,北部的蒙元残余势力并未完全被消灭。明末清初,西端新疆境内的厄鲁特(卫拉特)蒙古四部(准噶尔、杜尔伯特、和硕特、土尔扈特)被称为"西蒙古"。东端今内蒙古和辽东境内的土默特、察哈尔、喀尔喀、兀良哈等部称"东蒙古"。"西蒙古"四部内,准噶尔势力最大,土尔扈特最弱。准噶尔以强凌弱，土尔扈特在1628年被迫西迁。清室入主中原后，准噶尔在西北边陲不断制造麻烦，成为大清朝的心腹之患。清廷与准噶尔的战事延续长达百年，贯穿顺治、康熙、雍正、乾隆四帝统治时期。

顺治末年，准噶尔发生内乱，正在西藏学习佛法的噶尔丹，以达赖代表的身份回到新疆，杀兄杀侄，自立为首领。噶尔丹是位政治野心极大的人，他当上准噶尔首领后，觊觎中原，欲与清廷争夺中原帝位。清廷与他斗争了四十年。

康熙时代，噶尔丹趁清廷忙于对付南方三藩之乱、无暇分兵西顾之机，先征略青海和天山南路，又掉头向东不断进攻喀尔喀蒙古各部，继而向南进攻中原之势日益明显。康熙平定了南方三藩之乱后，终于腾出手来，经过几次亲征，解决了噶尔丹的问题，将阿尔泰东西地面收归大清版图。

雍正时代，准噶尔的策妄阿拉布坦又出兵袭占西藏，青海的罗卜藏丹津乘机叛乱，企图"独立"。雍正派年羹尧、岳钟琪平定了罗卜藏丹津之乱，并首派驻藏大臣。

乾隆时代，准噶尔又发生了阿睦尔撒纳叛清兵变，舍楞就是这次兵变的骨干分子。乾隆派兵平定了这次兵变，阿睦尔撒纳逃窜至俄罗斯，清廷理藩院致函索之，"俄罗斯以其尸送至恰克图"。舍楞逃脱了。为了歼敌务尽，乾隆二十三年（1758年）再次发兵征剿，舍楞又一次逃脱。副都统唐喀禄和卫拉特散秩大臣和硕齐率兵穷追不舍，将舍楞弟章札布射倒擒获。此时，舍楞诡称服罪，请求释放其弟，诱骗唐喀禄前去"受降"，被舍楞杀害。

对此，乾隆在他亲笔撰写的《优恤土尔扈特部众记》碑文中，有如下一段详细记述：

> 唐喀禄于戊寅（1758年）四月，偕厄鲁特散秩大臣和硕齐，

率兵追捕逸贼,至布古什河源,射舍楞弟章札布,扑而擒之。既而舍楞至,称欲投诚,请释其弟。唐喀禄虽许而疑其诈,欲先擒舍楞。和硕齐云:擒之无益,不若招之使降。越日,舍楞诡称欲入见,且携众至。唐喀禄益疑之。和硕齐复言:彼畏我兵威,不敢移动,曷亲莅抚谕之。唐喀禄信其言,从数人往。既至,和硕齐劝各解鞍去橐。俄顷变作,唐喀禄遂遇害,和硕齐既降贼,寻擒获伏诛,舍楞乃窜入俄罗斯境。

舍楞逃窜至俄罗斯境内后,清政府根据中俄双方协议,命理藩院致函交涉,要求引渡舍楞这名逃犯,未获。

舍楞在走投无路的情况下,前往伏尔加河流域投奔了土尔扈特汗国。土尔扈特念其同族同宗,收留了他。

四

舍楞投奔土尔扈特汗国十二年后,渥巴锡策划东归,舍楞是参加维特梁卡秘密会议六人决策集团中的一位。对舍楞来说,参与如此重大的东归决策,他的心灵深处无疑又经历了一次生死抉择。像他这样身负血债的叛逃者重返中国,岂不等于重投罗网,他怎能不犹豫再三、顾虑万端?

但是,舍楞终于跟随渥巴锡踏上了东归之路,并在东归行动中发挥了重要作用。

现在要探究的问题是,舍楞这样的人,为什么也能跟随渥巴锡东归?

渥巴锡对他的劝说是最有分量的。针对舍楞的顾虑,渥巴锡替他分析说,我们举族万里东归,舍异域,归故土,这样大的举动,本身就足以感动上帝。像你这样过去朝廷曾发兵追之剿之而不肯屈服的人,如今也能"不战而服,弗征而归",说明已被大清朝廷"诚之所感,德之所致",这正是大清朝廷所要追求和宣扬的。应该相信大清皇帝是位高瞻远瞩、虚怀若谷的大国之君,绝不会目光短浅,对前隙旧仇耿耿于怀,谋小失大。渥巴锡分析得令人信服,使舍楞心有所动。达什敦杜克等人也劝他说,见了大清皇帝,我们将以"誓同生死"的决心为你求情,舍楞被他们的豪情和义气所感动。大喇嘛洛桑丹增则劝他"遵从佛的旨意,听从佛的召唤",更使舍楞感到有一种无可违拗的精神约束。所有这些,对舍楞下决心东归无疑都产生了不可忽视的作用。但是,最终还是要靠舍楞自己对形势做出冷静的分析和判断,要靠他自己说服自己。

抉择关头,舍楞免不了要在内心向自己发问:"你究竟想走一条什么样的人生之路,这条路又究竟能不能走通?"他想起了十二年前追随阿睦尔撒纳发动叛清兵变的情形。阿睦尔撒纳发动兵变的目的是图谋"自立",结果落了个兵败人散、魂断异国的可悲结局。阿睦尔撒纳是他的一面镜子,这时正好用来对照他自己。他当时在清廷的连续追剿下不肯投降,不也是想图谋"自立"吗?可是,到伏尔加河流域后才知道,土尔扈特西迁已经一个半世纪,并且早在俄罗斯境内创立了自己的汗国,形式上早已"自立"了,实际上却被沙俄的残酷统治压得喘不过气来。这使舍楞认识到一个严酷的事实:在这个现实世界上已经找不到他舍楞"自立"的可能性了。如果这也叫"认命"的话,他就准备认这个"命"了。

但是,像舍楞这样的人物,他不可能不在各种各样的选择中来回掂量。比如说,能否劝说渥巴锡放弃东归念头?他知道这已经不可能了,举族东归已是渥巴锡无可更改的决心。再比如说,他自己能否单独留在俄罗斯?他知道这也极不现实。眼前的事实告诉他,土尔扈特汗国已经在此经营了一百多年尚且难以立足和生存,他舍楞是一名逃犯,沙俄政府怎么可能把他当作一名人物来对待？又比如说,他能否自己单独回去向清政府投诚？这更不敢想象。他诱杀副都统唐喀禄的血债未还,单独回去投诚连个帮助说情的人都没有,岂不等于引颈就戮!

舍楞经历了反叛和逃亡的惊恐与孤独,自从投身到土尔扈特汗国以后,使他获得了一种强烈感受,就像迷途的羔羊回到了羊群当中,从惶惶不可终日中解脱了出来,生命找到了可靠依托。他从内心慢慢产生出了这样的想法,跟随渥巴锡东归,虽然也存在着清廷不肯赦免他的凶险,但无论如何总比单独流窜在异国他乡多一分光明。只要自己尽心尽力协助渥巴锡策划和组织好东归行动,总是能够多争得一分朝廷的谅解和同情,多争得一分将功赎罪、获得赦免的希望。

经过渥巴锡等人的倾心相劝,又经过他自己前思后想的激烈思想斗争,舍楞终于同意参加到了东归行列中来。

但是,舍楞的东归决心,并不是一开始就像渥巴锡他们那样纯洁而坚定的,他内心深处仍然带有一丝"邪念",这是由他的背景、经历、处境和心态所决定的。他曾提议说,东归是可以的,但是不是应该趁西域的空虚和混乱,抢占伊犁？渥巴锡和其他人当然坚决不同意他的主张,东归就是真心实意回归故土,归顺大清,绝不是回去图谋不轨。舍楞口头上不再坚持他的意见,但内心深处仍有一丝"走着瞧吧"的灰暗心理。

要使舍楞最终抛弃他的"邪念",另一半主动权掌握在乾隆手里,就看大清皇帝对舍楞的投诚归来做出何种反应了。

五

据记载,乾隆三十六年(1771年)三月二十日,清政府接到伊犁边报:土尔扈特正在举族东归。据探知,东归队伍中有舍楞其人。

朝廷文武哗然,"议论沸起"。

一种看法认为,既然有舍楞混迹其间,土尔扈特来归的意图就很值得怀疑,"恐其有诡计"。他们进而断定:"来归之由,实由舍楞唆抢伊犁。"他们主张"不宜受俄罗斯叛臣,虞启边衅"。朝廷中持这种意见的人占多数。

另一种看法以乾隆为代表,比较冷静客观。乾隆说,第一,土尔扈特东归队伍有近二十万之众,仅凭舍楞一人"岂能耸动渥巴锡全部"? 第二,俄罗斯也是一个大国,他们怎么可能既背叛俄罗斯,又来袭扰我大清国边境,两边得罪,把自己夹在两个大国中间"进退无据",谁会这样愚蠢啊? 乾隆认为,土尔扈特西迁已经一百五十来年,如今又举族东归,主要是由于在那边饱受沙俄"奴役践踏","困苦耻辱,资生窘乏",所以才被迫"归返旧地"。乾隆得出的结论是:"归顺之事十之九,诡计之伏十之一耳。"

当然,像乾隆这样的大国帝王,考虑问题也不会过于天真,"古云受降如受敌,朕亦不能不为之少惑,而略为备焉"。他得到报告的第二天,就派人驰往伊犁,令其"此去伊犁,不必声张,务必谨慎……细心从事",务必摸清真实情况。

这时,渥巴锡率领的东归队伍快要接近边境。渥巴锡也提前派出先遣人员,向伊犁将军伊勒图送去一封联络信函,伊勒图迅速将此信转呈朝廷。乾隆从渥巴锡的亲笔信上"察其词意恳切",立即增派参赞大臣舒赫德速往伊犁,协助伊勒图处理接纳渥巴锡部众事宜,同时布置他进一步摸清舍楞真实意图。"舒赫德至伊犁,一切安讯、设侦、筹储、密备之事,无不悉妥。"经证实,与乾隆的分析完全吻合,"既而果然"。

这时朝廷文武才相信土尔扈特来归不会有诈。

难题仍是如何处置舍楞。

乾隆在他撰写的《优恤土尔扈特部众记》碑文中,一开头就有如下一段议论:"盖战而胜人不如不战而胜人之为尽美也。降而来归,不如顺而来归之为尽善也。"这段话,可能是他当初为了统一朝廷大臣们的思想而讲过的,与其说是针对土尔扈特来归而讲,不如说是针对舍楞投诚而讲的。因为清廷与土尔扈特之间无从谈起"战"与"降"的问题,只有清廷同舍楞之间才谈得上"战"与"降"的问题。那么好了,现在大清朝廷对舍楞已经"不战而胜",舍楞这次是自愿"顺而来归",这是既"尽善"又"尽美"之事,何必还要揪住舍楞过去的罪名不放呢?"倘将伊等究治,非唯不足扬威,抑且贻笑于各部落。"乾隆在这里把话说到家了,这不单是如何处置舍楞一个人的问题,而是对边疆"各部落"产生什么影响的问题。如果在舍楞"顺而来归"的情况下,再揪住他十二年前的罪名不放,对他采取"威"的一手,将他驱逐之,或拘杀之,都是谋小失大之举,远不如对他采取"恩"的一手所能产生的影响好,更能感化人。

　　行进在归途中的舍楞,越是接近中国边境,思想顾虑越多,精神负担越重。他心里最没有底的是清廷究竟将如何处置他?等待他的是一把雪亮的屠刀,还是暗无天日的长期监禁?乾隆皇帝真能赦免他吗?无论是哪种答案,都太悬了。他的心在一点一点往上提,一直提到了喉咙口。他有些犹豫了、动摇了,他想到了跑,甚至想到了死。渥巴锡和其他人都在劝慰他、鼓励他。

　　这时,乾隆和清廷都已明白,在处理土尔扈特来归问题上,舍楞是个敏感而微妙的因素,草率不得。当务之急是要对此做出适时、适度的反应,稳住舍楞。借用一句现代话讲,处置舍楞的举措必须适时而恰当,才能促使矛盾朝着好的方面转化。如果稍有不慎或不妥,或某个环节稍有延误,都可能促使舍楞归心有变,甚至可能由此引起渥巴锡等人对清廷产生误解,生出枝节,这是应当竭力避免的。为此,清廷特派纳旺前出,在边境提前会见舍楞,向他传达了乾隆旨意,"断不究其前罪,务与渥巴锡等一体加恩"。

正在舍楞因心里无底而犹豫动摇的节骨眼儿上,及时得到了朝廷的明确表态,舍楞的疑虑为之冰释。从而,使清廷接纳土尔扈特来归之事变得顺畅无碍。

随后,根据乾隆的旨意,命舍楞随渥巴锡一同前往热河避暑山庄朝觐。到了避暑山庄,在乾隆为渥巴锡等人举行的加封典礼上,舍楞伏地请罪,乾隆赦之。这个程式是必需的,舍楞必须向朝廷有一个认罪的正式表示。他一跪,乾隆一赦,前账了清。于是,乾隆将舍楞作为三号人物赐予封号。封渥巴锡为"汗",策伯克多尔济为"亲王",舍楞为"郡王"。因病未来避暑山庄觐见的巴木巴尔也封为"郡王"。其他各人依次分别为"贝子""台吉"等。

在安置时,乾隆和清廷又充分考虑到了这样一个具体情况:舍楞是卫衮察布察齐的后裔,是土尔扈特的一支,他们这一支一直未曾离开过伊犁境内,这和来归的渥巴锡部有所不同。因此,清廷将早年西迁伏尔加河、由渥巴锡统领的土尔扈特称作"旧土尔扈特",分南、北、东、西四路,分别安置在天山南北地区。而将舍楞这一支命名为"新土尔扈特",单独安置到阿尔泰。乾隆希望他们各自"安居循法,勤畜牧,务生殖,勿替厥志,则其世延爵禄"。

1999年3月

孤独的陵园

一

"五一"放假,几人相约,出京城,向东去,至遵化,游清东陵。清王朝的皇家陵园有多处,关外有"盛京三陵",关内有河北遵化清东陵、河北易县清西陵。清东陵埋有顺治、康熙、乾隆、咸丰、同治五帝,以及五帝名下的一百三十多位皇后、嫔妃、贵人、常在、答应、福晋,其中包括慈禧;还有十几位格格、阿哥。另外,在清东陵围墙外的昭西陵还埋有一位重要人物,即皇太极的孝庄文皇后、顺治朝的孝庄皇太后、康熙朝的孝庄太皇太后。她是清东陵内所有这些人的长辈。清东陵内埋葬的这些人物,贯穿了清王朝从入关初创,到中兴鼎盛,再到败落衰亡的全过程。

游清东陵,追怀清王朝入关创业之初,必看孝庄文皇后的昭西陵。

孝庄是皇太极之妃、顺治帝的亲生母亲、康熙大帝的亲祖母。她是一位了不起的女性,清室入关后能把天下打下来、支撑住,并把江山坐稳,很快走向盛世,她是个关键人物,发挥了关键作用。史家比较一致的看法,她有三大功劳:第一,驾驭住小叔子多尔衮,依靠他领兵入关打下了中原天下;第二,扶持六岁的幼子顺治帝坐稳了天下;第三,顺治出天花早逝,又扶持八岁的孙子康熙帝登基继承大统。康熙帝十岁丧母,由她一手扶养教诲,终成大器,把大清王朝推向了鼎盛。孝庄如此大功大德,但在浩大的清东陵众多帝后陵园中,昭西陵却是一座"局外之陵"。清东陵在昌瑞山南麓用一道暗红色四十里长墙围成一个大圈子,名为风水墙,所有帝王后妃们的陵寝都在墙圈以内,唯独把孝庄文皇后一个人孤零零地葬在了风水墙外。

出了风水墙大红门向东一拐,有一条窄窄的便道通往昭西陵。它与墙圈内的乾隆裕陵、慈禧太后定东陵等处的热闹景象不同,这是一座孤独的陵园,"门前冷落鞍马稀",没有几个游人来。看来,人的习性就是哪里热闹往哪里去,活人看活人这样,活人看死人也这样,很难改。神道上有个碑亭,碑已破碎成乱石,互相挤卡在一起,有些已散落在地。据说有一年冬天一个牧羊人在碑亭中生火取暖,引起火灾,将亭和碑烧成这样,一直未修复。进三座门,院内迎面一个废墟,这是在一次地震中被震塌的一座殿宇,房屋已拆去,只剩房基。废墟后面的正殿还在,但香火冷落。在清东陵,孝庄的辈分最高,子孙们都在风水墙内热热闹闹、济济一堂,却让她这位老长辈一个人冷冷清清的在大门外看大门,谁看了谁都觉得不可理解,这是为什么?

关于昭西陵的这个奇特位置,众说纷纭,但都难圆其说,已成为清史"疑案"之一。核心的说法是"下嫁"说,即所谓孝庄下嫁给了小叔子多尔衮,不成体统,使皇族子孙"颜面尽失",使臣民们感到"羞愤"。因此,她死后落得个"进退两难"的悲凉结局。进,无颜再去关外盛京昭陵与皇太极同穴埋葬;退,清东陵风水墙内没有她的位置,免得玷污子孙。孝庄死于公元1688年,享年七十五岁。她死后三百多年来,"下嫁"说盛传不衰,她身后由此遭到严厉的"道德谴责"。这一切,"野史竭力渲染,正史无法回避,专家各持己见,世人莫衷一是"。今天再想去廓清"下嫁"说是真是假已不可能了。假也罢,真也罢,这个"疑案"本身已成为无法抹去又无法修改的历史。问题已不在于它的真假,而在于这种舆论本身,它说明了什么?

不得不令人思索的一个问题是,一则真假难辨的"下嫁"说(仅仅是传说,至今未见真实史料),为什么会造成这么大的历史影响?这个问题的全部深刻性在于,它反映了满蒙游牧文化在与以儒家礼教为核心内容的汉族文化相融过程中的某种不相融。这种不相融的成分,在孝庄身上凝聚成了一个化不开的"结",最后以一座昭西陵将其固化成一个千古"疑案",留给后人去思索。它已经成为一种昭示,不同文化在融合过程中必然会遇到一些问题。

人们常将元、清两朝做比较。成吉思汗威震欧亚,但元朝入主中原不足百年就被明朝取代了,一代天骄成吉思汗子孙所开创的伟大朝代何以如此"短命"?教训就在于它没有认真消化吸收汉族文化,没有用汉族文化将自己武装起来,没有把自己融入汉族文化之中,始终有一种"格格不入"的感觉。相比之下,清朝入主中原后能维持近三百年统治,它最大的成功就在于努力消化吸收了汉族文化,并成功地把自己融入了汉族文化之中。但是,长期以来,人们只看到清朝消化吸收汉族文化获得巨大成功的一面,却忽视了它为此付出极大代价的一面。

我们现在见到的许多清代皇家碑刻,都是用满、蒙、汉三种文字镌刻而成的,这是一个不能忽视的历史文化现象。它告诉我们,满清入主中原,在文化上面临的难题是如何把这三个民族的文化融为一体。而这三个民族的文化,有体系上的不同,也有社会发展阶段上的极大差距。有的专家认为,入关前的后金(清)政权,尚处在奴隶制社会末期、封建社会初期(有人甚至认为它"尚未正式进入封建社会")。但满族是一个非常善于学习消化的民族,它从关外发迹到问鼎中原,完全是一个"边学边干"的过程,一切都带有草创性质。它的文字是努尔哈赤指令额尔德尼、噶盖借用蒙文字母创造出来的,后来皇太极又指令达梅根据使用中出现的问题做了一次修改完善。对满族来说,消化吸收蒙古族文化是一回事,而消化吸收汉族文化却是性质完全不同的另一回事。满、蒙两个马背民族在文化上有着相通相承的关系,它们的文字是这样,习俗也是这样,相互间不存在文化上的根本性冲突。汉族文化已是一种严密完备的封建文化,与游牧文化体系不同、社会发展阶段不同。虽然满清皇室力图用汉族文化将自己全副武装起来,使自己全身心融入汉族文化中去,并且做得也很成功,但马背民族某些本色的、质朴的固有习俗,却与汉族文化中的儒家礼教水火难容。这些难以相融的东西,势必会在满人消化力极强的消化道内凝结成几块"结石"——昭西陵就是这样一块"结石"。

如果用一句话来概括一下这种文化现象,它是一种"成功者的尴尬"。

二

孝庄成功地驾驭住了小叔子多尔衮,这是清室入关后能够夺取天下、坐稳江山的关键一环。但她的这一成功,却为她身后带来了莫大尴尬。全部原因在于她背后有一双汉族文化的眼睛,正以儒家礼教的目光紧紧地盯着她,望风即捕,见影便捉。

清王朝帝业的开创,经历了努尔哈赤、皇太极、顺治帝祖孙三代人的艰难奋斗。努尔哈赤以"遗甲十三副"起兵,历经三十余年艰苦奋战统一了东北女真各部,在关外建立了后金政权。又十年,势力大振,迁都沈阳,向关内逼近。但在宁远战役中被袁崇焕击败受伤,不久身亡,未能进关。第八子皇太极继位,改国号为清。皇太极积极吸纳汉族文化,参照明朝的汉族制度,在政治、经济、典章等方面做了一系列改革,为问鼎中原做好了更加充分的前期准备,但他又因脑溢血猝亡,死时五十一岁,也没有来得及进关。清室入关是在顺治元年,但顺治帝福临当时只有六岁,还是上幼儿园的年龄,他也不是真正意义上的开国之君。在顺治帝福临背后,站着一位既顶天立地、又不显山露水、极善以柔克刚的关键人物,就是他的亲生母亲孝庄。孝庄是蒙古族人,本名博尔济吉特·布木布泰,科尔沁贝勒赛桑之女,生于公元1613年,十三岁嫁给了皇太极,生有三女一子,封为庄妃。小儿子福临继承帝位后,尊为皇太后。入关时,皇太极刚死,她以三十二岁守寡之身,拖着六岁的幼子福临,孤儿寡母,跟在小叔子多尔衮统率的八旗大军后面进了北京。当时,两大难题摆在了她的面前:第一,入关后如何驾驭住小叔子多尔衮,把中原天下打下来;第二,如何扶持幼子福临把天下支撑住,把江山坐稳。难啊,难乎哉。

多尔衮,清初一代枭雄。他是努尔哈赤第十四子,皇太极异母弟,生于1612年,比孝庄大一岁。努尔哈赤死的时候,皇太极继位,却令多尔衮的生母乌喇那拉氏为努尔哈赤殉葬。实际上,这是在皇太极与多尔衮两位同父异母兄弟之间做出的残酷抉择,使多尔衮失去依傍,确保皇太极立住。皇太极为了化解与多尔衮的矛盾,采用"以情感人"之法,将这位丧母的"幼弟"带在身边征战多年,既让他经受磨炼,又对他悉心呵护,兄弟之间建立起了真诚情谊。皇太极十分赏识多尔衮的聪明勇敢,赐以"墨尔根代青"封号。"墨尔根"即满语善射者、聪明人,"代青"即蒙语统率者,连贯起来就是"聪明王"。后来又封他为睿亲王,"睿"即睿智,与"聪明王"同义。皇太极猝死后,围绕皇位继承权又引发了一场激烈斗争。多尔衮以他与皇太极生前的亲密关系,力排众议,并断然诛杀了

"跪请"他出来当皇帝的阿达礼和硕托,全力支持皇太极第九子福临继位。多尔衮的举动一举平息了皇族内部的争斗,在满洲贵族中树立了威望。他也由此获得了摄政大权,群臣议定由他与郑亲王济尔哈朗"分掌其半,左右辅政",待福临"年长之后,当即归政"。

孝庄深知,皇太极死后,他的兄弟辈和子侄辈都想争夺帝位,但在多数人心目中,够格的莫过于多尔衮。多尔衮有胆略,有才干,诸王贝勒都"意属"于他,不少人甚至"跪请"他"即尊位"。虽然他当时义气万丈,"誓死不从",但日后会不会"帝"心萌动?很显然,能否驾驭住多尔衮,是她扶持幼子帝业成败的关键。孝庄对多尔衮采取的方针是:抓住一条,其余放掉。我可以把清室的军政大权都交给你多尔衮,你可以尽情地去施展你的才能,但大清朝的皇帝必须由我小儿子福临来当,你多尔衮千万不可生二心。由于孝庄既紧紧抓住了主要矛盾,又放开了多尔衮的手脚,使多尔衮获得了施展拳脚的最大空间,多尔衮也就倾心戮力地效忠顺治帝业。孝庄由于在福临继承帝位的问题上得到了多尔衮的全力支持,日后的江山社稷还得靠他鼎力扶持,平时常有军国大事要与他相商,所以"传出懿旨",令摄政王多尔衮"出入禁中不必避嫌"。如入关前夕,范文程奏请多尔衮发兵入关,"多尔衮夜入深宫与太后相商",如此等等。多尔衮的这个特殊待遇,后来成为人们议论孝庄"下嫁"多尔衮的口舌之一。

正当李自成攻陷北京、明军与农民起义军混乱交战、明将吴三桂为报私仇前来投清之际,多尔衮抓住千载难逢的良机,率领清兵入关,日夜兼程,挺进北京。顺治元年(1644年)五月二十八日清军还在山海关外,六月五日已经抵达北京。第二年,攻灭南京南明弘光政权,并乘胜南下,扫平各地抗清义军。第三年,进军四川,镇压了张献忠农民起义军。至此,大清江山宣告大定,多尔衮立有盖世之功。多尔衮除了具有超人的才干和魄力,另一面就是桀骜不驯、飞扬跋扈。他随着功劳增大,后一面表现得更加露骨。他摄政七年,权倾朝野,除了对顺治的帝位没有敢张口外,其余想要的头衔他都要到手了。顺治元年十月封为"叔父摄政王",顺治五年十二月封为"皇父摄政王"。最后这个头衔,后来成了人们议论孝庄文皇后"下嫁"多尔衮的"铁证"。

三

自古以来,在婚嫁问题上,北方游牧民族与中原汉族的观念是有极大不同的。以王昭君出塞为例,她于汉元帝时自愿远嫁漠北,做了匈奴呼韩邪单于的妻子。呼韩邪单于死后,他前妻生的儿子立为新一代单于。王昭君本想回来,但汉成帝一道圣旨,命王昭君"从胡俗",再嫁新单于为妻。这样,王昭君先后嫁了单于父子二人,岂不是更失"体统"?但千百年来,人们似乎很少提到这一点,王昭君在人们心目中一直保持着美好形象。什么原因?文化视角不同。人们看待王昭君再嫁前夫之子,是用"从胡俗"的眼光去看的,觉得这是胡人的正常习俗,没有什么。再以孝庄本人为例,她的婚姻状况在不同时期、不同情况下受到的"舆论关注"也完全不同。满族为了夺取中原,有一个先决条件,必须同北方蒙古族结成牢固联盟,以消除后顾之忧。为此,满族皇室都与蒙古贵族通婚。孝庄是蒙古族人,她和她的姑姑、姐姐三人都嫁给了皇太极一个人。"姑侄三人嫁一夫",这在汉族人眼里也几同乱伦,但由于这是清室入关前的事,在汉人眼里那是"胡俗",因而并没有遭到"舆论谴责"。假设(只是假设)孝庄"下嫁"多尔衮即便真有其事,若按满人固有的习俗去看它,在清室内部也不见得会把它看得多么严重,至少不会把它看得严重到要"葬到墙外去"的地步。但用汉族文化的眼光去看它问题就大啦,不管"下嫁"小叔子是否真有其事,仅这种"传说"就已"不堪入耳"!

特别要看到在这件事情上的政治因素。"下嫁"一事被炒作得如此沸沸扬扬,完全是由明末清初一些具有"复明反清"思想倾向的知识分子一手造成的。明末有位遗臣张煌言,写有《建夷宫词》十首,其中有一首是讽刺孝庄"下嫁"的:"上寿觞为合卺尊,慈宁宫里烂盈门。春宫昨进新仪注,大礼躬逢太后婚。"由于张煌言是明末遗臣,他这首诗历来被当作孝庄"下嫁"的证据拿来引用。有一点必须弄清,张煌言是位反清斗士,他一直坚持"复明反清"立场,顺治年间多次在闽浙沿海一带举兵反清,直到顺治十六年还追随郑成功北伐反清,一直打到南京城下。切齿痛恨满清王朝的张煌言,誓与满清王朝不共戴天,他以激烈异常的反清情绪写下这首诗,主要目的是大做反清文章,对事情的真实性不会多做冷静求证。据说他诗中提到的慈宁宫,其实失火后当时还没有修好。

到了晚清时期,清廷已腐朽至极,民族危亡,国将不国,中国社会又掀起了另一股"驱除鞑虏"的反清浪潮,清末民初出现的一批野史、演义类小说,也连篇累牍地渲染这件事。可是,人们从现存的清代官书、档案中,找不到孝庄"下嫁"多尔衮的任何记载,找不到足以可信的史料依据。

政治化、情绪化,都助长了对这件事的风传和渲染。当然,从更本质的层面看,还是不同的文化背景在起作用。如果没有儒家礼教与满人婚俗之间的差异,想造这么大的舆论也造不起来。要说乱,汉族历代皇室内不乏其例,秦始皇的母后乱不乱?武则天乱不乱?但儒家礼教在"文化"上却历来是道貌岸然的。

四

孝庄是位有大见识的人。《辞海》对她的历史作用做了这样的评价："世祖、圣祖均年幼继位,时于军国大事,多所指画。"这个评语无疑是出于某位资深史学家之口。世祖即顺治帝福临,圣祖即康熙帝玄烨。两代幼主,军国大事均仰仗这位皇太后、太皇太后把握调度。顺治十六年(1659年),郑成功率十万大军北伐反清,围困南京,攻克苏皖四府三州二十四县,清廷震动。顺治帝惊慌失措,欲走关外,遭到母后严厉申斥,告诉他这是丢弃祖宗功业的懦弱行为。顺治帝忽又走到另一个极端,发誓御驾亲征,统兵前往讨伐,又遭母后批评,告诉他每遇大事不能如此轻率鲁莽。孝庄亲自参与调兵遣将,打退了郑军,恢复了清廷对江南的统治。郑成功退守厦门后,公元1661年他发兵从荷兰入侵者手中收复了台湾,为民族立了大功。同年,顺治帝出天花,眼看已无救,孝庄主持讨论后事安排。顺治帝本人意欲立皇二子福全。这时,一位德国传教士、钦天监监正汤若望站出来直谏道,为了避免顺治帝出天花不治的悲剧重演,应该挑选一名出过天花的皇子继位。无疑,这是一条讲究科学精神的好建议。孝庄没有因为提此建议的是位外国人而予以否定,她觉得汤若望言之有理,果断采纳,选定已出过天花的玄烨继位,是为康熙。由此足见孝庄的远见、气魄和决断。清王朝入关初创阶段,两位幼帝在她的照料下艰难玉成,并非偶然。

康熙大帝对祖母的感情非同一般。他继承帝位是祖母拍板定夺的,他十岁丧母后又是在祖母的悉心关爱下长大成人,直至亲政。康熙平定三藩之乱时,祖母在旁为他操心操劳。康熙道:"忆自弱龄,早失怙恃,设无祖母太皇太后,断不能有今日成立。"康熙二十六年(1688年)腊月,年关前五天,孝庄去世,享年七十五岁。在她弥留之际,康熙"隔幔看护,衣不解带,夜以继日";至气绝,康熙"擗踊哀号,呼天抢地"。按清廷规制,丧事不逾年。康熙感念祖母辅政功德无量,更念自幼隔代哺育之恩,不忍心在年底前的短短几天内草草料理祖母丧事。大臣们再三进谏,康熙执意不肯,他认为

"忌讳"之说不足信,祖宗传下的规制也是可以更改的。除夕、元旦,为图吉利,大臣们奏请康熙帝离开丧仪,回宫居住。康熙回驳道:"庶民遭此大故,所居止于一室,又迁避何处?回宫断不可行!"又,清朝祖制,先帝亡,新帝割辫服丧礼;太后亡,新帝不割辫。康熙执意割辫以报祖母深恩,他道:"从前后葬虽无割辫之例,太皇太后教育恩深,朕不能报,朕已立意割辫。"

正因为孝庄是一位有见识、有决断的人,她生前处理军国大事是这样,对自己死后的安葬问题也同样,她有她自己的看法,她为自己身后之事做出了决定。她临终前面谕康熙:"我身后之事特以嘱汝,太宗文皇帝(皇太极)梓宫安奉已久,卑不动尊,此时未便合葬。若另起茔城,未免劳民动众,究非合葬之义。我心恋汝父子,不忍远去,务必于遵化安厝,我心无憾矣。"她的这个遗嘱,是关于她死后为何不去东北昭陵与皇太极合葬的最直接的根据。她在遗嘱中讲了四条理由:第一,卑不动尊,这是处理这类事情的一条原则。她说,皇太极安葬已久,为了我的安葬再去将他的墓穴掘开不好。第二,不要劳民动众,这又是一条原则。既然不合葬了,再去劳民动众"另起茔城"就更不必了。第三,心恋顺治、康熙父子。她说,我扶持你们父子两人登基实在不易,我死后也不忍心远离你们而去。就在遵化现有陵区安厝,将来还能和你们在一起,这样最好。第四,我意我决。她认为,我这样决定,心中没有任何遗憾。你们安葬的是我,只要我心中无憾就是最高原则,别的用不着多去考虑。孝庄的这个遗嘱,对康熙动之以情,晓之以理,不拘虚名,注重实际,豁达大度,情真意切。而在持"下嫁"说的人看来,却认为她是"有慊于心",自己不好意思再去和皇太极合葬了。

康熙执行祖母的遗嘱是不折不扣的。祖母生前,他为她在慈宁宫东边新盖了五间大殿,祖母住得非常称心,多次向康熙当面称赞。为了落实祖母要在遵化安厝的遗愿,康熙下令将这五间大殿拆迁到清东陵重建，作为祖母灵柩的"暂安奉殿"。可是，后来问题又出来了，孝庄的棺椁在这座"暂安奉殿"内一放放了三十五年，直到康熙自己驾崩，再没有进一步的说法，既不移灵，也不落葬。对此，有一种看法认为，康熙可能一直在犹豫，究竟是移好，还是不移为好。移，违背祖母遗愿；不移，祖母的陵墓建在清东陵哪个具体位置都不合适，这是一大难题。祖母是老长辈，但清东陵正中间的位置已建了顺治帝的孝陵，左右两边都是她孙子辈、曾孙辈的陵墓用地，把她老人家安插在哪个位置都不合法度，很难摆，不好办，拿不定主意，拖着。而持"下嫁"说的人却认为，康熙自有苦衷，心有难言之隐。孝庄所说的"卑不动尊"，只不过是她的一种遁词罢了，康熙心有灵犀，一点就透。他一直放着不动，也是听听再说、看看再说的一种策略。拖到最后仍然没有找到解套之策，也只能把这个难题留给后辈去解决了。

雍正继位，他是个喜欢快刀斩乱麻的人，处理复杂问题远不像康熙那样有耐心。雍正二年（1724年），他就把孝庄文皇后的棺椁安葬问题提上了日程。他发布谕旨道："我圣祖（康熙）仁皇帝继承嗣统……立万世无疆之业，皆我孝庄文皇后福德兼隆之所启佑"，"自孝庄文皇后安奉以来，我圣祖仁皇帝历数绵长（康熙在位六十年）……想孝庄文皇后在天之灵极为安妥"。他经与大臣们会同商议，一致同意把"暂安奉殿"改建为昭西陵，正式安葬孝庄。清朝定制，皇后陵殿都是歇山顶，由于孝庄是德高望重的老长辈，所以昭西陵按最高帝王等级建了重檐庑殿顶。在雍正看来，这就向人们明白宣示，孝庄得到了大清朝的最高崇敬，所谓她辱没皇子皇孙的任何流言都毫无根据。雍正三年（1725年）二月动工建陵，十一月建成，十二月安葬。真叫快刀斩乱麻，办得十分利索，把康熙拖了三十多年没有解决的难题在一年之内就解决了。常言道，盖棺论定，入土为安。雍正原以为将孝庄以最高规格隆重安葬以后，种种议论可以得到平息了,殊不料,这件事拖着也就拖着,一办就糟,把昭西陵建在清东陵风水墙外,大错而特错矣!原先毕竟是"暂安奉殿",即使几十年不动也不要紧,它毕竟还留给人们一个悬念,说不定哪一天清廷会将孝庄的灵柩移往关外昭陵与皇太极合葬,要是真那样,到时候种种猜测、流言将不攻自破。但昭西陵正式一建,而且建在风水墙外,坏了。看吧,怎么样,清廷到底没有颜面将她移往东北去和皇太极合葬啦,只能就地安葬啦,"下嫁"之说是铁板钉钉啦。从此以后,覆水难收,一座昭西陵成了反过来证明孝庄"下嫁"多尔衮的"死证"。每一个来看清东陵的人都会发问:为什么把孝庄葬在围墙外?一旁的人会随口而答:因为她"下嫁"给了小叔子多尔衮。

这就是清皇室怎么也摆脱不了的尴尬。或者说,这是清王朝受到的一种"文化煎熬"。你清王朝不是要下决心融入汉族文化中来吗?对不起,汉族文化就要里里外外洗涤你,洗出你的尴尬来。

让我们再提一个"假如":假如孝庄注重自己身后的名分,名正言顺地嘱咐康熙把她的灵柩运到昭陵去和皇太极合葬,也许她身后的"流言"将烟消云散。但孝庄太不看重自己的名分了,太儿女情长了,太率性随情了。她原以为只要"我心无憾"就行,但汉族儒家礼教却大声告诉她说:不行!这就是汉族封建礼教文化的特征之一,重"礼"不重"情"。你该争的名分不争,该讲的排场不讲,不该让的东西却让了,那你就自认倒霉吧。谁不深谙汉族封建礼教文化此"精义",谁就将在它面前碰得鼻青脸肿。

2001 年 6 月

汉初三杰悲情录

今春4月,去汉中,看了几处与汉初三杰张良、萧何、韩信相关的历史陈迹,引发了几多感慨。

刘邦与"三杰"之恩怨

张良、萧何与韩信,辅佐刘邦夺取天下,建立汉朝,功莫大焉。刘邦将自己同他们三人做过一番比较,得出的结论是三个"不如"。他说:"运筹帷幄之中,决胜千里之外,吾不如子房;镇国家,抚百姓,给饷馈,不绝粮道,吾不如萧何;连百万之众,战必胜,攻必取,吾不如韩信。"刘邦讲这番话的时候,口气很诚恳,态度很谦虚。但是且慢,假如刘邦真是一位谦谦君子,他绝对争夺不到天下。他接下去说:"三人皆人杰,吾能用之,此吾所以取天下者也。"关键是"吾能用之"这句话,意思很明白,他们三个人的本事再大,也都在我刘邦手心里握着,任我拿捏,为我所用。究竟谁比谁的本事更大,不言自明。刘邦有识人之眼、用人之量,但一切都以"吾能用之"为原则,以"取天下"为目的,一旦天下到手,觉得谁"用"起来再不像原先那么顺手,对不起,他马上会有另一套手段仔仔细细伺候你。随着朝廷内外的形势变化,刘邦与"三杰"之间的矛盾时起时伏,尤其是同韩信的矛盾一直发展到你死我活。

从"三杰"这一面来说,他们如何处理各自同刘邦的矛盾,又因他们三人的出身背景、性格特点、文化修养、奋斗经历、交往人物乃至健康状况等的不同,采取的态度和方法也各不相同。简言之,张良是"智避",韩信是"硬碰",萧何是"隐忍"。这就直接导致他们三人的最终结局各不相同:张良凄凉隐退,韩信悲愤丧命,萧何苟且保身。

天下汹汹,各为其主。刘邦与"三杰"曾经是一个最佳组合。楚汉相争,刘邦的实力远不及项羽,但依靠他们这个最佳组合将能量发挥到极致,终于赢得了这场比赛。比赛一旦结束,促成他们构成最佳组合的客观条件也就不复存在。因为这个最佳组合是打天下的班底,不是坐天下的班底。刘邦为了独掌天下,需要重组班底,这就注定了他们这个最佳组合的倾情演出,上半场是正剧,下半场是悲剧。

"飞鸟绝,良弓藏","狡兔死,走狗烹"。刘邦将"三杰"玩完之后,他自己的内心世界就从此消停了吗?不见得。我过去读刘邦的《大风歌》,每每为它的大气磅礴所激动。这次从汉中归来再读《大风歌》,不对了,我忽然读出了刘邦内心的孤独和悲凉,《大风歌》是一位孤家寡人的内心独白。

刘邦对张良:用而不信

从宝鸡去汉中,翻越五百里秦岭,半路上有座张良庙,这是当年张良的隐居处。张良庙坐落在一条山谷里,周围山高林密,浓荫如盖。

张良庙迎门是一座砖砌牌楼,牌楼正中镶有砖刻"汉张留侯祠"五个大字,清道光甲申年蔡文瑾所题。张良庙历经无数次重修,这几个字不知道是第几次重修时的遗物。留侯是张良的封号。张良庙也叫留侯祠,留侯祠在留侯镇,留侯镇属于留坝县。这些地名均因张良而得名。其实留侯之"留"不在此地,在江苏。

刘邦与张良的关系比较微妙,就从刘邦封张良为留侯这件事说起。刘邦得了天下,即行论功封侯。表面上看,刘邦对张良评价很高,封赏最重。实际上,围绕封侯这件事,刘邦与张良展开了心灵"过招"的第一回合。刘邦对张良说,你有运筹帷幄、决胜千里之功,你可以"自择齐三万户",你想要齐国哪一片土地都行,随你挑吧。出乎刘邦意料,张良的回答不是谢恩,而是谢绝,他不要。

在张良看来,刘邦封他齐地三万户,是深藏心计的。张良是韩国贵族出身,祖上"五世相韩"。秦灭韩,张良从博浪沙雇人行刺秦始皇开始,落魄造反,为韩国"复国"做出了不懈努力。张良的身世背景、平生心愿,刘邦一清二楚,但是,刘邦却没有把韩国故土封给张良,而是将他封到齐国的地面上,这绝不是刘邦的疏忽。不是疏忽,就是蓄意。刘邦究竟什么用意呢?齐国这片土地,两年前已经封给了韩信,而且是张良亲手经办的。当时,刘邦被项羽围困在荥阳,韩信在东边打下了齐国,不但不来增援刘邦,反而派人来向刘邦提出要求,希望同意他自立为"假齐王"。刘邦大怒之下,想马上派兵去攻打韩信这狗日的。陈平在桌子底下踩他的脚,张良对他附耳道:"在这危急关头,不如就同意韩信立为假齐王,稳住他,以防小不忍生大变。"刘邦立刻改口骂道:"他妈的,他韩信大丈夫南征北战,出生入死,要做就做个真齐王,哪有做假齐王之理,封他为齐王!"立刻派张良带上印信,前往齐国,封韩信为齐王。张良此刻便想,刘邦今天封他"自择齐三万户",这是想用一笼锁二虎。把他和韩信封在同一片土地上,无非是想在他们两人之间制造一点不大不小的矛盾,达到"以张制韩""以韩制张"的目的。

这说明,刘邦不仅对韩信不放心,骨子里对张良也有些信不过,张良对此心明如镜。不过,张良觉得回绝得过于简单了也不好,总得给刘邦留点面子。他对刘邦说,我在博浪沙雇人行刺秦始皇失败,逃到下邳来避难,最早和你相识于留("留"是江苏沛县东南的一座小城),我对那座小城难以忘怀,你实在要封就封我个留侯吧。刘邦"乃封良为留侯"。张良为什么要向刘邦重提留城,愿封留侯?他是想借此提醒刘邦,希望在他们君臣之间保持一点起事之初的纯朴记忆。回想打天下之初,大家忙于杀伐征战,纵横捭阖,何曾斤斤计较于一得之功、一己私利?可是一旦得了天下,为了争夺各自利益,宫廷内外已是剑拔弩张。

围绕"封功臣"这件事,宫廷内爆发了一场大风波。"上已封大功臣二十余人,其余日夜争功而不决,未得行封。"刘邦发现,文臣武将们每天都在宫道上三五成群,交头接耳,窃窃私语,便问张良:"他们在商量什么?"张良回答说:"在商量谋反!"刘邦大惊,天下刚刚安定,为什么要谋反?张良直言道:"陛下也是布衣出身,他们这些人跟随你出生入死,现在你贵为天子,他们也希望论功封赏。可是,目前得到封赏的人,都是萧何、曹参的亲信故旧。被诛杀的都是同陛下及萧、曹他们有怨仇的人。他们都在担心,自己不但得不到封赏,陛下反而对他们处处疑心,随意诛杀,所以逼得他们聚在一起商量谋反。"刘邦急问:"奈何?"张良问他:"你平生最恨,而且群臣们都知道你最恨的人是谁?"刘邦答:"雍齿!"刘邦说,雍齿这个人过去曾多次羞辱过他,他曾几次想杀他,都因为念他立过不少战功,没有忍心下手。张良说:"那好,作为一项紧急措施,你赶快先封雍齿,好让大家打消顾虑,先把人心安定下来,后面慢慢再做工作。"

张良的这番分析和建议,可谓"一石二鸟"。一方面,他巧妙地点了一下萧何、曹参的名。那意思说,你刘邦包庇怂恿萧、曹也好,说萧、曹结党营私也好,说张良对此有些看法也好,你刘邦自己去理解吧。另一方面,他也为刘邦解决这场风波献出了关键的一招。这等于告诉刘邦,你身为皇上,用小人之心度我君子之腹,我的肚量比你大,我在人格上绝不会输给你。意见要向你提,为臣之责仍然要尽到,此乃堂堂君子之风。

然而,经过这场风波,张良毕竟受到很大刺激,心中有些悲凉。他看到朝廷内各个利益集团、各个门派之间的矛盾已暴露得异常尖锐。自己在刘邦心目中仅仅是一位谋士而已,并非可托国之重臣。刘邦天下已经到手,再没有多少危急大难需要有人为他出谋划策了。况且自己身体也一直不太好,这个"臣"是不能再做下去了。前思后想,他决心急流勇退,"淡出"政坛。

张良抽身而去,凄凉隐退

张良决心脱离刘汉朝廷,抽身而去,也有他自身的悲剧根源,这同他的身世背景、政治理想直接有关。张良原是韩国的贵族子弟,他的祖父、父亲都曾做过韩国的相国,先后辅佐过五位韩国君主。韩国被秦始皇灭国时,张良家中还有"家童三百人"。当时张良还是一个在校学生,正在淮阳"学礼"。他血气方刚,年轻气盛,"弟死不葬,悉以家财求客刺秦王,为韩报仇"。作为一名亡国之士,张良念念不忘的就是要为韩国"复国"。但是,秦虽暴虐,"分久必合"却是天下大势。即使揭竿而起推翻秦朝,走向统一的时代潮流也不可逆转,张良"复韩"的政治理想只能是一种不切实际的空想,这就注定了张良命运中存在着先天的悲剧因素。

从实践层面讲,张良一个贵族书生,势单力薄,在群雄并起的时势下,也不存在他独立奋斗的客观条件,他只能依附于比他更强大的势力。当时"陈涉等起",风云际会,项梁和项羽、刘邦等都在这时相继起事,张良自己也曾拉起一支小小队伍,"聚少年百余人"。有个叫景驹的,在留城自立为楚假王,张良本想到留城去投奔景驹的,走到半路碰上刘邦。刘邦手下有数千人,势力比张良大得多,张良便和刘邦走到了一起。但是,他们的政治目标并不一致,两人是同路人而已。

一个人最初确立的政治理想,犹如人生初恋,往往难以忘怀。张良虽然加入了刘邦营垒,他心中的"复韩"梦想却难以泯灭,一有机会就会冒出来。项梁与刘邦会合后,为了打旗帜,"共立楚怀王"。张良觉得机会来了,借机说服项梁,把韩国公子成也立为新的韩王,张良本人也被任命为韩国司徒。他和韩王成一起,领着一支千把人的队伍,要去夺取原来属于韩国的地盘。结果当然不会成功,刚刚打下几座小城,就被秦军轻而易举地夺了回去,他们的队伍也成了散兵游勇,张良只得重新回到刘邦队伍中来。

刘邦利用项羽正在巨鹿和秦军主力决战的当口,抢先进入关中,占领咸阳,灭了秦朝。项羽随后入关,觉得刘邦投机取巧,十分恼火,"欲击沛公"。张良和项伯从中竭力调解,帮助刘邦度过了鸿门危机。随后,项羽封刘邦到汉中去做汉王,刘邦临走前送给张良"金百镒,珠二斗",打发他回韩国去,等于把他"辞退"了。张良将金银悉数转赠项伯,只身回到韩国,方知韩王成已被项羽所杀。至此,张良的"复韩"理想彻底破灭,重新投奔刘邦。

张良的以上经历,说明了一个问题,他在刘邦阵营内始终带有"客串"的性质。刘邦虽然重其才,用其计,但对他的信任度一直有所保留,始终没有达到倾心相依的地步。刘邦本人粗俗豪放,做泗水亭长时衙役小吏"无所不狎侮",做了皇帝仍然"素慢无礼",对萧何等都是直呼其名,动辄臭骂。张良身上则有一股子贵族书生气质,见解精辟,谈吐文雅,刘邦对张良一直以"子房"称之,始终客客气气,连重话都不曾说过一句,相敬如宾,要害在"宾"。在刘邦的心目中，张良这个人"身在汉营心在韩"，并不是死心塌地的追随者。因此，在关键问题上，刘邦对待张良和萧何的态度是有本质区别的。封侯前，刘邦对"三杰"做出评价，第一个就讲到张良，给人以错觉，好像他把张良列为第一位大功臣。实际上，刘邦内心一直把萧何排在第一位，"高祖以萧何功最盛"。只是由于群臣争功激烈，刘邦自己不便直说，"难之"。最后正式排列位次时，关内侯鄂君揣摸到了刘邦的心思，挺身而出，力排众议，发表了"萧何第一，曹参次之"的意见，刘邦立即表态："善!"加封萧何"父子兄弟十余人，皆有食邑"，赐萧何"带剑履上殿，入朝不趋"，恩宠无以复加。

司马迁有评语："高祖离困者数矣，而留侯常有功力焉。"刘邦遭遇过很多次危机，危急关头都是张良为他出谋划策，化险为夷，转危为安。刘邦面临重大问题时，也往往都是张良为他做出精辟分析，帮助他做出正确决断。诸如：智击秦将，计取关中；化解鸿门危机；不立六国之后；去汉中以退为进；联合英布、彭越以抗项羽；重用韩信独当一面；主动出击，追击项羽；调动韩信、彭越参加垓下会战；定都关中；不废太子等。在这一系列重大问题上，刘邦都曾得力于张良的计谋和忠告。人们不禁要问，刘邦既然明确表态"萧何第一、曹参次之"，那么张良应该排在第几位呢？刘邦对此三缄其口，别人也再没有谁提出这个问题。对此，张良内心有何感想？

张良退出政坛，却退不出悲凉

在张良庙的牌楼右侧，立有一块石碑，上面刻的是"汉张良留侯辟穀处"。辟穀，"辟"，通"避"；"穀"，即五谷。辟谷，不吃五谷。据说这是中国古代一种修养健身方法，修养期间只吃药物，不吃五谷，做导引。《史记》《汉书》中都说张良"多病"，"乃学导引轻身"，"不食谷"。张良隐居在这片深山老林里辟谷修炼，固然有身体长期多病的原因,更为本质的原因却来自政治方面。其一,他曾为之倾家亡命的"复韩"理想已化作云烟;其二,刘邦始终视他为"客";其三,历朝历代君臣间"同患难易,共荣华难"的悲剧又将在新生的刘汉王朝内重演。综上所述,使他内心感到无比困惑和无奈。正好,自己身体也不好,退吧,退为上策,退,坚决退。他以养病为名,闭门谢客,"杜门不出岁余",可见他陷入了深深的痛苦之中。后来虽然偶尔露面,也都是以重病号的姿态出现。例如,黥布叛乱,刘邦带病亲征,群臣"皆送至灞上",张良也不得不来送行。"良疾,强起",送至曲邮。他对刘邦说:"按理我应该随你出征,无奈我病得厉害。楚兵很是剽悍,你自己多加小心吧。"张良的病是真病,不是假病。但张良需要这"病","病"是他的一块心灵盾牌。托"病"躲避政治旋涡,称"病"宣泄难平愤懑,借"病"消释心中郁结,这些都是沉积在中国官场文化中的政治技巧之一,采用者不绝于史焉。

刘邦对待萧何和张良一亲一疏,有一件事最能说明这一点。开国后,张良和萧何两人谁都没有当上相国,这是一件咄咄怪事,其中大有奥妙。这说明,刘邦在处理这些敏感问题时,心是很细的,心计也是很鬼的。让张良当相国,他不放心;让萧何当相国,又怕张良不服。撇下张良用萧何,怕是群臣也不服,不太好办。不好办的事,有时不办就是最好的解决办法:不立相国。刘邦这点心思,哪里瞒得过张良?好吧,我先请个假,养几天病再说,看你刘邦如何动作。刘邦却久久不愿捅破这层纸,晾着,不急。时间一长,张良反倒觉得太没意思,别人还以为是我张良盯着相国这个位子不肯让步,显得我不够豁达似的,岂不低俗?古往今来,将相大臣们要想彻底摆脱地位、权力、名利的羁绊,难。但张良很快从中摆脱了出来,主动为刘邦解开了这个扣子,再一次显示了他的君子风骨。他利用最后一次随刘邦出兵伐代的机会,出奇谋拿下了马邑,顺便劝说刘邦立萧何为相国。

至此,张良觉得平生无愧于己,无愧于人,便和刘邦作了一次告别谈话。他从回顾自己的身世讲起,一席话讲得情真意切。他说:"家世相韩,及韩灭,不爱万金之资,为韩报仇强秦,天下震动。今以三寸舌为帝者师,封万户,位列侯,此布衣之极,于良足矣。"最后,他向刘邦明确表示,"愿弃人间事,欲从赤松子游耳"。赤松子是神话传说中的"仙人",他要求"仙"去了。就这样,张良毅然决然告别了政治舞台,但话语中也不乏丝丝缕缕的伤感情调。

刘邦对张良"用而不信,疑而不任"的态度,到死也没有改变。刘邦讨伐黥布叛乱时为流矢所中,返京途中箭伤发作,回宫后一病不起,太医百般医治,回天无术。刘邦自己也说:"命乃在天,虽扁鹊何益",不愿再治。吕后到刘邦病榻前问话:"皇上归天后,哪一天萧相国也死了,谁能接替?"刘邦答:"曹参。"吕问:"其他人呢?"刘答:"王陵可用,但需陈平扶他一把。陈平心里什么都明白,却难以独当一面。"吕问:"还有谁能重用?"刘答:"周勃重厚少文,然安刘氏者必勃也,可令为太尉。"吕后再问:"还有谁?"刘邦答:"再往下我也不知道了。"吕后打破砂锅问到底,问到最后也没有从刘邦嘴里问出张良的名字来。原因很简单,刘邦压根儿就不信任张良。其实,吕后倒是很想请张良再度出山的。刘邦死后,吕后强迫张良进食,并劝他说:"人生一世,如白驹之过隙,何自苦如此!"张良"不得已,强进食",但未见他为吕后做过什么事,又活了六年才死。

张良庙内,保留的历代碑刻很多,题刻的内容,都是赞颂张良"功成身退""急流勇退"的,也有一些赞颂他"智勇深沉""机谏得宜""高尚绝伦"等,溢美之词,累世不绝。许多人来此一游,每每被张良的事迹撩动情怀,引发感慨。每一块碑刻,都饱含着题刻者浓浓的情感寄托。

细想起来,张良用如此方法回避俗世烦恼,他的内心何尝能彻底轻松?俗世之事难,求"仙"之事就不难吗?

走出张良庙,步入古树浓荫,我心中升起一缕淡淡的凄凉。

韩信之悲:有奇才,无大志

汉中市内,有一座汉台,是刘邦在汉中做汉王时的王府遗址。汉台南,不远处有个拜将坛,这是刘邦拜韩信为大将军的地方。进得拜将坛园门,迎面是一座露天方坛,四周有汉白玉栏杆。坛上是一尊韩信扶剑挺立的汉白玉雕像,气宇轩昂中有些忧郁。台阶西侧一通石碑,上刻"汉大将韩信拜将坛"八个大字;台阶东侧也是一通石碑,刻的是舒同书写的"拜将台"三个字。拜将坛北面,还有另一座方坛,是当年宫中百官出席韩信拜将仪式的参观台。明代,这个方坛上加盖了个亭子,改成碑亭,镌刻有历代名人题颂韩信的楹联诗词。

韩信出身贫寒,他的人生目标与张良有着天壤之别。张良谋"国",韩信谋"生"。韩信由于家里太穷,做官不够条件,经商没有本钱,连一日三餐都没有着落。漂母之食,胯裆之辱,辛酸不堪回首。深入韩信骨髓的平生心愿,就是要改变这种艰难屈辱的生存状态。靠什么出人头地?生逢乱世,落草造反,领兵搏杀,未尝不是一条奋斗之路。因此,韩信平时"好带刀剑",对用兵之道格外用心钻研,后来经过大量的军事实践,造就了他非凡的军事才能。

刘邦破格拜韩信为大将,是韩信一生中遇到的一次最大的机遇。群雄并起,四乡风随,韩信开始是投奔项梁而去的,在那里"杖剑从之,无所知名"。项梁败,从项羽。由于他一心想出人头地,急于找机会表现自己,曾多次向项羽献策,项羽均未理睬。愤而离去,转投刘邦,仍未得到重用。韩信命运中出现机遇,颇有些喜剧色彩。刘邦从关中到汉中去做汉王时,为了麻痹项羽,一边走,一边将身后的栈道放火烧掉,形同一次狼狈败逃,队伍中的悲观情绪迅速蔓延，一路上逃亡将领数十人，大伤元气。为了扭转局面，刘邦急需招募出类拔萃的军事人才，以扩充军队，重振军威，由战略退却转为战略进攻。恰在这时，等待已久仍不见起用的韩信，受到其他逃亡将领的影响，也在一天夜里逃跑了。萧何听说韩信逃跑，拍马便追。有人却向刘邦报告说，萧何跑了。刘邦失萧何"如失左右手"，心痛得顿足。过了一两天，萧何忽然出现在刘邦面前，刘邦又气又喜，骂道："浑蛋，为何逃跑？"萧何道："我哪里是逃跑，我是追赶逃跑者。"刘邦问他追的是谁，他说追的是韩信。刘邦又骂："胡说八道，逃亡将领几十人，你别人都不追，去追什么韩信，骗鬼啊！"萧何力陈韩信是个难得人才，希望刘邦委他以重任。并说，你如果心甘情愿在汉中永远待下去，不用韩信也罢；你如果想争夺天下，非用韩信不可，你看着办吧。刘邦被萧何的一席话打动，就说："好吧，我用他为将。"萧何又说，让他当个小将怕留不住他。刘邦答应拜他为大将，并让萧何马上把韩信叫来，立即起用他。萧何批评刘邦说，你对下级向来傲慢无礼，呼来喝去，拜大将好像呼小儿似的，这不行。拜大将是很严肃的事情，必须举行隆重仪式。刘邦只好同意："好吧，照你的意见办。"

  拜将，乃寄托生死存亡之重任，需要受命者立下誓言，许以生死，不庄重不行。萧何是小官吏出身，在旧县衙混过，知道官场礼节。他一心为刘邦着想，觉得汉王眼下正经历着一个困难时期，需要重振军威，以图大事。他把韩信的拜将仪式筹备得格外隆重正规，"择日，斋戒，设坛场，具礼"。虽然往事越千年，我们那天登上韩信拜将坛，环观四周，似乎仍能隐隐感觉到当年拜韩信为大将时的隆重气氛。这次拜将仪式，实际上成了刘邦重振军威的誓师大会，由此吹响了由战略退却转为战略进攻的战斗号角。

  刘邦与韩信，一个为了争夺天下，渴望招募杰出军事人才；一个为了出人头地，苦苦寻找知人善任之主。双方的追求一旦在特定条件下交会到同一个点上,如同引爆一次"热核反应",立刻产生出巨大能量。时隔不久,刘邦就采用韩信谋略,明修栈道,暗度陈仓,一举打出汉中,重入关中,平定了三秦,重新打出了一个大好局面。随后,刘邦与韩信分兵东向,韩信独当一面,过黄河,虏魏王,擒夏说,下井陉,破赵,降燕,定齐,南摧楚兵数十万,势如破竹,席卷江东,威震天下。可以毫不夸张地说,刘邦的天下,大半地盘是由韩信领兵打下来的。也正因为如此,韩信之于刘邦,形成了"功高震主,拥兵自重"之势。韩信自己却不知道珍惜,不知道警惕,越来越狂傲。而刘邦对他则越来越猜忌,这就形成了他们之间的矛盾对立。再加上其他各种复杂因素不断掺入其中,导致双方关系越来越紧张。

韩信是被刘邦"玩"死的

其实,韩信这个人并没有太大的政治野心。张良重名节,韩信重实利。他母亲死后无钱下葬,他找了一块荒岗高地将母亲掩埋了。他的理想是有朝一日封个万户侯,母亲坟地旁可以"置万家"。可是,韩信哪里知道,封建君王对"贤将"的要求,只能有"赴死"的忠诚,不能有"言利"的欲望。在刘邦看来,打出的天下都应无条件归他刘邦一人所有,韩信却总想切下一块蛋糕归自己。

刘邦对韩信的戒心,是从攻打齐国开始的。这也是韩信命运的转折点。在这之前,韩信已创造了一系列辉煌战绩,战功赫赫,威名远扬。刘邦自己在正面战场上却一再受挫,很不顺利。两相对比,刘邦对韩信的军事才能产生了一些忌妒心理,对他执掌的军事实力急速膨胀也有了一些疑虑,于是在行动上开始对他有所掣肘。当时,刘邦正被项羽围困在荥阳;韩信打下赵国后,队伍正驻扎在修武休整,与荥阳隔黄河相望。刘邦由部将夏侯婴陪同,在夜里乔装打扮,渡过黄河,第二天一早潜入韩信营帐,夺走了他的印信,调走了他的精锐部队。又传回命令,让张耳留守赵国,命令韩信收拾残部前去攻打齐国。根据刘邦下达的这道作战命令,韩信把零星部队集结起来,整顿一番,便向齐国进发。不料,半路上得到一个消息,刘邦早已派郦食其前往齐国招降,不费一兵一卒,齐国的问题已经解决。这显然是刘邦使出的一个计谋。一方面,他要借助韩信挥师东征以来形成的破竹之势,让郦食其赶在韩信到达齐国之前,用三寸如簧之舌去"说服"齐国。另一方面,他有意要让韩信陷入一次"无功而返"的局面,削弱一下他锐不可当的气势,为自己担当的正面战场找回一点平衡。

韩信是胜利者,却不是一个清醒的胜利者。他在军事领域深谙兵法玄奥,在政治领域却连"知己知彼"的常识都没有。一方面,"知己"不够。他对于自己实力之强劲,处境之敏感,缺乏清醒的分析和估计,对于盛名之下可能给他带来的种种麻烦甚至危险,更缺乏足够的警惕。另一方面,"知彼"更不够。他全然不知道刘邦已在怎样地疑他、忌他、防他。因此,他不知道决定自己命运的要害在哪里,不知道什么可为,什么不可为,在行动上带有很大的盲目性,过于率性随情,大小举止皆失当。

他先是想,既然齐国已被郦食其"说下",他攻打齐国的军事行动就可以停止了。不料,齐国有个辩士蒯通,前来投靠他。蒯通此人,窥测天下大势,觉得将来能够掌握天下命运的既不是项羽,也不是刘邦,而是他韩信。他鼓动韩信对齐国应该照打不误。韩信问他此话怎讲?蒯通说,刘邦既然命令你攻打齐国,暗中又派郦食其来招降齐国,这种做法就不对。郦食其一个说客,凭三寸不烂之舌说降齐国,得到齐国城市七十多座。你率领几万大军打下赵国才得五十多城,将来论功行赏,你还不如他一个儒生的功劳大,岂不是天大的笑话?何况刘邦并没有正式通知你停止攻打齐国嘛,你还有什么好犹豫的,应该毫不动摇,打!韩信一听,觉得有道理,好,打。这一仗,韩信利用潍河之水,淹杀齐军,攻下了齐国。

韩信打下了齐国,声威更大,更加举足轻重。用蒯通的话说,这时刘邦和项羽的命运都掌握在他韩信手里,他韩信"为汉则汉胜,与楚则楚胜"。刘邦早就看到了这一点,所以既千方百计笼住他,又想出一些办法来掣肘他。项羽也看到了这一点,也在这时派武涉前来游说韩信。恰恰韩信自己看不到这一点,天大的机会出现在他面前,他却"天与弗取,时至弗行"。蒯通竭力鼓动他,第一步与刘、项"三分天下,鼎足而居",然后再图下一步发展,后劲最大的是你韩信。并表示"臣愿披心腹,涂肝胆,效愚忠",死心塌地要投靠他。蒯通所言,并没有违背当时的造反道德。天下亡秦,群雄并起,谁能把天下争夺到手就是谁的。一不靠公民投票,二不用举手表决,三不需法律程序,只凭实力。同是造反者,同为争天下,韩信与刘邦、项羽拥有同等权利、同等机会。如果韩信当时敢于喊出一声"帝王将相宁有种乎"之类的豪言,最终究竟谁能当上皇帝,真还难说。可是,韩信此人,纵有封侯之愿,却压根儿没有帝王之志。他一再向蒯通表示,"汉遇我厚,吾岂可见利而背恩乎!"蒯通怒其不争,仰天长啸:"时乎时,不再来","天予弗取,反受其咎;时至弗行,反受其殃"。说罢,装疯而去。

你说韩信多么昏吧,他既然不忍"背汉",那就兢兢业业为刘邦把仗打好吧。可是不,他偏偏在这种敏感时刻,向刘邦开价,要求自立为"假齐王",刘邦怎能不怒火中烧?蒯通鼓动他争天下他不想争、不敢争,又何必伸手去要个什么"假齐王"呢?蠢不蠢啊!刘邦迫于同项羽对峙的困难局面,为了防止不测,作为权宜之计,接受张良、陈平建议,封韩信为齐王。这样一来,局面是稳住了,但刘邦与韩信之间的疙瘩也结下了。韩信自以为从未萌生"背汉"之念,心里坦坦荡荡。可是以后的矛盾发展已由不得他,刘邦从此却要将捆扎他手脚的绳索一步步收紧了。

刘邦的用人之术,是一套将人摆布于生死间的封建权术。韩信在军事上纵有盖世奇才,在权术游戏中根本不是刘邦的对手。韩信是一只猛虎,刘邦也能将它牵在手里转场子赚钱。他可以违心地将韩信封为齐王,让韩信实实在在地感受到"汉王厚我",使他即使面对蒯通和武涉的左右游说也"不忍背汉"。为了调动韩信参加垓下会战,又可以再次违心地加封给韩信一大片地盘,使他心甘情愿地前来殊死搏杀。可是,垓下会战把项羽彻底打败后,刘邦马上就给韩信颜色看。只是因为韩信立有盖世之功,如果操之过急,将他一棍子打死,恐天下不允,失去人心,所以第一步先剥夺他军权,改封为楚王。随后,又利用韩信狂傲自大、不善于处理人际关系的弱点,以有人告他"欲反"为借口,"用陈平谋",在云梦将他逮捕,押回洛阳,杀尽他威风,贬为淮阴侯。从此,韩信愤恨难消,人际关系更加紧张,"羞与绛、灌等列",树敌太多,周围环境对他越来越不利。最后,失去理智,策应陈豨谋反,招来杀身之祸,也是罪有应得。临死,韩信仰天长叹:"吾悔不用蒯通之计!"等他明白过来时,脑袋已经落地。

刘邦信也萧何,疑也萧何

最后说说萧何吧,萧何是"三杰"中唯一的善终者。在汉中,离张良庙不远,公路边有"萧何月下追韩信处"。我问了一下那里的情况,说是现地没有什么标志性建筑,只立了一块石碑,偶然可以捡到几片碎瓦,别的没有什么可看。一想也是,萧何月下追韩信,兵荒马乱,荒山野岭,当时不可能在现地留下什么标记。所谓"萧何月下追韩信处",也是后人半寻半猜的地点,不去看也罢。

封建制度的用人原则,本质上就是人身依附关系。萧何能够成为"三杰"中的唯一善终者,不是偶然的。萧何与刘邦是真正的老乡,刘邦是"沛公",萧何是"沛人"。虽说韩信和刘邦、萧何也都是老乡,但彼老乡非此老乡。对刘邦来说,对韩信这样的老乡,可谓"老乡整老乡,杀你没商量"。而对萧何则不同,萧何不会用兵,对他没有"驾驭不住"之忧。

在刘邦心目中,真正知根知底的是萧何。刘邦起事前,就和萧何很要好。《汉书·萧何传》中讲了几件事:一、萧何是沛中小吏,刘邦为布衣时,萧何"数以吏事护高祖"。二、刘邦当了泗水亭长后,萧何"常佑之"。三、刘邦押送徭役去咸阳,别的官吏都给刘邦送钱三百,唯独萧何给了五百。《史记·高祖本纪》中讲了另一件事:吕雉的父亲犯了事,躲到沛县县令处避风。沛中官吏豪杰,听说县令家来了贵客,都备了礼金前来探望。萧何负责收礼接待,他大声宣布:"人太多啦,送礼不满一千的都到堂下去坐。"刘邦来了,分文未带,却写了一个假帖递进去,大声说:"我送一万!"萧何眼皮一翻,将刘邦放了进去。刘邦对所有客人都不放在眼里,径直坐了上座,喝得烂醉,从此与吕公混得烂熟,吕公将女儿吕雉许配给了他。司马迁通过这件小事,将刘邦骨子里的痞子气写得淋漓尽致。萧何是衙役小吏之流,想来与乡里这类痞子是混得熟稔的。刘邦与萧何,这等关系,谁能比得上?

史书上说萧何此人"以文无害",用现在的话说就是"本事不大,但不坏"。又说他办事认真,负责课税,上缴最多。秦朝的监郡御史经过考察,觉得他很适合到朝廷去当差,准备推荐。萧何不愿离开本乡本土,推辞不去。从这件事可知,萧何很适合干机关工作。他后来跟随刘邦打进咸阳,别人都忙于掳掠金银财宝,他却急往秦宫收集简牍资料、法律文档、地图报表之类,这些东西后来对汉朝开国执政发挥了重要作用。

萧何对刘邦,真可谓死心塌地、全心全意。他把自己的身家性命连皮带骨统统倒进了刘邦的锅里,这一点是他与张良、韩信的根本区别所在。刘邦长年领兵在外与项羽作战,萧何开始几年"留守巴蜀,填抚谕告,使给军食",很出色地完成了后勤保障工作。后来又留守关中,兢兢业业地"侍太子,治栎阳。为令约束,立宗庙、社稷、宫室、县邑",并将粮食兵员源源不断从关中送往前线。事无巨细,桩桩件件都考虑得周到细致,只要报给刘邦,全都照准。有些事来不及奏报,他就付诸实行,刘邦回到京城时再补报一下,刘邦也很满意。萧何对刘邦忠到这种程度,刘邦对萧何就丝毫没有戒心了吗?非也!

刘邦的用人原则,"疑人"第一。《汉书·萧何传》说:"汉三年,与项羽相距京、索间,上数使使劳苦丞相。"什么意思?刘邦在前线与项羽对峙,战事艰难,却一次又一次派使者回长安去慰问萧何,说他在后方工作太辛苦啦。有个叫鲍生的,对刘邦的这一举动咂摸出了味道,对萧何说,汉王在前线暴衣露盖,非常艰苦。为了使汉王对你不起疑心,你何不动员你的子孙和亲属中凡是能当兵的都去当兵,使汉王觉得你把全族人的身家性命都交给了他,可以让他彻底放心。萧何"从其计,汉王大悦"。这件事给刘邦留下了极深的印象。后来群臣争功时,许多人认为萧何一天也没有到过前线,一次仗也没有打过,把他的功劳说得那么大,老子不服!刘邦就说:"你们都只是独自一人跟随我打天下,多的也只有两三人。萧何举族几十人跟随我,你们能和他比吗?"萧何算是认准了一条,他的肉全在刘邦的锅里,有了刘邦的天下,才有他萧何的家业。

常听所谓"疑人不用,用人不疑"之说,帝王中是否真有人能做到这一条不知道,反正刘邦做不到。天下谁对刘邦最为忠心?萧何。可是,刘邦对萧何这样的忠心老臣,也是一疑再疑啊!韩信参与陈豨谋反,吕后串通萧何杀了韩信,刘邦从征讨陈豨的前线传回命令,正式立萧何为相国,加封五千户,专门配备一名都尉带五百名兵丁担任相国府警卫,待遇马上上去了。有个叫召平的,立刻提醒萧何说:"我看你要大祸临头了!如今陛下领军在外,你在宫中留守,一粒小石子也没有打到过你头上,你要什么五百警卫?淮阴侯刚刚闹过一次谋反,陛下为你配备五百警卫,并不是对你的恩宠,而是加倍防备你啊!"他劝萧何谢封勿受,并将自己家中的财物统统献出来,作为军费支援前线,以消释陛下心中之疑,萧何"从其计"。果然不出召平所料,"上悦"。不久,黥布叛乱,刘邦亲征讨伐,又一次次从前线派使者回京看望萧相国,询问他在后方操持国事的情况。又有人提醒萧何说:"我看你糊涂到极点,灭族之灾快了!你不想一想,你现在高居相国之位,一人之下,万人之上。陛下领军在外,担心你倾动关中啊!你现在应该多买田地住宅,让陛下知道你并无谋国之心,他才会对你放心。"萧何又一次"从其计,上乃大悦"。请看看,伴君之人,这叫过的什么日子?如果不是肠子拐了十八道弯的人从旁一次又一次及时提醒,萧何的脑袋能不能保留到最后,很难说。

萧何如此谨小慎微,而且那么大年纪的人了,刘邦居然还斥令毒打过他一顿。那是刘邦平定黥布叛乱后回到京城,许多人拦路告状,说萧相国强买田宅。萧何去宫里参见刘邦,见面就拜:"皇上辛苦了!"刘邦笑道:"看你做的利民好事,这么多人告你状!"说着把一沓状纸扔给萧何道:"你自己去平息民愤吧!"萧何趁机向刘邦提了一条建议,说,长安地方狭窄,老百姓田地少,我看皇家猎苑内有不少空地,荒着也是荒着,不如让老百姓进去耕种算了,也不要收他们官税了。刘邦勃然大怒:"你受了他们多少贿赂,竟来动我皇家猎苑的脑筋,拖下去打!"打完关起来。天哪,你打死他萧何,他也不会对你刘邦起二心啊。过了几天,有位近身侍卫问刘邦,萧相国犯了什么大罪,你把他打得这么厉害?刘邦道,我听说过去李斯做秦始皇的相国,有好事都归秦始皇,有坏事都揽到他自己头上。萧何倒好,为了讨好百姓,竟想拿我的皇家猎苑去做人情,他肯定受了贿赂,我教训教训他。侍卫说,皇上这几年领兵在外,萧相国留守关中,如果他对陛下不忠,只要在关中稍有动作,关西的地盘就不是你陛下的了。他那样的大利不贪,怎会去贪一点小小贿赂呢?刘邦被侍卫说得无话可讲,知道错了,赦出萧何。萧何年事已高,一向恭敬皇上,脱了鞋进去向刘邦叩拜谢罪。萧何为什么要脱了鞋进去?因为刘邦有时会怀疑进来的人鞋子里藏有暗器,萧何脱鞋而入,以解除刘邦的疑心。此刻,谁也想不到,刘邦竟会说出下面这样的话来:"罢了,相国是贤相。我打你,是为了让天下老百姓都知道我这个皇上不是好皇上。"

屁话,一通屁话!刘邦脸不红、心不跳,用一通屁话将他的疑心病掩饰了过去。刘邦是个疑心病狂,他有一整套疑人术。他怀疑人不要任何理由,怀疑错了说几句屁话就可以掩饰过去,被冤者还得向他下跪谢恩。封建帝王是没有什么廉耻概念的,他们有时是人,更多的时候不是人。偶然也会讲出几句带有友情亲情人之常情的话来,却往往不一定是真心。他们更多的时候不讲人话讲鬼话,前说后赖,眨眼变脸,恬不知耻。一是一,二是二,耿直不阿之人,是做不了皇帝的。

看看刘邦与"三杰"关系的演变过程,我们大致可以知道,封建制度的用人原则是什么玩意儿。一言以蔽之,就是要求绝对地"忠君",绝对地排斥异己,绝对地人身依附。在这种制度下,必然杀人如麻。从刘邦到吕后,将异姓王一个个斩尽杀绝,血淋淋地向我们展现了封建制度的本质特点。现代文明社会,提倡团结不同见解、不同经历、不同特点的人在一起共事,这大概也是"封建"与"民主"的根本区别之一吧。

2002 年 6 月

周勃、周亚夫父子

周　勃

周勃,沛人(今江苏沛县),刘邦的老乡。周勃的祖籍是卷(今河南叶县西南),是外来户。外来户能在当地找到靠山,一般都能死心塌地,相随到底。周勃是刘邦从沛县起兵时带出来的"嫡系"。他跟随刘邦东征西讨,身经百战,无论顺境逆境,始终如一,忠贞不贰。刘邦的识人之明、用人之量,或者说他的权术,在封建帝王中很少有人能比。哪些人只能暂时利用,不可长期共存;哪些人只可"用",不可"靠";哪些人既可"用"又可"靠",他心里都有一本明细账。在刘邦心目中,周勃是心腹大将之一,绝对可靠,这一点他不会看错。

刘邦最后一次亲率大军平定英布叛乱时中箭负伤,回到长安,老病新伤一起发作,御医回天无术。刘邦认为人寿在天,不肯再治。吕后到病榻前俯下身去,问他,陛下百岁后,假如萧相国也死了,哪些人可以委以重任,托付国事?刘邦说,曹参可以。吕后又问,还有谁?刘邦答,王陵可以,"然陵少戆",缺点心计,可以让陈平辅助他。陈平这个人心里什么都明白,但软弱,独当一面不行。

接着,刘邦重点提到周勃,他说:"周勃重厚少文,然安刘氏者必勃也,可令为太尉。"这是刘邦向吕后交代得最为踏实的一位,明确指示要把兵权交给周勃。其他人一旦握有兵权,说不定会起"谋国"之心,周勃不会,刘邦放心。

周勃投入刘邦起义军之前,以编织芦席苇箔为生,还经常给出丧人家吹箫办丧事。箫是一种高雅的古典乐器,挺难吹。周勃把吹箫当作混饭吃的营生之一,这同他"木强敦厚"的性格不太相符,但也养成了他粗中有细的一面。他投奔刘邦起义军后,成为一名力挽强弩的弓箭手。由于作战勇敢,战功卓著,一步一步被提升到独当一面的大将军,最后当到太尉,后来又当丞相。即使到了这样的高位,周勃说话办事仍然很"粗"。《汉书·周勃传》中说,他每次找文人谋士们来说事,往往一坐下就训斥他们,你们别来之乎者也那一套,老子听不懂,都用土话跟我说,快讲!这同朱元璋当了皇帝之后仍然改不了过去的说话习惯一样,在御批中经常使用一些俚语俗语口头语,令大臣们读之掩鼻而笑。当皇帝、当将军,能像他们两位这样,当出自己的本色来,不去拿腔拿调,这一条挺可爱。

周勃一生的赫赫战功,可以分成四个阶段。第一阶段,他跟刘邦起兵反秦,艰难转战,胜败交错,从沛县一直打到关中。第二阶段,楚汉战争期间,周勃是平定三秦、巩固关中、打败项羽的主要功臣之一。第三阶段,刘邦称帝后,各地异姓王纷纷叛乱,周勃成为刘邦平定各地叛乱的得力主将。尤其是平定燕王卢绾在代国(都今山西代县)叛乱时,刘邦已经病重,不能亲征。他本来想让相国兼将军的樊哙挂帅出征,有人告发樊哙与吕后结党营私(樊哙是吕后的妹夫,与刘邦是连襟),准备在刘邦死后篡权。刘邦削去樊哙职务,改任周勃为统帅,把平定北方叛乱的军事重任全盘托付给了周勃。周勃认真贯彻刘邦剿抚并举的策略,很快攻克了燕都蓟(今北京丰台),燕国官员将士纷纷倒戈来降。卢绾带着家眷和随从向北逃窜,周勃连续追击,先后攻克了沮阳(今河北怀来),平定了上谷郡十二县、右北平十六县、渔阳郡二十二县、辽西和辽东二十九县。一直在逃的陈豨,也被周勃围堵斩杀于当城(今河北蔚县东北)。至此,代地大定。第四阶段,刘邦去世后,周勃为诛灭诸吕集团起了关键作用。

周勃彻底平定了北方叛乱,回到长安,刘邦已经驾崩。太子刘盈继位,是为汉惠帝。刘盈软弱,大权操在吕后手中。"吕后为人刚毅,佐高祖定天下,所诛大臣多吕后力",这三句话是对她的正面评价。但另一方面,吕后心狠手辣,千古罕见。刘邦生前宠幸戚夫人,也最喜欢戚夫人生的小儿子刘如意,几次想废太子刘盈,改立刘如意为太子,虽然事情没有搞成,但吕后对戚夫人母子恨之入骨。刘邦一死,吕后就开始报复,先把戚夫人囚禁起来,然后召赵王刘如意进京。赵相周昌,知道吕后要杀刘如意,不放刘如意进京。吕后大怒,先召周昌进京,再召刘如意。汉惠帝刘盈心慈,为了保护弟弟刘如意,亲自到霸上去迎接,一起入宫,"自挟与赵王起居饮食",睡在一起,吃在一起。太后想杀刘如意,无法下手。一天早晨,惠帝起早打猎,刘如意年少贪睡,被吕后逮到机会,派人用鸩酒将刘如意灌死。接着,吕后"断戚夫人手足,去眼,煇耳,饮喑药,使居厕中,命曰'人彘'",然后领着儿子汉惠帝刘盈去看。"惠帝慈仁",眼看戚夫人竟被母后残害成这样,"乃大哭,因病,岁余不能起"。汉惠帝托人转告母后说,这简直不是人做的事!我虽然是你的儿子,但我治不了天下。从此不再听政,纵酒淫乐。

又一次,齐王刘肥来朝,汉惠帝觉得刘肥毕竟是自己的哥哥(异母),以家礼相待,请齐王坐上坐,自己坐下坐,"燕饮于太后前"。吕后大怒,叫人倒来两杯鸩酒,逼着齐王向惠帝敬酒祝寿。齐王端着酒杯起立,汉惠帝也端着酒杯起立,吕后大惊失色,一甩手把汉惠帝手里的酒杯打翻了。齐王觉得蹊跷,佯装醉酒而去。

回头一打听,知道刚才端到手里的果然是杯毒酒。刘肥担心这次是出不了长安了,问计于随他进京的齐国内史。刘肥依内史计,将齐国的城阳郡献给吕后的女儿鲁元公主为"汤沐邑",并尊鲁元公主为"太后"。"吕后喜,允之"。刘肥与鲁元公主是同父异母兄妹,鲁元公主的丈夫是赵王张敖,他们的儿子张偃被封为鲁王。刘肥尊鲁元公主为"太后",等于把自己降为与张偃同辈,故意在吕后面前当"矮人"。刘肥这才侥幸脱险,回到齐国。

汉惠帝在位七年,郁郁而死,死的时候只有二十三岁。吕后杀心太重,树敌太多,权欲又太大。刘邦死了,唯一的亲生儿子汉惠帝刘盈也死了,她想临朝称制,担心的事就多了。她为儿子汉惠帝发丧时"哭而不悲,泣而不下"。张良的儿子张辟强,只有十五岁,是汉惠帝生前的贴身侍中,很聪明。他猜出吕后的心思,对丞相说,汉惠帝驾崩,太后要临朝称制,怕你们这些开国元勋不服,她正在琢磨对付你们的办法。你们不如请她的几个侄子吕台、吕产、吕禄为将,让他们掌握宫廷禁卫南军和北军,把吕家的其他一些人也都请进宫来当差,这样太后就安心了,你们也可以躲过眼前的灾祸。大臣们都知道吕后手段毒辣,小不忍乱大谋,就依侍中张辟强所说的办,去跟吕后一说,吕后这才"哇"的一声哭了出来。

葬了汉惠帝,吕后就动议要封诸吕为王,右丞相王陵坚决反对,刘邦临终前说王陵少点心计,一点不错。他与吕后当面争执起来,吕姓子弟为将可以,但封王绝对不行。他说,高帝生前曾杀白马立下血誓,"非刘氏而王,天下共击之"!吕后又问左丞相陈平和绛侯周勃,陈、周二人却回答说,高祖得天下,封刘氏子弟;今太后称制,封吕氏昆弟诸吕为王,也未尝不可。王陵一听,气得难以形容。罢朝后,王陵去责问陈平、周勃:"高祖生前的约定你们都忘了吗?"陈、周回答说,你敢于在朝廷上与太后当面争执,这一点我们不如你;但为保全社稷、安定刘氏之后考虑,在这一点上你却不如我们。陈平、周勃的意思是要从长计议,不可一时冒失。周勃这位会吹箫的粗人,关键时刻显示出他粗中有细的一面来了。王陵一听,无话可说。吕后剥夺了王陵的相权,任命他为"帝太傅",叫他去当小皇帝的老师,王陵不干,称病回乡。

说起继位的小皇帝,又见吕后的刻薄心计,世上少有。她为了把刘氏江山"嫁接"到吕氏血统上,挖空心思,连伦常都不顾了。当初汉惠帝即位时,她竟把自己的外孙女(鲁元公主的女儿)配给自己的儿子汉惠帝当皇后。可是这位张皇后不生孩子,吕后又想出一计,后宫有位美人,与吕家人私通怀孕,她让张皇后也假装怀孕,那位美人生下儿子后即被杀掉,把孩子抱来冒充张皇后所生,立为太子。汉惠帝死后,太子继位。这位少帝渐渐长大懂事,知道了自己的身世,气愤地说,等我长大了一定要为母亲报仇。这句话被吕后知道,少帝被幽禁而死,另立恒山王刘义为少帝。刘义原名刘山,他和刘强、刘不疑等五名汉惠帝的"后宫子",实际上都是吕氏兄弟子侄淫乱后宫的私生子,被冒充成汉惠帝与宫妃所生,封王的封王,封侯的封侯。以上两位少帝,都是吕后用来当摆设的,在《中国历史年表》中查不到他们的名号。

吕后大封吕氏家族,形成权势显赫的"诸吕"集团,主要人物有:

吕后父亲吕公,追封为宣王。

吕后长兄吕泽一门:吕泽被追封为悼武王;长子吕台被封为郦侯、吕王;次子吕产被封为交侯、吕王;孙子吕嘉被封为吕王;另一名孙子吕通被封为燕王。

吕后次兄吕释之一门:吕释之被封为建成侯;长子吕种被封为沛侯;少子吕禄被封为赵王、吕王。

吕后姐姐的儿子吕平,被封为扶柳侯。

吕后妹妹吕媭,被封为临光侯。

其他还有：俞侯吕他、赘其侯吕更始、吕城侯吕忿、东平侯吕庄、祝兹侯吕荣等，真可谓"一荣俱荣"。

除此之外，吕后还把许多吕家女子强行配给刘姓诸侯王做王后，以便控制。赵王刘友，不爱强配给他的吕王后，爱别的王姬。吕王后向吕后恶告，刘友被吕后幽禁起来，不准给他送饭，活活饿死。刘友死后，吕后迁梁王刘恢为赵王，又把她侄子吕产的女儿强配给刘恢为王后。这位吕王后更厉害，把刘恢的爱姬一个个全都毒死。刘恢心灰意冷，自杀了之。

吕后称制八年，病重而死。她临终前知道情况不妙，嘱咐吕禄、吕产牢牢控制南军和北军，不要为她送葬，不要离开宫殿，以防不测。

实际上，刘氏家族和汉室老臣们同诸吕集团的一场生死决战，早就在悄悄酝酿之中。有位很有学问的太中大夫陆贾，曾跟随刘邦定天下，并对刘邦讲过"马上可以得天下，马上却不可治天下"的著名观点。吕后专权，他告病在家。眼看诸吕横行，陈平忧郁不乐，他知道陈平为什么发愁，上门拜访。他对陈平说，天下安，注意相；天下危，注意将。将相和，众心齐，才能办成大事。你应当和绛侯周勃将相联手，否则靠你一个人的力量扭转不了局面。一句话把陈平的心思点透，于是陈平和周勃联手密商，陆贾又从中协助，多方沟通，使汉廷公卿都心中有数。

这时，宫廷禁卫军都掌握在诸吕集团手中。吕禄为上将军，控制着北军；吕产为相国，控制着南军。诸吕知道忠于刘氏的老臣们不服，他们准备发动宫廷政变，篡夺刘氏天下。诸吕的密谋计划被吕禄的女婿刘章知道，刘章是齐王刘襄（刘邦长孙）的弟弟。刘章派快马把消息送到齐国，让刘襄迅速起兵攻进长安，他与三弟刘兴居在长安做内应，诛灭诸吕，夺回刘氏天下。刘襄早有此心，得到消息，准备立即起兵进攻长安，不料遭到齐相召平的反对，召平派兵把齐王宫廷包围起来,中尉魏勃拥护刘襄出兵,起兵反围召平相府,召平被迫自杀。于是刘襄打出诛灭诸吕的旗号,首先攻打诸吕在东部的据点吕国(原济南郡)。

相国吕产得到刘襄攻打吕国的消息,派大将灌婴领兵前去镇压。灌婴进军至荥阳,停下。派人通知刘襄暂停西进,先与各地刘姓王联络,共商灭吕大计,然后联合行动,以求一举成功。

周勃、陈平也在京城长安开始行动。由于吕禄、吕产牢牢控制着南军和北军,周勃虽是太尉,却无法进入军中调兵。周勃与陈平知道郦商的儿子郦寄与吕禄有深交,把郦商找来,申明厉害,要他让儿子郦寄去说服吕禄交出将印。吕禄想交,遭到吕嬃一顿臭骂,没敢交出。

郎中令贾寿从齐国回来,把灌婴正在联合齐、楚准备诛灭诸吕的消息告诉了吕产,并要他赶快进宫,掌握少帝,控制局面。这些话又被御史大夫曹窋在一旁听到,他火速去告诉了周勃和陈平。

周勃闻讯,立即行动。但他手中没有将军印,忽生一计,求得符节令纪通的帮助,拿了皇帝的手节,假冒"传诏",得以进入北军官衙。周勃让郦寄和典客刘揭走上前去,诈吕禄说,皇上已经命令太尉领北军,要吕禄赶快交出将印,以免遭杀身之祸。吕禄信以为真,交出将印,周勃终于将北军的指挥权夺到手。周勃手持将军印进入北军军营,当众宣布:"拥护吕氏的袒露右臂,拥护刘氏的袒露左臂!"话音刚落,全体将士全部袒露左臂。军心所向,一清二楚;周勃下令,一呼百应。

这时,掌握南军的吕产不知吕禄已经交出北军,他得到郎中令贾寿从齐国带回的消息后,立即赶往未央宫,准备发动政变。这时陈平派刘章赶往北军协助周勃。周勃一面派曹窋快去通知未央宫卫尉不得放吕产进入未央宫殿门,一面派刘章带领一千多士兵赶往未央宫去保卫少帝。

刘章带兵来到未央宫前,遇见吕产正在殿外徘徊,刘章下令追杀。吕产逃到郎中府吏的厕所中,被杀。刘章又从未央宫赶往长乐宫,杀死长乐宫卫尉吕更始。然后,刘章赶回北军,向周勃复命。周勃起身向刘章拜谢说,我最担心的就是吕产,你把他杀了,天下定矣!

周勃控制了宫廷中枢,也就控制住了全局。他下令搜捕诸吕,将诸吕集团彻底消灭。

大臣们商议,应该废掉汉惠帝的假子少帝,改立新帝。齐王刘襄是刘邦的长孙,又最早发兵灭吕,功劳最大,有人主张立他为帝。但有人提出,刘襄的母亲也很凶悍,要接受吕后的教训。

商议结果,不少人提出刘邦的四子代王刘恒是刘邦在世儿子中年龄最大的一位,为人忠厚,都说立长为顺,就立他。刘恒的母亲薄氏出身寒微,品行谨良。从帝、母两方面来考虑,都认为立刘恒比较稳妥。于是迎立代王刘恒,是为汉文帝。

这时刘章三弟刘兴居主动向周勃请战说,消灭诸吕,我还没有立功,要求把驱逐少帝、迎接新帝的任务交给他去完成,周勃说好。刘兴居与太仆滕公一起入宫,滕公对少帝当面宣布:"足下非刘氏,不当立。"随即请少帝上车,离开了未央宫。

刘、滕两人又护新帝的皇辇来到代王官邸,迎接新帝刘恒即位。新帝刘恒的皇辇来到未央宫前,原先派往未央宫阻止吕产进入殿门的卫兵还在,他们持戟不让新帝进入。刘兴居迅速向太尉周勃报告,周勃一道令下,立即将他们撤走。新帝刘恒得以入殿即位,周勃为他换上了新的宫廷警卫。

诛灭诸吕的军事行动,周勃是总指挥,立下大功,"文帝即位,以勃为右丞相,赐金五千斤,邑万户"。

但是,在随后的日子里,周勃却进入了他人生达到辉煌顶点之后的尴尬期:心理失衡,进退失据,无所适从。不久就有人来劝周勃说,你灭诸吕、立文帝,居高位、得厚赏,久则必祸。周勃害怕起来,主动向汉文帝辞去了丞相之位。

一年后,陈平去世,文帝又重新起用周勃为相。又过了十来个月,大概汉文帝觉得周勃使用起来不顺手,就对周勃说,我已下诏,命列侯们去各自封地,有的人不想离开京城。丞相为朕所倚重,希望你带个头,到封地去吧。

周勃"乃免相就国",去了绛县(今山西侯马)。

周勃觉得自己已经失去了皇上的信任,从此心里一直很紧张。河东郡郡尉每次巡守各县来到绛县,周勃都以为是来抓他、杀他的,每次都如临大敌,披甲相迎,并让家里人也都"持兵以见"。其实周勃一生没有做过任何亏心事,他莫名的恐惧感,来源于"自古名将少善终"的心理反应。韩信的军事才能和功勋远在周勃之上,被杀了;彭越和英布都参加过垓下会战,也都被杀了。现在他觉得汉文帝也不信任他了,他怎能不紧张?有人根据他的"反常"举止,告发他"谋反"。

汉文帝派廷尉将周勃逮捕,押回长安受审。周勃嘴笨,不知道怎样为自己辩解,狱吏们都污辱他。周勃以千金贿赂狱吏,狱吏在木牍背面写了"以公主为证"几个字,假装看文牍,把背面这几个字亮给周勃看。公主即文帝女儿,许配给周勃长子周胜之为妻,狱吏暗示他请公主出来为他作证并无谋反之意。狱吏哪里知道,公主与他儿子周胜之感情不和。

这时,幸亏汉文帝的舅舅、车骑将军薄昭出来为周勃说情。周勃平时受了封赏,把很多钱财都赠送给了薄昭,两人有交情。薄昭去找他姐姐薄太后(汉文帝母亲)说,周勃是功臣,绝无谋反之事。薄太后觉得儿子办了一桩糊涂事,汉文帝上朝时,她去找儿子,气得她把头巾摘下来向汉文帝扔了过去,怒斥道:你也不想想,绛侯当时拿了皇帝的手节到北军去夺下吕禄手中的兵权,他当时不反,现在去了一个小小的绛县,无权无势,倒要反了?文帝知道弄错了,赦免周勃无罪,恢复绛侯爵邑。

周勃出狱时感叹道:"吾尝将百万军,安知狱吏之贵也!"他说,我身为统兵百万的大将军,落在一个小小狱吏手中,他整起人来也不得了啊!

周勃死后,长子周胜之终因与公主婚姻不睦,又牵涉进一桩杀人案子,被杀,爵位被除。

一年后,汉文帝从周勃儿子当中找到一位表现好的河内太守周亚夫,封为条侯,袭其父亲爵位。

周亚夫

周亚夫的人生经历,几乎和他父亲周勃一模一样,西汉名将,官至太尉,当过丞相。周亚夫的生平事迹可以概括为三件大事:从严治军细柳营;平定吴楚七国之乱;晚年在狱中绝食而亡。

周亚夫成名不是在战场上,而是在细柳营兵营内。周亚夫是中国古代从严治军的典范,后人知道得最多的也是他治军细柳营的故事。

汉文帝后元六年(前158年),匈奴六万铁骑南下,边燧烽火一路传到长安,朝廷告急。汉文帝对北线防御和京城防卫做出紧急部署:第一,命车骑将军令免守飞狐(今河北蔚县东南恒山峡谷北口),将军苏意守句注山,将军张武守北地郡(郡治在今甘肃庆阳县西北),在北线抗击匈奴入塞。第二,命将军徐厉屯兵长安以北的棘门(今陕西咸阳市东北),将军刘礼屯兵长安以东霸上(今陕西西安东郊);提拔河内太守周亚夫为将军,屯兵长安以西细柳(今陕西咸阳市西南渭河北岸,一说今陕西长安县西三十里府君庙附近),加强京城长安的防卫。

部署完毕,汉文帝亲临长安周围兵营视察、劳军。他先到了霸上营、棘门营,然后来到细柳营。只见营门紧闭,卫兵披甲执锐,拒不开门。廷尉上前通报说:"皇上来了!"士兵回答说:"军营只闻将军之令,不闻天子之诏。"

汉文帝只得派人持节进去通知周亚夫本人,周亚夫这才下令打开营门,迎候皇上一行入营。营门卫兵又叮嘱皇上随行人员:"军营中不得驱驰。"汉文帝等一行人只骑马缓行。来到中军帐前,周亚夫全身披挂甲胄,对汉文帝揖而不拜道:"介胄之士不拜,请以军礼见。"

汉文帝将几处军营内的观感一比较,其他两处军营内纪律松弛,各色人等随意出入,唯独细柳营威严有加,对周亚夫治军之严大加赞赏,对左右随从说:"此真将军也!"这使周亚夫一举成名。

这件事周亚夫带点幸运,他遇上的是性格温和的汉文帝刘桓,如果遇上一位性格暴烈、心胸狭隘的帝王,他这样做,极有可能被扣上"犯上"的帽子,掉脑袋。汉文帝刘恒遭到卫兵阻拦之后,居然还赞赏周亚夫从严治军,有气量,有风度;在这种情况下,更多的帝王恐怕更在意自己的尊严受到了冒犯。后来汉文帝临终前曾向太子刘启(汉景帝)留下遗嘱:"即有缓急,周亚夫真可任将兵。"这同刘邦临终前向吕后交代"周勃重厚少文,然安刘氏者必勃也"异曲同工。

周亚夫在战场上出名,是平定吴楚七国之乱。

发动七国之乱的都是刘姓王,这就值得研究。秦始皇早就看清,诸侯王纷争,是战乱不止的根源。所以秦始皇下决心废分封、置郡县,搞中央集权制,以防战乱再起。但由于秦始皇对其他方面的许多问题没有处理好,秦王朝的天下还是很快就被拱翻了。项羽和刘邦从反面接受教训,又回到了分封制的老路上去。项羽天下还没有真正到手,就在戏西分封了十八位诸侯王,结果一场混战起,天下被刘邦夺了去。刘邦得了天下,分封了七位异姓王、一大批刘姓王、一百四十位列侯。刘邦死后,吕后又大封诸吕。历史证明,不管是异姓王、吕姓王、刘姓王,最后都成了引发战乱的根源。

刘姓王势力的形成和膨胀,经过了两个阶段。

第一阶段,形成于刘邦时期。刘邦削平异姓王后,先后分封了十一位刘姓王。

刘邦共八子:长子刘肥(曹夫人所生)封为齐王;次子刘盈(吕后所生)立为太子(即后来的汉惠帝);三子刘如意(戚夫人所生)封为赵王;四子刘恒(薄夫人所生)封为代王(后来的汉文帝);五子刘恢(宫妃所生)封为梁王;六子刘友(宫妃所生)封为淮阳王;七子刘长(赵姬所生)封为淮南王;八子刘建(宫妃所生)封为燕王。另外还有刘邦之兄刘喜(又名刘仲)封为代王;刘邦之弟刘交封为楚元王;刘邦堂弟刘贾封为荆王;刘邦长侄刘濞(刘仲之子)封为吴王。

第二阶段,膨胀于汉文帝时期。诛灭诸吕集团后,代王刘恒被立为汉文帝。汉文帝刘恒是个安分守己、胆小怕事的人,他在诛灭诸吕集团中没有任何作为,却让他捡了个便宜,当上了皇帝。其他皇子皇孙内心不服,汉文帝自己也知道这一点。他为了摆平天下,又先后封了十七位刘姓诸侯王,其中大部分已是刘氏皇族的第三代,个别的已是第四代。这些刘姓王都各自为政,势力不断膨胀,与朝廷分庭抗礼,问题越来越大,西汉王朝再次陷入危机。在吴楚等七国叛乱之前,已经发生了两起诸侯王叛乱事件。

第一起,济北王刘兴居叛乱。刘兴居是刘邦长子齐王刘肥的第三子。诛灭诸吕集团时,刘邦长孙、刘肥长子齐王刘襄率先起兵反吕,刘襄的二弟刘章、三弟刘兴居在京城长安协助周勃、陈平诛灭诸吕集团出力最多,功劳最大。诛灭诸吕集团后,曾议定封刘章为赵王,封刘兴居为梁王。但汉文帝处理这件事有些小家子气,他听说刘章和刘兴居曾主张迎立他们的兄长齐王刘襄为帝,心中不快,将二人降格而封,从齐国刘襄名下割出两郡为国,封刘章为城阳王(今山东莒县),封刘兴居为济北王(今山东长清县)。对此,刘襄兄弟三人极为不满。刘章一年后就病死了,没有来得及闹事。刘兴居一直耿耿于怀,咽不下这口气。汉文帝三年(前177年),匈奴入侵,汉文帝命丞相灌婴调集大军北上抗敌。刘兴居乘机发动叛乱,准备攻占中原战略要地荥阳。汉文帝怕内乱甚于怕匈奴,立即下诏与匈奴议和罢战,命柴武大将军率十万大军回师镇压刘兴居叛乱,同时对刘兴居手下的官兵实施赦免分化政策,剿抚两手并用,刘兴居叛军顷刻瓦解,刘兴居被俘后自杀。

第二起,淮南王刘长叛乱。刘长是刘邦第七子,一向放纵骄横,"数不奉法"。汉文帝对他宽仁,他跟随汉文帝去皇苑狩猎,与汉文帝同坐一辆皇辇,称汉文帝"大兄",不称皇上。辟阳侯审食其是朝廷信臣,竟被他一锥击杀。他在自己的封国内赶走朝廷命官,自己任命丞相,自行封爵九十四人(按西汉法律,各诸侯国主要官员均由朝廷任命派驻)。汉文帝让舅父薄昭写信对他进行劝诫,他极为不满。汉文帝六年(前174年),他与柴武将军的儿子柴奇等人密谋,准备在谷口(今陕西西安北)发动叛乱,并遣使匈奴、闽越,请他们出兵援助。他的叛乱阴谋被朝廷侦破,汉文帝下诏传刘长进京,丞相张苍等都主张以反叛罪将他处死,但汉文帝"不忍",仅将其他涉案人员统统处死,赦免刘长死罪,剥夺爵位,流放蜀地。刘长行至雍(今陕西咸阳东南),绝食而死。

这两起刘姓诸侯王的叛乱事件,引起朝廷重视,开始了削藩之议。最先主张削藩的是贾谊,他是汉文帝少子梁王刘揖的太傅。贾谊写给朝廷的这篇奏文,议论精彩部分,被后人冠以"治安策"篇名,收进了《古文观止》。贾谊分析了刘邦生前异姓王纷纷叛乱的历史教训,发现一条规律,"大抵强者先反","淮阴王最强,则最先反";"卢绾最弱,最后反";长沙王吴臣更弱,只有二万五千户,始终未反。据此,贾谊向朝廷提出了一条建议,"众建诸侯而少其力"。也就是说,他建议把现有的诸侯国统统划小、分解,一层层地分封给这些诸侯王的儿子辈、孙子辈。使他们国小人少,想反也难。但朝中的老臣们认为贾谊"年少初学",照他的主张去做,非把天下搞乱不可。

太子刘启的家令晁错,也上奏朝廷,"请削诸侯"。

汉文帝怕得罪老臣,不敢按照贾谊和晁错的建议大刀阔斧地削藩,只是谨慎地采取了一些相应措施。例如,袭齐王刘肥位的刘肥孙子刘则(刘襄之子)死后无子,汉文帝将齐国一分为六,分封给刘肥的六个儿子(齐王刘将闾、济北王刘志、菑川王刘贤、胶东王刘雄渠、胶西王刘卬、济南王刘辟光)。同年,又将淮南王刘喜(刘章之子)迁城阳王。城阳也在齐国境内,这样,实际上把齐国肢解成了七国。淮南王刘喜迁走后,又将淮南一分为三,分封给原淮南王刘长的三个儿子(淮南王刘安、衡山王刘勃、庐江王刘赐)。汉文帝的这些措施,只敢动小刀,不敢动斧子,没有解决根本问题。

汉文帝在位二十三年而亡,太子刘启继位,是为汉景帝。汉景帝起用晁错为御史大夫,晁错竭力主张削藩,尤其主张拿实力最强、野心最大、最不守法的吴王刘濞开刀,"削其支郡"。他认为吴王刘濞"今削之亦反,不削亦反。削之,其反亟,祸小;不削之,其反迟,祸大"。汉景帝年轻气盛,采纳了晁错的建议,削藩!

在着手削藩之前,汉景帝首先对自己的根基进行加固,封六位皇子为王(长子河间王刘德、二子广川王刘彭祖、三子淮阳王刘余、四子汝南王刘非、五子临江王刘阏、六子长沙王刘发)。他把六位皇子的封国变成制衡其他诸侯王的重要力量。

汉景帝开始削藩,先追究了三位诸侯王的旧账。其一,楚王刘戊因上年为薄太后守丧期间私奸,削去东海郡;其二,赵王刘遂两年前也有犯罪行为,削去常山郡;其三,胶西王刘印卖爵,削去六县。

然后,一刀捅向实力最强的吴王刘濞,下诏削去吴国会稽、豫章二郡。这一下,他从老虎嘴上拔下两根须,刘濞哪里受得了这等刺激,"呼"的一下扑了过来!

据《汉书·吴王濞传》记载,刘邦在世时,荆王刘贾在抵抗英布叛乱时兵败身亡后,刘邦觉得东南方向急需一位"壮王"去填补那里的空缺。当时皇子们大都尚未成年,而长侄沛侯刘濞已经二十岁,就立他为吴王,辖地"三郡五十三城",仅次于刘邦长子刘肥的齐国,是第二大诸侯国。

任命诏书公布后,刘邦找刘濞去谈话。在此之前,叔侄俩从未见过面。刘邦一见刘濞,"若状有反相",心里特别后悔。但成命难以收回,刘邦拍着刘濞的后背说,"倘若五十年后东南方向发生叛乱,这就中了邪了。记住,小子哎,你是刘姓子弟,可不能谋反啊!"

刘濞顿首曰:"不敢!"

刘邦死后,一则天下初定,二则吕后忙于弄权,"诸侯各自拊循其民",诸侯各国自己想办法解决财政问题。吴国地理条件优越,东临大海,豫章郡(江西)又有铜矿。刘濞广罗天下流寇逃犯,"盗山铸钱,煮海为盐",搞得比哪个诸侯国都富,"百姓无赋,国用饶足"。这是刘濞长期闹独立性的经济基础,老百姓都拥护他。

刘濞与朝廷闹矛盾,还有一个重要的感情因素。汉文帝在位时,刘濞的太子去京城长安,与皇太子(即后来的汉景帝)一起饮酒赌博,发生争执,吴太子及其随从对皇太子不恭,皇太子竟把吴太子杀了。朝廷方面派人将吴太子尸体运回吴国安葬,刘濞回敬道:"天下一宗,死长安即葬长安!"又把太子尸体运回长安发丧。双方从此结怨,刘濞二十多年称病不朝,不行藩臣之礼。

汉文帝当然很不满意,吴国使臣每次进京,都被朝廷拘押或责罚。有一年,吴国使臣去长安"秋请"(这是西汉诸侯国对朝廷的藩礼制度,一年两次进京,春为"朝",秋为"请"),汉文帝亲自审问吴国使臣,使臣回答道:"察见渊中鱼,不祥。"意思是说,皇上对下面的事情该糊涂时糊涂一点为好,如果把深渊中的鱼都看得一清二楚,反而不好。吴王称病不朝,他确实是在装病,皇上追查得越紧,他的顾虑越大,心里越来越紧张,这个"结"不能让它越抽越紧,还是由皇上主动把它解开为好。汉文帝一听有道理,于是把拘押在长安的吴国使臣统统赦免放回,并赐给刘濞几根拐杖,捎话给他说,你年纪大了,可以不来朝见。这样一来,汉文帝与刘濞的矛盾暂时得到缓解,二十多年无事。

汉文帝驾崩,太子刘启即位,是为汉景帝。汉景帝比父皇强硬,他采纳晁错的削藩建议,把矛头直指刘濞,使多年压下的矛盾被彻底激化了。景帝三年(前154年)春三月,削去吴国会稽、豫章二郡的诏书尚未送到吴国,消息已经飞快地传到吴都广陵(今江苏扬州),刘濞当即跳了起来,老子反了!

当时,诸侯各国都被朝廷的削藩举措搞得十分恐慌,刘濞决心联合其他诸侯王共同举兵,与朝廷决个鱼死网破。他知道胶西王刘卬骁勇好斗,因卖爵之事刚被削去六县,对朝廷怨气很大,派人秘密前往,先与刘卬取得联络。刘卬开始顾虑较大,吴使者对他说,事成之后,吴王将与他"二主分割,共同称帝"。他经不住诱惑,答应起兵。刘濞为了保险起见,又亲自潜至胶西与刘卬会面,敲定起兵事宜。刘卬手下的群臣都反对说,如今一个皇帝都乱成这样,将来二帝相争,岂不更要乱套!但刘卬反意已决,不听劝谏。

刘濞先后联络了胶西、楚、齐、菑川、胶东、济南、济北、赵八国,加上吴国本身共九国。由于齐王悔约退出;济北王因都城城墙倒塌,被郎中令挟持,推托说要修筑城墙,也没有参加,最后是七国起兵。

楚王刘戊、赵王刘遂对朝廷削地怨气极大,反叛决心更为坚定。楚王刘戊把反对他起兵的丞相张尚和太傅赵夷吾杀掉;赵王刘遂也把反对他起兵的赵相建德、内史王悍杀掉。赵王刘遂提前领兵到赵国西部边界,等待吴王刘濞的军队到来;他还派使者前往匈奴,鼓动匈奴一起出兵攻汉。

朝廷把削地诏书送到吴都广陵,刘濞下令杀使毁诏,并把朝廷派驻吴国的二千石以下官员统统杀掉。当年刘濞六十二岁,少子十四岁。他发布了一道战争动员令,以他父子两人的年龄为上限和下限,征召十四岁至六十二岁的男丁参战,共募集到二十余万人,又从闽越征召十多万人,组成三十万大军,浩浩荡荡,从广陵出发,渡淮西进。

刘濞任命田禄伯为大将军,田禄伯向刘濞建议说,几十万大军成一路西进,难以成功。我愿领五万兵,从水路西进,收淮南,下长沙,入武关,与大王会师关中。田禄伯提出的这个作战方案虽然不算新奇,但也不失为奇正之法,中路为主力,南路为穿插。刘濞本想同意这一方案,但太子私下对他说,你这次起兵是反叛朝廷,一兵一卒都不能借给他人。假如让田禄伯带走五万人,万一他转过身来反你,为朝廷效命,你怎么办?于是刘濞不敢分兵。

还有一位年轻的桓将军,也向刘濞建议说,吴楚军以步兵为主,汉军多车骑,步兵利于险地,车骑利于平地。吴楚军西进时,对一路上的城邑都不要去管它,应该以最快的速度去抢占洛阳武库、敖仓粮库及函谷险关。这样,即使不进关中,据险守关,关东的天下也是你吴王的了。否则,如果一路上攻城略地向西推进,许多城邑急攻难以攻下,进军速度太慢,汉军一旦出关,疾驰东下到达梁楚边境,我们就败定了。

刘濞征求老将们的意见,老将们却说,他一个小毛孩子,让他去打冲锋可以,他懂什么深谋大略。于是,桓将军的这一建议也没有被采纳。刘濞徒有反叛之心,但他本人却毫无军事谋略,又不听部属建议。他亲率几十万大军,一字长蛇阵,遇城攻城,向西缓慢推进。

刘濞起兵时,致书遍告各国诸侯,宣示起兵理由说:晁错贼臣,惑乱皇上侵夺诸侯之地,挑拨刘氏骨肉,绝先帝功臣,诳乱天下,欲危社稷。陛下不能省察,故起兵"请诛晁错以清君侧"。

消息传到长安,汉景帝刘启召来坚决主张削藩的晁错商议对策。晁错建议皇上御驾亲征,他自己留守长安,并准备审讯任过吴国丞相的爰盎,逼他交代吴王刘濞谋划叛乱的内幕,以便进一步采取相应对策。

爰盎和晁错是死对头,此前,爰盎曾向汉景帝力保吴王刘濞不反,被晁错查出他接受了吴王刘濞的金钱财物,汉景帝下诏贬他为庶人。这一次,爰盎听说晁错又要审讯他,以攻为守,通过丞相窦婴的关系,连夜入见汉景帝。他对汉景帝说,这次吴楚七国叛乱,都是因为晁错主张削夺诸侯土地引起的,现在只有一个办法,处死晁错,下诏赦免吴楚七王反叛之罪,恢复其辖地,这场叛乱便可兵不血刃平息下去。

汉景帝刘启心里开始翻腾,一则,他对采纳晁错削藩主张居然引起这么大的震动,缺乏心理准备,有些慌神;二则,他对晁错建议天子亲征,而他自己镇守长安,十分不快,怀疑晁错心术不正;三则,他对能否战胜吴楚七国叛军心中无底,心里发虚;四则,晁错平时锋芒毕露,树敌太多,这时许多人落井下石,毁谤诬陷,搞得他心烦意乱。汉景帝心里越翻腾越厉害,下诏,将晁错"腰斩于市"。任命爰盎为太常、吴王之侄刘通为宗正,派他俩前往吴国宣诏,赦免吴楚七王反叛之罪,令其罢兵。

这时刘濞已率叛军进至梁国,攻破了棘壁(今河南睢县东南)。爰盎、刘通赶到梁国,向刘濞宣诏。不料刘濞拒不受诏,回答说：" 我现在已是东帝，究竟谁拜谁啊？"并要求爰盎留下参加叛军，爰盎拒绝留下，连夜逃跑，潜回长安。

仆射邓公从前线回到长安，汉景帝急着召见，问："闻晁错死，吴楚罢不？"

邓公说，吴王刘濞反叛之心已数十年，此次因削地发怒起兵，目标何在诛杀晁错？汉景帝恍然大悟，后悔不该错杀晁错，于是决心发兵讨伐。

他想起父皇临终遗嘱："即有缓急，周亚夫真可任将兵。"立即将周亚夫由中尉提升为太尉，统帅三十六位将军，讨伐吴楚七国叛军。

周亚夫率军出发前，拟定了一个"牺牲局部，以谋全局"的战略方针，报奏景帝。他说，吴楚兵剽悍轻捷，难与争锋，请批准暂时放弃梁国，让叛军暂时占领，我方迂回到叛军侧后，断其粮道，然后才可将其战而胜之。景帝"允之"。从这个战略方针可以看出，周亚夫指挥作战也是大手笔，不惜小失，以谋全局之胜。

周亚夫乘坐六马快车驰出长安，准备疾驰荥阳与诸将会师。行至霸上，有位赵涉等待在路旁，他对周亚夫说，吴国素来很富，一直在搜罗一些亡命之徒，这次肯定会在函谷关以东的崤渑孔道布下密探伏兵，刺探汉军行动。太尉何不改道向右，走蓝田，出武关，抵洛阳，路程不过多走一两天而已，却可以出敌不意，如天兵天将从天而降。周亚夫采纳赵涉建议，改走武关，果然顺利到达荥阳，一路上未打一仗、未损一卒。周亚夫高兴地说，我已顺利抢占荥阳这个战略要点，"荥阳以东无足忧矣"！

周亚夫在荥阳与众将军会师后，将荥阳交给窦婴镇守，他亲率汉军主力继续东进。至淮阳，遇到父亲周勃的老部下邓都尉，他向邓都尉请教破敌之策，邓都尉的建议和他自己的想法完全一致。于是，周亚夫按原定计划，绕过正在猛攻梁国的吴楚七国叛军，亲率主力直插至东北方向的昌邑（今山东巨野县南六十里昌邑乡），深沟高垒，坚守不出。目的在于让出梁国，用梁国的力量去消耗、疲惫、拖住吴楚七国叛军。同时派弓高侯韩颓当率领一支轻骑精锐，直插至吴楚叛军背后的淮泗口（今江苏淮阴县泗水入淮处），截断吴楚叛军的运粮水道。韩颓当是韩王信的儿子，当年韩王信叛乱被打败，韩颓当逃往匈奴，后来归汉投诚，被封为弓高侯。他在匈奴练就精湛骑术，这次周亚夫正好利用其特长去执行快速穿插任务。

梁王刘武拼死抵抗吴楚七国叛军，双方形成胶着状态，这正是周亚夫所要见到的效果。梁王几次向周亚夫告急，周亚夫不予理睬。梁王刘武是汉景帝亲弟，同母所生。梁王刘武奏请汉景帝，汉景帝下诏周亚夫救梁，周亚夫仍按兵不动。因为他事先早已奏明皇上，此战必须"以梁委之"，方可战胜叛军，何况将在外君命有所不受。梁王刘武只得亲率梁兵死守梁都淮阳城，命令将军张羽在梁国东界顽强抵抗吴军。这时，周亚夫命令已经占领淮泗口的韩颓当继续插至下邑（今安徽砀山县），进一步切断吴楚叛军后路。

战事已经进行了两个来月，吴楚七国叛军军粮已尽，急疯了，寻找周亚夫挑战，周亚夫硬是不予理睬。《汉书·周亚夫传》中这一段写得很精彩：

> 吴楚兵乏粮，欲退，数挑战，终不出。夜，军中惊，内相攻击扰乱，至于帐下。亚夫坚卧不起。顷之，复定。吴楚既饿，乃引而去。亚夫出精兵追击，大破吴王濞。吴王濞弃其军，与壮士数千人亡走，保于江南丹徒（今江苏丹徒）。汉兵因乘胜，遂尽虏之，降其县，购吴王（头）千金。月余，越人斩吴王头以告。

至此,吴楚七国之乱被彻底平定,这场内战持续了三个月。战后,众将军一致认为周亚夫的作战谋划和指挥非常正确。

但是,梁王刘武却对周亚夫产生了怨恨。

平定七国之乱后,汉景帝刘启对周亚夫十分器重,不仅任他为太尉,而且让他当了丞相。但几年后,君臣之间在几件事情上产生了矛盾。一件事,汉景帝废太子刘栗,被周亚夫竭力阻挡,汉景帝开始疏远他。另一件事,梁王刘武每次来朝,都在母亲窦太后面前发泄对周亚夫的不满,窦太后就把这些话搬给汉景帝听。再一件事,过去一向低调谨慎的窦太后,可能经不住别人的求情,提出要给皇后之兄王信封侯。汉景帝开始没有同意,但难驳太后面子,后来同意了。周亚夫又竭力反对,并搬出高祖遗训说:"高帝有约,非刘氏不得王,非有功不得侯",王信"虽皇后兄,无功,侯之,非约也"。汉景帝听后"默然而沮",心里想,你周亚夫也太狂妄了吧,皇上的面子你敢驳,皇太后的面子我都不敢驳,你也敢驳!

又发生了一件事,匈奴徐庐等五位头领来降,汉景帝想封他们为侯,今后可以拿来作劝降匈奴的例子。周亚夫不同意,他说,这些人背叛他们的主子来向陛下投降,陛下封他们为侯,陛下将来怎么要求自己的臣子守节呢?汉景帝一听就火了:"你讲的都不对!"坚持封五人为侯。

当天,汉景帝请周亚夫到宫中"赐食",这本来是很高的礼遇,但这顿饭的"味道"却变了。案上放着整块的大肉,却没有切开,周亚夫的座位面前也没有放筷子。周亚夫心里有东西往上直冒,向左右喊道:"拿双筷子来!"汉景帝笑道:"此非不足君所乎?"意思很明白,我这里大鱼大肉有的是,不想给你吃了!

亚夫免冠谢上。

上曰:"起。"

亚夫出。

上目送之,曰:"此鞅鞅,非少主臣也!"

汉景帝最后对周亚夫得出的这个结论,同刘邦最后对周勃得出的结论,刚好翻了一个个儿。刘邦对吕后说,周勃厚重少文,安刘必勃,将来要把辅佐刘氏江山的重任托付于他。汉景帝这时却在自言自语地说,我算是看透了,将来太子继位,根本驾驭不了他。

周亚夫的仕途走到了尽头。

周亚夫闲居在家,他儿子孝顺,为他准备"寿事",购买了一批工艺品性质的兵器,准备将来为父亲陪葬所用。大概没有及时付钱,店主不满,告发他儿子盗买县里的官器,并购置兵器准备谋反。朝廷立案侦查,把周亚夫牵涉了进去。汉景帝派监察官下去审讯周亚夫,周亚夫一句话也不回答。

监察官一无所获,回去向汉景帝复命。汉景帝对监察官大骂道:"吾不用也!"意思是说,我永远不会再起用他了,你还怕他做什么?

汉景帝改派廷尉下去,廷尉责问周亚夫:"你想谋反吗?"周亚夫回答说:"臣所买器,乃葬器也,何谓反乎?"廷尉怒责道:"你即使地上不敢反,买了这些兵器,岂不是到了地下也要反吗?"

周亚夫与廷尉愈争愈急,廷尉将他逮捕。周亚夫想用剑自杀,被夫人哭着扭住了手,周亚夫没有死成。廷尉把他抓走,投进监狱。周亚夫绝食五天,呕血而死。

周勃和周亚夫父子俩,西汉两代名将,两代军事首领,竟然都没有逃脱"自古名将少善终"这条魔咒,这不是他们个人的悲哀,这是封建制度的悲哀。

2008年7月

卫青与霍去病

卫青与霍去病,是汉武帝打败匈奴的两员主将,功勋卓著,名垂千古。《史记》《汉书》中均有卫青、霍去病传。卫青官至大司马大将军,霍去病官至骠骑将军。我曾到陕西兴平县去看过汉武帝、霍去病、卫青三人的陵墓。汉武帝的茂陵,同卫青、霍去病墓咫尺相望,可见汉武帝对这两位爱将的信赖程度,他死后仍要随时传唤两位爱将前往相商军国大事焉。汉武帝的茂陵和卫青的大墓,只是两座光秃秃的高大土丘,给人以天荒地老名垂千古而不朽的风范;而霍去病墓却翠柏森森,修葺管理得极好,是英气勃发青春常驻永不老去的感觉。霍去病墓前的"马踏匈奴"等一组国宝级大型汉雕石刻,雄浑大气,一派大汉风范。

卫 青

卫青是个私生子。卫青生父郑季,是位县一级的小官,在汉武帝姐姐平阳公主家当差。平阳公主原先称阳信长公主,嫁给曹参的后代曹寿为妻。曹寿是平阳侯,阳信长公主随夫改称平阳公主。卫青生母卫媪,《史记》中说她是"侯妾",即平阳侯曹寿的小妾;

《汉书》中说卫媪是"家童",当以后说为是。如果卫媪真是阳平侯曹寿的小妾,曹寿怎能容忍郑季与自己的小妾私通生子?说不通。郑季与卫媪私通,生卫青。卫青幼时被送回郑季家抚养,郑季嫡妻和嫡子们都歧视卫青。卫青稍大,平阳公主很喜欢这孩子,又让他回到生母卫媪身边来,做平阳公主的侍从骑奴。卫媪生有一男三女,卫青有两个同母异父的姐姐,大姐叫少儿,二姐叫子夫。二姐子夫能歌善舞,汉武帝有一次在姐姐平阳公主家看上了子夫,被选入宫中,很快得宠,子夫的弟弟卫青也被召入建章宫去当差。汉武帝的陈皇后无子,得悉子夫怀孕,心生忌妒,拿卫青出气,编个理由将他下狱,准备杀死卫青。汉武帝的侍从公孙敖与卫青是一起练习骑射的骑友,约了几位壮士劫狱救出卫青。这件事被汉武帝知道,他不仅没有责备这几个年轻人,反而任命卫青为建章宫宫监,做自己的侍中。子夫生下儿子后,封为皇后,卫青升为太中大夫。

汉武帝十六岁(前140前)登基之初,考虑的第一件大事就是"欲事灭胡"。他登基第一年,就派公孙弘出使匈奴刺探情况。第二年,又派张骞出使西域,准备联合大月氏共击匈奴,"以断匈奴右臂"。但是,当时朝政还受到汉武帝老祖母窦太后的制约,朝中老臣也都安于现状,主张继续对匈奴奉行"和亲加送礼"的政策,以换取边疆安宁。

汉武帝心中自有打算,着手进行抗击匈奴的各项准备。他把长期在边境与匈奴作战的两位名将李广、程不识调入京内,分别担任未央宫和长乐宫卫尉,一方面通过他们了解匈奴情况,另一方面向他们灌输抗击匈奴的意图,并亲自考察他们的忠诚与军事才能。不久,汉武帝提拔李广为骁骑将军派往云中,提拔程不识为车骑将军派往雁门,两人都驻防抗击匈奴第一线。

元朔元年(前128年)汉武帝已二十七岁,且亲政多年,杀伐决断,军令如山。当年春,匈奴又入侵上谷郡掳掠杀人。入秋,汉武帝命令公孙贺、公孙敖、李广、卫青四将各率万骑左右兵力,趁边市赶集之日,兵分四路同时出击。但公孙贺出云中事前缺乏侦察,判断有误,未遇匈奴,空手而归。公孙敖出代郡,反被匈奴打败,损兵七千。名将李广出雁门,寡不敌众,全军覆没,本人负伤被俘。"飞将军"李广在匈奴名声很大,匈奴俘获李广后如获至宝,用布络将负伤的李广挂在两匹马中间驮着他走。李广斜眼瞄见近旁有位少年骑着一匹好马,他运足力气,翻身跃上少年马背,抱住少年飞奔,一路逃了回来。按西汉军律,吃了败仗的公孙敖和李广当斩,两人花钱赎为庶人。

这一仗,年轻将领卫青却一战成名。卫青出上谷,对匈奴勇猛直追,一举攻破了匈奴的龙城,歼敌七百,得胜而归。龙城是匈奴单于大会属国诸王、祭祀天地祖先的圣地,卫青攻破龙城,对匈奴震动极大,而对汉武帝则是一次不小的鼓舞。卫青没有辜负汉武帝对他的呵护、关爱和栽培,初次领兵对匈奴出战就立下显赫战功,被封为关内侯。卫青从此成为汉武帝手中的一张王牌,成了抗击匈奴的主将。此后,汉武帝开始策划对匈奴发动大规模战役。

元朔二年(前127年),汉武帝对匈奴发动的第一次大战役是河套战役(史称"河南之战")。万里黄河,唯富一套。黄河全长五千余公里,最为富庶的是河套地区。河套以南,史书上称"河南地",水网密布,农牧皆宜,离长安又很近,成为汉匈争夺的核心地带。

河套战役的主将是卫青,战役持续时间长达两年,分前后两个阶段。起因是元朔元年(前128年)秋天,匈奴兵分三路扰边。左路两万余骑攻辽西郡,杀死辽西太守;中路攻入渔阳郡;右路攻入雁门郡。战役第一阶段,卫青率三万骑出雁门,李息率兵一部出代郡,将匈奴军击退。但元朔二年(前127年)春,匈奴左贤王又大举进攻上谷郡、渔阳郡。战役第二阶段,汉军采取正面牵制、右翼远距离迂回包围战术,取得极大成功。正面由御史大夫韩安国率七百人迎击匈奴,韩安国负伤,退入营垒坚守不出,匈奴掳掠千余人及大批牲畜而去,继续向东侵扰。汉武帝命韩安国移师右北平坚守,阻击匈奴东进。汉军主力由卫青、李息二将率领,出云中,直插至高阙要塞,切断了盘踞在河套内的白羊、楼烦二王与匈奴腹地的联系。卫青从这里南渡黄河,反身对河套内的白羊、楼烦二王发起突然袭击。白羊、楼烦二王没有料到汉军会从背后袭来,仓促应战,溃不成军,率少数亲兵逃遁。汉军杀敌数千,俘敌三千,缴获牛羊百万余头,收复河套内全部失地。

河套战役,是西汉开国以来同匈奴作战取得的第一次重大胜利。河套战役获胜后,中大夫主父偃向汉武帝提了一条重要建议,他说,河套地区水丰地肥,蒙恬逐匈奴、筑长城,首先争夺的就是这片战略要地。河套地区被黄河环绕着,全国各地运输来的军需物资都可以通过这里转往边境前线。把河套地区建设好,这是灭胡根本大计。汉武帝采纳他的建议,在河套地区新置五原、朔方二郡。汉武帝把南方沟通西南夷的工程停下来,动用十多万人在此筑朔方城,并从内地招募十余万移民至朔方实边。这样,就把河套地区建设成了与匈奴作战的前进基地,从这里可以向北、东、西三个方向出击。夺取河套地区,是一个战略态势的重大转换。匈奴占据河套时,在西汉北方防线中央部位打开了一个大缺口,进攻矛头可以直指长安,西汉朝廷心里一直发虚。西汉夺取河套,并把它建设成为进攻匈奴的前进基地后,好比转过身去向匈奴伸出了一根坚挺的长矛,匈奴心里开始发虚。

三年后,元朔五年(前124年)春,汉武帝对匈奴发动了第二次大规模战役,即阴山战役(史称"漠南之战"),主将仍是卫青。阴山山脉东段称大青山,西段称狼山。阴山山脉是匈奴单于王庭所在地,是匈奴的心脏地带。面对匈奴的频繁进攻,汉武帝决定全力反击,将匈奴单于王庭逐出阴山山脉。阴山战役第一阶段,打击的主要目标锁定为西路的匈奴右贤王,先损其一翼。由卫青亲率主力出大青山与狼山之间通往漠北的隘口高阙,苏建为游击将军、李沮为强弩将军、公孙贺为骑将军、李蔡为轻车将军,七八万人"俱出朔方"。东路由李息、张次公二将"俱出右北平",以牵制匈奴东部兵力,策应西路卫青以主力对匈奴右贤王的围歼。卫青挥师北出高阙,长驱直入六七百里,于夜间抵达右贤王王庭所在地,立即发起突然袭击。匈奴右贤王没有料到汉军能深入塞外这么远,当晚喝醉了酒,遭到突袭后仅带一名爱妾和数百亲兵,在夜幕掩护下仓皇北逃。卫青俘获右贤王以下俾小王十余人、部众一万五千人、牲畜"数十百万"。

卫青凯旋时,"至塞,天子使使者持大将军印,即军中拜车骑将军青为大将军,诸将皆以兵属大将军,大将军立号而归"。历史上,大将军这一职务是从卫青开始才有的,这是西汉最高军阶,高于太尉。这是一项殊荣,不是常设职务,因人因功而设。卫青回到长安,汉武帝又加封卫青六千户。

又过了五年,元狩四年(前119年)初夏,汉武帝发动漠北战役(史称"漠北之战"),命卫青、霍去病各率五万骑远征漠北。汉武帝调集了步兵数十万,民间私马四万匹,向前线运送军需辎重,沿途搞保障。

卫青从右路出定襄后,从抓获的匈奴俘虏口中得知单于主力所在位置后,决定亲率主力追歼单于本部,同时命令前将军李广与右将军赵食其合兵一处,"出东道",从右翼迂回,掩护主力侧翼,相机攻击左贤王。李广几次恳请卫青说,我一生与匈奴交战,这次好不容易遇上与匈奴单于主力交战的机会,请求充当大将军前卫去冲锋陷阵,"愿先死单于",但卫青坚持令出不改。从兵法上讲,让李广和赵食其分兵迂回也符合战术要求,但其中却包含着复杂的感情因素。据《史记·李将军列传》记载,在这次出征之前,李广几次请战,汉武帝认为他老了,"弗许;良久乃许之"。但出发前,汉武帝又提醒卫青说,李广毕竟老了,几次出战都失利,这次不能派他与单于主力交战。另外,卫青的亲信、好友公孙敖对自己有过劫狱救命之恩,因在河西战役中迷路贻误战机当斩赎为庶人,急需再立战功,方可重新封侯。卫青以分兵为由,把李广派去执行迂回任务,让公孙敖随同自己一起追歼单于本部,为他创造立功机会。

调遣毕,卫青亲率主力穿越浩瀚的沙漠戈壁,向北挺进千余里,直插漠北伊稚斜单于主力驻地,"见单于兵阵而待"。卫青见状,采用了构筑临时阵地与骑兵游动攻击相结合的全新战术。他下令将武刚车环成圆形,构筑成临时阵地;命令五千骑兵向匈奴军发起轮番冲击。伊稚斜单于以万骑迎战。激战一天,未分胜负。日落时,突然来了沙尘暴,"大风起,沙砾击面,两军不相见"。卫青指挥汉军在沙尘暴掩护下从两翼包抄合围匈奴军。在汉军包围圈即将合拢之际,伊稚斜单于率数百骑在夜幕下向北逃遁。战至深夜,双方均有较大伤亡,汉军左校清点战俘时发现伊稚斜单于已经逃脱。卫青立即派轻骑追击,自己率大军在后跟进。匈奴军的作战特点是"来如兽聚,去如鸟散"。伊稚斜单于既已逃脱,他的部众立即溃散。卫青率军北追二百余里,斩杀、俘获敌军一万九千余人,但没有追上伊稚斜单于。卫青率军挺进至寘颜山赵信城(今蒙古国中部哈努依河中游东岸),缴获匈奴囤积在此的大批粮食和军用物资。汉军在此驻留一日,饮马造饭,补充给养,装运物资。返回时,将运不走的匈奴粮食物资全部放火烧毁。

李广、赵食其在沙漠中迷失方向,未能到达漠北参战。卫青率军回到大漠以南,李广、赵食其才与大军会合。卫青派人去查问李广、赵食其迷路情况,难免带有责备之意。曾经威震匈奴的名将李广觉得颜面尽失,同时对卫青心存不满,心灰意冷,对部下说:

"广结发与匈奴大小七十余战,今幸从大将军出接单于兵,而大将军徙广部行回远,又迷失道,岂非天哉!"说完拔剑自刎,"广军士大夫一军皆哭"。

　　李广是名将,但不是福将。他是将门之后,先祖是秦代名将李信,"世世受射"。李广不仅有深厚的将门背景,他本人的军事实践也很丰富。汉景帝平定吴楚七国之乱时,李广就是周亚夫麾下的校骑都尉,"取旗,显功名昌邑下"。之后,他几十年在北方守边抗击匈奴,先后担任过上谷、上郡、陇西、北地、雁门、代郡、云中等七个边郡的太守,与匈奴交战七十余次,"飞将军李广"威震匈奴。李广质朴、口讷、爱兵。他带兵,"乏绝之处,见水,士卒不尽饮,广不近水,士卒不尽食,广不尝食",对士卒"宽缓不苛",得到士卒爱戴。司马迁评价李广的品行,引用了一句名言:"其身正,不令而行;其身不正,虽令不行。"李广射技精湛,力能"射石没羽",但过分拘泥于命中率,战场上情况无论多么紧急,他非要靠近敌人几十步以内,"度不中不发,发即应弦而倒"。看来他缺少一点"寸有所长,尺有所短"的辩证思维。因此,他在作战中几次被敌围困,甚至被俘。他射猛兽,也几次被猛兽所伤。李广在汉武帝时期之所以负多胜少,一来是老了,二来他只注重射技,忽视战术创新。他几次在沙漠戈壁中行军迷失方向,也能看出他军事素质的局限性。他同新一代抗匈名将卫青、霍去病相比,军事谋略与战略战术显然是落后于时代了。因此,李广的悲剧结局,从本质上说,是时代前进的淘汰法则所造成的。

　　《汉书·卫青传》总结卫青一生战功与勋爵曰:"最大将军凡七出击匈奴,斩首虏五万余级。一与单于战,收河南(河套以南)地,置朔方郡。再封益,凡万六千三百户;封三子为侯,侯千三百户,并之二万二百户。"汉武帝姐姐平阳公主,其夫平阳侯曹寿因"有恶疾",死了,平阳公主成了单身。有一次,平阳公主当着汉武帝的面问左右道："列侯谁贤者？"左右皆言："大将军！"汉武帝笑道："此出吾家，常骑从我，奈何？"左右曰："于今尊贵无比。"平阳公主这是为自己摆功，言下之意是说："如果不是我当年把卫青要到身边来，他能为皇上建立这么大功勋吗？卫青能有今天这般风光吗？"汉武帝明白了姐姐的心思，专门下了一道诏书，命卫青娶平阳公主。两人年龄相差较大，少夫老妇，婚姻时间也不太长。

汉武帝元封五年（前106年），卫青病逝，"谥曰烈侯"。平阳公主与卫青谁先去世，不详。卫青死后"与主（平阳公主）合葬，起冢像庐山云"。但据专家考证，平阳公主与卫青并未真的同穴而葬，两座坟墓相距一千多米。

霍　去　病

霍去病也是一名私生子。霍去病生父霍仲孺，是平阳县（今山西临汾）的一名衙役，与平阳公主府中的侍女卫少儿私通，生霍去病。平阳县是平阳公主丈夫平阳侯曹寿的封地，霍仲孺想必在侯府中当过差。卫少儿就是卫媪的大女儿，是卫青同母异父大姐。卫媪的小女儿、卫青同母异父二姐卫子夫，被汉武帝选入宫中成为宠妃，生子后即立为皇后。因此，霍去病的地位非常特殊，汉武帝是他姨夫，卫青是他舅舅。平阳公主府中侍从和女婢之间的男女关系也是够乱的。好在汉风宽厚包容，汉武帝一代雄主，不去计较这些。

有大作为者，必有大气魄。若论古人起用年轻人担当大任的魄力，请君只看汉武帝如何重用霍去病。霍去病第一次出征时十八岁，二十四岁去世以前曾六次统帅大军出陇西，跨祁连，越焉支，与他舅舅卫青一起，为击溃匈奴、平定西北边患、打开西域通道立下了殊功。

霍去病第一次出战,是跟随舅舅卫青参加阴山战役第二阶段作战。匈奴右贤王遭受沉重打击后,同年秋天又出万骑南下侵袭代郡,杀死代郡都尉,掳走边民千余人。为了进一步打击匈奴气焰,元朔六年(前123年)二月,汉武帝决定再次对匈奴反击。以大将军卫青为统帅,率领公孙敖、公孙贺、赵信、苏建、李广、李沮六将,以十万余骑出定襄,寻找匈奴主力决战。年仅十八岁的小将霍去病第一次跟随舅舅卫青上战场,卫青任命他为校尉。大军出定襄后,途中与匈奴骑兵打了一场猝不及防的遭遇战,汉军击退匈奴,斩首三千余级。由于目标已暴露,塞外早春,气候还十分寒冷,不宜北出更远。卫青决定将汉军后撤至定襄、云中、雁门一线休整待机。四月,气候渐暖,卫青再次出击,向北挺进数百里,遇匈奴伏兵。右将军苏建、前将军赵信率领的三千余骑全军覆没。苏建只身逃回卫青大本营;赵信原来就是匈奴俾小王,归汉后被封为翕侯,战败后带领八百骑重新投降了匈奴。卫青率领主力全力反击,歼敌一万九千余人,将匈奴击溃,反败为胜。

初次参战的霍去病神勇无比,他见伊稚斜单于兵败逃窜,率领八百轻骑穷追数百里,歼敌两千余人,"斩单于大父行藉若侯产"(伊稚斜单于的伯祖父),俘获匈奴相国、当户和伊稚斜单于之叔罗姑比等,功居全军之冠。霍去病一战成名,凯旋后,汉武帝封霍去病为冠军侯。

霍去病立下奇功,是在河西战役(史称"河西之战")。夺取河西走廊,沟通西域,联合大月氏共击匈奴,"以断匈奴右臂",这是汉武帝登基之初就形成的战略构想。由于当时条件尚未成熟,一直未能付诸实施。经过十七年对匈奴的不断进攻,尤其是取得河套战役、阴山战役胜利之后,终于可以把这一战略构想付诸实施了。

汉军取得阴山战役胜利后,已将匈奴单于王庭逐至漠北。匈奴在漠南地区的残余势力,东北方向剩下左贤王,西北则有浑邪、休屠二王占据着河西走廊。东北方向的左贤王构不成主要威胁;河西走廊的浑邪、休屠二王则北连匈奴单于腹地,西控西域各国,南控西羌诸部并沟通青藏,对内地构成很大威胁。夺取河西走廊,已成为进一步打击匈奴势力的关键。于是,汉武帝把进攻匈奴的重点转向河西走廊。

打通河西走廊的大功臣是年轻将领霍去病。那一年的春、夏、秋三季,霍去病连续三次出击河西,先后发动了春季攻势、夏季攻势和秋季受降之战,把盘踞在河西走廊的休屠、浑邪二王扫荡一清。

当年春天,霍去病在河西战役中第一次出击。他奉命"将万骑出陇西"。陇西,泛指甘肃陇山以西。陇山是六盘山南段的别称。霍去病出陇西,"逾乌鳌,讨遫濮,涉孤奴"。这三句话比较费解,颜师古注:"乌鳌,山名也。"鳌,绿色的意思。"逾乌鳌",指翻越乌鞘岭(祁连山东段支脉)。"讨遫濮",遫濮是匈奴所属的一个游牧部落小王国,被顺路征服之。"涉孤奴",孤奴是石羊大河的古称,发源于祁连山,经武威地区向北流入腾格里沙漠后消失,上游滩宽水浅,故能涉水而过(《汉书·卫青霍去病传》)。霍去病在春季攻势中取得了重大胜利,班师后,汉武帝下诏嘉奖霍去病:"霍去病为骠骑将军,将万骑出陇西,击匈奴,历五王国,转战六日,过焉支山千余里,杀折兰王,斩卢侯王,执浑邪王子及相国、都尉,获首虏八千九百余级,收休屠王祭天金人。"(《资治通鉴·汉纪十一》)霍去病取得春季大捷后,汉武帝受到极大鼓舞,决心对匈奴进行一场规模更大的夏季攻势。

当年夏天,霍去病在河西战役中第二次出击。根据汉武帝决定,这次从东西两个方向同时出击。霍去病率主力在西路为主要进攻方向;东路由李广和张骞领兵出右北平,攻击匈奴左贤王,以掩护西部主力出击。霍去病命公孙敖领兵出陇西,从正面吸引和牵制敌人。他亲率精骑主力,采取远距离大迂回的方式,从北地郡出塞,在灵武渡过黄河,翻越贺兰山,"涉钧耆(水名),济居延(居延海)",从居延海折向南,沿弱水河进至祁连山与合黎山之间的黑水流域,出敌不意,插至匈奴侧后。公孙敖迷失方向,没有按时与霍去病会合。霍去病当机立断,从侧后向匈奴发起猛烈突袭。匈奴军猝不及防,大败,被歼三万余人。单桓、酋涂二王所属两千余人投降。共俘获单桓、酋涂、稽且、遫濮、呼于耆五王,以及诸王王子五十九人,另有相国、将军、当户、都尉六十三人。由于这些匈奴小王都是匈奴单于之子,所以被俘人员中有一位王母是单于阏氏。霍去病在夏季攻势中又获大捷。

东部的李广和张骞却打得很不顺利。李广与张骞在进军途中失去联系,李广率领的四千骑兵陷入左贤王四万骑的重围。面对十倍于己方的匈奴兵力,李广并不慌乱,令其儿子李敢率数十骑发起第一次冲锋,以鼓舞士气。他命令队伍列为圆阵,四面对外。匈奴骑兵连续发动冲击,矢如雨下。激战中,汉军杀伤匈奴数千人;汉军死伤过半,箭矢将尽。李广的箭法名震匈奴,他让士兵们拉满弓,引而不发,他自己用大黄连弩射死匈奴裨将数名,这时天也黑了下来,匈奴攻势减缓。第二天继续激战,张骞率万骑赶到,左贤王退兵,汉军胜利而归。西部的公孙敖、东部的张骞,都在行军时迷失方向贻误战机,按西汉军律当斩,花钱赎为庶人。

当年秋季,霍去病在河西战役中第三次出击。这次出击也称受降之战。伊稚斜单于对河西走廊春、夏两次惨败,极为恼怒。他认为主要责任在浑邪王,准备把他召到单于王庭以罪诛杀。浑邪王惊恐之下,与休屠王密谋降汉。他们先派使者去找驻守在朔方郡的汉将李息乞降,李息派驿道快马将此事火速报告汉武帝。汉武帝既高兴又担心,怕对方诈降袭击汉军,派霍去病带兵前去受降。霍去病已领兵出发,那边休屠王反悔,浑邪王怕坏事,把休屠王杀了,收编了他的部众。霍去病率军渡过黄河后,与浑邪王部众遥遥相望。这时浑邪王部众出现躁动,有的小王见汉军阵势强大,不想投降,开始逃跑。霍去病率精骑驰入匈奴阵中,将浑邪王监护起来,斩杀不愿投降逃跑者八千余人,这才将浑邪王部众镇住。霍去病派人先将浑邪王护送去长安,自己带领部队监护四万多匈奴渡过黄河南返。朝廷发车二万辆迎接来降匈奴,最终将他们分别安置在陇西、北地、上郡、朔方、云中五郡的黄河以南地区,"赏赐数十巨万","因其故俗,为属国"。这一部分最早内迁的匈奴人,后来渐渐与汉族人融合。

秋季受降战后,河西走廊全为西汉占领,实现了"断匈奴右臂"的战略目标,在河西走廊以战争换得了和平。当年,汉武帝下诏将陇西郡、北地郡、上郡的戍卒减少一半,"以宽天下徭役"。并在河西走廊设置了四个郡,筑了三座城,加强了对河西走廊的有效管控。四个郡即武威、张掖、酒泉、敦煌。三座城即光禄城(今内蒙古乌特前旗东北)、居延城(今内蒙古额济纳旗东南)、令居城(今甘肃永登县附近)。为了填补驱走匈奴后的这片真空地带,又在居延绿洲驻军屯垦,移民实边。从此,从兰州以西的金城郡和整个祁连山脉一直到盐泽(罗布泊)"空无匈奴"。史书中记载了匈奴失去河西走廊的哀叹:"亡我祁连山,使我六畜不蕃息;失我焉支山,使我嫁妇无颜色。"

河西走廊的酒泉市,有一口酒泉井,相传是霍去病荡平河西走廊匈奴势力后,把汉武帝犒赏的庆功酒倒入这口泉眼中,与官兵共饮狂欢庆功之地。

不久,汉武帝又对匈奴势力发动了规模更大的漠北会战,霍去病再次大获全胜。实战过程中,卫青在右路,霍去病在左路。霍去病从代郡出塞后,率骑兵轻装疾进,"取食于敌",长驱北进两千余里,对左贤王发动了猛烈进攻。左贤王溃败而逃,霍去病一直追到狼居胥山（今蒙古温都尔汗西北之肯特山），斩杀匈奴北车耆王，歼灭匈奴军七万余人，俘获屯头王、韩王等三人，相国、将军、当户都尉等八十三人。霍去病为了庆祝胜利，"封狼居胥山，禅于姑衍，登临瀚海（贝加尔湖）"，祭告天地，胜利而归。

霍去病屡战屡胜的奥秘何在？其一，他胸襟博大，以灭匈奴为己任。汉武帝为了奖励他，要为他盖宅第，他拒绝说："匈奴不灭，无以为家。"其二，他平时沉默寡言，少年老成，善于思考，计谋深藏不露，"少言不泄"。其三，他本人的军事素质出众，作战骁勇无比，"善骑射"，"有气敢往"，经常率先疾驰迎敌。其四，他用兵善于从大处着眼，战术思想先进。汉武帝想教他学习吴起和孙子兵法，他回答说："顾方略何如耳，不至学古兵法。"他作战尤其"敢深入"，长途奔袭，深远攻击，疾速取胜。他将"破釜沉舟"之法运用到沙漠作战中，弃粮疾进，"取食于敌，卓行殊远而粮食不绝"。其五，得益于他的精兵、良将和好马。霍去病的部将、士卒、军马，都是经过严格挑选的，曰"常选"，从普通中挑选出众者。他率领的是一支真正的精锐之师，攻无不克，战无不胜，所向披靡。霍去病作战的最大特点是能够把他掌握的优势能量捏合成一股锐不可当的气势去冲击敌人，无坚不摧。建设精兵之重要，这是古代战争史上的一个经典例子。其六，他是汉武帝真正的心腹爱将，得到了汉武帝的莫大信任。到后来，汉武帝信任霍去病甚至超过了大将军卫青。他每次打了胜仗回来，汉武帝总是对他褒奖有加，封赏不绝，这使霍去病麾下的将士们都有一种莫大的光荣感，这种光荣感又会转化成必胜信念。一支打出了威名的部队，士兵们越打越有信心，敌人则闻风丧胆，往往能成为常胜之师。

最后要讲几件霍去病另外的事情。

第一件事，他射杀了飞将军李广之子李敢。漠北会战中，李广再三要求参与同匈奴单于主力决战，卫青均没有同意。其中原因，一是出发前汉武帝对卫青有授意,说李广毕竟老了,几次与匈奴交战均未取胜,这次不要让他参与同匈奴主力的交战;二是卫青也有他自己的盘算,他要为好友公孙敖创造立功赎罪的机会。李广被派去担任迂回任务,结果李广在沙漠中迷失了方向,错失了参战机会。回撤途中卫青派人前去查责,李广自感颜面全失,拔剑自刎。李广的悲剧结局,影响了这位名将世家几代人的命运。李广有三个儿子,长子李当户,次子李淑均早逝。三子李敢曾是霍去病手下的一员战将。在漠北会战中,李敢跟随霍去病"击胡左贤王,力战,夺左贤王鼓旗,斩首多,赐爵关内侯,食邑二百户,代广为郎中令"。但是,李敢认为父亲李广之死是卫青欺逼所致,一直耿耿于怀,不能自控,以致将卫青击伤,卫青"匿讳之",不敢说。这件事被霍去病知道了,卫青是霍去病的舅舅,他要为舅舅出气,报复李敢。有一次,李敢、霍去病等一起随汉武帝去甘泉宫狩猎,霍去病借机一箭射死了李敢。那时霍去病正是宠极之时,汉武帝对外说,李敢是被鹿角挑死的。皇上替霍去病遮掩了过去,别人还能说什么。李广的长子李当户有个遗腹子李陵,长大后拜为骑都尉,长期在河西走廊屯垦守边。后来跟随西汉另一名将领李广利出战匈奴右贤王,因寡不敌众,力战兵败,投降了匈奴。司马迁为李陵辩护,受到株连,被处以宫刑,这是后话。

第二件事,他不爱惜士兵。班固在《汉书·霍去病传》中写道,霍去病"少而侍中,贵不省士"。他从小入宫过惯了皇家贵族生活,带兵不懂得爱兵,这是他与从底层成长起来的将领最大的不同处。他出征河西时,汉武帝让宫廷膳房为他准备了几十车食物,等到部队返回时,他把吃剩的"粱肉"全都丢弃了,但军中却有饥饿的士兵,他不管不问。出征漠北时,士兵缺粮,有的已饿得不能自振,"而去病尚穿域蹋鞠也",在沙漠中踢足球玩得十分开心。霍去病这一点与卫青有差距,"青仁,喜士退让"。

第三件事,他主动去认生父,带领同父异母弟弟霍光入朝。霍去病是霍仲孺与卫少儿的私生子,但他小时候一直不知道自己的身世背景。直到他立下盖世奇功后,母亲卫少儿才把真相告诉他,使他知道生父原来是平阳县的一名衙役霍仲孺,官衔很低。这时反倒显示出霍去病的可贵品质来了,他一不埋怨生父从小对他弃之不顾,二不嫌弃生父官衔太低,反而觉得这么多年来自己对生父没有尽到一天做儿子的孝心。他主动前往平阳县去认父,以骠骑将军的身份,向生父跪下道:"为儿不知尊父,故不曾尽孝。"霍仲孺羞愧不敢应,讷讷道:"老臣得托将军,此天力也。"霍去病为生父和异母置办了田宅,并将异母生的一位弟弟霍光带入朝廷,向汉武帝引荐。在霍去病的一手扶持下,霍光很快得到汉武帝青睐,后来成为汉武帝传位幼子刘弗陵(汉昭帝)的首辅大臣,权重汉武帝、汉昭帝、汉宣帝三朝。后来由于朝廷内部权力斗争矛盾激化,霍光被告"谋反",霍光和霍去病后人惨遭"诛族",大哀!

霍去病英年早逝,死时才二十四岁。他是中国古代战争史上从天际划过的一颗耀眼流星,光彩夺目,一闪而过。

2008 年 12 月

曹　操

三国战争中的主要人物，可以单独说说曹操。这里说的曹操，是历史上的曹操，不是小说和戏曲中的曹操。

曹操的人品和文品

曹操祖上不姓曹，复姓夏侯。曹操的父亲曹嵩，原是夏侯惇的亲叔父，从小过继给宦官、中常侍曹腾做养子，改姓曹。曹操的养祖父曹腾，在东汉宫中做宦官四十多年，从黄门小太监陪太子读书做起，先后"奉事四帝"（汉顺帝、汉冲帝、汉质帝、汉桓帝），汉顺帝时迁中常侍，汉桓帝时封费亭侯。他一生所得俸禄与赏赐无数，求他说情办事者送礼行贿无数，积聚的钱财多得惊人。他死后，其养子曹嵩袭费亭侯爵位，又以最高价从汉灵帝手中买到一个太尉官职。你看看，汉灵帝当了皇帝还标价卖官，这个朝代还有救吗？太尉是武官最高职务，位居"三公"之首，除"掌四方兵事"外，还与司徒、司空共行宰相之职。

由于曹操的养祖父曹腾是宦官、父亲曹嵩花大钱买高官，这两条经常遭人诟病。曹操与袁绍年轻时是朋友，但袁绍祖上是"四世三公",门第显赫,他根本瞧不起曹操。后来两人争天下,袁绍在声讨曹操的檄文中痛骂曹腾是"妖孽",曹嵩"因赃买位",曹操是"赘阉遗丑","鹰犬之才,爪牙可任"(《后汉书·袁绍传》)。但是,论才能、论谋略,袁绍根本不是曹操的对手。

曹操从小酷爱兵法,可能与他父亲曹嵩当过太尉有关。曹操本人与战争相伴终生,对兵法有精深研究。《孙子兵法》得以传世,曹操功不可没。《孙子兵法》的原稿是写在竹简上的手抄本,从春秋末期开始流传,经过战国秦汉,到东汉末年已变得混乱不堪。《孙子兵法》最早的定本,是经曹操之手"削其繁剩,笔其精粹"并加注释编定的。《孙子兵法》流传至今,享誉世界,古今中外没有哪一位军事家、历史学家认为曹操对《孙子兵法》编注得不好的。曹操还著有《孙子略解》《兵书接要》等兵法著作,可惜均已失传,只在《曹操集》中保留有这两本书的片言只语,都是从其他古籍中转录出来的。

曹操小名阿瞒,生母早逝,少年时无人管束,"飞鹰走狗,游荡无度",但机敏过人。稍长,发愤好学,博览群书,却又不愿受儒家传统的束缚,"性不信天命之事"。曹操成年后能文能武,成为东汉末年乱世英雄中的翘楚。

曹操年轻时做官,就显示出魄力。他二十岁以孝廉被推举为郎官,踏入仕途。科举取士制度实行前,优秀青年被乡绅们评为"孝廉",便可推举为郎官。郎官主要为朝廷守卫门户、充当车骑驭手等,亦供朝廷随时差遣任用,充当地方行政官员。曹操被任命的第一个官职是洛阳北都尉。洛阳是皇城,划分为东南西北四个区。北都尉相当于现代大都市中的北城区公安分局局长。皇城内权贵多,治安不好搞,曹操不管这一套,专门制作了执法用的"五色棒",有犯禁者,不避豪强,"皆棒杀之"。有一次,宦官、中常侍蹇硕的叔父违禁夜行,照样被棒杀。蹇硕是汉灵帝的宠臣,以往蹇硕的叔父谁敢碰他一根毫毛?曹操不怕,认法不认人。从此,京师违禁者敛迹,"莫敢犯"(《三国志·武帝纪》)。

曹操敢于得罪权贵,这一点决定了他的仕途不会一帆风顺。以蹇硕为首的权贵们对曹操既怕又恨,但又不便公开杀他,于是想出一招,向汉灵帝推荐,说曹操很能干,应该提拔,放外任。曹操被挤出京都洛阳,到河南顿丘县去当县令。不久,他的堂妹夫宋奇被宦官找碴儿杀掉,曹操因亲戚关系受株连,被罢官。

由于曹操祖上有背景,学识才干又出众,这两条又决定了朝廷不可能彻底抛弃他。时隔不久,因曹操"能明古学",又被重新召为议郎。议郎的主要职责是"参与议政,指陈得失"。曹操恪尽职守,到职不久就上书汉灵帝,为十多年前在党锢事件中被宦官集团诬陷杀害的大将军窦武、太傅陈蕃鸣冤翻案,但汉灵帝未予理睬。

黄巾起义爆发,曹操拜骑都尉,踏入军界,跟随左中郎将皇甫嵩、右中郎将朱俊前往颍川镇压黄巾起义。初战失利,汉军转移到长社,顺风放火,发动火攻,反败为胜。

曹操后来升迁为济南相。济南是刘氏宗室的封国,按汉律,封国之君只能享受封国内的税赋收入,没有行政权力,封国的丞相就是最高行政长官。曹操到任后,发现所属十多个县的县吏全都"阿附权贵,赃污狼藉"。他一次就向朝廷奏免了其中八人,引起极大震动,"郡界肃然"。

曹操后来在一篇自述中回顾这段经历说,他深知人们对他的偏见甚多,"故在济南,始除残去秽,平心选举,违迕诸常侍,以为强豪所忿"(《曹操集·十二月亥令》)。这说明,他是有意"违迕诸常侍",要以实际行动同宦党划清界限。他所说的"为强豪所忿",也是言有所指。主要是指像袁绍这样"四世三公"出身的豪门子弟从来瞧不起他,他硬是要拿点胆量出来给他们看看。曹操做洛阳北都尉、做济南相,都是为展示自己的才能、横扫瞧不起他的偏见而奋斗。

不久,朝廷要调任他去当东郡(郡治今河南濮阳)太守。曹操眼看"权臣专朝,贵戚横恣",东汉朝政已日非一日,自己照这样干法,早晚要被权贵谋害,"恐致家祸"。他不愿干,"称疾归乡里","秋夏读书,冬春射猎"。他其实是在观察形势,等待时机。

曹操对军权特别感兴趣。河西金城郡的边章、韩遂杀死刺史、郡守,反叛朝廷,叛军发展到十多万人,天下骚动。汉灵帝为了加强京城洛阳的禁军力量,成立西园新军,任命中常侍、宦官蹇硕为上军校尉,统领西园新军。以中军校尉袁绍为副帅。征调曹操入京,任典军校尉。这一次,曹操欣然受命,进京赴任,这是他胸有抱负的一种流露——抓军权。从此,曹操成为"西园八校尉"之一,"与诸将士大夫共从戎事"(《三国志·武帝纪》)。

论学识胸襟,论才略计谋,论文采,乱世群雄中的董卓、袁绍,都无法与曹操相提并论。三国领袖中的刘备、孙权,也都比不上曹操。

许劭对曹操的评价是"治世之能臣,乱世之奸雄"。许劭是位守旧人物,他对曹操使用的这个"奸"字,带有很大偏见。其实,在乱世群雄中,对待许多问题的言行,正派的恰恰是曹操。有一件事很能说明问题,他拒绝出任东郡太守、赋闲在家时,冀州刺史王芬、南阳许攸、沛国周旌等地方豪强,密谋废黜汉灵帝,前来动员曹操参加。曹操说,汉灵帝虽然太昏庸、太贪婪,但身为臣子,密谋废黜皇上是叛逆行为,"非能为也",他拒绝参加。

从东汉末年群雄纷争的全过程来看,曹操这位乱世英雄只下了半局好棋。他第一个挺身而出发兵讨伐董卓;他在中原艰难奋战打出了一片立足之地,搞屯田积军粮,定许都,迎献帝,"挟天子以令诸侯";他以弱胜强,消灭了不可一世的北方大军阀袁绍;他征服乌桓,统一了北方。这前半局棋,他每一步都下得很精彩。但长江成了横在曹操面前的一条"汉界楚河",他雄心勃勃,想一步跨过江去,席卷江南,统一中国。但他刚刚挺卒过河,就碰了一个大钉子。赤壁惨败,狼狈不堪,后半局棋输得一塌糊涂。虽然他的棋子没有被对方吃光,但他深知自己已经不可能把对方将死,只能以守和告终了。

赤壁之战,失败者只有一位——曹操;胜利者有两位——孙权和刘备。孙、刘联盟,盟主是孙权,但最大的获益者却是刘备。刘备在赤壁之战中投靠孙权"借鸡生蛋",实现了利益最大化。

曹操此人,狡黠多计而又豁达开明,能文能武,敢闯敢干,赢得起,输得起,在他身上充满了乱世英雄的各种要素,他是特定时代的综合性人物典型。后世对他充满争议,但最终谁都无法否定他的历史功绩和历史地位。

曹操迎汉献帝定都许昌,"挟天子以令诸侯",这件事并没有给他带来好名声,各地割据军阀都骂他是"国贼"。应该承认,在三国战争中,真正想统一中国的不是刘备,不是孙权,而是曹操。但是,曹操身上有知识分子气,很要面子,他不愿戴上"窃国"的帽子,所以直到去世,他一直没有称帝。他在一篇题为《己亥令》的自述中百般表白,他没有政治野心,他从来不想"窃国"。他的最高理想是"欲封侯作征西将军",死后能在墓碑上镌刻"汉故征西将军曹侯之墓"几个字,心愿足矣。他说,他现在"身为宰相,人臣之贵已极,意望已过矣"。他甚至说,他经常对他的妻妾们讲这些心里话,希望等他死后,她们都改嫁,"欲令传道我心,使他人皆知之"。他并不想成为一名推翻东汉王朝的革命者,而想当一名东汉没落王朝的卫道者——他至少要表现得像一位东汉王朝的忠诚卫道者。

其实,东汉王朝已经腐败透顶,不可救药。正如东吴鲁肃得出的结论,"汉室不可复兴"。这个历史趋势已经不可逆转,非改朝换代不可了。曹操即使真的取东汉天下而代之,也不能说他是历史罪人。刘备口口声声要"匡扶汉室",可是他根本没有这个实力和能耐,全是骗人的鬼话。

建安二十一年（216年），汉献帝封曹操为魏王，定都河北邺城。曹操死后，长子曹丕称帝，建立魏国，完全是曹操一手打下的基础。曹魏政权为重新统一中国积聚了力量，后来司马氏篡夺了曹魏政权，建立西晋，实现了中国短暂的统一。

曹操文武兼备，他是建安文学的创立者之一，鲁迅称他为"改造文章的祖师"。他的诗文质朴无华却又文采斐然，玄奥何在？他始终有一颗雄心在搏动，有一个浪漫的灵魂在歌唱。不妨摘录几句：

——"天地间，人为贵。"（诗《度关山》）

——"对酒当歌，人生几何。譬如朝露，去日苦多。慨当以慷，忧思难忘。何以解忧，唯有杜康。"（诗《短歌行》）人们往往只记住他"对酒当歌，人生几何"这两句，曹操岂不成了颓废派？其实这首诗的核心部分在后面几句，他是在感叹人生苦短，壮志难酬。

——"神龟虽寿，犹有竟时；腾蛇乘雾，终为土灰。老骥伏枥，志在千里；烈士暮年，壮心不已。"（诗《步出夏门行》）这首诗的诗意与前面一首完全一致。

再看一篇他册立卞王后的册文，可以了解一下他的基本道德观，了解一下他的独特文风。全文如下："夫人卞氏，抚养诸子，有母仪之德。今进位王后，太子诸侯陪位群卿上寿，减国内死罪一等。"（以上均引自《曹操集》）

曹操生逢乱世，使他成为乱世英雄

曹操生逢汉末乱世，群雄并起，这个时代背景使他成为乱世英雄之一。

东汉末年的朝政乱成了什么样子？可以概括为三句话：昏君治国、外戚干政、宦官乱政。社会矛盾愈积愈深，像火药桶似的随时要爆炸。

昏君治国,是东汉末年朝政黑暗的第一大特征。东汉中晚期,都是小皇帝当朝,他们不会治国,却都学会了作威作福。东汉共经历了十三朝天子,一岁至十五岁继位的有十位,二岁至三十六岁死去的也有十位。这些小皇帝"生于深宫之中,长于妇人之手",从小混在宫女和太监堆里学会了纵欲、享受、钩心斗角,也学会了贪婪。第十朝汉桓帝和十一朝汉灵帝在位时,"后宫采女数千人,衣食之费,日数百金",而老百姓灾民塞道,朝廷和官府却不管不问,"莫之恤"(《后汉书·吕强传》)。汉灵帝除了荒淫,还公开标价卖官,"聚钱以为私藏"。

外戚干政,是东汉末年朝政黑暗的第二大特征。东汉的小皇帝都很短命,但东汉的皇后都长寿,而且大都出身名门,有文化,有见识,有才干。一朝又一朝的"童年皇帝"继位后,都由皇太后临朝听政。皇太后则依靠娘家的父、兄、弟、侄等至亲来分掌朝政大权,形成强大的外戚势力。东汉第十朝汉桓帝,十五岁继位,梁太后临朝听政。其实,汉桓帝并不是梁太后的亲生子。旧时皇后无子,往往把皇妃或宫女所生儿子抱来充当自己的儿子,以便扶持其继位掌权。梁太后之兄大将军梁冀把持朝政,梁家是东汉外戚势力的典型代表,一门出过七位侯、三位皇后、六位贵人、二位大将军,十位皇帝夫人和尚公主,卿、将、尹、校等五十七人,门生故吏遍天下(《后汉书·梁冀传》)。梁冀专权理朝二十年,先后主持冲、质、桓三帝继立。梁冀一手遮天,"凶态日积",最后矛盾激化。汉桓帝成年后,依靠另一派宦官集团诛灭了梁家势力。梁冀被诛杀后,家产被变卖,所得价值相当于朝廷全年税赋收入的三分之一。

宦官乱政,是东汉末年朝政黑暗的第三大特征。外戚干政与宦官乱政两种情况交替出现,使得东汉朝政暗无天日,老百姓看不到一点希望。宦官集团与外戚势力争权,大致有两种情况。一种是,外戚势力与宦官集团的利益尖锐对立,宦官集团假借小皇帝的名义,策划阴谋,诛杀外戚,夺取权力。另一种是,小皇帝成年后,不甘心长期被外戚势力任意摆布,暗中与心腹太监密谋策划,借助宦官势力击败母党,从外戚势力手中夺回朝政大权。东汉宦官乱政的乱象接连不断,触目惊心。

以上这一切,最终都转化成了底层老百姓的深重灾难。政治黑暗,横征暴敛,连年灾荒,民不聊生。类似"冀州旱,人相食"的惨状连年发生。生活在社会最底层的广大农民,一旦被逼上绝路,只能揭竿而起,反对黑暗朝廷。汉灵帝中平元年(184年),终于爆发了黄巾大起义,敲响了东汉王朝灭亡的丧钟。

黄巾大起义的第一个冲击波被镇压下去不久,汉灵帝驾崩。以何进为首的外戚势力,同蹇硕为首的宦官集团立刻展开了一场宫廷血拼。

这场宫廷血拼,是引爆三国战争的第一粒火星,而三国战争的暴发,最终导致东汉政权彻底瓦解。

汉灵帝死于中平六年(189年)四月,死时三十四岁,留下两位皇子,长子刘辩十四岁,何皇后所生;次子刘协九岁,王美人所生。由于汉灵帝的头几位皇子都没有养活,何皇后生下长子刘辩后,被寄养在一位道士家中。因为成长环境不同,从小又不在身边,感情隔膜,汉灵帝总觉得长子刘辩"轻佻无威仪",缺少皇家气质。王美人"丰姿色,聪明有才敏,能书会计"。王美人生下刘协后,何皇后担心汉灵帝改立王美人为皇后,把王美人毒死。次子刘协由汉灵帝母亲董太后在宫中养大,聪明机灵,深得汉灵帝喜欢。汉灵帝生前对立谁为太子一直举棋不定,临终时,他向宦官、中常侍蹇硕交代,传位给次子刘协。

但长子刘辩有后台,他的舅舅、何皇后之兄何进是大将军,这一关不好过。蹇硕打算先捕杀何进,再扶立刘协。他派人去请何进前来，说是有大事要同他商量，准备等他一进门就把他擒杀。何进骑马前往。蹇硕手下有位司马潘隐，同何进有旧交，他迎门而出，用目光向何进示意大事不好，快走！何进大惊，驰马归营，立刻以大将军名义屯兵百郡邸（各地郡王在京城的住宅区），扶立外甥刘辩继位，是为汉少帝。何进的妹妹何皇后成了何太后，由她临朝听政。何进以大将军参录尚书事，控制了朝政。

蹇硕计划落空，"疑不自安"，十分紧张，连忙给宦官赵忠、宋典等人写信，要他们将何进"急捕诛之"。宦官中有位中常侍郭胜，与何进、何太后兄妹是同乡，来往密切。他拿了蹇硕写给赵忠、宋典的密信去向何进告密，何进抢先下手，先派黄门令把蹇硕擒获杀掉。

何进的依靠力量是太傅袁隗，以及袁隗的两位侄子袁绍、袁术。袁绍劝何进趁热打铁，"尽除宦官"。何进报奏妹妹何太后，可是何进的母亲舞阳君和弟弟何苗经常接受宦官们的贿赂，母子俩劝何太后不要听哥哥何进的，对她说："大将军（何进）专杀左右，擅权以弱社稷。"（《资治通鉴·汉纪五十一》）何太后听信了母亲和弟弟何苗的谗言，不同意哥哥何进诛杀宦官。其中还有一个重要因素，当年何太后下毒手鸩杀王美人，汉灵帝"大怒，欲废后，诸宦官固请得止"，何太后一直把宦官视同救命恩人。

何进是个糊涂虫，他对母亲、弟弟、妹妹的底数都没有摸透，碰了一鼻子灰。这时袁绍又给何进出了一个馊主意，请河西大军阀、并州牧董卓带兵进京，以逼宫形式逼迫何太后同意杀宦官，何进采纳了。何进写信召董卓带兵入京，这不是引狼入室吗！主簿陈琳、侍御史郑泰、尚书卢植等强烈反对，何进不听。董卓的军队开到渑池，快到洛阳了，何进又到长乐宫去向妹妹何太后报奏诛杀宦官之事，何太后还是不同意。这时，有两名宦官张让和段珪，已经提前埋伏在长乐宫门外，要杀何进，为蹇硕报仇。何进从何太后那里出来,被他们按倒在地,杀掉。何进的部将吴匡、张玮和袁绍、袁术等听说何进被杀,带兵冲进宫去狂杀宦官,上至几十岁的老太监,下至十几岁的小太监,见一个杀一个,一概不留。有些不长胡须的官员,也被错当宦官杀掉。一共杀掉了两千多人,血溅宫墙,马惊人号,尸首狼藉,惨不忍睹。宦官张让和段珪砍杀何进后,劫持少帝刘辩逃到小平津(今河南孟津县西北黄河渡口),准备北渡黄河。尚书卢植带兵追上,张让和段珪走投无路,跳进黄河自杀。

经过这场血拼,外戚势力和宦官集团同归于尽。这样一来,却激活了各地豪强势力,他们纷纷割据称雄,混战四起,全国乱作一团。

三国战争,就在这样一幅背景下拉开了序幕。

曹操在群雄讨伐董卓中初露峥嵘

东汉末年,乱世乍起,董卓是在混水中摸到大鱼的第一人。群雄讨伐董卓,是三国战争的起点,而曹操曾是讨伐董卓的急先锋。

董卓率领他的凉州兵快到洛阳时,得知少帝刘辩已被人挟持逃往小平津,他便直插洛阳北面的北邙山截获少帝,然后"带兵挟帝进洛阳"。这时,大将军何进已被宦官杀掉,朝廷命官中袁绍就成为辅佐少帝的支柱。骑都尉鲍信提醒袁绍说,董卓"有异志",应该趁他刚进洛阳,立足未稳,将他擒获除掉。袁绍胆小,觉得自己斗不过董卓,不敢下手。其实董卓刚进洛阳时只带了三千步骑兵,进京后,他乘乱迅速收编了何进、何苗的部队,又买通执金吾(京城警备司令)丁原的部属吕布,将丁原杀死,收编了丁原的京城警卫军,董卓的队伍迅速扩大,再想动手除掉他就难了。

董卓是陇西人,河西大军阀,年轻时结交西羌"豪帅",驰马射箭能左右开弓,一身武夫匪气。后来靠镇压西羌等河西少数民族起家。黄巾起义前,董卓已官至并州刺史、河东太守。董卓在镇压黄巾起义中吃了败仗。不久,河西军阀边章、韩遂反叛朝廷,董卓与皇甫嵩奉朝廷之命领兵前去镇压,将叛军击退,董卓这才"声名鹊起"。董卓在同西羌和韩遂、马腾的作战过程中,拉起了一支汉族和西北少数民族混编的凉州兵,很有战斗力。朝廷本来想通过提拔他的职务解除他的兵权,任命他为并州牧,让他把兵权交给左中郎将皇甫嵩。但董卓的政治嗅觉很灵,他知道乱世即将来临,抓住兵权才是安身立命之本,决不放手,自己走到哪里就把队伍拉到哪里。

董卓果断、残忍,心狠手辣。他总觉得少帝刘辩是何进扶立起来的,终究不是亲手栽的瓜,吃起来"不甜"。他决心亲手另栽,种自己的瓜。他经过一番策划,汉少帝光熹元年(189年)九月,废少帝刘辩为弘农王,改立汉灵帝与王美人生的刘协为汉献帝,自任相国。在废立仪式上,太傅袁隗走上前去把少帝刘辩身上的玺绶解下来,双手捧给刘协,然后把刘辩扶下皇帝宝座,凑在他耳边轻声说:听话,转过身去,跪下,向献帝叩拜!何太后站在一旁哭泣,却不敢哭出声来。转瞬之间,天塌了,地倾了,何家的命运跌进了万丈深渊。废立仪式完毕,董卓请何太后把一杯鸩酒喝了下去,一命呜呼。又派兵砍杀了何太后的母亲舞阳君,弃尸于林苑荆棘丛中,喂野狗。何苗已死,埋在地下,他也不放过,把何苗的棺材挖出来,倒出尸骨,"支解节折,弃于道边"(《资治通鉴·汉纪五十一》)。

董卓篡夺朝政大权,群雄们都不服,但谁都害怕董卓。袁绍、袁术、曹操等人纷纷逃离洛阳,准备起兵共同讨伐董卓。曹操逃回东郡陈留,散家财,募义兵,决心同董卓斗争到底。在陈留人卫滋的帮助下,曹操在陈留募到五千兵员,这是他拉起的第一支队伍,称陈留兵。

可是,群雄怀里各揣一把小算盘,使这场虚张声势的"讨卓之战",最终演变成了一场三国战争。汉献帝初平元年(190年)正月,关东群雄起兵讨伐董卓,共推名气最大的袁绍为盟主,动静搞得很大。"名豪大侠,富室强族,飘扬云会,万里相赴",把"并赴国难""诛除国贼"的口号喊得震天响。参与"讨卓之战"的群雄军队集结情况如下:一、勃海太守袁绍、河内太守王匡,屯兵河内(太行山南麓、黄河北岸);二、冀州牧韩馥在邺城留守,为袁绍供应军粮;三、豫州刺史孔伷,屯兵颍川;四、兖州刺史刘岱、陈留太守张邈、广陵太守张超、东郡太守桥瑁、山阳太守袁遗、济北相鲍信、典军校尉曹操等七位,均屯兵酸枣(今河南延津县北);五、后将军袁术,屯兵鲁阳。总兵力达到十多万人,对洛阳构成了东、南、北三面包围态势。

董卓见群雄来势汹汹,他下令烧毁洛阳的宫殿、官府及大量民宅,没收洛阳富豪财物,并指使吕布盗掘洛阳帝王陵墓,搜寻珍宝,然后驱赶洛阳大批居民随汉献帝迁都长安。他自己坐镇洛阳,与群雄对阵。可是,群雄不"雄"。袁绍召集群雄商议,如何向董卓发起进攻?一个个都觉得董卓的凉州兵很厉害,不好打,没有谁敢奋勇当先去拼杀。董卓好比一只虎,群雄好比一群狼,这群狼拖着尾巴围着这只猛虎团团转、嗷嗷叫,谁都不敢上。身为"讨卓盟主"的袁绍,拿不出任何主张。其实,袁绍、袁术兄弟主要想争夺朝政控制权。其他人则各有各的打算,只图巩固或扩大一点自己的割据地盘,都想保存自己的实力。群雄"讨卓",声势搞得很大,耗了两个月,仍不见动静。

曹操见群雄迟迟不向董卓发动进攻,心急如焚。他对各路豪强说:"董卓在洛阳烧毁宫室,盗掘帝墓,掳掠百姓,强迫天子和洛阳百姓西迁长安,搞得天怨人怒,正是讨伐他的最好时机,你们还在犹豫什么呀?"但这时的曹操,兵少言轻,群雄们只听袁绍的,没有人理他。曹操于是孤军奋战,率先向董卓发起进攻,但毕竟兵力太少,大败而归。曹操又带兵从陈留前去攻打成皋,想为群雄联军打开进攻洛阳的通路。陈留太守张邈派卫兹领兵协助,其他人谁也不动。曹操进兵至荥阳西南的汴水,遭到董卓部将徐荣迎击。曹操寡不敌众,战斗中为流矢所中,坐骑被砍伤,他从马背上一头栽了下来。他的堂弟曹洪把自己的坐骑让给了他,他才"得夜遁去"。曹操兵败回到酸枣,但他没有输掉信心。他见刘岱等人天天置酒高会,不思进攻,他义正词严地痛斥他们:"今兵以义动,持疑不进,失天下望,窃为诸君耻之!"陈留太守张邈悄悄对曹操说,"袁绍只知道利用盟主身份发展自己的势力,他想做第二个董卓。但袁绍根本不是干大事的材料,虽强必毙。"并鼓励曹操说,"能拨乱反正者,君也!"(《资治通鉴·汉纪五十一》)群雄耗了四个月,军粮吃尽,各自回撤,一事无成。

曹操觉得再也不能同这些人合作下去了,必须另谋出路。于是带着夏侯惇东下扬州,再去募兵。在扬州募得四千兵员,返回路上逃亡过半,沿途只收拢了一千多兵。他把新招的扬州兵和第一次攻打董卓剩下的陈留兵合到一起,带往河内,投奔袁绍,寄人篱下,实属无奈。在河内,曹操和袁绍有过一次交谈。袁绍问曹操:"如果我们这次讨伐董卓不成功,你看应该往什么方向发展?"曹操反问袁绍:"你有什么打算?"袁绍说:"我南面占领到黄河,北面占据燕代,联络乌桓,然后向南争夺天下。"袁绍以为自己的计划十分周密,大有成功的把握。曹操却回答说:"仅凭山川之险、占地为王,那是很不够的。如果你要问我有什么打算,我将任用天下人才,顺应时势,因势利导,去开创大业。"两人的胸襟、眼界、见识、志向,高下立判。

曹操在群雄并起中胜出,掌控汉末朝政

东汉末年,黄巾起义爆发,喊出了"苍天已死,黄天当立"的口号,同东汉朝廷势不两立。同黄巾起义军争夺天下的是地主豪强

势力,他们与东汉朝廷联手镇压了黄巾起义。然后,地主豪强势力内部再展开争夺,群雄纷争割据,一片混战。

曹操暂时投奔在袁绍帐下,这是实在没有办法的办法。他心里一直在盘算,一旦出现机会,迟早要自立门户。为了实现这一目标,他坚韧不拔地做成了三件大事。第一,在中原打出了一块根据地;第二,搞屯田,积军粮;第三,迎献帝,都许昌,"挟天子以令诸侯"。

先说他如何在中原打出一块根据地。

汉献帝初平二年(191年),山东青州黄巾军和河北黑山军又像野火燎原般复燃起来。袁绍以讨伐董卓盟主的身份,命令曹操领兵前往东郡镇压黑山军。曹操从河内领兵前往河南濮阳击败黑山军一部,得到一块地盘。袁绍送了个顺水人情,任命曹操为东郡太守(郡治在今河南省濮阳县)。过去朝廷曾经任命曹操去当东郡太守,他没有接受。这次袁绍任命他当东郡太守,他接受了。因为曹操心中有了目标,他要在中原打出一片自己的立足之地。

这时,谋士荀彧背弃旧主袁绍,前来投奔曹操。荀彧出身名门,父亲荀绲曾任济南相,叔父荀爽官至司空。他本人曾任亢父(今山东济宁市南)县令,董卓之乱起,他弃官回乡。袁绍曾把荀彧招至帐下,厚待之。荀彧通过一段时间接触和观察,断定袁绍成不了大事,转投曹操。曹操见荀彧来投,大悦,把荀彧比作张良:"吾子房也!"那一年荀彧二十九岁,风华正茂。

汉献帝初平三年(192年)黄巾军进攻兖州,兖州牧刘岱战死,兖州一时无主。东郡隶属于兖州。东郡人陈宫前往兖州,去对兖州官员和地方大族说,曹操才干出众,如果能把曹操请来做兖州牧,一定能打败黄巾军,保兖州一方平安。曹操的好友骑都尉鲍信这时也在兖州,一起出面游说。兖州官吏和地方大族被说服,派万潜为代表,跟随鲍信一起来到东郡,把三十八岁的曹操接去当了兖州牧。曹操由东郡太守去当兖州牧，等于县长升任了省长，他梦寐以求要在中原获得一片立足之地的范围更大了。但曹操这个兖州牧既不是朝廷正式任命，也不是民间选举，等于是兖州地方势力"聘任"了他。

曹操上任伊始，就与鲍信领兵去进攻寿张的黄巾军，鲍信战死。曹操十分痛惜，悬赏购回鲍信尸体安葬而不得，只能刻一个木头人，面目有点像鲍信，权当鲍信尸体安葬，曹操"祭而哭焉"。曹操及时总结教训，明设赏罚，艰苦战斗。青州黄巾军向济北败退，曹操乘胜追击，以武力进攻与劝降、诱降相结合，三十多万青州黄巾军向曹操投降，跟随的眷属百姓上百万。曹操从中挑选出约两万人，成立了一支青州兵。

随后的日子里，曹操为巩固兖州这片立足之地，进行了艰苦卓绝的斗争。南阳军阀袁术（袁绍之弟），鼓动黑山军残部和南匈奴于夫罗从北面向兖州进攻；袁术从南面向兖州进逼，企图南北夹击，夺取兖州。曹操首先把北面的黑山军残部和南匈奴于夫罗势力击退，然后集中主力，向驻扎在封丘的袁术发起反击。曹操先打驻扎在匡亭的袁术部将刘详，引诱袁术前来救援，在半路布下伏兵，一举将袁术击溃。袁术望风而逃，曹操乘胜追击，袁术一直逃到江西九江。从此，南阳方向的威胁大为减轻。

徐州牧陶谦，也与曹操为敌，不断蚕食兖州。汉灵帝死后，曹操父亲曹嵩就已"去官后还谯（今安徽亳州）"。不久，董卓之乱起，他又"避难琅琊（今山东胶南）"。初平四年（193年）夏天，曹操派人到琅琊去接父亲曹嵩及弟弟曹德来兖州。曹嵩父子西行至山东黄县，被陶谦部将张闿袭杀，一百多车财物被抢劫一空。曹操无法容忍陶谦杀父杀弟、劫掠财物之仇，同年秋天，亲率大军东征徐州。曹操怀着强烈的复仇心理，一路攻掠，屠城而进，"凡杀男女数十万人"。这件事曹操过于冲动，失去了政治理智，残杀百姓，不得人心,它成为曹操一生中的政治污点之一。不久,曹操军队由于军粮吃尽,只得退兵。

第二年四月,曹操再次东征陶谦,大军进入徐州境内,连下五城。正在这时,兖州后院起火,张邈和陈宫在兖州反叛曹操。陈宫曾是促成曹操去当兖州牧的说客,后来在曹操手下为将。由于兖州名士边让"讥议"曹操,被曹操杀掉,引起兖州士人恐慌,陈宫觉得无法向兖州地方势力交代。这时他去鼓动陈留太守张邈,乘曹操东征,内部空虚,反叛曹操。张邈本来是曹操的好友,当初曹操是位"政治流浪汉",没有自己的立足之地,却为讨伐董卓东奔西走,张邈同情曹操,当面斥责"盟主"袁绍只为自己打算。袁绍愤恨张邈,让曹操杀掉张邈,曹操没有理睬,张邈感激曹操。但自从曹操当上了兖州牧,成了张邈的顶头上司,张邈感到与曹操相处时间一长,产生政见分歧是不可避免的,又想:"袁绍曾经要曹操杀掉我,曹操当时没有杀,今后会不会杀我?"越想心里越没有底,陈宫跑来一鼓动,张邈就同意反叛曹操。

这时又插进来一个吕布。吕布曾在董卓鼓动下去了长安,在长安却被李傕等击败,出关东来投奔袁术,袁术不留。又北投袁绍,与袁绍一起在常山郡击败了一支黑山军。但吕布的军队军纪极差,抢掠不已。袁绍觉得迟早要成祸害,准备除掉吕布。吕布察觉,南下投奔河内张扬。陈宫与张邈觉得自己力量不够,派人到河内去请吕布来当兖州牧,顶替曹操。于是,陈宫、张邈、吕布三人合谋,以吕布为将,起兵夺取兖州。陈宫和张邈在当地长期为官,有人望,他们打出反曹旗帜,"郡县皆应",倒向吕布。兖州郡治在鄄城,荀彧在鄄城留守,鄄城形势危急,他火速把驻守东郡的大将夏侯惇调回鄄城,先把城内响应张邈、陈宫反叛的一些人杀掉,稳住了鄄城局面。程昱是东阿人,荀彧急派程昱回东阿和范县去做工作,说服那里的官吏和守军决不能向吕布军投降。吕布攻打鄄城、范县、东阿,均未攻下。吕布军西撤至濮阳,屯兵休整,准备再战。

曹操从徐州赶回鄄城,讥笑吕布不会用兵。他说,如果吕布到东面去占领东平,再守住亢父等泰山险要隘口,阻止我西返,我就完了。他屯兵濮阳,说明他不可能有大作为。随后,曹操展开了夺回兖州所失地盘的战斗。兴平元年(194年)夏,曹操抢收麦子,储备军粮。八月,联络濮阳大姓田氏做内应,从东门攻进濮阳,进城后火烧东门,以示有进无退。吕布的骑兵很厉害,冲击曹操的步兵,曹军大乱,曹操差一点被吕布抓住。曹操冒火冲出东门,收拢部队,赶制攻城器械,再次攻城,未攻下。双方对峙了一百多天,由于发生严重蝗灾,老百姓无粮,人吃人,曹操和吕布双方都因没有军粮而罢兵。九月,吕布为找军粮,移师河南山阳。

曹操由于兖州大部分地盘丢失,军队又断粮,几乎无法坚持下去,陷入了严重困难。这时袁绍向他抛出橄榄枝,让他把家眷搬到邺城去。袁绍的用意是以曹操家眷为人质,逼迫曹操为他所用。程昱立即劝阻曹操说,袁绍野心太大,智谋太差,他成不了大事。将军你眼下虽然兖州残缺,但你手里还有三座城池一万兵。你有智谋、有才略,还有我和荀彧帮助你。只要咬牙渡过眼前的难关,你就大业可成!曹操听罢,精神一振。他对程昱说,你说得对,我同吕布打得不可开交时,袁绍在一旁观战,毫无表示。现在他乘人之危,想骗我上当。曹操谢绝了袁绍的"好意",忍痛遣散了新招募来的兵员和力役,到东阿一带去筹粮。经过半年休整,曹操军队基本恢复了元气。

兴平二年(195年)正月,曹操为收复兖州所失地盘再度发动攻势。首先袭击兖州重镇定陶,吕布前来救援,被击退。闰四月,又在巨野大败吕布,斩杀吕布手下两员大将薛兰和李封。曹操领兵进驻济阴乘氏县(今山东巨野西南),进行休整。这时传来消息,徐州牧陶谦去世。曹操本想乘机夺取徐州,再回过头来解决吕布。

他这个危险的想法一冒头,马上被荀彧劝住。荀彧说,兖州是你安身立命谋天下的根基所在,你在陈留起兵,又在兖州得到发展,兖州是你自己打出来的一片立足之地。想当年,刘邦定关中而得全国,刘秀定河北而得全国。你现在兖州尚未完全恢复和巩固,就想冒险东征徐州,如果吕布乘虚攻占兖州,你回哪里去?兖州地处中原,天下中枢,南北要冲,靠近故都洛阳,这是一块宝地,万不可失。艰难曲折并不可怕,怕就怕东奔西突,没有一块地方扎根。曹操耐心听罢,东望徐州,一声长叹,多好的机会啊,但荀彧言之有理,先守住兖州,缓攻徐州。

刘备乘机拣了个便宜,填补了陶谦死后的真空,当上了徐州牧。

曹操这个人,与刘邦又同又不同。相同之处在于两人都善纳忠言。不同之处在于,刘邦本人的谋略水平并不十分高明,全靠张良、陈平、萧何等人给他出点子。在关键时刻、关键问题上,他都能听得进劝,压得住火,按照谋士们的意见去办。曹操不同,曹操本人的才智谋略高于一般人。但人都是感情动物,一个人无论才智多高,也会有感情失控、失去理智的时候。曹操经常有耐不住性子、压不住火气的时候,曾由此做出过不少鲁莽举动,付出过很大代价。例如,杀掉兖州名士边让,东征徐州时为了替被杀的父亲和弟弟报仇,屠杀了几十万无辜的老百姓,这两件事名声损失太大。但曹操很善于及时总结经验教训,毛玠、荀彧等谋士在关键时刻、关键问题上也敢于向他进言。只要曹操觉得谋士的分析见解高于自己,他就能忍痛割舍自己的意见,按谋士的意见办。

吕布、陈宫再次向曹操发动进攻,曹操组织军队外出抢收麦子,留守兵员不到一千人。吕布见曹军后方林木幽深,疑有伏兵,撤退而去。第二天又来进攻,曹操这一天真的在大堤内布置了伏兵,留一半兵员在堤外。双方交火,曹操伏兵尽出,吕布大败。曹操一举攻克定陶,并乘胜收复了兖州各县。

曹操左劈右挡,艰难地巩固住了兖州这块根据地。从此以后,他结束了东奔西突、寄人篱下的生活。兴平二年(195年)冬十月,"天子拜太祖兖州牧"(《三国志·武帝纪》),这等于朝廷为曹操正式补办了兖州牧的任命手续。事情似乎历来如此,你只要把仗打胜了,迟早会有你的地位。曹操又乘胜攻占了豫州的大部分地盘,并把本部迁到许县(今河南许昌),在中原占据了更加有利的位置。

再说他如何搞屯田以积军粮。

群雄纷争,连年战乱,连年灾荒,生灵涂炭,饿殍遍野,各路豪强均发生了粮荒。曹军在粮荒最严重时,下发的军粮中竟掺杂有人肉干。为了度过粮荒,曹操忍痛遣散了新招募的士兵和力役,甚至一度曾动念想投靠袁绍。在荀彧等人的鼓励下,他把这些困难硬顶了过去。

曹操深知,身处乱世,无兵不成事;有兵无粮,同样成不了事。在中国古代,粮食就是争夺天下的基本战略资源。拥兵无粮,没有分量;拥兵有粮,才有重量。曹操一直记着毛玠"修耕植,畜军资"的重要建议,并从以往的历史经验中吸收营养。曹操在《置屯田令》中说,"夫定国之术,在于强兵足食。秦人以急农兼天下,孝武(汉武帝)以屯田定西域,此先代之良式也"(《曹操集》)。曹操在兵荒马乱的形势下搞屯田,其功有二:一是以屯田解决军粮,减轻了农民负担;二是利用屯田安置了上百万流民。

他任命枣祗为屯田都尉,任峻为典农中郎将,负责屯田事宜。曹操在青州收编投降的黄巾农民起义军时,相随的官兵眷属和流民有百万之众。许多农民赶着耕牛、扛着犁耙一起跟随曹操军队迁往河南,他们成为第一批"屯田客"。同时还招募各地流民,采用军事化管理方式,每五六十人编为一"屯",每"屯"设一名屯田司马。"屯田客"不归属郡县,自成系统,直接归典农中郎将(相当于郡太守)和典农校尉(相当于县令)管辖。收获的粮食按比例分成,使用公家耕牛的上缴六成,田户得四成;用自家耕牛的,田户与公家对半分成。屯田户可免服兵役徭役。

许下屯田,第一年就获得了大丰收,"得谷百万斛"(《三国志·武帝纪》),大大缓解了军粮供应的严重困难。随着曹操统治区不断向外扩大,屯田制不断向外推广。曹操搞屯田制,不仅对"强兵足食"、战胜袁绍发挥了重大作用,也使许多流民重新回到了土地上,在兵荒马乱中解决了生计。

再说他如何挟天子以令诸侯。

献帝初平三年(192年)四月,司徒王允密谋策划,利用吕布在长安刺杀了董卓,除掉了一大祸害,却也引发了长安大乱。董承、张杨、杨奉等人掩护汉献帝逃出长安。一路上历尽艰险曲折,千辛万苦,七月回到了东都洛阳。洛阳宫殿全部毁于兵火,破残得无处安身,献帝被安顿在已故中常侍赵忠的家宅内,"百官披荆棘,依墙壁间",其他官员只能在外露宿。也找不到吃的,"群僚饥乏",尚书郎以下自己去挖野菜吃。有的官员"饥死墙壁间,或为士兵所杀"(《资治通鉴·汉纪五十四》)。

各方割据势力早已不把东汉王室当回事了,曹操却不同,他很注意吸取历史经验。他刚到兖州时,谋士毛玠就向他建议"奉天子以令不臣"(《三国志·毛玠传》),曹操一直记在心里。现在荀彧又对他说,"求诸侯莫如勤王",并且举出历史上一正一反两个例子。一是晋文公救驾周襄王而威望大增,成就了霸业。二是项羽派人杀义帝(楚怀王),大失人心。相反,刘邦为义帝披麻戴孝搞祭奠,得人心,得天下。荀彧说,当前普天之下"义士有存本之思,百姓感旧而增哀",你如果现在能把落难中的汉献帝迎来许昌,"奉主上而从民望,大顺也"(《三国志·荀彧传》)。

曹操立刻把迎献帝这件大事提上了日程。护送献帝从长安回洛阳的主要人物有张杨、杨奉、董承、韩暹、董昭等，他们表面上共奉献帝，暗地里钩心斗角。杨奉带兵驻扎在洛阳外围梁县；韩暹、董承领兵在京师洛阳宿卫；董昭是议郎，侍奉献帝；张杨为大司马，杨奉为车骑将军，韩暹为大将军、领司隶校尉。曹操通过老朋友董昭，先给梁县的杨奉写信，表示愿意和他"有无相通，长短相济"，共辅王室。杨奉正为眼前的重重困难发愁，忽然接到曹操来信，觉得曹操近在许县，有粮有兵，是个依靠。杨奉立即与诸将联名表奏献帝拜曹操为镇东将军、袭其父爵费亭侯。宿卫京师的韩暹、董承两人产生了矛盾。韩暹认为自己护送献帝功大，居功专横；董承内心不满，暗中派人请曹操领兵进京。

八月，曹操领兵开进洛阳，朝见汉献帝。献帝拜曹操为司隶校尉（拱卫京师的警备司令），录尚书事，执掌朝政。曹操既然已经来到朝廷，岂能有权不用？他上奏献帝，列数韩暹、张杨之罪，他们没有把天子侍候好啊！韩暹"惧诛"，自料敌不过曹操，单骑逃出洛阳，投奔杨奉。献帝下诏，韩暹、张杨有"翼车护驾"之功，"一切勿问"，曹操不便再作追究。但挤跑了韩暹，也就笼住了董承。曹操利用手中权力，拜董承为卫将军，并封董承等十三人为列侯。

曹操办完这些事，又把董昭拉到身边并排坐下，问他："我下一步该怎么办？"董昭回答说："最好的办法是把天子迎到许县去。但朝廷在动乱中几度迁徙，现在刚刚回到故都洛阳，又要搬家，恐怕会引起波澜。怎样实施，你自己必须想好对策。"曹操最担心的是屯兵在梁县的杨奉。董昭说："杨奉其实对你不错，表奏献帝拜你为镇东将军、袭爵费亭侯，都是他的主意，你应该以重礼答谢他，把他稳住。杨奉有勇少谋，不难对付。"曹操照办，派人去答谢杨奉，然后对杨奉说，为了解决朝廷的粮食供应问题，暂时把献帝迎往鲁阳（今河南鲁山县），那里靠许县近，输送粮食方便。杨奉信了，未加阻拦。建安元年（196年）八月，曹操迎汉献帝从洛阳起驾，到了鲁阳却没有停留,继续往前走,进了许县曹操的兵营。曹操奉汉献帝定都许县,改名许都,"始立宗庙社稷于许",恢复了朝廷礼仪制度,汉献帝也结束了颠沛流离的生活。汉献帝拜曹操为大将军,封武平侯,总揽朝政。

袁绍见汉献帝落入曹操之手,开始忌妒、后悔,他要求曹操把汉献帝迁往鄄城。曹操哪里会上袁绍的当。曹操以汉献帝的口气下诏,斥责袁绍不兴勤王之师,只知擅相讨伐,先批了他一通;然后诏令他为太尉,以示安抚。袁绍见诏大怒,我的位置怎能摆在他曹阿瞒之下?天大的耻辱!"表辞不受"。东汉官制,太尉是武官最高职务,是朝廷"三公"之首(太尉、司徒、司空)。但大将军总揽朝政,权力高于太尉。大将军一职,始于西汉卫青。但它不是常设职务,因时而异,因人而设。东汉时,窦宪、梁冀等外戚,都被窦太后、梁太后委以大将军之职,总揽朝政,辅佐"童年皇帝"。在东汉人心目中,大将军才是朝廷第一要职。曹操显出气量,不与袁绍争一时之高低,自动让出大将军一职给袁绍,自己"甘居袁下",改任司空,行使车骑将军的职权。其实,朝廷的人事大权都在曹操手里。曹操把自己的组织系统安排得点滴不漏,朝政要务全在他掌控之中。袁绍只得到了一个"大将军"的空名,大笨蛋一个。

曹操迎献帝至许都,"挟天子以令诸侯",刘备、袁绍等各派势力都骂曹操"窃国""汉贼"。其实,他们也都打出了"匡扶汉室"的幌子,却没有这个实力和能耐,只是喊喊口号,邀买人心而已。尤其刘备,此人最假。曹操迎献帝至许都,倒是以实际行动在"匡扶汉室"。

曹操与官渡之战

曹操在官渡之战中打败实力雄厚的袁绍,这是他统一北方的关键之战。官渡之战前,袁、曹的兵力对比是十比一,袁绍根本不把曹操放在眼里："你那几个兵,不够老子打!"

曹操为发动官渡之战准备了三年,重在战略谋势,主要包括三个方面:

第一,先攻南方,以消除向北作战时来自背后的威胁。官渡之战前,曹操集中力量打击南方的袁术、吕布、张绣三股割据势力,以加大后方战略纵深。袁术是袁绍的弟弟,如果不先把袁术打垮,官渡之战要打袁绍,袁术肯定从背后捣乱,这是曹操的心腹之患。袁术好大喜功,于建安二年(197年)春天在寿春(今安徽寿县)称帝。他称帝后,为了拉拢徐州的吕布,同吕布结为儿女亲家。这时,曹操以献帝的名义给吕布下了一道诏书,任命他为左将军。左将军原来是袁术的头衔,曹操把这顶帽子从袁术头上摘下来,给吕布戴上。吕布这位流寇式的人物,得到朝廷的正式任命,自然高兴。袁术派了大队人马到吕布家中去为儿子娶亲时,吕布翻脸不认账。袁术大怒,派七路大军来攻吕布。吕布买通了袁术手下的韩暹、杨奉二人做内应,大败袁术军,袁术从此一蹶不振。曹操乘机东征,再攻袁术,袁术率军南逃至江西九江,余部多被曹操所歼。这时,南方又发生严重灾荒,袁术大量士兵冻饿而死,袁术大势已去,再难复起。吕布一身武功,人格上却是一位反复无常的小人。不久,他又同袁术勾结,攻击驻扎在小沛的刘备。刘备丢了家小,只身前来投奔曹操。曹操采纳荀彧、郭嘉、荀攸等人的建议,决定"先击吕布,后攻袁绍"。曹操亲自东征,在半路上遇到前来投奔的刘备,曹操让他一起去打吕布。曹操得到广陵太守陈登的支援,攻下彭城,围吕布于下邳。连续围攻三个月,终于攻破下邳,将吕布围在白门楼上。曹操一举擒杀吕布,夺回徐州,解除了一大心腹之患。张绣在南阳,离许都近在咫尺,曹操如芒刺背。但张绣的凉州兵很难打,曹操三征张绣,第一次吃了败仗,第二、第三次也没有拿下。荀攸献计说,张绣的凉州兵是为找军粮才东下中原,现在靠荆州刘表供应军粮。对张绣硬打不是办法,不如缓一缓,刘表肯定不可能为张绣长期供应军粮。待张绣与刘表之间为军粮供应产生矛盾,就可以为我利用。曹操采纳其计,对张绣变"攻"为"和",将他拉拢稳住。

第二,争取江东孙策、荆州刘表中立。首先搞定了江东孙策。建安二年(197年)夏天,曹操以汉献帝名义拜孙策为骑都尉,领会稽太守,并与孙策结为儿女亲家。荆州刘表,握有十万大军,袁绍也在加紧拉拢他,但刘表不为所动。曹操派南阳韩嵩、零陵刘先二人前去劝降刘表。对他说,"两雄相持,天下之重在将军",劝他"择所宜从",以附曹操。刘表"狐疑不断"。韩嵩"盛称操之德,劝表遣子入侍"。刘表大怒,要杀韩嵩,被刘表的妻子蔡氏劝住。她说:"韩嵩楚国之望也,且其言直,诛之无辞。"刘表虽然没有归附曹操,但他表示袁绍与曹操相斗,他"以观其衅",保持中立,对曹操已是幸事。

第三,稳定左右两翼。曹操准备向北进攻袁绍,左翼关中,右翼徐州,这是他极为担心的两个部位。左翼关中,弄不好会成为袁绍的一个突破口。他最初同荀彧、郭嘉分析敌我形势时就提出,"吾所惑者,又恐绍侵扰关中,西乱羌胡,南诱蜀汉,是我独以兖豫抗天下六分之五也,为将奈何?"荀彧分析认为,关中的各股割据势力各自为政,最强的两股是韩遂与马腾。他们看到关东相争,重在自保,只要施恩抚慰,足以将他们稳住不动。司隶校尉钟繇足智多谋,派他到关中去主政,稳住韩、马,监视益州刘璋,他完全可以胜任。曹操采纳了荀彧的建议,把钟繇派往关中。钟繇出色地完成了这一任务,不仅说服韩遂、马腾遣子入朝为质,而且在官渡之战进行到紧要关头时,从关中送两千匹战马到官渡前线,曹操感动不已。

右翼徐州,是勾连南北的战略要地,一旦有失,将成为曹操战略全局中的软肋。曹操消灭吕布后,并没有把刘备留在徐州(刘备此前曾任徐州牧割据过徐州),而是把刘备带回许昌,留在身边,任命他为左将军、豫州牧,让他当了一名挂名大员。刘备当然很不甘心,与董承等密谋行刺曹操。但刘备还没来得及出手,建安四年(199年)四月,袁术在南方山穷水尽,准备北上把帝号送给他兄长袁绍。曹操派刘备领兵前往徐州阻击袁术,坚决阻止二袁合流。袁术被迫退回寿春,刘备重新占领徐州。这时的刘备,已如出笼之虎,入水之鱼。他知道曹操正在紧锣密鼓地准备官渡之战,无暇东顾,于是突然亮出旗帜,反叛曹操。曹操派刘岱、王忠东征刘备,毫无进展。这时,董承与刘备密谋行刺曹操事泄,董承被夷三族。曹操决心亲自东征,平定刘备。众将顾虑重重,担心袁绍乘机偷袭许昌。曹操则认为,第一,刘备不除,徐州不重新夺回,同袁绍的对决就会埋下莫大隐患;第二,袁绍多疑,见事迟,行动慢,请大家只管放心。建安五年(200年)正月,曹操东征,大大出乎刘备意料。刘备毫无准备,被曹操打了个猝不及防,部队溃散,妻子、关羽被俘,张飞落草,刘备只身投奔青州袁绍儿子袁谭,再转投袁绍。曹操平定了刘备反叛,收复了徐州,火速回军,急派振威将军程昱前往鄄城驻守,以加强右翼防线。他自己则把全部精力投入到准备发动官渡之战上来。

这时的曹操,已将劣势一步步转化成同袁绍的均势,可以同袁绍正面对抗了。下一步,他的目标是要把战场上的均势一点一点转化成胜势,对袁绍战而胜之。

官渡之战的古战场在哪里？西汉文帝时,黄河在河南开封西北的延津决口改道,往东北方向流去。袁绍在黄河以北,曹操在黄河以南,隔河成斜向对峙。官渡(今河南中牟县东北),因官渡水得名,官渡水是黄河的一条支流。官渡是官渡水上的一个主要渡口,官渡正北就是黄河延津渡口。官渡水与黄河形成的夹角地带,水道交叉,沼泽密布。从官渡到延津渡口,是一条沙丘连绵的通道,因而官渡成为军事要地。延津渡口下游约四十里是白马津渡口(今河南滑县东北),黄河南岸有座白马城;白马津下游约二十里是黎阳津渡口,黄河北岸有座黎阳城(今河南浚县)。

官渡之战,实际上是袁绍先动手打曹操。发动战争,舆论先行,自古如此。建安四年(199年)秋天,袁绍请陈琳写了一篇很长的《讨曹操檄》,布告天下,揭开了官渡之战的序幕。陈琳在檄文中把曹操祖孙三代骂得狗血喷头,悬重赏取曹操首级。曹操耸起肩膀一笑,那就战场上见吧。

官渡之战不是一次战斗,是由一系列战斗组成的一次大规模战役。

先说白马城之战。建安五年(200年)正月,袁绍大军全线出动,先锋开赴黎阳,攻击目标直指黄河南岸的白马城。二月,袁绍命令颜良率领一万二千余人渡河首攻白马城,夺占渡河要点,然后大军从这里渡河,向曹操防御纵深发动进攻。沮授劝阻袁绍说,"颜良性促狭,虽骁勇不可独任",建议改派其他将领担任先锋。袁绍不听,命令颜良按照原定计划渡河进攻白马城,官渡之战的前哨战正式打响。曹军驻守白马的刘延兵少,坚持到四月,已经支撑不住。曹操准备亲自领兵前往白马城救援刘延。荀攸献计说,我们兵少,不可与袁绍军正面硬拼。不如佯攻白马西面的延津渡口,制造北渡黄河袭击袁绍侧后的假象。袁绍担心侧后遭袭,肯定会分兵至延津,白马城的压力马上可以减轻。这时,我方可迅速挥师向东,直扑白马城,"颜良可擒也"。曹操从其计,亲率大军开赴延津渡口。袁绍果然中计,急派骑将军文丑赶往延津阻击曹军。曹操立刻下令张辽、关羽二员大将急速掉头向东,直扑白马城。关羽在徐州之战中被曹操俘虏后,曹操把他留在曹营,厚待有加,想竭力拉拢他归顺。关羽的想法是,我为你曹操立一次功,还你的人情,然后再离开。你有情,我有义,谁也不欠谁。所以这次攻打白马城,袭击颜良,关羽冲锋在前。曹军突然出现,颜良猝不及防,仓促应战。关羽"望见颜良麾盖",拍马突入颜良军中,斩颜良于万军丛中,提了颜良的首级拍马而归,来去如入无人之境。曹军大胜,袁军大败,白马之围解除。

再说延津之战。曹操将白马城内的老百姓全部迁出,沿着黄河南岸向西南方向行进。老百姓扶老携幼,络绎不绝,行进速度很慢。袁绍决定派兵渡河追击,沮授又劝阻道,愤而追击,求敌决战,兵家大忌,怕有不测。袁绍不听,命令文丑、刘备(刘备徐州兵败后投奔了袁绍)率军急速渡河,追击曹军。文丑率领王摩等从延津率先渡河,向南急追曹军及随军百姓,眼看就要被追上。曹操到达酸枣(今河南延津)以北的南坂,突然"勒马驻营",停了下来。他派兵登高瞭望,随时报告袁军到达人数。同时下令骑兵解鞍,将辎重都放在路上。文丑率领的袁军追兵越来越多,争抢辎重。曹操一声令下,突然反击,一举击败袁军追兵,文丑被斩于阵前。曹操下令回追袁军三十里,歼敌数千,缴获战马几千匹,所失辎重均收回。曹操初战得胜,返回官渡。关羽乘机脱身,离开曹营,追随刘备而去,曹操为之叹息。

白马、延津两场前哨战,曹军打得很漂亮,连斩袁绍手下颜良、文丑两员大将,大获全胜。

再说后方反骚扰战。袁绍在白马、延津攻曹失利,当然不会甘心。他派人策动汝南原黄巾军将领刘辟、龚都等背叛曹操,在曹军背后发动骚扰战。袁绍又派刘备率领一支小部队南渡黄河迂回到曹军身后去配合刘辟、龚都,进攻许昌,好几个县起兵响应。曹操深感忧虑,曹仁分析说,刘备所领之军是袁绍临时调拨给他的,军心未合,只要采取速战速决的办法,打败他不难。曹操采纳曹仁建议,派曹仁领兵回军南线,迅速平定了汝南叛乱,击败了刘备。刘备被曹军打败后退回黄河以北,但又一心想脱离袁绍,遭到袁绍斥责,命他再次领兵渡河南下,到许昌以南去向曹军发动进攻。曹操派蔡杨回军南线抗击刘备,蔡杨被刘备打败阵亡。刘备虽然这一仗取得了胜利,但在南线没有掀起大浪。这与曹操在官渡之战前先在南线击败了袁术、消灭了吕布、厚络稳住了张绣、争取孙策和刘表保持中立有着极大关系,否则,上述几股力量乘机联合行动,曹操将很难对付,这就可以看出曹操战略谋势的成功。

官渡阵地战,是官渡之战的核心战斗。曹军依托沙丘筑垒坚守,转入阵地防御。八月,袁绍大军渡过黄河,"依沙堆为屯,东西数十里,连营而前",推进至官渡一线,与曹军近距离对垒。曹操"分营抗敌",要点式抗击袁军进攻。同时,急调于禁从原武南渡黄河,回防官渡,以加强防御。九月初一,曹操出击不利,退回营垒坚守。袁绍命军中起土山筑"高橹"(雕楼状无顶工事),居高临下,万箭俯射曹军。曹操营垒中的官兵只能以盾牌举在头上行动,陷入被动。这时袁绍信心大增,认为曹营必破,给士兵每人发了一根三尺长的绳子,下令谁抓到曹操就将他捆住。曹操命令于禁也在营中堆起土山,并造出一种霹雳车,"以机发石,声如霹雳",袁绍军构筑的"高橹"全被击毁。袁绍又下令挖地道袭击曹营,曹操命令在营中挖掘长壕,随时发现袁军所挖地道,烟灌火烧,进行封堵。

袁、曹两军在官渡对峙了一百多天,未分胜负。这时,袁绍部将张辽对袁绍说,这样长期僵持下去不是办法,建议迂回到南路,从背后偷袭曹操。袁绍不听,仰仗兵力强大,坚持要从正面突破曹营。曹操军粮即将吃完,深感防御越来越艰难,打算退守许都,写信同留守许都的荀彧商量。荀彧立即回信,鼓励曹操说,袁绍集中全部兵力在官渡,要与你决一死战,你以他十分之一的兵力,已经顶住了他半年,现在把他阻击在官渡一线,他不能前进半步,这已经是很大的胜利。你目前虽然面临严重困难,但比当年刘邦与项羽在荥阳、成皋对峙的困难小多了。当时刘、项谁都十分困难,但谁都不肯先退,谁先退谁就失败。你现在无论多么困难都要坚决顶住,一旦退却,等于主动把缺口打开,敌人会像决堤之水一样汹涌而入,根本无法阻挡。你只要硬着头皮再顶他一阵子,袁绍阵营内部肯定会出乱子,到那时,你的机会就来了。曹操又同前线的军师荀攸、参军贾诩商量,他俩也持同样看法。于是,曹操重新振作起来,决心对袁军发动反攻。信心一来,办法也来了。

当天夜里,曹操派兵挖渠,引莨荡水灌袁军,袁军被迫后撤三十里,曹军压力骤减。这时,曹军抓获一名袁军的仓储官吏,连夜审讯,得到口供,袁军有一批运粮车即将到来。曹操命令徐晃、史涣二将前往必经之路上袭击袁绍的运粮车队,烧毁了袁绍一千多辆运粮车,致使袁绍军中断粮。曹军水灌袁军、袭击袁军运粮车队,这两次反击行动取得成功,信心大增,士气大振。但是,这时曹军的军粮供应也极端困难,曹操兵力少,不可能将大批兵力用于运粮,只能靠少量士兵运粮,他们来回奔命,艰苦异常。曹操安慰他们说:"我半个月之内为你们打败袁绍,再不用你们辛苦了!"

乌巢烧粮战。十月,袁绍下令用大批兵员车辆往前线运粮,并派淳于琼率一万多兵力北上迎接运粮车队。监军沮授向袁绍建议说,上次运粮车队就遭到曹军袭击,这次运粮车队目标更大,为了以防万一,应当再派一支队伍到翼侧监视曹军,袁绍不屑一听。参谋许攸向袁绍提了另一条建议,他说,曹操全部兵力都在官渡,许都防守空虚,这时可以组织一支轻骑突袭许都,迎献帝,令诸侯,一定可以活捉曹操。即使活捉不了他,也必定会迫使他来回奔波,首尾不相顾,必败无疑,袁绍也没有采纳。

这时恰恰出了一件事,许攸的家人在后方犯法,被邺城留守审配捉拿归案。许攸得到消息,一怒之下,离开袁绍,投奔曹操。曹操听说许攸来投,喜出望外,鞋子都来不及穿,赤着脚拍手大笑而出:

"子卿远来,吾事济矣!"子卿是许攸的字,曹操知道通过许攸可以把袁绍的底细弄个明白,这是战胜他的重要条件。许攸问曹操,袁绍的军势很盛,你同他长期相持,你的军粮还能坚持多少日子?一句话点中曹操软肋,曹操虚言以答:"还能坚持一年。"许攸说:"你说实话!"曹操改口答:"还能坚持半年。"许攸抓住不放,盯住他说:"你为什么到这个时候还不对我讲实话?"曹操回答说:"顶多还能坚持一个月,怎么办?"许攸说:"你孤军独守,外无救援,军粮将尽,此危急之日也!"他接着告诉曹操一个重要情报:袁绍有一万多辆运粮车扎营在乌巢,袁绍虽然派了淳于琼带一万多兵员前去接应,但戒备不严,你立即派一支奇兵去袭击,烧毁袁绍粮车,不出三天,袁绍必败!

曹操大喜,依计行事。他留下曹洪、荀攸守营,立即挑选步骑精锐五千人,都用袁绍的军旗和暗号,马缚口,人衔枚,手持柴薪火种,亲自率领,连夜出发,奔袭乌巢。半路遇到袁军哨卡盘问,回答道:"袁公担心曹操抄袭运粮车队,派我们前去防备。"袁军哨卡信以为真,一路通行无阻,顺利到达乌巢。乌巢是个大泽,淳于琼的接应部队和运粮车队都傍泽扎营,曹军迅速包围袁军营屯,四处放火。淳于琼营中顿时大乱,曹操急攻。战至天明,淳于琼发现曹军人数并不多,出阵迎战。曹操猛烈反击,淳于琼又被迫退回去保营屯。曹操追击至营前,将淳于琼逼在里面,既救不了火,更退不了敌,急死也无用了。

这时,袁绍对长子袁谭说,趁曹操去进攻淳于琼,我去进攻他的官渡大本营,看阿瞒从乌巢回来往哪儿去!命张郃、高览再筑"高橹",向官渡曹营发动攻击;只命轻骑司马赵睿带一支小部队去救乌巢。曹操正在向陷于绝境的淳于琼发起猛攻,来救乌巢的赵睿援兵也已赶到。左右慌忙向曹操报告说:"袁绍的援兵快到了,赶快分出一部分兵力去阻击!"曹操大怒道:"急什么,敌人到了我背后再向我报告!"在交战的紧急关头,曹操的指挥水平高在哪里?高在敢于把全部力量在一瞬间集中到一点,先打败一个敌人,然后再转过身去集中全力对付另一个敌人。这是曹操从小钻研兵法得到的体会,现在已变成了他的实战经验。主帅如此勇不可当,曹军上下殊死战斗。激战中,曹军斩杀了袁绍军中的步兵校尉睦无进、屯骑校尉韩莒、韩莒儿子韩威璜,活捉了淳于琼,歼灭袁军千余人。曹操下令将这些战死的袁军士兵的鼻子都割下来,将袁军运粮车队牛马的舌头、嘴唇也割下来,带回去有用。然后一齐放火,把尚未烧完的袁军军粮彻底烧光。这时,曹操才拨马转身,迎战前来救援淳于琼的赵睿,轻而易举,将他斩于阵前。曹操下令集合部队,急回官渡。

袁绍派去攻打官渡的张郃,赶到曹营前,天色已经破晓,曹营防守严密,急攻不下。战至中午,曹操已经赶回官渡,张郃知道自己不是曹操对手,向后退却。督军郭图为了推卸自己献计进攻曹营失误的责任,骂张郃对失败不感到痛心,反而感到高兴。张郃一听,大惧,回去袁绍肯定要他的性命。顿时横下一条心,当场烧掉进攻的战具,投降了曹操。曹操马上接见张郃,把他比作"韩信归汉",拜他为偏将军。

这时,袁绍军中开始乱套,都传说,乌巢的军粮已经全被烧光,淳于琼等都已战死,张郃、高览等进攻官渡曹营,都已投降曹操。所谓兵败如水,这些坏消息就像一股决堤的洪水,把袁军的军心一下子冲散了。正当袁军军营内纷纷攘攘之时,曹操派人把在乌巢割下的一堆人鼻、牛舌、马唇倾倒在袁军阵前,又引起袁军一阵惊恐骚动。曹军乘乱向袁军发动猛攻。自古乱军难御敌,袁军不战自垮,大势说去就去。袁绍和长子袁谭,率八百骑败走北去。袁军群龙无首,乱作一团。曹操下令全线追击,追到延津渡口,俘虏袁军十余万人,缴获袁军物资"累值巨亿"。

这时发生了一件事,在袁绍遗弃的文书档案中,发现了不少许都官员和曹操军中人物写给袁绍的信件,这是通敌证据,足以杀头。左右谋臣主张把这些信件拣出来,依信查人,追究这些人的通敌之罪。曹操却说,当时袁绍这么强大,连我自己都觉得难以自保,何况众人?他命令将这些书信统统烧掉,不得留下任何痕迹。曹操的这一举动,稳住了许多人的心。曹操的智谋在一般人之上,这是一个突出例证。

曹操俘虏的十多万袁绍士兵,听说袁绍已在黎阳停下,又见曹操军中伙食极差,都在暗中商量准备逃跑。曹操一时弄不到粮食来养这么多兵,便以"伪降""叛变"为由,坑杀了八万多袁军降卒。曹操大量杀俘,也在战争史上留下了不光彩的一笔。

官渡之战,曹操以一比十的兵力打败了强大的袁绍,成为中国古代战争史上以弱胜强的经典战例。

官渡之战取胜后,曹操乘胜进击,统一了北方。

建安六年(201年)夏四月,袁绍再次指挥他的军队在黎阳集结,准备进攻曹操。曹操在官渡集结兵力,组织一支轻骑兵诱敌深入至仓亭,大破袁绍军。建安七年(202年)五月,袁绍吐血而死。袁绍长子袁谭、少子袁尚争立,兄弟失和,但却一致抗曹。曹操攻克黎阳,袁谭退回邺城,袁尚领兵前来接应,也被曹操打败。曹操追击到邺城下,袁谭与袁尚两股力量成犄角之势,一时难以攻下。谋士郭嘉向曹操献计说,袁绍生前喜欢这两个儿子,在传位问题上举棋不定,现在出现二虎相争局面,两人各有党羽,如果急攻,他们会被迫联合自保。倒不如先放一放,他们内部必起争执,到时候一举可定。曹操采纳郭嘉建议,命令贾诩留守黎阳。此时正是麦熟季节,曹操指挥大军抢收冀州麦子,然后回撤。

这时袁谭对袁尚说,乘曹操回撤之机,我们迅速出击,必可大胜。袁尚怀疑袁谭居心叵测,没有表态。袁谭大怒,于是兄弟开战。袁谭败走平原。建安八年(203年)秋八月,袁尚出兵攻平原,围袁谭。袁谭危急关头派使者向曹操求救，请曹操派兵攻邺城，逼迫袁尚退兵救邺城。曹操帮是帮了袁谭一把，但没有按他的建议去攻邺城，而是出兵黎阳，造成威胁邺城之势。袁尚得到曹操出兵的消息，立即从平原撤围，回军邺城。

建安九年（204年）正月，曹操从朝歌向邺城开凿沟渠，准备引淇水入白沟，作为运粮渠道，为攻打邺城做准备。袁尚不以为然，觉得从朝歌到邺城相距一百多里，没有一两年时间沟渠不可能挖通。他再次向平原袁谭发动进攻，让审配留守邺城。可是到了四月，曹操命人以巨木为桩，一排排打下去，逼迫淇水改道流入白沟，运粮船可以通了。曹军很快从水道向邺城发动进攻。七月，袁尚从平原回救邺城，在离邺城还有十七里的地方被曹军打败，向幽州败逃而去。曹操一举攻克邺城，自任冀州牧，把他的大本营从许昌搬到了邺城——邺城后来成为魏国的都城。

曹操召袁谭归降，袁谭不从。曹操又发兵东征平原，攻打袁谭。建安十年（205年）正月，曹操在南皮攻杀袁谭。曹操尽得袁氏北方冀、幽、青、并四州之地。这时，曹操感到袁绍还有两个儿子袁尚、袁熙逃亡在北方，如不乘胜消灭，必将勾结乌桓作乱，这个问题必须解决。建安十二年（207年）秋七月，曹操领兵北征乌桓。辽宁白狼山一战，曹操斩乌桓首领蹋顿，俘获胡汉二十余万人。袁尚、袁熙逃往辽东。辽东公孙康将二袁兄弟俩诱擒杀掉，将他们的两颗人头送交曹操。至此，曹操统一北方大功告成。三国战争中，曹操统一北方，是他的一大历史功绩。

曹操与赤壁之战

赤壁之战，是曹操一生的分水岭。他一生打了无数次仗，最大的战役有两次，一次是官渡之战，大胜；一次是赤壁之战，大败。由于曹操统一北方后滋生了严重的轻敌思想,导致他在南征军事行动的谋划阶段、初战阶段,出现了一系列战略性失误,最终铸成赤壁惨败,从而使他统一中国的战略愿望彻底破灭。

失误之一,南征军事行动操之过急。建安十三年(208年)正月,曹操从北征乌桓的前线辽宁柳城回到河北邺城,紧锣密鼓地为南征做准备。刚开春,他就组织人力疏浚玄武池训练水军。六月,他撤销"三公",自任丞相,集军政大权于一身,以适应集中统一指挥的需要,减少掣肘。七月,他在许都集结重兵,开始向荆州刘表发动进攻。从这个时间表可以看出,曹操太性急了。曹军经过长年累月的连续征战,还没有得到必要的休整,马上转入南征军事行动,明显准备不足。这只能说明,曹操统一中国的战略愿望非常强烈,但是他对如何去实现统一中国这个比统一北方更为宏大的战略目标,战略思考尚不充分,思路尚不清晰,一系列问题都还模模糊糊。他在这种情况下急于南征,注定要付出沉重代价。

失误之二,南征军事行动的首攻目标没有选准。曹操的南征军事行动可以分为两个阶段:第一阶段是发动荆州战役,攻刘表,取荆州;第二阶段是顺江东下,直取东吴,这就是赤壁之战。曹操南征的第一阶段,他翘首南望,长江中游是荆州刘表,长江下游是江东孙权,长江上游是益州刘璋。他决定从中间突破,先攻刘表,夺取荆州。荆州最早是西汉设立的"十三刺史部"之一,它的辖区包括今湖北、湖南二省全境,以及河南、贵州、两广的部分地区。东汉末年刘表领荆州牧时,荆州治所在襄阳。曹操决定从荆州中间突破,这个战略突破方向并没有选错。但是,在这个战略突破方向上,首攻目标应该锁定在哪里,不明确。曹操的战略思维本来一向是比较开阔的,开始南征前,他对远在关中的马腾都考虑到了,担心马腾乘他南征之际偷袭许都,于是逼迫马腾举家迁来许都,调虎离山,让他做了一名空头"京官",只让他把儿子马超留在关中代管他的部众。其实，最早动念要偷袭许都的不是马腾，是刘备。曹操北征乌桓时，刘备就竭力鼓动刘表乘许都空虚，偷袭许都。刘表胆小，当时没有采纳，后来十分后悔。曹操在谋划南征军事行动时，偏偏把驻在新野的刘备疏忽了。曹操要攻刘表、取荆州，南阳郡是荆州的北方门户，刘备正驻扎在南阳郡的新野，替刘表把守着北大门。曹操却把战略目光从刘备身上跳了过去，直接瞄向了荆州府治襄阳城里的刘表，这是曹操战前谋划中的一个大漏洞。许都、南阳、新野、襄阳，处在一条由北向南的轴线上。从新野到襄阳，中间还相隔一百多里的"间隙"。曹操如果把首攻目标锁定在新野，锁定在刘备身上，凭他当时已经具备的强大军事实力，他完全可以组织精骑，利用新野到襄阳之间的"间隙"，迂回穿插，把刘备兜住、吃掉，然后再攻襄阳，那么，后来的战局发展将可能全部改观。但曹操这次竟没有把刘备当回事，这个"疏忽"太大、太关键了！

失误之三，荆州战役中，对刘备的追击战又半途而废。曹操的大军向南阳开进，刘表立刻收缩防守。他决定放弃南阳郡，以荆州治所襄阳为防御核心，以江陵为后方基地，储备大量军用物资，凭借汉水这道天然屏障，作坚守江汉平原的长期打算。刘表命令刘备从新野后撤至汉水北岸的樊城，掩护汉水南岸的襄阳城。正当紧张备战之际，刘表于八月病死。刘表死后，大敌当前，刘琦、刘琮二子相争。次子刘琮是刘表后妻蔡氏所生，在舅舅蔡瑁支持下继任荆州牧；长子刘琦（江夏太守）不服，企图利用赴襄阳吊孝的机会发难。但曹操已大兵压境，外部矛盾上升，内部相斗被压下了。刘琮名义上继承了荆州牧，但威望不能服众，下属各郡不愿抵抗曹操，主降派多，主战派少。九月，曹军进至新野，刘琮暗中派人向曹操投降。刘备觉察苗头不对，派人前去质问刘琮。刘琮只得派宋忠正式通知刘备说，荆州全境已经归降曹操。刘备大怒，举着大刀向宋忠吼道,你们向曹操投降,怎么连个招呼也不给我打,现在曹操大军说到就到,我逃跑也来不及了啊！刘备到刘表坟上去大哭"告别",然后率众从小路向江陵撤退。他命令关羽率领水军(几百艘战船)从汉水南下,到江陵会合。刘备这时的目标是"欲据南郡而居之"(南郡是荆州所属七郡之一,南郡治所在江陵)。撤退途中,一路上不断有不愿降曹的军民加入,到达湖北当阳时,跟随者已多达十万人,队伍前进十分缓慢。曹操占领襄阳后,得知刘备已率众南逃,亲率精骑五千追击刘备,一天一夜强行军三百里。前锋曹纯和文聘在当阳追上了刘备的队伍,这支民多兵少的队伍不堪一击,全部溃散。刘备责令张飞率二十余骑断后,张飞在长坂坡拆毁桥梁,隔河阻吓曹军追兵,曹纯和文聘竟被吓住。曹军忙于缴获刘备丢弃的马匹物资,没有迅速强渡或者迂回过河继续追击刘备。就这样,曹操对刘备的长途追击行百步而半九十,前功尽弃。东吴使者鲁肃在当阳追上刘备,劝说他与孙权联合起来抗击曹操,这给陷入绝境的刘备及时送来了一线光明。刘备乘曹军一时松懈,丢下妻子,率诸葛亮、赵云等数十骑败逃南走。他放弃前去江陵的想法,斜走汉津,恰好遇到关羽率领的水军船队,上船东下。从汉水进入长江后,遇到刘表长子江夏太守刘琦率领的一万余人舟师部队,一起到了夏口(今汉口),又继续东下到了樊口(今湖北鄂州)。

失误之四,对孙、刘结盟抗曹出现战略判断上的严重失误。曹操逼降荆州,击垮刘备,四方惊动。益州的刘璋立即派使者向曹操表示,愿意执行他关于征调兵役、力役的命令。刘璋的表态令曹操满意,但江东的孙权尚无反应。曹操从江陵致书孙权,对他进行军事恫吓说,"今治水军八十万众,方与将军会猎于吴"(《资治通鉴·汉纪五十七》)。曹操断定,第一,孙权一定会屈服于他的强大军事压力。第二,刘备失败后没有别的去处,一定会投奔孙权。第三,孙权迫于曹军的强大军事压力,一定会把刘备杀掉,不愿得罪曹操。多数人附和曹操的看法。唯独程昱另有一番见解,他认为,第一,孙权一定不会屈服;第二,孙权一定会联合刘备一起抵抗曹军;第三,孙、刘一旦联合,就很难将他们一举消灭。根据程昱的这一分析,太中大夫贾诩建议曹操"养威持重,缓图东吴"。但曹操不同意程昱的分析判断,更听不进贾诩的缓兵建议。他的战略决策是:立即对东吴发起强大军事攻势,迫使孙权杀掉刘备。孙权必将成为刘琮第二,归降于我。可见,曹操对孙、刘结盟抗曹,完全没有思想准备。曹操在战略判断上的这一失误,由此带来的严重后果只能由他自己去承担了。

失误之五,北方士兵不适应南方水战,曹操没有找到解决办法。曹操逼降荆州后,立即顺江东下,准备一口吃掉东吴。虽然他在南征之前也为南下水战进行了一些准备,但他在邺城的玄武池里训练水军,一个小池子能训练出什么大名堂来?结果,曹军的舟船一进入长江,大风大浪一颠簸,曹军士兵全都"晕"了。为了减少颠簸,曹军竟笨拙地用铁链将舟船首尾相连,以致遭到孙、刘联军火攻时难以分散撤退。"锁船"看来只是一个小小的战术细节,却成为曹军赤壁惨败的重要原因之一。

孙、刘结盟抗曹,是曹操赤壁之败的根本原因。曹操南征之前,东吴孙权一直在与刘表争夺荆州。鲁肃曾对孙权说,荆州江山险固,沃野万里,士民殷富,若据而有之,此帝王之资也。在曹操发动南征前,东吴已三次进攻荆州的江夏郡。就在赤壁之战前夕,即建安十三年(208年)春天,孙权采纳甘宁的建议,派吕蒙、凌统、董袭诸将第三次进攻江夏,攻破夏口,斩杀江夏太守黄祖,"虏其男女数万口"(《三国志·吴主传》)。曹操南征,直指荆州,孙权顿感紧张。鲁肃及时向孙权建议,应该立即调整策略,停止争夺荆州,同荆州联合起来抵抗曹操。鲁肃对孙权说,现在刘表已死,荆州内部情况复杂,刘表二子不和,刘备寄寓荆州,曹操虎视眈眈,形势变化莫测。我请求你批准我到荆州走一趟,名义上为刘表吊孝,实际上去摸清情况。如果刘备和刘表二子能够在大敌当前的形势下和衷共济,我就以安抚之辞"与结盟好";如果他们互不相容,我就说服刘备把刘表的军队抓到手里,与我们结盟抗曹。孙权采纳鲁肃建议。鲁肃说:"你既然同意,我马上就走,否则要被曹操抢先拿下荆州了。"孙权同意他马上就出发,并授权他到了荆州可见机行事。

鲁肃刚到夏口,就得到消息,曹操已向荆州发起进攻。鲁肃昼夜兼程,赶到南郡,又得到消息,刘琮已向曹操投降,刘备在当阳被曹军打败,正在南逃路上。鲁肃折向刘备逃亡的方向,在当阳南不远处追上了刘备。鲁肃问刘备:"刘豫州准备投奔哪里去?"刘备告诉他,准备投奔旧日友人苍梧太守吴巨。鲁肃对刘备说:"吴巨是无能之辈,孙权乃当世英雄,投奔吴巨毫无出路,应该和孙权联合起来共击曹操。"刘备被鲁肃说动,和鲁肃一起从当阳斜走汉津,上了关羽的船队,顺江而下逃到夏口,又继续东下逃到樊口,停下。刘备在此喘息,等待命运之神的眷顾。

曹操拿下了荆州,打跑了刘备,立即将战报"传檄远近",惊动了四方。益州刘璋立即派出使者到江陵向曹操致贺,接着又派张松押送兵员贡粮于曹操。东部的孙权召集群臣紧急磋商。孙权将曹操从江陵派人送来的书信"以示臣下",曹操在信上说他如今拥有八十万水军,要与孙权"会猎于吴"。东吴臣子看了一片惊慌,"莫不响震失色"。以老臣张昭为代表的主降派认为,曹操必将统一中国,东吴不是他对手,力主归降曹操。鲁肃站在一旁没有说话。孙权一时难以表态,起身去上厕所。鲁肃追到屋檐下,对孙权耳语道,将军如果归降曹操,将来恐怕连安身立命之地都没有!孙权叹息:"众人之议,甚失孤望。"鲁肃建议他立即召回周瑜,共商大计。周瑜是东吴前部大都督,掌握军事大权,当时正在番阳(今江西鄱阳),应召赶回柴桑(今江西九江)。

周瑜是主战派代表,他力排众议,主张坚决抵抗曹操。周瑜年轻气盛,说曹操"虽托名汉相,其实汉贼也"。他认为曹操南征有四大不利因素,用不着怕他。第一,曹操劳师南征,关中的马超、韩遂是他的心腹之患,他尚有后顾之忧;第二,曹操舍其鞍马、与我斗舟楫,以其之短,击我之长,他不可能占到便宜;第三,季节将入严冬,曹军人马粮秣均将发生困难;第四,北方士兵远涉南方江湖之间,水土不服,疾病流行,战斗力将大大降低。"此数四者,用兵之患也,而操皆冒行之。"他对孙权说:"将军擒操,宜在今日。"并请命说,"瑜请得精兵三万人,进驻夏口,为保将军破之"(《三国志·周瑜传》)。经周瑜这么一分析,孙权心中热血上涌,抵抗曹操的决心已定,拔出大刀砍下桌子一角,吼道:"谁再敢说归降曹操的话,同这桌子一样!"

周瑜深夜又去单独求见孙权,他说,曹操信上说他拥有八十万水军,大家都被他吓住了。我回到住处经过核实,曹操的全部兵力不过十五六万,而且已是疲惫之师。再加上归降他的荆州刘表七八万,加到一起至多也只有二十多万,"众数虽多,甚不足畏"。同时,周瑜白天向孙权开口要精兵三万,现在觉得少了,希望增加到五万,以保证战胜曹操。孙权动情地对周瑜说,老臣们只顾考虑自己的妻子儿女,以家私之见来讨论东吴的存亡大事,使我大失所望。只有你公瑾和子敬(鲁肃)二人,才是真正与我同心同德地考虑问题。可是,你要五万精兵难以凑齐,三万精兵我已经为你选好,船粮战具都已准备齐全。鲁肃、程普为你当助手,我亲自充当你的后援。你在前方,一切由你临机决断。万一出战不利,立即向我靠拢,我将亲自上前与曹操决战!

这时曹操的大军已经占领江陵,即将顺江东下。诸葛亮对刘备说:"事急矣,请奉命求救于孙将军。"诸葛亮与鲁肃一起前往柴桑会见孙权,经过一番唇枪舌剑,终于商定了结盟抗曹大计。孙、刘结盟抗曹,大大出乎曹操的意料。

刘备手下大约有一万人驻扎在樊口。刘表的长子刘琦手中大约也有一万人驻扎在夏口,随同刘备参加联军作战。这样,孙、刘联军总兵力约五万人,与曹操的兵力对比大约为一比五。但赤壁之战的结果,孙、刘联军却以少胜多,打败了曹操的二十多万大军。

火烧赤壁,其实烧的不是赤壁,烧的是赤壁对岸乌林的曹军水陆连营。赤壁是长江南岸的一座小山,位于今湖北蒲圻(现已改命为赤壁市)西北四十里。赤壁山不高,但长江南岸一马平川,沃野千里,这一带只有这么一座小山,它的军事意义就显得非常重要了。赤壁山东侧是陆口(陆水汇入长江的河口,河口有个陆口镇),史籍中说:"陆口为江东锁钥,陆口倘失,孙权必危。"如果曹操的水军从长江经陆口进入陆水登陆上岸,可以直插东吴腹地。因此,陆口一直是东吴必须死守的军事重镇。赤壁山西侧是太平口,从长江经太平口可进入赤壁山后的太平湖(现称黄盖湖),当年黄盖率领的东吴水军就在太平湖内集结待命,只等一声号令,便可驶入长江投入战斗。

赤壁山对岸,是江北一个江边水埠乌林。长江在赤壁山下斜斜地向东北方向拐了一道弯,这就是赤壁江段。周瑜对江南地形了然于胸,他深知赤壁江段是防御曹军顺江东下的关键所在。只要能守住赤壁江段,就能封堵住赤壁山东侧的陆口,阻止曹军进入陆水登陆上岸进入东吴腹地,并能利用赤壁山后的太平湖秘密集结东吴水军,从太平口突发而出,截击顺江东下的曹军。

周瑜率三万精兵从柴桑溯江西上,前去抢占赤壁江段的赤壁山、陆口、太平湖等防御要点。

刘备收拢了一些逃散的残兵败将,驻扎在赤壁山下游的樊口。曹操大军随时可能顺江东下,刘备心里像被掏空了一般,无着无落,盼望东吴大军能早点溯江而上,来到他面前。刘备派出的探哨在江边瞭望,远远望见周瑜船上的旗号,立即飞奔回来报告:"来了!来了!"

周瑜的舟师船队到达樊口,刘备派人前往江上慰劳吴军,并邀请周瑜到刘备处议事。刘备在周瑜眼里算个什么人物,周瑜回答说:"本人军务在身,怎能离开帅位? 如果他不怕屈尊,就请他到我船上来吧!"刘备碰了一鼻子灰,只能"乘单舸往见瑜"。刘备登上周瑜的指挥大船,对周瑜说:"今拒曹公,深为得计。"周瑜淡与寒暄。刘备又问周瑜:"战卒有几?"周瑜答:"三万人。"刘备说:"恨少。"周瑜回答说:"此自足用,豫州但观瑜破之。"刘备觉得与周瑜话不投机,想叫鲁肃出来说话。周瑜道,军务在身,不得妄自串门约谈,欲见子敬,可另找日子。刘备一听,话中有刺,只得作罢。

周瑜骄傲,刘备狡猾。刘备不太相信周瑜能以三万人抵挡住曹操的几十万大军,所以只带了两千来人,跟在周瑜的舟船大队后面虚以应付,随时准备撤出战斗,逃为上策。建安十三年(208年)十二月某日[①],曹操与周瑜两军在赤壁江段相遇,立即交火,打了一场水上遭遇战。这次水上遭遇战,战斗规模并不大,持续时间也不长,各种史料记载都很简单,分别摘录如下:

《三国志·武帝纪》:"公(曹操)至赤壁,与(刘)备战,不利。"

《三国志·吴主传》:"(孙权任命)瑜、普为左右督,各领万人,与(刘)备俱进,遇于赤壁,大破曹公军。"

《三国志·周瑜传》:"(吴军与曹军)遇于赤壁。时曹公军众已有疾病,初一交战,公军败退,引次江北。"

《资治通鉴·汉纪五十七》:"(周瑜)进,与操军遇于赤壁。时操

---

① 赤壁江面遭遇战的具体时间:《三国志·武帝纪》及《资治通鉴·汉纪五十七》均记载为建安十三年十二月,没有记载具体日期。《中国历代战争史》记述为"建安十三年十月十日中午",但未注明出处;《中国古代战争通览》引用此说。

军众,已有疾疫。初一交战,操军不利,引次江北。"

《三国志·先主传》:"(刘备)与曹公战于赤壁,大破之。"最后这条记载言过其实,夸大了刘备战功。赤壁之战的主力是吴军,主角是周瑜,刘备只是个配角。

曹操退兵至江北乌林扎营,与孙、刘联军隔江对峙。曹操鉴于曹军不适应水战,疾疫流行,决定在乌林过冬,进行休整训练,来年开春再战。为了减轻颠簸,曹军舟船都用铁链首尾相连。船队围成大圈,扎成水寨。水寨内用竹筏篾排架成相通道路,士兵们在竹排上训练水战技能。曹操的步骑陆军也到达乌林扎营,与水寨连为一体。

周瑜几次去江北曹营挑战,曹军都闭营不出。周瑜部将黄盖向周瑜献火攻之计。他说,敌众我寡,长期对峙下去对我方不利,必须速决。曹军舟船首尾相接,冬季气候干燥,用火攻之法定可大破曹营。周瑜觉得可行,于是开始周密布置实施。为了骗取曹操信任,使火攻船只得以靠近曹营,黄盖提前给曹操送去一封诈降密信。曹操将信将疑,把送信的人秘密叫去问话:"但恐汝诈尔?"送信人当然不会把实话告诉曹操。曹操对送信人说,回去告诉黄将军,如果他是真降,吾定将重赏。黄盖选了十艘轻便快捷的艨冲斗舰,里面装满芦苇枯柴,浇上油,再用篷布蒙上,又插上旗帜龙幡。每艘艨冲斗舰后面都拴了一艘走舸,供船上人员点火后脱身之用。火攻船队向北驶至离曹营二里处,船上人员高喊:"投降来了!"曹营内官兵都出营"延颈观望,指言盖降"。黄盖一声令下,各船同时点火,人员跳上走舸。火烈风猛,十艘火攻船一齐冲向曹营,曹营舟船同时起火,火势很快蔓延到岸上的营落,一时间火光烛天,烟灰飞空,爆裂声、喊叫声响成一片,曹营大乱。周瑜率领大船队在后跟进,鼓声大作,冲杀声声。曹军溃不成军,"人马烧溺死者甚众",乌林水陆连营顿时化为一片灰烬。这一仗,曹操真是败惨了。

火烧赤壁,是中国古代战争史上的重要历史瞬间;交战双方的胜负就决定在这一瞬间;曹操统一中国的战略愿望就破灭在这一瞬间;三国鼎立的基本格局也就奠定在这一瞬间。

曹操赤壁惨败的原因,除了前面所列他在战前谋划中的五大失误,另外还有一个谜团,就是史书上一再讲到当时曹操军队中已有疾疫流行,部队战斗力大为降低。《三国志·武帝纪》的记载是:"于是大疫,吏士多死者,乃引军还。"看来曹军中发生的这场流行病造成的后果极为严重。赤壁之战时,曹操军中究竟流行何种疾病,不得而知。据今人分析,有三种可能:一为鼠疫;二为伤寒;三为血吸虫病。第三种可能可以排除,当时是冬季,不是血吸虫病流行季节。

曹军赤壁惨败后,立即组织从水陆两路向西撤退。曹操亲率陆上主力从华容道败逃。曹军正从长江开往乌林前线的粮秣辎重船队就地向西返航,乌林水营中没有烧掉的部分船只,也从长江水道迅速往西撤退。孙、刘联军分水陆两路追击曹军。刘备在江北从陆路向西追击,周瑜从长江水路向西追击。

曹操败走华容道,十分狼狈。湖北省地名有多处华容,曹操败走华容道的华容,各种军事书籍说法不一。经专家考证,曹操败走华容道的华容,在今湖北潜江县西南四十里处,这比较可信。因为曹操是从乌林往西,沿着云梦沼泽湿地的北缘向江陵方向败逃,逃跑距离约三百里。这三百里的路况分为三段,东段乌林路段的六十里和西段江陵路段的一百六十里高爽好走,中间华容路段的八十里泥泞难行。这八十里华容道的泥泞难行状况,《三国志·武帝纪》注中有如下描述:

曹操"引军从华容道归,遇泥泞,道不通,天又大风,悉使赢兵(病号)负草填之,骑乃得过。赢兵为人马所蹈藉,陷泥泞,死者甚众"。

途中经过一片松林,上游山洪暴发,道路被淹,人马不得过。适逢张辽、许褚等率骑兵前来接应,曹操换骑驰过,在张辽等掩护下且战且走,冲出松林。曹操这个人有诗人气质,赢得起,也输得起,又极喜自嘲。他冲出松林,仰天大笑道,刘备与我为仇,可惜他得计总是稍迟片刻,如果他提前在这片松林里放一把大火,我今天真是死路一条了,天不亡我也!曹操前脚刚过,刘备军后脚赶到,果真火烧松林。但曹操已往郝穴(今湖北江陵郝穴镇)方向奔逃而去了。

华容追击战,关羽并没有参加,这是正史《三国志》与小说《三国演义》关羽事迹的最大不同点之一。据《三国志·关羽传》记载,曹操逼降荆州刘琮后,刘备从樊城南逃时走的是陆路,他让关羽率领水军船队从汉水南下,双方相约到江陵会合。刘备在当阳长坂被曹军追上,只得斜走汉津,恰好与关羽船队相遇。刘备上船,与关羽"共至夏口"。刘备继续东下至樊口,赤壁之战爆发。刘备命关羽率领水军回防夏口,负责封锁汉水,防止襄阳方向的曹军从汉水东下进入长江。后来,襄阳方向的曹军并未东下,使关羽失去了参战机会。这里面也不排除另一种可能,刘备有意不让关羽参加赤壁之战。因为关羽曾被曹操俘虏过,曹操厚待他,拜他为偏将军。官渡之战中,关羽为了报答曹操,冲入万人阵中直取袁绍大将颜良首级,曹操又封他为汉寿亭侯。对此,刘备可能对关羽多了一个心眼儿,怕关羽在关键时刻再次投降曹操,所以把他留在大后方夏口。罗贯中极有可能揣摩到刘备对关羽的这份疑心,所以在《三国演义》中虚构出关羽在华容道上放走曹操这一重要情节。

曹军乌林水陆连营被烧后,周瑜率领东吴水军溯江西上,追击曹操西逃水军。曹军在败退中，由于疾疫流行加剧，军粮不继，病饿交加，士兵死亡大半。曹操退到江陵后，深感已无力进攻，放弃了灭吴计划，就地转为防御。他命乐进守襄阳，曹仁、徐晃守江陵，自己退回许都去了。十二月，孙、刘联军围困江陵。江陵城内拥有原刘表囤积的大量粮食物资，曹仁在江陵进行顽强坚守，孙、刘联军一时难以攻克。

这期间，刘备耍了一个花招，他对周瑜说，我让张飞领一千兵归你指挥，跟你在这里围攻江陵；你派两千兵归我指挥，我去袭取江陵上游的夷陵（今湖北宜昌），以牵制困守江陵的曹仁。周瑜觉得控制夷陵很有必要，于是同意派甘宁领两千人随刘备西上，去夺取夷陵。刘备上奏朝廷以刘表长子刘琦为荆州刺史，负责略定荆州江北诸郡，自己却从夷陵渡江南下，去袭取荆州江南四郡（武陵、长沙、桂阳、零陵），把夺取夷陵的任务丢给了甘宁。江南四郡太守一个个闻风丧胆，都向刘备投降。刘备命诸葛亮为军师中郎将，征收江南四郡税赋，充实军队。也就是说，赤壁之战虽然尚未结束，但赤壁之战的胜利果实已有一大半提前落入刘备囊中，他先抢占了大片地盘。

周瑜、程普率领东吴军主力屯兵于长江南岸，与长江北岸的江陵隔江对峙。甘宁很快夺取了夷陵，从上游封锁了长江江面，切断了曹军后方增援。曹操部将曹仁率六千人前往夷陵对甘宁实施反包围，甘宁向周瑜告急。周瑜留下一半兵力交给凌统率领，继续围困江陵，他自己与程普、吕蒙诸将率领另一半兵力前往夷陵，将曹仁军一举打退。周瑜得胜回师，继续围攻江陵。

为了策应周瑜夺取江陵，孙权在淮南开辟了第二战场，以牵制和分散曹操兵力。孙权亲率部分兵力进攻合肥，命张昭进攻当涂。张昭失利退兵，孙权对合肥久攻不下。建安十四年（209年）三月，曹操命张喜率领千骑前往合肥支援守军，以解合肥之围。合肥城中守将久等张喜援军不来,别驾蒋济献了一计,假造张喜来信,称已率骑兵四万抵达雩娄(今河南商城东北),要求派主簿迎接。并将假信分成三部分,由三人假扮信使,各持信函的三分之一,派一人入城,另两人有意让孙权俘获。孙权根据所缴获的三分之二信函,基本掌握了书信内容,信以为真,认为张喜的四万骑兵很快就会来到,立即烧围撤退。合肥就此解围,曹操在淮南无忧。

江陵被周瑜、刘备军包围了整整一年,曹仁坚守得十分顽强,但伤亡很大,难以再作长久坚守。建安十四年(209年)十二月,曹操下令放弃江陵,命令乐进、李通南下接应曹仁撤出江陵。李通与插到江陵北部外围的关羽激战,李通勇猛异常,下马拔掉鹿角(战场障碍物)冲入关羽阵中,且战且进,救出弃城而出的曹仁。周瑜乘虚而入,占领了江陵。至此,赤壁之战宣告结束。

三国鼎立局面就此形成。

2009年5月

严嵩倒台

明朝出了个大奸臣严嵩,对明朝的战争破坏之大,史所罕见。军事是直接受政治支配的,朝政清明,出名将,打胜仗;朝政腐败黑暗,任庸将,打败仗,这是一般规律。严嵩奸党,对明朝抗击北方俺答入侵、抗击东南沿海倭寇入侵这两场战争,造成了巨大破坏。一方面,他对主战派肆意诬陷弹劾,枉杀忠臣名将;另一方面,他大肆纳贿鬻爵,遍植奸党,操纵战事,颠倒功过,邀赏讨封,祸国殃民。

严嵩父子

严嵩,江西分宜人。明弘治年间考取进士,授编修。他对这一官职不太满意,借口"有病",辞官回家,又在钤山(今江西分宜秀江南岸)读书十年,以文辞见称。从钤山还朝,先后任侍讲、南京翰林院事、国子祭酒。嘉靖七年(1528年)任南京礼部右侍郎时,奉嘉靖帝之命"祭告显陵"。事毕,他向嘉靖帝朱厚熜上了一道复命奏折,用了一堆形容词,"帝大悦","迁吏部左侍郎,进南京礼部尚书,改吏部"。由于明初朱元璋废三省,政归六部(吏、户、礼、兵、刑、工),各部主官称尚书,副职称侍郎,六部尚书相当于国务大臣。严嵩升到尚书,可谓"位高权重"了。明嘉靖十五年(1536年),严嵩为"贺万寿节至京师(北京)",当时朝廷正在讨论修改《宋史》之事,"辅臣请留嵩以礼部尚书兼翰林学士董其事"。这样,严嵩就从陪都南京到了首都北京,成为北京礼部尚书兼翰林学士,主管修改《宋史》事。明嘉靖二十一年(1542年),升武英殿大学士,"入直文渊阁",参与机务,仍兼礼部尚书。"时嵩六十余矣,精爽益发,不异少壮",但他"朝夕直西苑板房,未尝一归洗沐,帝益谓嵩勤"。其实"嵩无他才略,唯一意媚上,窃权罔利"(《明史·严嵩传》)。严嵩极善伪装,以事勤、擅写青词、阿谀奉承、低眉迎合,博得嘉靖帝欢心。所谓青词,是指道教斋醮道场所用赞词,内容无非是祈求消灾避难、长生不老之类。嘉靖帝沉迷道教,严嵩擅写青词,成为他的邀宠手段。严嵩入阁二十年,两度担任首辅。第一次是嘉靖二十四年(1545年);第二次从嘉靖二十八(1549年)至四十一年(1562年),前后共十五年。他一旦大权在握,便结党营私,构陷忠良,擅权纳贿,心狠手毒,贻害天下。

严世蕃,严嵩独子,号东楼。"短项肥体,眇一目",相貌丑陋。他没有经过科举考试,严嵩把他带往国子监读书,然后利用手中权力直接任用入仕。先任尚宝司少卿,后来以监筑京师外城有功为名,"由太常卿进工部左侍郎,仍掌尚宝司事"。严世蕃"剽悍阴贼",贪得无厌;同时又狡黠机敏,"颇通国典,晓畅时务",一时被称为"天下才"。他依仗父亲权势,广揽亲信耳目,深宫秘闻,市井杂事,无所不知。严世蕃凭这些能耐,成为父亲严嵩的得力帮手。严嵩专心在西苑值班伺候皇上,内阁各司有事请示,他一概回答:"以质东楼。"严嵩进入老年后,凡御札下问,辞旨深奥,"嵩耄而智昏,多瞠目不能解"。他就得急忙找儿子,"世蕃一见跃然,揣摩曲中,据之奏答,悉当上意"。因此,"上不能一日亡嵩,嵩又不能亡其子也"。后来严嵩将"朝事一委世蕃,九卿以下浃日不得见"。大臣们不仅见不到皇上,连首辅严嵩也难得一见了。京师称严氏父子为"大丞相、小丞相"。严世蕃更加嚣张,"士大夫侧目屏息,不肖者奔走其门,筐筐相望于道"。他熟知朝廷和外地官员贫富顺逆,"责贿多寡,毫发不能匿"。他在京师的私第"连三四坊",拥有妻妾二十七人,夜夜纵娼作乐,甚至在母亲治丧期间也如此(《明史·严世蕃传》)。

严嵩是嘉靖皇帝袒护下的"不倒翁"

严嵩的发迹史,也是各级官员对他的弹劾史。在嘉靖帝朱厚熜的袒护下,年年有人告严嵩,越告严嵩越得宠,谁告严嵩谁倒霉,谁告得最凶谁就掉脑袋。在中国历史上,嘉靖皇帝与严嵩的关系,是昏君护贪官的典型例子。下面罗列的这些事例让你一路看下来,始则看得你目瞪口呆,继而看得你切齿发指!

一、桑乔、胡汝霖告严嵩——嘉靖十五年(1536年)十二月,严嵩刚从南京来到北京任礼部尚书兼翰林学士,正赶上礼部"选译字诸生",严嵩上任伊始就开口索贿。御史桑乔"列其状,请罢黜之"。严嵩"疏辩求免",嘉靖帝抚慰挽留。给事中胡汝霖复劾严嵩"秽行既彰","饰辞自明"。嘉靖帝乃令"以后大臣被劾,宜自省修,勿得疏辩"。严嵩一时惧怕,从此更加"恭谨以媚上"。十七年五月,通州致仕同知丰坊上言:"请复古礼。尊皇考献皇帝庙号称宗,以配上帝。"嘉靖帝让礼部"集议"。严嵩揣摩嘉靖帝心态,拍了皇上一个大马屁,上奏建议:"尊文皇帝称祖,献皇帝称宗。"奥妙何在?按通例,开国之君称"祖",以后嗣位之君称"帝"或"宗"。明朝开国之君朱元璋称"祖",嫡传建文帝朱允炆是太子朱标之后。后来的嗣君,都是朱棣之后。朱棣是朱元璋第四子,历来有"篡夺"之说。严嵩建议称朱棣为"祖",重新起一个头,以后的嗣君都称"宗",这样"正宗传承"的伦序就"顺"了。嘉靖帝大悦,从之。朱棣明成祖的帝号由此而来。

二、谢瑜告严嵩——嘉靖十八年,"帝南幸,严嵩从",为诸臣所嫉。十九年,巡按云南御史谢瑜上疏:严嵩被桑乔弹劾以来,不但不自咎责,而且陪伴皇上南巡回来后索贿更甚,痛斥他"奸邪无赖"。内阁知道严嵩已深得皇上欢心,压下不报。

三、叶经告严嵩——嘉靖二十年,"交城王绝"(大概是去世后无嗣),辅国将军表佴想谋取交城王封号,派人向严嵩行贿黄白金三千两,又贿赂了其他一批人。东厂破获此案,"受贿者皆戍边,嵩无恙"。同年,永寿共和王庶子惟熰与嫡孙怀熷争立,也向严嵩行贿白金三千两。永寿庄僖王妃派人击鼓上诉,御史叶经上奏弹劾严嵩。"嵩急归诚于帝,帝悯之",将他保护过关。严嵩对叶经怀恨在心,伺机报复。两年后,叶经监督山东乡试,严嵩从山东考生试卷中断章取义摘录出一些"讽上语,激帝怒"。叶经被押解京师,连监狱都没有进,当场"杖阙下死"。受牵连的"布政使陈儒以下皆远谪",从此朝野"益侧目畏嵩矣"。

四、夏言告严嵩——嘉靖二十一年,严嵩想入阁,被首辅夏言阻挡,但没有挡住,两人从此产生矛盾。夏言有一次"失旨",当罢,想找严嵩去商量,请他帮助挽回(两人是江西同乡)。但严嵩却趁机面见皇上,进谗夏言。夏言知道后对严嵩十分恼怒,发动关系密切者收集证据弹劾严嵩。这时嘉靖帝"已心爱嵩",告他的人越多,嘉靖帝对严嵩"益怜之"。你们告吧,有皇上袒护,严嵩不怕。嘉靖帝住在西苑,允许内阁大学士骑马前往入直,唯独夏言坐小腰舆让人抬着去,嘉靖帝嘴上不说,心中不悦。嘉靖帝不喜欢戴"翼善冠",用"香叶巾"裹头,并"制沉水香为五冠",赐给夏言、严嵩等阁员。夏言说此冠"非人臣法服,不敢当",嘉靖帝大怒。轮到严嵩召对日,他特意戴了"香叶冠"前往,嘉靖帝一见很高兴。严嵩趁机哭诉夏言如何欺凌他，嘉靖帝怒，立即下旨，罢免夏言，"降调夺秩者七十三人"。夏言没有扳倒严嵩，反被严嵩扳倒。

五、沈良材等人告严嵩——同年八月，严嵩升武英殿大学士，参与机务，仍掌礼部。都给事中沈良材、御史童汉臣等上奏，说严嵩奸诈贪污，"不当乘君子之器"。南京给事中王烨、御史陈绍等也上奏，告发严嵩父子"同恶相济"，贪污索贿"动以千百计"。嘉靖帝以前曾针对严嵩上疏自辩说过，"以后大臣被劾，宜自省修，勿得疏辩"。这次严嵩又"疏辨乞休"，嘉靖帝却忘了自己说过的话，对严嵩"优诏百余言慰留之"。

六、周怡告严嵩——嘉靖二十二年四月，由于严嵩入阁后"窃弄威柄"，各部有事要上奏皇上，都得先告诉他，然后才能上奏；索贿受贿更加肆无忌惮，"副封苞苴，辐辏其户外"。大学士翟銮，资历比严嵩老，却常遭严嵩挤对。给事中周怡为翟銮打抱不平，上疏论之，"语多侵嵩，疏入，下狱"。没几天，严嵩指使人揭露大学士翟銮"二子幸第"（考试作弊），翟銮被"削籍去"。

七、许赞告严嵩——嘉靖二十三年八月，吏部尚书许赞、礼部尚书张璧升为文渊阁大学士。严嵩"事取独断"，不同他们商量。许赞"论之"，要说道说道。十一月，"许赞削籍去"。

八、夏言再斗严嵩，反被严嵩诬告处死——嘉靖二十四年，夏言与严嵩的斗争进入第二回合。正月，严嵩成为首辅。"自严嵩入相，同事者多罢去，嵩独相"；太庙建成，严嵩又"加太子太师"。由于严嵩得意得太早，"帝微闻其横，厌之"。同年十二月，嘉靖帝重新起用夏言为首辅，严嵩退为次辅。夏言复相后，太过跋扈，独断专行，不理严嵩。有人向夏言反映，严嵩儿子严世蕃不仅索贿受贿，还贪污各地上交户部的钱粮，夏言准备奏报皇上。严嵩耳目多，得到消息，紧张万分，带着儿子上门去哀求夏言高抬贵手。夏言称病不见，父子俩买通夏言家的看门人，闯进夏言卧室，父子俩跪在夏言床前,严世蕃长哭哀求,夏言才答应不报。父子俩一出门,对夏言恨得咬牙切齿,发誓报复。夏言复相后把严嵩的同党都排挤出朝廷,有些人并不是严党,也受排斥,得罪人太多。有些官员去见夏言,他眼都不抬,不理人家。结果,把许多人都赶到严嵩那边去了,往严嵩家走动的人越来越多。严嵩表面上对夏言唯唯诺诺,暗地里正在加紧策划毒招对付夏言。凡是去见严嵩的人,他"必执手延坐,持黄金置其袖中"。于是这些人都争着为严嵩说好话,到处散布对夏言的不满。这时夏言"已老倦",请人代为起草皇上批答,他又不亲自过目审阅,结果起草人抄袭以前的一些旧稿送进去,皇上每次看后都气得往地上一摔。对于这一切,夏言浑然不知,灭顶之灾正在向他悄悄逼近。严嵩勾结了一位关键人物锦衣卫都督陆炳,一起构陷夏言。嘉靖二十七年正月,都御史曾铣提议收复河套地区,夏言支持。严嵩极力反对,话中带刺,指责夏言。嘉靖帝把严嵩单独找去,询问收复河套之事。严嵩趁机诋毁夏言"擅权自用"。接着又上疏称曾铣"开边启衅","雷同误国"。严嵩知道皇上已离不开自己,便使出"欲留言去"之计,说是同夏言无法共事,要求罢免离开,以此挑起皇上心火。嘉靖帝"温旨留嵩,而切责(夏)言"。皇上的态度一亮明,早被严嵩收买拉拢的一伙人马上对夏言群起而攻之。嘉靖帝于是下诏:逮捕提议收复河套地区的都御史曾铣;剥夺夏言太师太傅荣誉头衔,以尚书致仕。曾铣押解到京,严嵩令同党仇鸾"讦之"。锦衣卫都督陆炳根据严嵩的旨意,"谓铣行贿夏言,论斩,弃西市"。夏言致仕回乡,坐船行至江苏丹阳,被逮捕回京。夏言"上疏极陈为严嵩所陷,帝不听"。刑部尚书喻茂坚等为夏言辩护,"帝怒,责茂坚等阿附(夏)言"。这时俺答入侵,鞑靼兵已到边境,居庸关报警。严嵩以此作为夏言"开启边衅"的有力证据,弹劾夏言,给夏言以致命一击。老臣夏言"竟坐与曾铣交通律,弃西市",可见严嵩狠毒到何等地步!

九、厉汝进告严嵩——嘉靖二十七年十二月,给事中厉汝进弹劾严世蕃奸恶,却反被降为典史,继而借大计(考核官员)之机削籍。

十、徐学诗告严嵩——嘉靖二十八年,严嵩重新成为首辅。这年年底,嘉靖帝"以俺答故,诏群臣令人人尽言"。刑部郎中徐学诗上疏揭露说,边患之成,与严嵩直接有关。严嵩"位极人臣,贪渎无厌"。他通过儿子严世蕃收受犯罪分子李凤金贿赂,提拔李为蓟州总兵。又接受郭琮贿赂,任用他为漕运使,然后通过他假漕运之名往南方私运贪污赃物,"辎车数十乘,骈车四十乘,潞河楼船十余艘,贮载而归,悉假别署封识"。严嵩内结勋贵,外赂群小,"辅政十年,日甚一日。酿成敌患,其来有渐"。并指出,"今士大夫语严嵩父子,无不叹愤,而莫有一人敢抵牾者",究其原因,皆因严嵩奸党"内外盘结,上下比周,积久而势成也"。今天下之人对严嵩父子"痛心疾首,敢怒而不敢言"。最后要求"亟罢嵩父子,以清本源"。疏入,嘉靖帝却说徐学诗是"乘间报复",命镇抚司把他抓起来"拷讯",将他削职为民。嘉靖帝这种"引蛇出洞"、出尔反尔的做法,要想廓清朝政,毫无希望。

十一、沈炼告严嵩——嘉靖二十九年,俺答入侵时,锦衣卫经历(官名)沈炼提了不少退敌建议,均不报。沈炼还了解严嵩奸党收受边将贿赂、延误战事、颠倒功过等种种劣迹,于是上疏弹劾严嵩:"嵩受国重任,贪婪愚鄙",不思治国安边,唯与子世蕃为全家保妻子计,"因列数其十大罪,请戮之,以谢天下"。三十年正月,嘉靖帝见疏,下诏,称沈炼"诋毁大臣,廷杖之,谪佃保安"。三十六年十月,严世蕃指使其亲信杨顺、路楷了结沈炼。杨、路将沈炼扣上"白莲教通叛者"罪名,逮捕下狱。严嵩让兵部论其罪,兵部尚书许论知道沈炼有冤,不予审理。严嵩直接下令将沈炼"杀之,籍其家"。严世蕃仍不解恨,又指使路楷"取炼二子杖杀之"。

十二、王宗茂告严嵩——嘉靖三十一年十月,御史王宗茂疏论严嵩负国八大罪行。"帝谓其狂率,谪平阳县丞"。

十三、杨继盛告严嵩——嘉靖三十二年正月,兵部员外郎杨继盛"上疏论严嵩十大罪、五奸"。他这篇疏文广为流传,深得人心。事情的起因是俺答入侵,兵部深知严嵩父子收受大同总兵仇鸾贿赂;仇鸾通敌,暗示俺答入侵北京,然后假勤王之名前往北京"抗敌"等一系列罪恶勾当。杨继盛对严嵩奸党深恶痛绝,他在疏中称:如今外贼为俺答,内贼为严嵩,"未有内贼不去而外贼可除者,故臣请诛贼嵩,当在剿绝俺答之先"。杨继盛在疏末对皇上说:"陛下何不割一贼臣,顾忍百万苍生之涂炭乎?"后面有一句"或召二王,令其面陈嵩恶"。"二王"是指嘉靖帝三子朱载坖、四子朱载圳,两人同日封为裕王、景王。嘉靖帝此前立过两位太子都早夭,他再不立太子。他听信方士之言,"二王皆不得见",导致父子隔绝。由于载坖、载圳一起出入,穿一样的衣服,不分彼此,渐渐出现风言风语,说四子有取代三子争立之势。嘉靖帝耳闻,信以为真。当他在杨继盛的奏疏中读到"二王"二字,立刻怀疑是否有四子载圳的背景,因而大怒,下令将杨继盛"系锦衣狱,诘讯主使者"。杨继盛回答说:"尽忠在己,岂必人主使乎!"又问,为何引用二王?杨继盛答道,奸臣误国,除了两位亲王,谁不怕严嵩父子报复?谁敢讲真话?锦衣卫问不出结果,"狱具,杖百,送刑部"。刑部尚书何鳌想判杨继盛"诈传亲王令旨"罪,郎中史朝宾表示反对,他说,疏中仅仅提到二王亦知严嵩恶,并没有说受二王指使,"三尽法岂可诬也"!严嵩怒,降史朝宾为高邮判官。侍郎王学益赞同史朝宾的意见,也被捕入狱。杨继盛疏中提到严世蕃通过亲信为自己的儿子、家奴冒功提官。严世蕃亲自写好辩疏草稿,交给兵部武选司郎中周冕,让周冕按此草稿向上写回复。周冕对严氏父子十分厌恶,把严世蕃作弊行为写得一清二楚,然后把严世蕃写好的辩疏草稿附上,一起呈上。嘉靖帝见疏,认为"冕为挟私,逮系诏狱,削籍"。

杨继盛在狱中关了三年,嘉靖帝并不想杀他。前一年,大将军仇鸾污行暴露,被削职夺印后忧病而死,死后又被"追戮其尸,传首九边"。嘉靖帝想起杨继盛奏疏中对仇鸾的揭露,谁是谁非世人洞明,于是决定重新起用杨继盛,"改兵部武选司员外"。杨继盛感激思报,他妻子张氏对他说,你算了吧,你怎能斗得过严嵩父子,快老回家去吧!但杨继盛不听,又上疏告严嵩父子。上怒,又被抓进去。杨继盛每次戴枷前去受审,"内臣士庶夹道拥视",都称他为"天下义士"。人言籍籍,严嵩让其子严世蕃同一伙亲信密商,都认为留着杨继盛是"养虎遗患",必须除掉他。怎么除?当年秋天行大辟,要处死上百人,其中九人是高官,须皇上御批斩决。严嵩将处斩杨继盛的奏章附在处斩原兵部尚书张经、原浙江巡抚李天宠等高官的奏章后面,大约是选了一个皇上潜心斋醮的日子,呈了上去。早已怠于政事的嘉靖帝也没有细看,拿起案上的朱笔一勾,杨继盛就死定了。杨继盛妻子张氏得到丈夫被判死刑的消息,立即上疏,奏明皇上丈夫蒙冤,要求自己顶替丈夫去死。但她哪有回天之力,她的泣血疏状呈上去,被严嵩一把捏在手心里,"奏入,为嵩所抑,不得达",皇上看不到。杨继盛被冤杀,震动朝野,"杀谏臣自此始,由是天下益恶嵩父子矣"。杨继盛最终被严嵩以阴谋手法报奏处斩弃市,丢了性命,成为弹劾严嵩奸党史上最大的一桩冤案。

十四、吴时来告严嵩——嘉靖三十七年三月,给事中吴时来弹劾严嵩"辅政十二年,引用匪人,边事日坏。令其子世蕃入直,干预国政……愿皇上察之";主事张翀、董传策亦交章论之,结果"俱下狱,廷杖,谪戍岭南"。

严嵩失宠

嘉靖四十年(1561年),严嵩老妻欧阳氏卒。按封建礼仪,其子严世蕃必须奉母亲灵柩回故里丁忧三年。但严嵩却向嘉靖帝上奏说,"臣老无他子,乞留侍",把儿子留下侍候自己,由孙子严鹄奉祖母灵柩返乡,嘉靖帝准奏。严世蕃守丧期间不回乡,但不能进入直房代议,严嵩应付皇上咨询、票拟批答失去了臂膀。递进皇上御室的票拟草章往往"故步皆失"。嘉靖帝知道问题出在哪里,他让人打听严世蕃在干什么,"颇闻世蕃淫纵,心恶之"。

嘉靖帝沉迷道教、求长生不老之术,有位方士蓝道行很得宠,嘉靖帝视他为"神"。一日,嘉靖帝问蓝道行:"辅臣贤否?"蓝道行干这一行,专靠揣摩对方心理吃饭。他先得把对方的心理揣摩透,然后以"仙人"的口气讲人间之事,把话说到对方心里。他对朝野痛恨严氏父子的情况一清二楚,是惩是纵,此刻皇上内心正在斗争。蓝道行以道教"箕仙"的口气"具言嵩父子弄权状"。皇上问:"果尔,上玄何不殛之?"蓝道行借"箕仙"之口说:"留待皇帝正法。"嘉靖帝听后"默然"。接着,西苑万寿宫失火,皇上的"乘舆服御皆毁",嘉靖帝只得搬往玉熙宫去住。廷臣请皇上搬还大内,皇上不答。他在大内险遭宫婢谋弑,搬到西苑来的目的就是避灾,再搬回去是不可能了。可是西苑这场火灾,烧得他"悒悒不乐"。严嵩一向善于揣摩皇上心思,现在他真是老糊涂了,在皇上面前哪壶不开提哪壶,他请皇上搬往南内。南内是英宗幽禁之所,嘉靖帝听了"大不乐",对严嵩又增添了一分厌恶感。次辅徐阶与工部尚书雷礼上疏,建议重建万寿新宫,"上喜"。从此,嘉靖帝对军国大事悉咨徐阶。偶尔找一下严嵩,只是一些斋醮符箓之类的事。

嘉靖四十一年,严嵩父子的灭顶之灾来临了。严嵩入阁二十年来,从得宠到倒台,经历了三个阶段:第一阶段,自从他"眷遇日隆,人言不复入";第二阶段,自从徐学诗等一大批大臣因弹劾严嵩父子获罪,或杀或戍,"缙绅侧目不敢言";第三阶段,自从万寿宫失火以来,"徐阶日亲用事,廷臣都知之未发"。大家都看出了变化的迹象,但都在看,都在等,蓄势待发。

十五、御史邹应龙挺身而出告严嵩——由于前面因弹劾严嵩父子反遭杀身、流放之祸的人太多了,邹应龙心里既激愤难抑,又有些紧张。夜里做了一个梦,出猎郊外,对面有座山,东面有座楼,刚要拉弓射箭,醒了,"此小儿东楼之兆也"。邹应龙醒来一想,严嵩之子严世蕃字东楼,这是"神示"啊! 这一说法带点迷信色彩。其实邹应龙是在精神高度紧张的状态下周密思考,这次进攻究竟把突破口选在哪里? 思考的结果,决定采取"扳倒儿子,牵倒老子"的策略,把突破口选在严世蕃身上,"上疏劾世蕃"。他在疏中"数其通贿赂行诸不法状,乞置于理";接着笔锋一转,指陈严嵩"植党蔽贤,溺爱恶子",理顺而章成。他在疏文最后正气凛然地说:"如臣言不实,愿斩臣之首悬之藁竿,以谢世蕃父子。"

这一次,嘉靖帝的态度变了,"帝览之心动",下诏:一、逮严世蕃下狱;二、严嵩罢职,仍给岁禄;三、擢邹应龙,"嘉其敢言"。诏下,满朝文武,京师百姓,额手称庆。徐阶成为首辅。严嵩终于倒台,朝野人心大快。

严嵩父子反扑

大家不要高兴得太早,这里面仍有两个因素还在起作用。其一,严嵩父子经营了二十年的奸党能量。其二,嘉靖帝抛弃严氏父子,一方面是严嵩已经老迈智昏,再适应不了他的要求;另一方面是严氏父子恶名昭彰,毕竟防口甚于防川。他的弃严之举,实属无奈。故诏书刚下,他就后悔了:"嵩既去,上追思嵩赞玄功(写青词、做斋醮),意忽忽不乐"。嘉靖帝身边的近侍,严嵩父子早已对他们一个个下足了本钱。严世蕃被捕后,立刻通过关节送黄金给内侍,对他们说,邹应龙敢于上疏,完全是被方士蓝道行散布的流言煽动起来的。内侍把严世蕃的话传给皇上,嘉靖帝一听大怒,下令把蓝道行逮捕入狱。这可以看出嘉靖帝的后悔情绪有多强烈,他沉迷道教二十年,这时连"神仙"都不信了,抓起来!然后,严党爪牙刑部侍郎鄢懋卿、大理卿万寀,到狱中去找蓝道行,要他把责任推到大学士徐阶身上,说是这些话都是徐阶让他讲的,这样他就没有事了,并答应他出狱后可以给他一笔黄金。但这时的蓝道行已脱去"仙气",换了人气,大声说:"除贪官,自是皇上本意,纠贪罪,自是卿史本职,何与徐阁老事!"鄢懋卿、万寀碰了一鼻子灰,眼看唆使蓝道行"反咬一口"的阴谋无法得逞,只能示意法司对严世蕃从轻发落。法司根据授意,做出如下判决:一、没收严世蕃赃银八百两(象征性地表示一下);二、谪戍严世蕃雷州卫(今广东雷州半岛);三、严世蕃儿子严鹄、严鸿和爪牙罗龙文等流放边远之地;四、严嵩家仆严年入狱追赃(只拿一个家仆当替罪羊)。

嘉靖帝还是顾念严嵩老迈,赦其孙严鸿削职为民,侍候严嵩。严嵩"知上意已动",又贿赂嘉靖帝近侍,向皇上谗言方士蓝道行,结果蓝道行"亦下狱论死"。触到嘉靖帝痛处,他连"神仙"也杀。装"神"的和求"神"的,最后都露出了本来面目。

嘉靖四十二年四月,严嵩上疏:"臣年八十四,唯一子世蕃及孙鹄,俱赴戍千里之外。臣一旦先狗马填沟壑,谁可托以后事?唯陛下哀其无告,特赐放归,终臣余年。"疏入,嘉靖帝曰:"嵩有孙鸿侍养,已恩逮矣。"不赦。但严世蕃并没有到达雷州,走到南雄(今广东南雄)就逃回江西。爪牙罗龙文也在半路潜逃,躲进安徽歙县山中,纠集亡命刺客。一日酒后放言,要取邹应龙和首辅徐阶的脑袋解恨。消息传到京师,徐阶"严为备"。严嵩得到消息,大惊曰:"儿误我多矣!"他认为严世蕃去雷州半岛并不可怕,他正在活动,皇上总有一天会恩准放回。如果去刺杀徐阶,只能制造又一个武元衡事件,招致横尸都门、全族遭殃的恶果。

徐阶是深藏不露之人,他以礼部尚书兼东阁大学士入阁,与严嵩共事十年,忍气吞声,"颇自恭谨"。但严世蕃对他"多行无礼",徐阶"曲忍"之,也从未在严嵩面前提起过。邹应龙上疏,严嵩案发,徐阶登门安慰严嵩,严嵩"顿首谢",以身家性命相托。徐阶回到家里,儿子对他说:"大人受侮已极,此其时也。"要父亲趁机报复,徐阶大声骂儿子道:"我没有严嵩哪来今天,人不能没有良心!"徐阶身边布满严嵩亲信死党,他们探听到这一情况,立即回去报告严嵩,严嵩对徐阶放松了警惕。

徐阶也知道皇上内心对严嵩仍有眷恋,严嵩虽然已被罢免,但皇上对他"书问不绝"。所以,徐阶正在慢慢等待,一定要到时机成熟时再出手。不久,严世蕃也放松了警惕,对人说:"徐老不我毒。"于是,他开始放肆起来,在家乡"大治馆舍",并招降纳叛,"阴贼弥甚"。严嵩"谬示恭谨,而不能禁世蕃,世蕃势益横"。

十六、林润告严嵩——嘉靖四十三年,江西袁州推官郭谏臣,因公事路过严嵩故里,发现严家有一千多工匠在建亭园,严嵩的家仆在监工。这位监工的严家仆人见官员来,箕踞不起,有些工匠用瓦砾掷郭谏臣,他也不制止。有的甚至挑衅说"京堂科道官候主人们,叱嗟谁敢动此何为者?"气焰嚣张。郭谏臣回到官衙,把所见所遇,都以书信告诉了江西监察御史林润。林润过去曾因弹劾严嵩死党鄢懋卿被罢过官,仇在必报。林润上疏,揭露在逃犯严世蕃与罗龙文等人的种种不法行为。疏入,诏"以世蕃、龙文即付润,逮捕至京"。林润命郭谏臣捕严世蕃,徽州府推官栗祁捕罗龙文,"自驻九江,勒兵以待"。

十七、林润再次告严嵩——嘉靖四十四年,林润奉命逮捕了严世蕃、罗龙文,他又让袁州府"详具严氏诸暴横状"。林润以此为据再次上疏:严世蕃逃回江西后以谋客彭孔为主谋,罗龙文为羽翼,恶子严鹄、严珍为爪牙,继续横行不法。他们强占会城廒仓,侵吞宗藩府第,抢夺平民房屋,改釐祝之宫以为家祠,在袁州城中开凿穿城之池,建造严氏五府,严嵩、严世蕃、严世蕃三子各占一府,"巍然庙堂之规模"。严世蕃招纳四方亡命之徒为护卫壮丁,俨然分封仪度。所贪财富"已逾天府,诸子各冠东南";粉黛之女,列屋骈居,朝歌夜弦,宣淫无度,自夸朝廷无如我富,朝廷无如我乐。他蓄养的厮徒叛卒击鼓而聚、鸣金而散,昏夜杀人,夺人子女,抢人钱财,半年之内,作案二十七起。而且包藏祸心,勾结典楧、宸濠,聚众以通倭,策划谋反。严嵩知其子未赴戍而逃回,怂恿包庇,不能无罪。

徐阶断案

林润疏入,"帝怒,诏下法司讯状"。严世蕃依然嚣张,狂妄地说:"任他燎原火,自有倒海水。"他聚集死党窃议说,"贿"字恐怕是掩盖不住了,但这一条并不是皇上所深恶;唯"聚众以通倭"之说厉害,需买通言官删去,改填杨继盛、沈炼下狱处死事,以激怒皇上,"上怒,乃可脱也"。阴谋既定,动员其死党四处活动。刑部尚书黄光升、左都御史张永明、大理寺卿张守直"依其言具稿诣徐阶议之"。徐阶已预先知道严世蕃的活动情况,要看稿子,"吏出怀中以进"。徐阶阅毕,当众说:"法家断案良佳。"他这句话是麻痹严世蕃同党耳目的。

徐阶取了稿子入内庭,屏退闲杂,问左右:"诸君子谓严公子当死乎? 生乎?"都说:"死不足赎。"徐阶又问,用现在这疏稿呈皇上,"此案将杀之乎? 生之乎?"都说:"用杨、沈正欲抵死。"徐阶说,不对! 杨、沈冤案,固然天下人都为之鸣不平,但杨继盛在上疏时提及二王,触怒了皇上;沈炼为抗御俺答入侵事上疏,他的建议违背了皇上"不启边衅"的圣意。这两个案件都是皇上亲自定的,皇上岂肯自引为过? 如果把杨、沈写进疏稿呈上去,皇上肯定会怀疑法司是想借严案归过于他,必震怒,我们这些人谁都逃不掉,"严公子骑款段出都门矣"。众愕然,请重议。徐阶说,且慢,严党耳目太多,议不可泄。先以原稿为主,抓住"聚众本谋"一事奏之,"以试上意"。徐阶说这一稿须大司寇执笔,大司寇"谢不敢当",大家一致请徐相亲笔。徐阶从袖子内抽出一份底稿请大家过目,说:"拟议久矣,诸公以为如何?"大家都没有提不同意见。徐阶问:"前嘱携印及写本吏同至,宁忘之乎?"回答说:"已到。"马上把写本吏叫进来,关上门,命写本吏疾书抄写,当即"用印封识"。

由于徐阶精心操作,避过了严党耳目。严世蕃的刁钻阴险世上少有,他知道人们都在为杨、沈两案鸣不平,他更知道皇上忌讳提及杨、沈两案,他暗通同党在疏文中写进杨、沈两案,这是十分阴毒的计谋。幸亏徐阶也在揣摩皇上内心好恶,被他识破,没有上当。严世蕃自以为得计,对罗龙文说,你放心地吃饭睡觉,不出十天,我们肯定出去。出去第一个取徐阶脑袋!

严世蕃不知道徐阶已经将疏稿改过,内容集中,简明扼要,直指严世蕃死穴:第一,逆贼汪直(通倭海盗头目"老船主")徽州人,与罗龙文姻旧,汪直贿赂十万金于严世蕃,拟为授官;第二,凶藩典横,阴冀非常,严世蕃纳其贿,护持之;第三,严世蕃辄自逃归,罗龙文召集汪直余党,谋与严世蕃外投日本;第四,严世蕃班头牛信,从山海关逃往北边,拟诱至北寇,相为响应。

嘉靖帝看过奏疏,道:"此逆情非常,尔等第述润疏一过,何以示天下?其会都察院、大理寺、锦衣卫鞫讯,具实以闻。"徐阶尊皇命,袖着手闲逛似的从皇上身边出来,进了法司,法司官已俱集。徐阶"略问数语,速至私第,具疏以闻",严世蕃"虽善探,亦不得知也"。真正是一场斗智斗勇的较量。

徐阶上疏回复皇上:"事已勘实。其交通倭寇,潜谋叛逆,具有显证。请亟典刑,以泄神人之愤。"皇上"从之,命斩世蕃、龙文于市。二人闻,相抱哭"。严世蕃家人请他写遗书以谢其父,他竟连一个字也写不成,瘫了。严嵩倒台,严世蕃被处决,京师轰动,人心大快,"各相约持酒至西市看行刑"。

北京这座城市,自从元朝成为中国都城以来,已经有过几次这样的经历:奸党作恶,横行天下,世人侧目,人心怒而无以泄;一旦奸党被除,人们额手称庆,喝酒畅叙,吃螃蟹,放鞭炮,大笑,落泪。曰:天地良心,规则永恒。

有人赞誉徐阶能除大奸,徐阶蹙额曰:"彼杀桂洲(夏言),我又杀其子,人必有不谅者,知我者天也。"徐阶这句话是皱起眉头说的,他知道得罪的严党不在少数,以后对他攻讦的人也少不了。但历史永远记住了徐阶的名字,就凭他以非凡机智粉碎严嵩奸党这件事,已足以列入名相之列。

严世蕃被处死后,抄没严嵩家产,"得银二百五万五千余两。其珍奇充斥,逾于天府"。奸臣严嵩的晚景是凄凉的,八十多岁,风烛残年,无家可归,"寄食故旧以死"。有的书上说他"寄食墓舍,老病死"。他恶贯满盈,千夫所指,罪有应得。

上述记载,均见《明史纪事本末》卷五十四《严嵩用事》及《明史》相关人物传。本文不厌其烦地罗列这些历史记录,想以"摆事实,讲史事"之法,说明三个问题:第一,奸臣当道,奸党布满朝野,朝政将会腐败黑暗到什么程度,于国于民将会带来多么大的灾难!第二,奸臣一旦蒙蔽了皇上,要想除掉奸党,是多么困难!第三,奸臣插手和控制军队,鬻爵卖官,把一些心术不正之徒任用为重要将领(如仇鸾、赵文华),他们卖国通敌、操纵战事、颠倒功过、诛杀忠良、迫害功臣,导致军队贿赂成风,这支军队将被腐蚀成什么样子!

2010年10月

成 吉 思 汗

翱翔的雄鹰

成吉思汗是翱翔在世界历史天空的雄鹰,他是一位具有世界影响的历史人物。有了他,中国十三至十四世纪中叶的历史才显得那么雄性和豪放。想起他,就会想起辽阔的草原、沙漠、戈壁、如潮的马蹄和万里远征,想起一首雄浑的英雄史诗。

蒙古这一名称最早见于《旧唐书·北狄传》,称"蒙兀室韦"。

成吉思汗的先祖起源于一则"苍狼"和"白鹿"的传说,这是被世界各国的传记作家们演绎得扑朔迷离、不着边际的话题。波斯人拉施特在他的《史集》中说,成吉思汗的先祖朵奔伯颜有一个十分贞洁的妻子阿阑豁阿,她为他生了两个儿子,一个名叫别勒古讷台,另一个名叫不古讷台。但朵奔伯颜死后,阿阑豁阿"未经(与男人)婚媾",有一缕"神"的亮光从帐庐孔顶射入,使她怀孕,生了第三个儿子孛端察儿,他就是成吉思汗的十世祖。阿阑豁阿这三个儿子繁衍的部落,合称为尼伦(尼鲁温)部落。第三个儿子后来当了首领,他的后裔被称为"纯种的蒙古人"。法国东方史专家勒内·格鲁塞在《草原帝国》一书中也说,真正的蒙古人,从狭义上讲,是指成吉思汗所在的部落,"他们在今外蒙古东北,在鄂嫩河(斡难河)和克鲁伦(怯绿连)河之间作季节性的迁徙"。

成吉思汗是蒙古贵族出身。据《元史·太祖纪》记载,成吉思汗的直系祖先如下:十世祖孛端察儿(孛端叉儿)、九世祖八林昔黑剌秃合必畜、八世祖咩撚笃敦(蔑年土敦)、七世祖纳真、六世祖海都、五世祖拜姓忽儿、四世祖敦必乃、曾祖父葛不律寒(合不勒汗)、祖父八哩丹、父亲也速该。其中,十世祖孛端察儿、八世祖蔑年土敦、六世祖海都、曾祖父合不勒,都是蒙古部落联盟首领。

从成吉思汗的父亲也速该开始,他的家族史才变得清晰起来。也速该是乞颜-孛儿只斤氏族的首领,同时掌握着蒙古部落联盟的军事指挥权。由于尼鲁温长房子孙(泰赤乌部)对于推举谁来当部落联盟首领始终达不成共识,而也速该是尼鲁温次房子孙(乞颜-孛儿只斤部),泰赤乌部也不愿推荐他来当部落联盟首领。但也速该掌握着蒙古部落联盟的实权,对此泰赤乌部心怀不满。

过去通常说,成吉思汗出身于蒙古部落联盟的"黄金家族"。据朱耀廷所著《成吉思汗传》一书引用蒙古国学者策·达赉最新考证,成吉思汗出身蒙古贵族尼鲁温家族,命名为"大可汗黄金氏族"是成吉思汗时代的事,其主要成员包括成吉思汗四兄弟(铁木真、拙赤哈撒儿、合赤温额勒赤、帖木格斡赤斤),以及成吉思汗的四个儿子(术赤、察合台、窝阔台、拖雷)和他们的后代,意即"贵族中的贵族"。

北方草原,是中国历史的后院。北方游牧民族,是缔造中国历史的伟大力量之一。成吉思汗出生的时代,蒙古草原部落林立、争战不休。自古以来,匈奴、突厥、东胡三大族系主宰着北方草原,在繁衍中演变,在演变中繁衍,世世代代,生生不息。中国的万里长城,其实是为北方游牧民族建立的一座伟大纪念碑,纪念他们顽强不息地参与缔造中国历史的伟大精神。

成吉思汗出生的年代,契丹(辽)、女真(金),已先于蒙古崛起于北方,建立了割据政权。辽、金都把主要精力投入到同中原北宋王朝的战争中,对北方草原各部实行羁縻式松散统治。正是在这种背景下,北方草原出现了五大兀鲁思并立的局面:塔塔尔部、蔑儿乞部、克烈部、乃蛮部和蒙古部。这五大兀鲁思实际上是五个部落联盟,每个部落联盟中又包括许多同族的部落。蒙古部是后起的,力量并不占优势。

蒙古部内部也充满着矛盾和冲突。蒙古部分为两大类部落,一类部落是"纯种的蒙古人",即拥有尼鲁温贵族血统的蒙古人部落;另一类部落被称为"一般蒙古人",他们是尼鲁温蒙古人的世袭奴隶和属民组成的部落。

在尼鲁温蒙古贵族内部,长房俺巴孩汗后裔(泰赤乌部),同次房合不勒汗后裔(乞颜–孛儿只斤部)之间的矛盾也日益加深。在早先,长房和次房是轮流当选蒙古部落联盟首领的,但到了成吉思汗父亲这一代,长房和次房已不再团结和谐。

尼鲁温部落中的札答兰部比较特殊,它是成吉思汗十世祖孛端察儿掳得一名兀良哈孕妇为妻,生下一名兀良哈血统的儿子札只剌歹,这一脉的子孙繁衍成札答兰部("札答兰"在蒙语中指族外人)。

在"一般蒙古人"部落中,弘吉剌部落是一个独立而强大的蒙古族部落,它有许多分支,与尼鲁温部落世代通婚。另外有兀良哈、斡罗纳兀惕、许慎、速勒都思、亦勒都尔勤和轻吉惕等众多蒙古人部落。这些"一般蒙古人"的共同态度是,尼鲁温蒙古贵族中哪一支实力最强,他们就跟哪一支走。

战神的童年磨难

成吉思汗出生于南宋绍兴三十二年(1162年),即宋高宗赵构在位的最后一年。《史集》说,由于成吉思汗四十一岁以前的生平事迹"不能逐年地详细获知",他的出生时间是根据他的去世时间,按他一生中经历的一系列重大事件,用倒推法推算出来的。

成吉思汗的全名叫孛儿只斤·铁木真。铁木真九岁那年(1170年)秋天,父亲也速该领着他从今蒙古国乞颜部游牧地三河源头,到今我国内蒙古呼伦贝尔草原东部的弘吉剌部去看望他的舅舅,同时为他相一门亲事。也速该为铁木真相中了弘吉剌部德薛禅十岁的女儿。德薛禅是弘吉剌部一个氏族的首领。按照蒙古人的习俗,相亲之后要把儿子留在女方家中,也速该独自返回。

呼伦贝尔来源于两个湖的合称,我国内蒙古东端的呼伦湖、蒙古国东端的贝尔湖(古称捕鱼海),两个湖合称为呼伦贝尔,并由此称那片草原为呼伦贝尔大草原。两湖以东是弘吉剌部牧地,以西是塔塔儿部牧地。也速该返回途中,经过塔塔儿部牧区,遇上一户牧民家正在举行庆宴。按照游牧民族习俗,骑马路过这种场合应该下马,以示对主人家的尊重,并可随意入席饮酒。

塔塔儿部和蒙古部是世仇,许多年前,铁木真的堂曾祖俺巴孩汗被推举为蒙古部落联盟首领后,带了几位那可儿到塔塔儿部去,想挑选一位美貌女子做自己的妻子。塔塔儿人觉得受到了侮辱,把俺巴孩汗一行人抓了起来,交给塔塔儿臣服的金国。由于蒙古部没有向金国臣服,金国下令按照处死反叛者的条律,把俺巴孩汗活活钉死在木驴上。九年前,即铁木真出生的那一年,也速该领导蒙古部落联盟与塔塔儿部打了一仗,塔塔儿部大败,也速该抓获了塔塔儿部的一位氏族首领铁木真,以同样的方式把他处死,为先辈俺巴孩汗报了仇。也速该打了胜仗回到家里,儿子刚好出生,双喜临门,他就用被处死的敌人首领的名字铁木真作为自己儿子的名字,以纪念这次战斗的胜利。

真是冤家路窄。这一天,也速该下了马,席地坐到塔塔儿人中间,和大家一起欢畅痛饮。结果,他被当年参加战斗的几个塔塔儿人认了出来,在酒中下了毒药。也速该走到半路就不行了,伏在马背上坚持了三天三夜,终于坚持到家,立刻把跟随他的另一支蒙古人晃豁坛氏的蒙力克叫来,向他讲述了中毒的经过,请他多多关照他撇下的孤儿寡母,说完就死了。就这样,年仅九岁的铁木真和六个弟妹成了孤儿(《蒙古秘史》校勘本下册,第931—933页)。

从此,铁木真的母亲诃额仑领着全家,孤儿寡母,受尽了种种磨难和屈辱,无数次死里逃生,铁木真的童年岁月无比辛酸。

泰赤乌部作为长房子孙,他们对也速该生前掌握尼鲁温部落的实权一直心怀不满。也速该一死,他们就找碴儿抛弃了他们一家。也速该死后第二年春天,尼鲁温部举行祭祖活动,主持祭奠的是族中长辈、俺巴孩汗的两位可敦(夫人)。按习俗,祭奠结束后每家可分得一份祭品(牛羊肉及马奶酒等),由于铁木真母子迟到了一会儿,两位可敦没有分给他们。铁木真的母亲诃额仑觉得分不到祭品是奇耻大辱,意味着被祖先抛弃,她就与两位可敦争吵起来。诃额仑说:"眼看着茶饭不与了,起营时不呼唤的光景做了也?"两位可敦回答道:"你行无情唤的礼,遇着茶饭呵便吃。俺巴孩汗皇帝死了么道,被诃额仑这般说。"(《蒙古秘史》校勘本,第70页)这是蒙式汉语,大致意思可以看明白。

第二天一早,泰赤乌部就起营搬走了,他们真的没有通知诃额仑一家。也速该生前统领的乞颜部各支的贵族、平民、奴仆、侍卫,全都跟着泰赤乌部走了。只有晃豁坛氏的察剌合、蒙力克父子俩留了下来,因为也速该曾在一次作战中救过察剌合老人的命,蒙力克又受了也速该托孤之嘱。还有也速该家的一位老女奴豁阿黑臣也留了下来。察剌合老人去拉住也速该生前的部属脱朵延吉儿帖的马缰,劝他不要背叛主人,不能丢下诃额仑孤儿寡母一家。脱朵延吉儿帖竟对察剌合老人刺了一枪,决绝地走了。他们甚至把铁木真家的马群和羊群也全都赶走了。

诃额仑是位坚强的女性,她"持纛上马而往","麾旗将兵,躬自追叛者"(《元史·太祖纪》)。纛,是乞颜-孛儿只斤部落的标志,也速该生前号令军队的大旗。她追回了一部分本部落人马,但失去主子的部众,靠她一个妇道人家毕竟拢不住,一晚上又都走了。

诃额仑派蒙力克到呼伦贝尔去把长子铁木真叫了回来。当时长子铁木真九岁、次子拙赤哈撒儿(合撒儿)七岁、三子合赤温额勒赤(哈赤温)五岁、四子帖木格斡赤斤(斡惕赤斤)三岁、吃奶的幼女帖木伦还睡在摇车里。也速该还有一位二夫人,她生的两个儿子别克台儿、别勒古台,年龄都比铁木真小。诃额仑成了一家之主,全家三个女人、七个幼儿,只剩下九匹银合马,别的什么都没有了。

诃额仑领着全家在今蒙古国东北部斡难河畔(黑龙江上游,现称鄂嫩河),在辛酸和屈辱中一天天煎熬。他们已经没有牲畜奶肉可供食用,诃额仑领着孩子们拾野果,用树棍掘地榆、野葱和山韭艰难度日。铁木真领着几个弟弟下水淖摸小鱼、进树林逮小鸟,一切为了填饱肚子。

这期间,兄弟间发生了一次悲剧。起因很简单,异母弟别克台儿偷走了铁木真逮到的一只云雀和一条鱼,铁木真在弟弟合撒儿的协助下,"用箭射死了别克台儿"(《草原帝国》,第257页)。在此之前,诃额仑发现他们兄弟之间有矛盾,曾一再教育他们说,现在咱们家除了影子没有伴当,除了马尾没有鞭子,你们兄弟应当和睦。但铁木真年少无知,报复性极强。这是铁木真少年丧父、受尽欺凌的童年经历对他的性格造成的负面影响。从这件事也可看出,铁木真从小就有十分强烈的征服欲。铁木真兄弟在苦难中一天天长大。"过着粗野生活的年轻的铁木真兄弟变得强壮和无畏。"

泰赤乌部的年轻首领塔儿忽台(铁木真的堂叔),原来以为铁木真一家都死光了。当他得知铁木真已经长大成人,十分不安,担心铁木真对他们进行报复。塔儿忽台带领泰赤乌部对铁木真一家发动了一次突然袭击,准备抓住铁木真杀掉他。铁木真逃进密林藏了九天九夜,最后走出密林时仍被一直守候着的泰赤乌部人抓走了。塔儿忽台将铁木真抓回本部营地,命令本部各营轮流看押铁木真,准备把铁木真关押到农历四月十六日(青草开始返青的初夏第一个既望日),用铁木真的人头祭天。祭祀日的前夜,铁木真趁看守不备,举起锁住他双手的木枷将看守击昏,带着木枷逃进斡难河边的树林。塔儿忽台下令全部落出动搜寻抓捕铁木真。铁木真跳进斡难河,靠着木枷的浮力,露出鼻孔仰卧在河中。泰赤乌部的奴隶锁儿罕失剌发现铁木真躺在河中,他走近铁木真轻声说,你躺着,我不会告诉别人,说完就走开了。在这之前,铁木真被关押期间,有一夜轮到锁儿罕失剌一家看守铁木真,锁儿罕失剌和两个儿子赤老温、赤不拜同情铁木真,把他的木枷打开,让他好好睡了一晚,他们之间结下了友情。

  当搜捕的人散尽后,铁木真决定躲到锁儿罕失剌家去。锁儿罕失剌全家每天晚上都要为主人家加工马奶食品,常常要点着灯干一通宵。铁木真朝着灯光走去,很快找到了锁儿罕失剌家。锁儿罕失剌一见铁木真撞到他家来,大惊失色,弄不好全家都要送命。他的两个儿子却说,雀儿躲避老鹰钻入草丛,草丛也能救雀儿一命,难道我们家还不如一丛野草?老人同意舍命搭救铁木真。兄弟俩立刻帮助铁木真去掉木枷,把他藏到堆放羊毛的后屋,交给妹妹合答安照看。这是一种草原风俗"遇客婚",让客人与自己的女儿住在一起,表示对客人的真情实意。

  泰赤乌人大肆搜捕三天没有找到铁木真,开始怀疑锁儿罕失剌一家,立刻派人到他家来搜查。合答安陪着铁木真被父亲和哥哥埋在闷热难熬的羊毛堆里,惊险万状地躲过了搜查。合答安是铁木真在生死关头遇到的第一位恋人,后来两人虽然未能结为夫妻,但铁木真对合答安永生难忘。

老人锁儿罕失剌连夜为铁木真煮了一只羔羊,装了一桶马奶,给他一匹草黄马,没有鞴马鞍,也没有给他火镰,只给他一张弓、两支箭,立刻叫他上路离开,越快越好。不鞴马鞍是怕被别人从马鞍上认出主人家;不给他火镰是不让他在路上生火做饭,避免烟火暴露目标;只给一张弓、两支箭,是限定他只能用于防身,不能起性杀人。

铁木真终于逃回家中,诃额仑担心泰赤乌部再来报复,带领全家逃进深山,在不儿罕山深处的一条小河边安顿下来。这是今蒙古国东北部克鲁伦河上游的一条支流,她在那里继续领着孩子们挖野菜、摘野果、捉草原鼠类度日。

不久,泰赤乌部中有一群专以抢劫为生的主儿乞人(也称禹儿乞、主儿勤),抢走了铁木真家九匹银合马中的八匹。铁木真骑上草黄马连续追赶了六天六夜,在途中遇到了牧民纳忽伯颜的独生子博尔术,在他的大力帮助下,终于把八匹银合马追了回来(《成吉思汗传》第77—81页)。

一场夺回新娘的战争

铁木真终于在苦难中长大成人,"亥猪多子之年"(1179年),铁木真已经十八岁,到了婚娶的年龄。母亲诃额仑决定让铁木真到弘吉剌部去完婚,并让铁木真的异母弟弟别勒古台陪哥哥一起去,把嫂子孛儿帖接回来(《成吉思汗传》,第82页)。

德薛禅见未婚女婿铁木真在颠沛流离中已经长得如同他父亲也速该一样高大强壮,十分高兴。按照草原婚俗,婚礼要在女方家里举行。德薛禅为铁木真和女儿孛儿帖举办了婚礼,并给了女儿一件珍贵的黑貂皮斗篷做嫁妆。完婚后,老两口送小两口上路返回。德薛禅要照料家庭和部落,送了一程就回去了,孛儿帖的母亲搠擅夫人一直把女儿送到铁木真家。这是铁木真一家遭受劫难以来最大的喜庆日子,全家人都沉浸在欢乐之中。

铁木真想起了好伴当博尔术,打发异母弟弟别勒古台去把他请来喝喜酒。从此以后,博尔术再没有离开过铁木真,一直追随铁木真打天下,后来成为大蒙古国的一员开国大将。

不久,铁木真一家迁移到了蒙古国东北部克鲁伦河源头。这时,铁木真家的世袭奴隶、兀良哈部的老铁匠札儿赤兀歹,把儿子者勒蔑送到铁木真家来当门户奴隶,为铁木真鞴鞍、开门,干杂活。从此,者勒蔑成为铁木真忠心耿耿的那可儿。后来,者勒蔑也成为大蒙古国的一员开国大将。

正当铁木真满怀喜悦和希望开始重振家族雄风的时候,灾难再一次降临。由于草原游牧民族同部落不通婚,抢亲成为一种古老的草原风俗流传了下来。铁木真的母亲诃额仑也是呼伦贝尔弘吉喇部人,本来是嫁给蔑儿乞部的也客赤列都的。他们的婚车走到半路,也速该正在斡难河畔放鹰,看到新娘很漂亮,立刻回去叫了哥哥捏坤、弟弟答里台斡惕赤斤,三人骑马前来,把新娘抢了回去。

蔑儿乞人把仇恨在心里埋藏了二十年。现在,听说铁木真也从弘吉剌部娶回了一位漂亮新娘,他们决定报仇,也速该欠下的债,由他儿子铁木真来偿还。那天天亮前,老仆人豁阿黑臣感到大地在颤动,她急促地呼唤诃额仑:"母亲,疾快起来!疾快起来!"诃额仑睁开眼睛,听到马蹄声潮水般涌来,急忙把孩子们全部叫醒。

铁木真没有料到是蔑儿乞人来抢他的爱妻孛儿帖,以为是泰赤乌部又来报复。

诃额仑抱着幼女跨上马鞍,铁木真五兄弟和博尔术、者勒蔑等人每人骑上一匹银合马保护母亲向肯特山中逃去。铁木真的新娘孛儿帖、阿勒古台的母亲、老仆人豁阿黑臣三个女人已经无马可骑,豁阿黑臣套了一辆牛车,拉着新娘孛儿帖和别勒古台的母亲往山里走,结果三个女人全被蔑儿乞人掳去。

铁木真为了夺回新娘,开始筹划他人生中的第一场战争。他决定去向两个人借兵。一是克烈部首领脱斡邻勒罕(即后来的"王罕"),他是铁木真父亲也速该的"安答"(结拜兄弟);二是札答兰部的年轻首领札木合,他是铁木真的"安答"。

铁木真先去克烈部见脱斡邻勒罕,由于他是父亲生前的"安答",铁木真尊他为义父,并把孛儿帖的珍贵嫁妆黑貂皮斗篷作为礼物送给了他(按照草原风俗,新娘最珍贵的嫁妆应该由儿子转送给父亲)。脱斡邻勒罕与铁木真父亲也速该有着生死之交。脱斡邻勒罕继承其父汗位之初,因残杀兄弟,被家族追杀。他在走投无路之际投奔了也速该,并在也速该的帮助下恢复了汗位,两人从此结为"安答"。脱斡邻勒罕七岁的时候,蔑儿乞人也曾把他和母亲一起抢走,逼他奴隶般干活。因此,他对蔑儿乞人同样怀有仇恨,当场答应帮助铁木真复仇,夺回新娘。

铁木真又去找自己的"安答"札木合。札木合既是铁木真的"安答",也算是同宗兄弟,更加义不容辞。经过三方协商,脱斡邻勒罕出两万人,札木合出两万人,共同进攻蔑儿乞部。脱斡邻勒罕推举札木合担任总指挥,札木合年轻气盛,当仁不让。在札木合的统一指挥下,四万大军向蔑儿乞部的游牧地色楞格河流域进军。蔑儿乞部首领脱脱的警惕性很高,他知道铁木真肯定会来报复,向四方派出许多打猎、捕鱼者充当侦探,于是及时获得了札木合率领大军前来进攻的情报。脱脱生性狡猾,敌人从东北方向迂回前来,他偏往东北方向逃脱了。蔑儿乞人失去了首领,无人指挥,立刻陷入了一片混乱。铁木真急着呼唤爱妻孛儿帖的名字,孛儿帖在老仆人豁阿黑臣的陪伴下向铁木真扑了过来,哭得泪人儿一般。

脱脱逃跑时，没有通知另一位首领合阿台。合阿台被铁木真擒获，戴上木枷。铁木真的异母弟弟别勒古台，他的母亲是同嫂子孛儿帖一起被抢来的，他从老仆人豁阿黑臣口中得知母亲就在合阿台营盘内。他一边呼喊着母亲，一边在人堆里到处寻找。由于他母亲被抢来后配给了下等人为妻，她听到了儿子的呼喊，但觉得无脸见儿子，换上一件破羊皮袄，哭着从另一个门出了营盘，躲进了森林。

铁木真兄弟对蔑儿乞人进行了报复性屠杀，抢掠其财物。兵荒马乱中，他们在蔑儿乞营盘中捡到一个失去亲人的五岁小男孩曲出。按照草原风俗，征服对方时，在对方营盘内见到孤儿，应当收为养子。铁木真把小男孩曲出带回去交给母亲诃额仑做了养子。铁木真在战争中曾先后捡回四个这样的小男孩，他们都成了母亲诃额仑的养子（从蔑儿乞营地捡回的曲出、从泰赤乌营地捡回的阔阔出、从塔塔儿营地捡回的失吉忽尔忽、从主儿乞营地捡回的博尔忽）。后来，曲出成为成吉思汗手下的著名将领之一。

铁木真班师途中，妻子孛儿帖、老仆人豁阿黑臣在车上向他讲述了被抢九个月来的经历。孛儿帖被蔑儿乞部抢去后，首领脱脱强迫她与一位大力士赤勒格儿结了婚。赤勒格儿对孛儿帖倒很敬重，孛儿帖无力反抗，只能苦苦等待铁木真来救她。当铁木真的四万大军前来进攻时，赤勒格儿对孛儿帖说："我不过是一只只配吃残皮剩肉的乌鸦，如今却妄想吃大雁和仙鹤。"说完就逃进峡谷中去了。

走到半路，孛儿帖却生下了一个儿子，他就是成吉思汗的长子术赤。"术赤"的蒙古语意思是"客人"。关于术赤的血统，史学界历来有两种观点。一种观点认为，孛儿帖被蔑儿乞人抢去才九个月，这孩子应该是孛儿帖被抢走之前就怀孕了，是铁木真的亲生子。另一种观点认为，孛儿帖被蔑儿乞人抢去不是几个月，而是几年，术赤是蔑儿乞人的血统。由于《蒙古秘史》和《史集》都没有记载孛儿帖被抢和抢回的具体时间,这一问题至今无从考证解决。由于这一复杂背景,术赤幼年时,尽管铁木真夫妇对他百般呵护,但他的兄弟和亲属们总是对他另眼相看。术赤长大成人后,由此同家族乃至同父亲成吉思汗之间产生了一系列矛盾。

后来,成吉思汗与孛儿帖又生了三个儿子:次子察合台、三子窝阔台和四子拖雷。

年轻的蒙古乞颜部可汗

铁木真成为蒙古乞颜部可汗,是同"安答"札木合分道扬镳开始的。铁木真夺回妻子孛儿帖后,全家与札木合在额尔古纳河(今我国内蒙古东北部中俄界河)杞答兰部牧区共同生活了一年半。这期间,札木合经常以开玩笑的方式,说铁木真"丢了妻子,得了儿子"。铁木真对孛儿帖感情很深,对于札木合的讥笑,内心很不高兴。

约公元1182年或1183年"夏四月十六日",即新草开始返青的第一个既望日,牧民们就在这一天转场,从冬牧场转往夏牧场。铁木真与札木合两人同乘一辆车,走在队伍最前面。路上,札木合说:"咱每(们)如今挨着山下,放马的得帐房住;挨着涧下,放羊的放羔儿的喉咙里得吃的。"铁木真一听札木合话中有话,下了车,"嗓声立住",在路旁等候母亲诃额仑的车子上来。铁木真见了母亲,把札木合的话说了一遍,问母亲怎么办。铁木真母亲一听,竟一时说不出话来。铁木真的妻子孛儿帖开口把话点破了,她说:"如今咱每(们)行厌了也恰才的言语,莫不欲图谋咱每(们)的意思有。咱每(们)休下,就夜兼行着,善分离了好。"(《蒙古秘史》校勘本下册,第957页)

铁木真觉得妻子孛儿帖讲得有道理,就这么办。他通知本部落人员不在这里扎营,"连夜兼行"。他们路过泰赤乌部营地时,泰赤乌人误认为铁木真是来袭击他们的,连夜撤走,前去投靠札木合。泰赤乌部营盘里不知哪一家丢下了一个小男孩,名叫阔阔出。铁木真的部下将他带走,送给铁木真母亲做了她第二个养子。

札木合领着他的札答兰部,从额尔古纳河畔转场到了今俄罗斯境内的鄂嫩河中游。

铁木真领着他的部众继续西上,转场到了今蒙古国境内的克鲁伦河上游,这里是也速该家族的传统驻牧地。

铁木真与札木合分道扬镳是早晚的事。核心问题有两个:一是血统问题。铁木真是"纯种的蒙古人",是尼鲁温家族的嫡传后代;札木合是兀良哈部血统,是尼鲁温家族的"族外人"。二是蒙古部落联盟首领之争。铁木真当年二十一岁,已进入他一生中立大志、创大业的年龄。他和他的家族已熬过了最为艰难的日子,已经初步具备了独立创业的基础。札木合则早已当上了札答兰部的年轻首领,大有争当蒙古部落联盟首领之势。铁木真幼年性格中就显露出强烈的征服欲,他虽然与札木合两次结成"安答",但他绝不会心甘情愿地长期寄居在札木合这样一位"族外人"的屋檐下过日子。

铁木真西上独立扎营的消息传开后,原先投奔在札木合旗下的乞颜部各支的成千上万百姓和奴隶都跟随他西上了。另外,还有来自其他二十七个蒙古氏族和小部落的四十多位有名望的首领和大批部众,甚至还来了不少非蒙古部的其他族群。铁木真身上的吸引力来自两个方面,一是他具有纯正的尼鲁温贵族血统;二是他战胜蔑儿乞人、夺回新娘孛儿帖所显示的英雄气概。

自从也速该被塔塔儿人毒死后,乞颜部蒙古贵族已经二十多年没有产生部落首领了,推举新的部落首领的时机已经来到。这时,出现了一位特殊人物,他就是来自札答兰部巴阿邻氏的豁儿赤,他是萨满教的通天巫。他和札木合一样,是铁木真十世祖孛端察儿掳来的兀良哈孕妇的后裔。铁木真率领部众来到克鲁伦河上游扎下营盘后,第二天一早就到各个营地去挨个看望、安抚大家。当他看到豁儿赤时,又惊又喜:"你怎么也来了?"豁儿赤说,他本不该离开札木合,但有神灵在晚上托梦给他,说铁木真将要成为可汗,所以他就来了。这说明,外人都在观察,铁木真和札木合的首领之争迟早都要来到,并且认定铁木真将占得上风。豁儿赤对铁木真说:"我将这等言语告与你,你若做国的主人呵,怎生教我快活?"蒙古人都相信萨满教,铁木真也希望借助一点"长生天"的力量来实现自己的目标。他回答豁儿赤说:"我真的做呵,教你做万户。"豁儿赤说:"只与我做个万户呵,有什么快活?与了我个万户,再国土里美好的女子,由我拣选三十个为妻。又不拣说甚言语,都要听我。"铁木真都答应了他(《蒙古秘史》校勘本下册,第959—960页)。

　　豁儿赤关于神灵托梦铁木真要做可汗的话,一传十、十传百,产生了很大的宣传效应。约在公元1183—1184年之间,铁木真在新牧地召集本部落长辈和有名望的人开了一次"库里尔台"(蒙语"选汗大会"),协商推举部落首领之事。参加会议的人当中,有铁木真的亲叔父、堂叔父和族兄答里台、阿勒坛、忽察儿、撒察别乞等人,铁木真主动提出由他们中间产生一位部落首领,但他们却一致对铁木真说:"立你做皇帝!"(《蒙古秘史》校勘本下册,第961页)

　　就这样,铁木真成了乞颜部的年轻可汗。乞颜部在相隔二十多年之后,第一次有了自己的部落首领。当时铁木真约二十一至二十二岁(《成吉思汗传》,第110页)。铁木真称被推举为乞颜部可汗之后,以"子即汗位往告其父"之礼,派人去向克烈部义父脱斡邻勒罕报告;同时以"弟即汗位往告其兄"之礼,派人去向札答兰部首领札木合报告。脱斡邻勒罕表示热诚祝贺、全力支持;札木合则表示大为不满,认为铁木真"勾引"走了他的大批部众。

铁木真称汗时,其部众不足三万人。他深知需要经过一番长期的苦心经营,方能有所作为。为此,他定下了四条方略:第一,借重外援。特别是借重克烈部义父脱斡邻勒罕的力量,去对付其他部落。同时,与札木合也尽量保持"安答"关系,不主动与他破裂。第二,组织军队。首先组织近卫队,以确保部落首脑机关的安全。他命令他的那可儿(心腹干将)博尔术组织带刀队,负责内卫;者勒蔑组织弓箭勇士队,负责外卫;速不台带领散班,负责巡逻。此外,又组成了"十三翼"军事编制:第一翼由铁木真汗母亲诃额仑率领;第二翼由铁木真汗本人率领;以下十一个翼,分别由投奔铁木真汗而来的尼鲁温部的各部首领,即他的伯父、叔父、堂兄等各位长辈们率领(《史集》第一卷第二分册,第112—114页)。后来这十三翼逐步发展成十三个蒙古军团,成为所向披靡的远征军精锐。第三,增殖人口。人口的自然增殖是缓慢的,主要是安排专职人员负责收留、安置和吸引外来投奔者。甚至通过战争手段抢掳人口。第四,大量繁殖牲畜。特别是着眼战争需要,指定专人负责马群的放牧、改良和繁殖(《蒙古秘史》校勘本下册,第961页)。

诸事安排完毕,铁木真汗要求本部落大小首领们同心协力,共图大业。这一切,都开始显示出铁木真汗的领袖气质。

十三翼之战

十三翼之战,既是札木合与铁木真争夺蒙古部落联盟首领的战争,同时也是铁木真汗为统一蒙古各部而战的起点。铁木真汗成为乞颜部可汗以后,他产生了统一蒙古各部的强烈愿望。十三翼之战,交战双方都是蒙古族。主动挑起这场战争的是札木合,因为他想争当蒙古部落联盟首领。札木合联合其他十三个部落,向铁木真汗的乞颜部发起了进攻。

十三翼之战发生在公元1190年。那一年,铁木真汗二十八岁,娶回孛儿帖刚好十年。这十年间,铁木真汗经历了苦难童年之后的第二个磨难期:娶亲结婚,新娘被抢走;借助外部力量发动对蔑儿乞人的战争夺回妻子孛儿帖;与札木合分道扬镳;西迁至今蒙古国东部克鲁伦河上游独立扎营;被推举为乞颜部可汗。这是跌宕起伏的十年。

铁木真汗率领乞颜部在克鲁伦河上游的发展,使札木合深感威胁。为了千方百计阻止铁木真汗的发展壮大,札木合使出了两手:一是往乞颜部、克烈部派遣奸细,散布谣言,挑拨铁木真汗同克烈部义父脱斡邻勒罕的关系;二是鼓动与乞颜部有世仇的其他各部联合起来对付铁木真汗。

于是,铁木真汗面临的形势变得十分严峻,真可谓"四面皆敌":东面,是今中俄边境额尔古纳河流域札木合统领的札答兰部;北面,是抱有敌对情绪的同宗长房子孙泰赤乌部和曾经抢走过他新娘的蔑儿乞部;西面,是阿尔泰山地区的乃蛮部;南面,是为金国守边的世仇塔塔儿部。然而,这种严峻形势恰好为铁木真汗磨炼钢铁意志,提高他应付各种复杂局面的能力创造了客观条件。

铁木真汗学会了在困境中求生存的第一手:对金国表示臣服,岁贡不绝。为此,他经常得到金国的赏赐。他的反对者们害怕金国帮助铁木真汗惩罚他们,不敢对铁木真汗贸然进攻。

金大定二十九年(1189年),金世宗去世,金章宗继立。札木合和泰赤乌部都觉得这是对铁木真汗发动进攻的极好机会。泰赤乌部的大小头目们竭力鼓动札木合带领他们向铁木真汗发动进攻。于是,札木合派人去抢劫铁木真汗马群中的马匹,以试探铁木真汗的反应。札木合之弟给察儿的牧地与乞颜部的牧区相邻,他见到札木合派人前来抢劫铁木真汗的马匹,也带人前去抢马。由于铁木真汗有了防备,给察儿被乞颜部的人一箭射死。这件事成了十三翼之战的导火索。第二年(1190年),札木合以此为借口,带领十三部联军三万人,从今俄罗斯境内的额尔古纳河流域向西翻山越岭"要与成吉思汗厮杀"(《蒙古秘史》校勘本下册,第964页)。

幸亏札木合联军中有心向铁木真汗的人。亦乞剌思部的木勒客、索罗勒歹二人,把札木合率领十三部联军前来进攻的消息星夜驰报铁木真汗。铁木真汗得到消息,立即把他的十三翼军队召集起来,做好迎敌准备。他的十三翼军队也称十三个"古阑"(《史集》中称"古列延"),意即十三个"圈子"。每个"古阑"仅有兵力一千人,总兵力共一万三千人。

札木合率领十三部联军向西翻越今中蒙边界的两座大山,发现了铁木真汗派出的前哨。联军前进至今蒙古国东北部鄂嫩河支流臣赫尔河附近,与铁木真汗军"大战于答兰版朱思之野"。铁木真汗的十三翼抵挡不住札木合联军的进攻,遭受不小损失,退入峡谷。札木合联军斩杀了铁木真汗军队第十三翼首领捏兀歹察合安。由于峡谷中不利于骑兵展开,札木合宣布退兵,他残忍地"斫断捏兀歹察合安的头,马尾上拖着走了"(《蒙古秘史》校勘本下册,第964页)。

札木合发现这次军事行动走漏了消息,回去"将赤那思地面有的大王每(们),教七十口锅都煮了"。札木合如此残忍地对待部众,许多人都愤怒地纷纷离开了他,投归铁木真汗(《蒙古秘史》校勘本下册,第964页)。但《史集》的记载正相反,说是铁木真汗用这十三个"古列延"歼灭了札木合三万骑兵,然后"下令在火上架起七十口锅",把俘获的敌人都活活煮死了。"照烈惕部害怕了,马上屈服了。"(《史集》第一卷第二分册,第114页)看来,札木合和铁木真汗两人都有用大铁锅"煮人"的可能性。一个本质性的判断前提是,当时蒙古族正处在从奴隶制向封建制过渡阶段,许多野蛮习性尚未脱尽。尤其是在铁木真汗尚未完全摆脱困境的情况下,不排除他也会采用野蛮的严厉手段去慑服部众。铁木真汗是人,不是神,他不可能超越人类社会文明进步的一般规律,在这些方面用不着为他"美化"。不过,铁木真汗在战后注意安抚部众,这方面他比札木合得人心,对抗的优势渐渐在向着他这一边转化。

但是,乞颜部内部仍然存在着一触即发的矛盾。十三翼之战后不久,就发生了一件很不愉快的事。当时,经铁木真汗母亲诃额仑提议,在驻牧地一片河谷树林里举行了一次宴会,把投奔在铁木真汗汗旗下的亲属们都请来了。诃额仑觉得儿子当上了可汗,值得庆祝;亲属之间多少年来的恩恩怨怨,也该作个了结才是。诃额仑一片好心,却没有取得好的结果。司厨失丘儿在给各人面前放碗的时候,在铁木真汗母亲诃额仑和主儿乞部首领撒察别乞的大母(父亲的大老婆)忽忽儿真哈敦面前放了一只两人合用的酸马奶木碗;而在撒察别乞的生母(父亲的小老婆)豁别该哈敦面前单独放了一只酸马奶木碗。按理说,让忽忽儿真哈敦与铁木真汗母亲诃额仑合用一只酸马奶木碗,可以理解为是对她的格外尊重。但忽忽儿真哈敦不这么认为,她认为这是铁木真汗一家小瞧了她,使她丢了面子,立刻大怒,抽了司厨失丘儿一耳光,失丘儿委屈得号啕大哭。"铁木真汗和他的母亲容忍了这件事,对此什么话也没有说。"(《史集》第一卷第二分册,第120页)

一波未平,一波又起,铁木真汗的异母弟弟别勒古台负责在外掌管自家的和客人的马夫们。泰赤乌部播里的马夫偷了铁木真汗家的一个马笼头,别勒古台同他发生了争吵。主儿乞部的撒察别乞和播里一条心,竟抽出长剑砍伤了别勒古台的肩。铁木真汗的那可儿们一见,呼啦一下围了过去。别勒古台竭力劝大家不要把事情闹大,但铁木真汗的那可儿们不干,双方用树枝对打起来。

铁木真汗的那可儿们占了上风,把忽忽儿真、豁别该两位哈敦扣留起来,宴会不欢而散。

当天晚上,撒察别乞带着主儿乞部离开了铁木真汗,单独扎营去了。为了缓和矛盾,铁木真汗把两位哈敦放了回去,并派出使者前去协商和解,对方不理。这表明作为"纯种蒙古人"尼鲁温部的向心力、凝聚力还很差。这件事使铁木真汗清醒地认识到,要想统一蒙古各部,首先必须以武力统一"纯种蒙古人"尼鲁温各部,再也不能等待他们"同宗归顺"了。铁木真汗已经把统一蒙古各部的斗争逻辑看得很清楚,统一了同宗的尼鲁温各部,才谈得上统一蒙古其他各部;统一了蒙古各部,才谈得上统一蒙古族以外的其他草原各部。在实战过程中,这两个"统一"又无法截然分出先后,只能针对形势发展,交叉起来进行。

初战世仇塔塔儿部

铁木真汗统一蒙古各部的战争,是从进攻世仇塔塔儿部开始的。这次战争并不是铁木真汗主动发起的,而是奉金国之命,配合克烈部脱斡邻勒罕,从东西两个方向夹击塔塔儿部。

金国消灭辽国之后,以主要精力同南方的北宋王朝争夺中原,对北方草原各部的防御主要采用两种办法:一是西起内蒙古武川县、东至内蒙古莫力达瓦县,修筑了三段互不连接的"金边壕"(又称"金长城"),全长三千余里,以阻挡草原骑兵南侵;二是采取"以胡制胡"方式,将"金边壕"交给三个最早臣服金国的草原部落防守:(一)西段由汪古部防守;(二)中段由塔塔儿部防守;(三)东段由弘吉剌部防守。在金国北疆东部额尔古纳河流域和呼伦湖牧区之间,活动着两个蒙古族合答斤氏和撒勒只合惕氏部落,他们联合弘吉剌部"连岁扰边"(《金史·宗浩列传》)。金明昌五年(1194年),

金章宗派遣尚书左丞相夹谷清臣任总指挥,联合塔塔儿部讨伐上述三部的侵扰。所获牛马物资,金军全部带走,塔塔儿部丝毫未得。塔塔儿部不服,动手抢夺。夹谷清臣下令塔塔儿部全部退还,塔塔儿部拒绝。于是,金军向塔塔儿部开战。塔塔儿部从此反叛金国,不断袭扰金国边境。

金章宗认为左丞相夹谷清臣对这件事处置不妥,将他罢免,改由右丞相完颜襄负责北边防务。金承安三年(1198年),完颜襄改变策略,联合克烈部脱斡邻勒罕和乞颜部铁木真汗,对塔塔儿部实行东西夹击。克烈部首领脱斡邻勒罕的祖父马尔忽思不亦鲁,也是被塔塔儿部抓住后钉死在木驴上的,他对塔塔儿部同样怀有深仇大恨。因此,克烈部和乞颜部对塔塔儿部打得很坚决。铁木真汗"杀蔑兀真笑里徒,尽虏其辎重"(《元史·太祖纪》)。

战后,金国封脱斡邻勒罕为"克烈部王",从此以后,他改称王罕,名扬草原。铁木真汗被封为"扎兀忽里"(招讨使),地位比王罕低得多。但铁木真汗从此获得了金国"朝廷命官"的身份,在其他草原部落面前,他的政治地位也大大提高。

铁木真汗在这次战争中的另一个收获,就是顺便消灭了同宗的主儿乞部。铁木真汗与王罕前去攻打塔塔儿部时,主儿乞部却来偷袭铁木真汗老营。主儿乞部与铁木真汗是同一个曾祖父合不勒汗的后代。他们的共同先祖中,曾有两位先祖被为金国守边的塔塔儿部抓住后活活钉死在木驴上。因此,蒙古乞颜部与塔塔儿部结下了深仇大恨。

由于铁木真汗领兵去攻打塔塔儿部前不久,与长房子孙泰赤乌部、主儿乞部发生了那次森林宴会上的不愉快打斗,铁木真汗多次派出使者想同对方和解,未能达到目的。当铁木真汗接到金国通知,要他和克烈部一起去攻打塔塔儿部时,铁木真汗心想,这次邀请主儿乞部去攻打共同的世仇塔塔儿部,应该是一次和解良机。可是，铁木真汗派人前去通知主儿乞部，等了他们六天，连一个影子都不曾出现。铁木真汗有预感，主儿乞部将会利用他带兵出征的机会，前来偷袭他的老营。对此，他提前采取了预防措施。

铁木真汗与王罕击垮塔塔儿部后，王罕领兵向东追击塔塔儿残部，铁木真汗则立刻回营。不出他所料，主儿乞部正在偷袭他的老营。好在他提前将老弱妇幼转移到了别的地方，只留下六十人看营。主儿乞部杀死了其中十人，剥光了其他五十人的衣服，把他们赶出营外。主儿乞部做梦也没有想到，恰在这时，铁木真汗率领大军杀了回来。撒察别乞和泰出兄弟两人骑马逃脱。铁木真汗派他的那可儿乘快马顺着马蹄印紧追不舍，一直追到帖列图口子（今蒙古国境内），将两人擒获，押了回来。铁木真汗审讯他们："你们家族同塔塔儿部有着深仇大恨，约你们一起出兵去攻打塔塔儿部复仇，你们不去，却来偷袭我的老营，企图杀死我家的老人和孩子。你们开始来投奔我时是宣过誓的，你们做到了吗？"兄弟俩承认没有做到。铁木真汗就说："那就按誓言办吧！"他下令将他们兄弟俩处死，然后派兵袭击了主儿乞部营地，把主儿乞部的百姓和牲畜全都收归到自己帐下，铁木真汗对主儿乞部百姓加倍安抚。

铁木真汗杀死了两位堂兄弟，灭了同属乞颜部的主儿乞部一支，心里说不上是高兴还是懊丧。但草原民族尚未脱尽原始习性，他们习惯于向暴力屈服。泰赤乌部和主儿乞部都是乞颜部的长房子孙，挑头闹事的往往是这两支。铁木真汗制服了主儿乞部这一支，他的可汗权威初步得到了巩固。这时，札剌亦儿氏的老人帖列格秃领着他的部众投奔铁木真汗来了。这个氏族是乞颜部的世袭奴隶。帖列格秃这一辈，家境已经比较富足，已被称为"伯颜"，但他和他的三个儿子仍要充当主儿乞部的属民。他带来了他的两个儿子和长孙木华黎，送给铁木真汗做那可儿（《蒙古秘史》校勘本下册，第968页）。后来，木华黎成为协助成吉思汗打天下功劳最大的大将。

与王罕并肩征战的岁月

铁木真汗与义父王罕并肩战斗的日子,是他借助王罕的声望和克烈部的力量,为统一蒙古各部而战的重要阶段。

铁木真汗拯救王罕之战——克烈部的西面是乃蛮部,两部虽然都是突厥人,但长期势不两立,争战不断。王罕与铁木真汗共同去攻打塔塔儿部那一次,铁木真汗预感到主儿乞部会来偷袭他的老营,所以及时回撤了;王罕贪图塔塔儿人的财物,向东追击塔塔儿残部,没有及时回撤。王罕有个异母弟弟额儿客合剌投靠在乃蛮部,他请求乃蛮部首领亦难赤汗,利用克烈部后方空虚之机,出兵偷袭克烈部老营。为王罕留守老营的是他的同母弟札合敢不,他抵挡不住乃蛮部的进攻,逃往北方,出逃时竟没有派人去给王罕报信。王罕抢夺到了塔塔儿部的大量物资,车载马驮,排着长长的队伍往回走。他没有料到,乃蛮部和他的异母弟额儿客合剌正在他的老营张开了口袋等着他。王罕兴高采烈地进了老营,却遭到乃蛮部迎头痛击。王罕猝不及防,丢下一切,落荒而逃。他估计敌人会在通向铁木真汗乞颜部的路上设下埋伏,于是向南绕过乃蛮部牧地,逃往西域,去投奔西辽耶律大石寻求支援。

乃蛮部控制了克烈部的全部牧地,扶持王罕异母弟额儿客合剌为克烈部新首领。王罕同母弟札合敢不带着克烈部的老弱病残,投奔了铁木真汗。克烈部的另外两个分支秃马兀特部、董合亦特部,不服乃蛮人,奋起反抗,结果被打败,也投奔了铁木真汗。由于克烈部与蒙古部长期为邻,这些人的风俗、信仰、语言和生活习惯均与蒙古人相同,后来他们都成了蒙古人。

王罕到达西辽,耶律大石一心在中亚地区经营他的事业,不想介入东方的争斗,表示无能为力。王罕沮丧东归,狼狈不堪。金承安元年(1196年)春,王罕落脚在古泄兀儿海子(今蒙古国杭爱山南),穷困潦倒,几近绝望。无奈之下,派人向铁木真汗求援,铁木真汗立即派勇士速客该率轻骑前去迎回义父王罕。接着,铁木真汗出兵帮助王罕攻打夺取他汗位的异母弟额儿客合剌。额儿客合剌不堪一击,逃回了乃蛮部。铁木真汗与王罕相会于土拉河(今蒙古国图拉河)边,为他重新定点扎营,并向蒙古各部征收牲畜,支援义父王罕,使他蓄养起新的牧群。王罕在草原多年形成的威望还在,金朝封他为"王"的头衔还在,攻灭世仇塔塔儿的影响还在。因此,克烈部原来的部众,纷纷来归。到当年秋天,王罕基本恢复了克烈部,只是人众牲畜数量比原来减少了大半。王罕十分感激铁木真汗的帮助,从此每战必随,东征西讨,共同战斗。

金承安二年(1197年)秋天,铁木真汗与王罕联兵北征,攻打蔑儿乞四部(蔑儿乞部所属的兀洼思部、木丹部、秃达哈鄰部和亦温部),四部全被打垮。铁木真汗把这次战争胜利所占领的今蒙古国色楞格河与波戈尔岭之间的牧地全部给了义父王罕。从此,王罕基本恢复到了原有实力。

铁木真汗与王罕联合进攻北乃蛮——铁木真汗一直在寻找机会,要彻底打破"四面皆敌"的被动局面。金承安四年(1199年)秋天,乃蛮部老首领亦难赤汗死后,两个儿子为了争夺他遗下的一名美貌小妾古儿别速闹翻(草原游牧民族习俗,父死,儿子"妻其后母")。大儿子台不花继承了父亲汗位,争得父汗小妾古儿别速为妻。小儿子古出古敦负气出走,拉走部分人畜,去了阿尔泰山以北的唐努乌梁海地区。大儿子台不花继承汗位后,占有今我国新疆阿尔泰山以南广大牧地,金国为了拉拢他,封他为"乃蛮大王",乃蛮人用突厥语将"乃蛮大王"意译为"太阳汗"。小儿子在唐努乌梁海地区自称古出古敦不亦鲁,"不亦鲁"是另一位首领的意思。从此,乃蛮部分裂为南乃蛮、北乃蛮。

铁木真汗与王罕分析后认为,乃蛮部兄弟相争之际,正是打击它的绝佳时机。南乃蛮实力强大,又有金国做后盾,不易对付。北乃蛮刚到新牧地,立足未稳,容易得手。于是,铁木真汗和王罕联军长途奔袭,一举击垮了北乃蛮。古出古敦不亦鲁带领残部向北逃往今俄罗斯叶尼塞河流域,投靠了当地的突厥部落。

王罕有个致命弱点,贪心大。他这次又掳掠到北乃蛮大量人畜物资,怕铁木真汗来分他东西,派儿子及其弟押运辎重车辆先回。他们的辎重车队向南走,必从南乃蛮牧区经过。太阳汗听说其弟遭袭,立即派乃蛮部大将撒卜刺黑领兵向北迎击王罕与铁木真汗。撒卜刺黑领兵北行,与王罕部辎重车队相遇。王罕的家眷、他的两个弟弟必勒格、札合敢不等人,全都当了撒卜刺黑的俘虏,所有物资全被抢走。王罕急派儿子桑昆率军前去救援,并派使者急驰铁木真汗部求救。

铁木真汗担心自己后方老营遭敌偷袭,不贪财物,正在紧急回营途中。王罕忽然派人赶来求救,铁木真汗立即派出四员得力大将博尔术、木华黎、博尔忽、赤刺温(号称"四杰")一齐出动前去救援王罕。援军到时,王罕之子桑昆已被南乃蛮军四面包围。铁木真汗派去的四员大将一举击溃撒卜刺黑的乃蛮军,并俘获了不少南乃蛮人员。铁木真汗四将之首博尔术将缴获的全部人畜物资全都交给王罕,王罕对铁木真汗"我儿"感激不尽。

铁木真汗与王罕联合进攻泰赤乌部——金承安五年(1200年)正月,北方草原尚未回暖,铁木真汗就得到消息,泰赤乌部首领塔尔忽台,正在鄂嫩河沙滩上召集泰赤乌部各氏族首领们聚会,要向铁木真汗发动进攻。铁木真汗命二弟合撒儿留守,他与王罕约定,会师于撒里川(今俄罗斯境内赤塔西南、鄂嫩河以北地区),围攻泰赤乌部。铁木真汗命"四杰"全部出动,在撒里川以东山区设伏,他亲率部分兵力与塔尔忽台接战，且战且退，将塔尔忽台引入设伏圈内。这时王罕部队也已经赶到，从翼侧将泰赤乌军冲为前后两截，使之前后不能相救。泰赤乌部首领塔尔忽台被"四杰"之一赤老温所斩。铁木真汗与王罕乘势追击，汪忽哈忽率领泰赤乌、蔑儿乞残部向今俄罗斯境内的贝加尔湖（古称巴尔古精海子）东北方向远遁，忽里出率数十骑向西逃往南乃蛮。经过这一仗，泰赤乌部首领塔尔忽台被斩，部落失去首领，其残部在草原部落争战中已掀不起大浪。

阔亦田会战

阔亦田会战的提法是我首用，这是铁木真汗统一蒙古各部的一次大会战。为何要用"阔亦田会战"这一概念来叙述这次战役？综合《蒙古秘史》《元史》《史集》等史籍的相关记载，依据如下：第一，北方所有草原部落全被卷进了这次规模空前的大会战。一方是铁木真汗与王罕同盟军，另一方是以札木合为"古儿汗"（意即"王中王"）的蒙古草原大小十二个部落的联军。第二，这次会战持续时间长、战役战斗次数多。从辛酉鸡年（1201年）春天一直持续到壬戌狗年（1202年）冬天，进行了一连串的战役战斗。第三，阔亦田之战涉及的地域范围广阔。东起今中俄边界的额尔古纳河流域，西至今蒙古国鄂嫩河（斡难河）流域，中部包括中蒙交界的呼伦贝尔地区，北起今俄罗斯外兴安岭、贝加尔湖地区，南至今我国内蒙古东乌珠穆沁旗金边壕一线。中心战场在阔亦田，即今我国内蒙古东乌珠穆沁旗东部的乌拉盖郭勒支流色也勒吉郭勒（古称失连真河）地区。"郭勒"是蒙语"河流"的意思。失连真河地区是一片草原沼泽湿地，周边有山冈，靠近"金边壕"沿线的金边堡之一阿兰塞。第四，会战结果，标志着铁木真汗基本上统一了蒙古各部，铁木真汗为可汗的乞颜部已成为草原的主导力量。

阔亦田会战前夕的草原形势——自从铁木真汗联合王罕打败泰赤乌部,斩杀其首领塔儿忽台后,铁木真汗威震草原。这时,札木合顿感压力,派出使者四方联络反对铁木真汗;塔塔儿、蔑儿乞、泰赤乌等残部也都一致要求札木合牵头组织军事联盟,共同反击铁木真汗。

据《史集》《元史·太祖纪》记载,辛酉鸡年(1201年)春天,札木合召集札答兰、合答斤、撒勒只合惕、弘吉剌、亦乞拉思、火鲁剌思、朵儿边、卫拉特、撒儿助特、蔑儿乞、南乃蛮、北乃蛮等十二个部落"会于犍河"(今额尔古纳河支流根河),共立札木合为"古儿汗"。会盟中,札木合把那些被铁木真汗和王罕打垮的部落一个个重新扶植起来,分别为他们任命了新的首领。他们斩马歃血宣誓:"凡我同盟,有泄此谋者,如岸之摧,如林之伐。"誓毕,"共举足踢岸,挥刀斫林"。他们约定,泰赤乌、蔑儿乞、塔塔儿等部残余势力从北面进攻,其余各部由札木合统领自东向西进攻,合击铁木真汗。

会战第一阶段——弘吉剌部归降铁木真汗。铁木真汗很快知道了札木合联军的行动计划。《史集》说是札木合阵营中有一位名叫火力台的人来报告了铁木真汗;《元史·太祖纪》说是铁木真汗属下有一位名叫抄吾儿的人,到东边牧区去看望他的亲家塔海哈,"偶往视之,俱知其谋,即还至帝所,悉以其谋告之"。铁木真汗马上与王罕联络,集合大军顺着克鲁伦河北岸向东进军,与敌人"逆战于海剌儿、帖尼火鲁罕之地"(今我国内蒙古呼伦贝尔湖至海拉尔河一带)。交战中,突然来了一阵沙尘暴,天昏地黑,双方各自后退。铁木真汗发现对方后退,立即下令回军大战,札木合联军大溃败走。战败的弘吉剌部归附了铁木真汗。这是铁木真汗与王罕同盟军对札木合联军取得的第一次重大胜利。王罕军继续向东追击。铁木真汗料到泰赤乌部等残余势力肯定会来偷袭他侧后,立即回军。

会战第二阶段——铁木真汗歼灭泰赤乌余部。泰赤乌部上次遭到铁木真汗与王罕同盟军毁灭性打击后,远逃至今俄罗斯境内贝加尔湖东北岸地区,推举哈尔罕大石为新首领。经过一年多恢复,又积聚起力量。哈尔罕大石为扩充实力,又分别任命了下属各部残余势力的首领,并西联贝加尔湖西岸的蔑儿乞部、东联塔塔儿余部,共同加入了札木合大联盟。他们从今俄罗斯境内的外兴安岭以西出发,向东南方向进军,准备向铁木真汗与王罕同盟军的侧后发起攻击。他们的行动计划早在铁木真汗的预料之中,这一次他决心对泰赤乌部来个歼灭战,不能让它再次死灰复燃。他派遣主力采取远距离迂回战术去包围泰赤乌部,自己率领部分兵力在正面牵制。铁木真汗与敌人在今蒙古国东北部鄂嫩河南岸相遇,双方展开激战。黄昏时分,突然从山上泰赤乌军中射来一箭,射中铁木真汗颈部,他失血很多,昏迷过去。部下都在拼死战斗,者勒蔑一人将铁木真汗半抱半拖转移到一片小树林中,用嘴一口一口地吸出铁木真汗伤口中的瘀血,为他简单进行了包扎。

铁木真汗半夜苏醒过来,只觉口渴难忍,饥饿感也上来了。这时,战场上敌我混杂,横枕狼藉,都在休息。者勒蔑把身上的衣服脱光,赤身裸体到敌人营地上去为铁木真汗寻找吃喝的东西。他东翻西找,只找到一桶奶酪,又去找水。泰赤乌部营中有人看到了他,都以为是自己一方的人,夜起撒尿或是找水喝,没有理会。者勒蔑终于找到了一些水,摸回铁木真汗身边,把奶酪调开,喂给他吃,铁木真汗渐渐恢复了体力。

半夜时分,铁木真汗派出的迂回兵力已将泰赤乌余部包围并击溃。敌方百姓知道已经逃不出去,都坐在车旁等待处理。天亮后,铁木真汗得到胜利消息,精神大振,包裹好伤口,骑上马背,去安抚那些泰赤乌百姓,并让他们去把走散的各部百姓都叫回来。

铁木真汗将泰赤乌部留下的百姓全部收归到自己的旗下,不让他们再去跟着札木合作乱。

这时,"忽山岭上见一穿红的妇人,哭着大叫铁木真"。原来她就是铁木真汗当年被埋在羊毛堆里遇到的第一位情人合答安,他俩在生死关头产生了恋情,但失散后她已嫁人。这时,铁木真汗的士兵要杀她的丈夫。她大叫着铁木真汗的名字请求救救她丈夫。铁木真汗见了她百感交集,马上跟她去救她的丈夫。但他们赶到时,合答安的丈夫已被杀掉。铁木真汗收留了合答安(后来他们虽然没有成为夫妻,但合答安成了铁木真汗家的奶妈和用人)。铁木真汗通过合答安知道,铁木真汗的救命恩人、合答安的父亲锁儿罕失剌还在。第二天,终于把老人找到,他还带来一位年轻人只儿豁阿歹。铁木真汗责怪锁儿罕失剌,为什么不来投奔他。锁儿罕失剌回答说,我的心早就向着你,但我若投奔你,我怕泰赤乌部杀了我全家。这时,铁木真汗问那位年轻人:"上次同泰赤乌人作战时,有人射断了我坐骑的脖子,这一箭是谁射的?"年轻人回答道:"是我射来,如今皇帝教死呵,止污了手掌般一块地。若教不死呵,我愿出气力。将深水可以横断,坚石可以冲碎。"铁木真汗说:"但凡敌人害了人的事,他必隐讳了不说。如今你却不隐讳,可以做伴当。"于是为他改名叫者别,"如战马般用着他"(《蒙古秘史》校勘本下册,第973页)。后来,者别成为成吉思汗手下一位百战百胜的名将。

会战第三阶段——铁木真汗在阔亦田地区全歼塔塔儿残部。壬戌狗年(1202年)秋天,铁木真汗沿着斡难河(鄂嫩河)向东前进,讨伐今蒙古国东端贝尔湖以南地区(靠近阔亦田)的塔塔儿余部。铁木真汗的军队进展顺利,在阔亦田地区全歼了塔塔儿余部主力,剩下的全部当了俘虏。铁木真汗"密与亲族共议",如何处置这些塔塔儿部俘虏。铁木真汗说:"在先塔塔儿,有杀咱父亲的仇怨。

如今可将他男子似车辖(车轮)大的尽诛了。余者各分做奴婢使用。"(《蒙古秘史》校勘本下册,第977页)这是铁木真汗对塔塔儿部的一起著名屠杀事件,塔塔儿部凡是长到车轮高的男子全被杀掉。

这次屠杀塔塔儿人时出了一个小插曲,铁木真汗领着众将商议完毕,他的异母弟弟别勒古台从帐内走出去,有个名叫也客扯连的塔塔儿人问他:"你们今日商议何事?"别勒古台太老实了,随口说:"欲将你每(们)男子但似车辖大的尽诛了。"也客扯连马上把这个消息在塔塔儿人中间传播开来,并对众人说:"他若杀咱每(们)时,每人袖着一把刀,也要杀他一人藉背却死。"铁木真汗下令动手时,塔塔儿人果真每人都从袖筒里抽出一把刀来,把铁木真汗的"将军每(们)都杀伤了",战马也被杀死很多。铁木真汗下令追查,结果发现是自己的异母弟弟别勒古台走漏了消息。铁木真汗于是下令:"今后议大事,不许别勒古台入来,只教他在外整治蹿殴盗贼等事。议事后进一盅茶毕,方许别勒古台答阿里台入来。"(《蒙古秘史》校勘本下册,第977—978页)

战前,铁木真汗宣布战场纪律,作战中不准私自抢掠,所有缴获人畜物资待战后统一分配。但铁木真汗之叔答阿里台、堂叔阿勒坛、堂弟忽察儿所属三部分人员违令抢掠,铁木真汗命他们交公统一分配,他们不干。铁木真汗命者别、忽必来将他们抢得的物资夺回,尽分配给参战者。三人怀恨而去,投奔了王罕,并劝王罕进攻铁木真汗后方。这件事后来成为导致铁木真汗与王罕决裂的重要原因之一。

会战第四阶段——札木合联军彻底崩溃。在将近一年的会战期间,铁木真汗借助王罕的力量牵制住了札木合联军的主力,然后采取各个击破的办法,先后消灭了主儿乞、泰赤乌、塔塔儿等各部残余势力。这时,札木合才恍然大悟,深感大祸即将降临到自己头上。正在这时,弘吉剌部背叛铁木真汗,重新归附札木合。札木合认为这是"天助人归之兆",于是在壬戌狗年(1202年)冬十月,他再次以十二部落大联盟"古儿汗"的身份,对所存各残部进行总动员,从东西两个方向同时起兵,夹攻铁木真汗与王罕之军。

　　札木合联军的西部兵力,以北乃蛮古出古敦不亦鲁为首,再次自贝加尔湖之西向东南方向进军,进攻铁木真汗。当他们越过今中俄、中蒙边境山区时,已是十一月下旬,天下大雪,剧烈降温,将士们手脚冻僵,无法操作兵器。山谷道路全被大雪封堵,许多士兵陷入雪窝冻死、跌下悬崖摔死。剩下的人员在前往阔亦田途中,都被铁木真汗在沿途布下的伏兵俘虏,札木合联军的西部兵力没有到达阔亦田地区,已全军覆没。札木合率领东部的所有力量向正在今我国满洲里以东的王罕军发起进攻,忽然得到消息,进攻铁木真汗的西部兵力已全军覆灭,他仰天长叹:"天不助我啊!"札木合心灰意冷,丢下联军其他各部,率领札答兰部单独撤走。因札答兰部未带辎重,札木合下令抢夺弘吉刺部的羊群充当军粮。

　　王罕得悉札木合单独撤退,马上带兵追击。札木合眼看部众溃散奔走,已无心恋战,向王罕投降。跟随札木合的其他各部担心遭到屠杀,也都纷纷向王罕投降。王罕缴获了大量人畜物资,再次暴露出他私心太重的致命弱点,怕铁木真汗来瓜分,命令部属全部运回自己营地。战斗结束后,铁木真汗约王罕在海刺儿河(今我国海拉尔河)上游会面,共同商量开春后再战反复无常的弘吉刺部。王罕心虚,推说西部有警,起兵西归——这是铁木真汗与王罕联军分裂的预兆。

　　阔亦田会战后的形势——阔亦田会战的结果,对草原形势产生了重大影响。至此,铁木真汗占领了所有蒙古部落的牧地,基本统一了蒙古各部。从此,铁木真汗率领的乞颜部成为主宰北方草原的主导力量。这一重大变化,导致草原各个部落集团开始分化瓦解、重新组合。札木合纠集的蒙古各部大联盟已成鸟兽散。

札木合和各部残余势力的大大小小十几位头面人物,全都投奔到了克烈部王罕旗下。这一重大变化,直接导致王罕和铁木真汗的"父子同盟"破裂,双方从义父、义子变成了仇敌。铁木真汗看到了形势复杂的一面,蒙古各部虽然已基本统一,但蒙古各部落的残余势力,大部分寄居在王罕的克烈部内,小部分寄居在乃蛮部内。下一步,同突厥人克烈部和乃蛮部的战争无法避免。

铁木真汗下一步的主要对手是"草原三雄":他的义父克烈部王罕、南乃蛮部太阳汗、蒙古札答兰部札木合汗。由于札木合寄居在王罕克烈部旗下,铁木真汗的对手形成了"三只老鹰两个巢"的局面。

卯温都山战役

这是克烈部王罕突袭铁木真汗之战,它实际上成为铁木真汗统一草原其他各部的揭幕战。关于这次战役的名称,各书记载不一。《史集》称"合剌阿勒只惕–额列惕之战";《中国军事通史》《成吉思汗传》称"哈兰真沙陀之战";《中国历代战争史》称"合剌合只特之战"。

战役名称,一般以交战地点来命名。据《秘史》记载,铁木真汗得到王罕即将对他发动突然袭击的情报后,紧急通知所有部队都以最快速度往卯温都山背后集中,这场战斗就发生在卯温都山地区。《史集》中称"卯–温都山",并说"这个地方在乞台(契丹)边境上"(指"金边壕");《元史·太祖纪》称,当瞭望哨向铁木真汗报告王罕军队来袭时,"帝即驰军阿兰塞",阿兰塞即金边堡之一,与《史集》说法吻合。以上记载说明,这次战役发生在今内蒙古东乌珠穆沁旗东北部,即阔亦田会战最后决战的主战场附近。战役发生时间,《史集》和《元史·太祖纪》都记载为"岁癸亥"(1203年)春。

铁木真汗与王罕决裂,主要责任不在铁木真汗。铁木真汗尊王罕为义父,而且两人并肩战斗了这么多年,他并不愿意与王罕决裂。尤其眼下有这么多残余势力聚集在王罕旗下,铁木真汗对此虽然有很大怨气,但他清楚地知道,一旦同王罕公开决裂,王罕扶持这些残余势力复辟,这对他将是十分不利的。为了避免这种情况出现,铁木真汗曾想通过"联姻"的办法与王罕消除矛盾,重新和好。他派人去为长子术赤向王罕女儿察兀儿别乞求婚。王罕回应说,他与铁木真汗是"父子"关系,术赤是他的孙子辈,自己的女儿察兀儿别乞是术赤的姑姑,结为夫妻不合适,拒绝了。铁木真汗再派使者去,愿意把自己的女儿豁真别乞配给王罕之孙、桑昆之子秃撒合为妻,双方换婚。王罕父子认为,如果这样换婚,双方关系可以"扯平",准备同意。但是,札木合却挑拨说,术赤是铁木真汗妻子与蔑儿乞人的私生子,不合适!王罕父子一听这句话倒了胃口,驱逐铁木真汗使者,拒绝联姻。

札木合诡计多端,他进一步挑拨王罕偷袭铁木真汗,王罕却不肯。王罕知道,自己的主要对手是西部的乃蛮部,如果没有铁木真汗做他的后援,他很难斗得过乃蛮部。札木合就去鼓动王罕的儿子桑昆。由于这几年王罕一直领兵与铁木真汗转战在东部,他怕西部的乃蛮部来偷袭,派儿子桑昆带领部分人马在西部山区防守。札木合来到桑昆处,挑拨说,铁木真汗表面上尊你父亲为"父",暗地里却与乃蛮部频繁来往,正在密谋消灭克烈部,然后他以你父亲"义子"的名义,独吞克烈部人畜物资,你恐怕连脑袋都保不住。因此,你必须先下手为强,消灭铁木真汗,我和你平分乞颜部的人畜物资,将来双方和平相处。桑昆经不住札木合的挑唆,立即去找父亲,用札木合的话劝说父亲进攻铁木真汗。王罕说:"札木合,巧言寡信之人,不足听。"(《元史·太祖纪》)

桑昆回去对札木合说,父亲不同意出兵。札木合建议桑昆直接带兵东去,逼迫王罕出兵攻打铁木真汗。如果他再不同意出兵,就说他老了,请他让位,你当可汗!王罕与铁木真汗,虽然谁都不愿公开决裂,但已貌合神离,开始明争暗斗。双方都派了一些人投奔到对方营中充当耳目,探听各种消息,观察对方动静。但铁木真汗没有把诡计多端的札木合对王罕父子的挑拨估计在内,结果他产生了战略误判,他认为西面的乃蛮部是王罕的心腹之患,王罕还离不开自己作为他的后援,尚不至于因联姻不成,反目成仇。因此,金泰和二年(1202年)入冬前,铁木真汗放心地率领部众到今中蒙边境呼伦湖与贝尔湖之间去准备过冬,打算趁此机会到东部去开辟一个广阔牧场,以安置新归顺的蒙古各部。他还有另一个目的,就是要为明年开春后征服东部反复无常的弘吉剌部做准备。

　　王罕与札木合以及各部残余势力的头目们聚在一起,日夜谋划如何消灭铁木真汗。王罕的儿子桑昆提出很毒的一计,他说,铁木真汗曾为他儿子术赤向我妹妹求婚,当时没有答应,现在不妨遣使前往,同意这门婚事,邀请铁木真汗前来喝许婚酒,他肯定会来,他一进屋就把他抓起来,袭占他西部老营,再向他东方军团进攻,定可将他消灭。王罕同意,遣使出发。

　　铁木真汗果然中计。王罕派遣使者前来邀请,铁木真汗只带了几位贴心伴当和那可儿,连自己共十骑,踏上了西去的路程,前往土拉河(今蒙古国图拉河)南岸黑林中的王罕营地去喝"许婚酒"。这时刚开春,一路融雪泥泞,道路十分难走。但铁木真汗心情不错,他觉得儿子的这桩婚事若能成功,别人就难以离间王罕同他的"义父义子"情义。铁木真汗在冰雪泥泞中跋涉了五天,来到克鲁伦河上游"晃豁坛部人蒙力克别乞–额赤格家里息脚"(《史集》第一卷第二分册,第168页)。蒙力克老人是铁木真汗父亲也速该临终托孤之人。蒙力克的儿媳妇是克烈部人,他的亲家合丹巴特儿已提前派人把王罕父子的阴谋告诉了蒙力克老人(《史集》第一卷第一分册,第217页)。

夜里,铁木真汗与蒙力克老人坐在火塘边交谈。蒙力克对铁木真汗说,王罕的女儿,你为儿子术赤主动派人去求婚时,他做大,不肯,如今怎么突然想起要请你去吃"许婚酒"了呢?这太不正常了。接着,蒙力克老人对铁木真汗讲了过去塔塔儿如何以"许婚"诈擒杀害俺巴孩汗,又以"许婚"之计诱杀了王罕的祖父马尔忽思不亦鲁等。蒙力克老人考虑到自己亲家在克烈部王罕手下,不能把亲家传来的情报直接说出来,否则会害了他们一家,只能用这样拐弯抹角的办法阻止铁木真汗前往克烈部。

铁木真汗听蒙力克老人这么一说,心情顿时紧张起来。于是采纳蒙力克老人的建议,派了两位使者代表他去"赴宴",并给王罕传话说,刚开春,马太瘦,冰雪泥泞,走不了那么远的路,等马肥了再去拜访。铁木真汗连夜出发,赶回东部营地。桑昆根据札木合的建议,一直在暗中侦察,得知铁木真汗十骑早已西来,并去了蒙力克营地,却迟迟不见铁木真汗前来。直到铁木真汗派遣两位使者前来赴宴、传话,桑昆立刻断定,自己的预谋已被蒙力克和铁木真汗识破,并断定铁木真汗尚未走远,立刻挑选快马精兵,决定明晨一早就出发,追杀铁木真汗。

但克烈部内部有两个人心向铁木真汗,一位叫巴歹,另一位叫乞失里。两人决定赶在桑昆的追兵出发以前,驰马前去报告铁木真汗,争取立大功。半夜,两人杀了一只羔羊,煮熟,吃饱,剩下的打包带上,骑上快马,向东直奔蒙力克营地。可是,蒙力克已拔营撤走。两人又继续向东追赶,下半夜终于赶到了铁木真汗的露营地,如实向他报告了追兵将至的实情。

铁木真汗深感形势危急,他迅速作出判断,王罕父子派兵追击他本人的同时,必定会派兵突袭他属下的乞颜部各个营地。他马上把随行的九人全部叫醒集合,简单讲了一下面临的严重形势,紧急布置大家分头去通知他的几支军队(当时蒙古军尚在兵牧合一阶段):第一,木华黎火速西去通知蒙力克之军;第二,孛罗忽勒往北去通知他的三子窝阔台之军;第三,孛窝儿出去西北通知他的二弟合撒儿之军;第四,最后派出两人到附近各点去通知本部落的其他人,命令他们抛弃一切,全速向阔亦田附近的卯温都山背后主儿扯歹部的冬牧地会合。分派完毕,留下者勒蔑一人负责断后。铁木真汗带着剩下的几人和两位报信的克烈部人,共七骑,向卯温都山方向急奔而去。

派去通知各部的人到达时,各部都已突遭王罕兵袭击,都在奋力突围,损失惨重。

铁木真汗所率七骑刚到卯温都山主儿扯歹部的冬牧地,蒙力克和木华黎也已赶到。独自一人负责断后的者勒蔑,天亮之后,在附近寻找到几处蒙古部落的马群、羊群、牛群。他命令这些牧人把马群以最快的速度赶往卯温都山;羊群、牛群走得太慢,统统放弃,牧人跟他一起充当后卫。者勒蔑一共集合起来二十多人,组成了一支小分队。他登上山头瞭望,尚未望见敌人踪影,便率领这二十多人的小分队急奔卯温都山,与铁木真汗会合。

当"太阳升起到一杆矛那么高的时候,双方军队已面对面摆开了队伍"(《史集》第一卷第二分册,第170页)。王罕军队人多,铁木真汗军队人少。铁木真汗同异密们(最信任的人)商量,如何才能打败王罕率领的克烈部?当时"怯台用鞭子抚弄着马鬃,犹豫不决";另一位异密忽亦勒答儿开口说:"汗啊,我的安答!我飞驰上前把大旗插到敌人后方名叫阙奕坛(阔亦田)的山冈上去,显一显我的勇气!"又一位异密怯儿罕说:"行了,在神的佑护下跃马向他们冲过去吧!"忽亦勒答儿跃马向前,"将大旗插上了阙奕坛山冈"。铁木真汗自己"也与其他异密们一起向敌人冲杀过去"(《史集》第一卷第二分册,第170—171页)。

他们打垮了敌人几个波次的冲击,但敌人的大规模进攻刚刚开始。这时,铁木真汗对主儿扯歹说:"主儿扯歹伯父,我欲教你做先锋,你意如何?"没等主儿扯歹回话,忽儿赤勒答儿抢先回答说:"我做先锋,久后将我孤儿抬举!"主儿扯歹接着说:"我的兀鲁兀惕、忙忽惕(两部人)做先锋厮杀!"说罢,"他两姓的百姓"就向敌人冲了过去,以密集队形向来敌尘起处迎击,与王罕前锋部队展开激战。这时王罕的先锋将只儿斤冲将过来,很快被击退。王罕儿子桑昆见前锋垮下阵来,亲自率领千余骑投入战斗。主儿扯歹认识桑昆,拉满弓向他一箭射去,正中桑昆面颊,从他左腮穿入、右腮穿出,桑昆当场滚下马背。左右忙着上前抢救桑昆,敌人的前锋暂时被打退了(《蒙古秘史》校勘本下册,第987页)。

第二天,敌人发动了更大规模的进攻。由于克烈部人多,"铁木真汗抵挡不住,便退却了。当他后退时,大部分军队已离开了他,他就向巴勒渚纳退去。这地方有几条水不多的泉(流),泉水不够他们和牲口喝。因此他们从污泥中挤出水来喝"。铁木真汗以寡敌众,避免了全军覆没的危险。当时跟随铁木真汗到达巴勒渚纳"喝过浑水"的人不多,铁木真汗特别看重这批人。他们在任何艰难困苦的情况下都跟随他,铁木真汗称他们为"巴勒只温惕"(《史集》第一卷第二分册,第172页)。这些人是铁木真汗时代的"长征干部",成为他最信任的人。

坚持到第三天中午,从西面奔来一人一骑。走近一看,是前往铁木真汗二弟合撒儿营地送信的孛窝儿出,他与合撒儿在突围时失散了。孛窝儿出下马后听说合撒儿仍未来到,立刻上马要去寻找,被铁木真汗制止了。傍晚时,又见孛罗忽勒和窝阔台两人叠骑在同一匹马上,窝阔台的手脚都垂了下来,晃荡着。铁木真汗以为他死了,流下了眼泪。走近一看没死,脖子上中了一箭,伤得很重。铁木真汗将一把剑放进火里烧红,把窝阔台脖子上的箭伤烙焦,窝阔台发出惨叫。这是草原民族对战伤消毒的古老办法,能使伤口加快结痂愈合。

卯温都山战役是王罕偷袭铁木真汗之战,铁木真汗损失惨重。这一仗一打,双方也就完全撕破脸皮,铁木真汗再没有任何感情纠葛,决心同王罕决战到底。

消灭王罕突厥克烈部之战

消灭王罕统领的突厥克烈部,这是铁木真汗统一草原非蒙古族各部的关键之战。铁木真汗知道,同义父王罕重归于好已经没有可能。现在唯一要做的事情,就是积蓄力量,周密准备,同王罕决一死战。卯温都山战役结束后,铁木真汗采取了多方面的措施:一是让蒙力克老人护送各部老人小孩前往捕鱼儿海子(今中蒙边境的贝尔湖)附近的东部基地去,把他们安顿好。二是派遣使者前去责问王罕,为何抛弃"义父义子"情分,受人挑拨,反目成仇?从舆论上争取主动。三是派出人员到克烈部下属的各部去发动心理攻势,进行分化瓦解。四是让二弟合撒儿向王罕诈降,为奇袭王罕赢得时间。

卯温都山战役时,铁木真汗二弟合撒儿营地遭到王罕军队包围突袭,妻子和三个儿子都被王罕军队俘虏。合撒儿和前去给他送信的字窝儿出在突围时失散,互相寻找,耽误了不少时间。卯温都山战斗结束后,铁木真汗已经带领部属转移,合撒儿和几个随从辗转各处寻找了几个月,有些日子只能嚼牛皮筋度日。直到夏天才在今蒙古国东北部斡难河(鄂嫩河)边找到了铁木真汗的营地。哥俩见面,百感交集。铁木真汗对合撒儿有些生气,但听完他的讲述又对他十分同情。铁木真汗根据合撒儿所讲情况,决定利用他去向王罕诈降,以麻痹王罕,掩护大军向王罕大营接近。计划商定后,就以合撒儿的名义派了两位使者到王罕大营去传话。大意是说,我的老婆孩子都在大汗营中,我日夜思念他们,急着想同他们会面团聚,我已走投无路,如果大汗允许,我愿意束手来归。王罕正在折折运都山(今蒙古国东部克鲁伦河上游)大营设金帐举行宴会,庆祝胜利。一听使者转告的这些话,认为合撒儿讲的都是实情,十分痛快地说:"果那般啊,教他到这里来吧。"就在宴会桌上取了一只牛角杯作为信物,派了一位使者,跟随合撒儿派来的两位使者前去,向合撒儿传达愿意接纳他的意思(《蒙古秘史》校勘本下册,第995页)。

铁木真汗以合撒儿名义派出的两位使者出发后,他就率领大军启程,从今蒙古国东北部的鄂嫩河畔向南面的克鲁伦河上游王罕营地前进。铁木真汗向前方派出游骑,把发现的所有牧人都控制起来,防止走漏消息。当铁木真汗统帅的大军到达克鲁伦河南岸拐向西去的时候,派出的两位使者正好带着王罕派来的一位使者来到。那位使者准备逃走,被抓住扭送到铁木真汗面前,铁木真汗没有理睬,合撒儿下令把他斩了。当夜,铁木真汗率领大军向王罕大营疾进。

金泰和三年(1203年)夏季七月十二日深夜,铁木真汗将王罕大营四面包围。天亮时,王罕的人才发现大营被包围了。铁木真汗让人呼唤王罕父子出来,王罕父子哪里敢出来?铁木真汗下令四面同时发起强攻。王罕大营四周的栅栏甚为坚固,不易攻破。有的地方刚被攻破,又立即被封堵上了。双方激战了三天三夜,十六日天亮时,王罕大营内才有人高呼投降。铁木真汗命令营内每一百人为一组分批出来,不得携带任何武器。清点结果,却不见王罕父子。铁木真汗审讯王罕手下的降将,他们都说只有合答黑巴阿秃儿知道。铁木真汗审讯合答黑,他回答说:"我于正主,不忍教您拿去杀了,所以战了三日,欲教他走得远着。如今教我死呵便死,恩赐教活呵出气力者。"铁木真汗一听,非但没有生气,反而大加赞扬合答黑道:"不肯弃他主人,教逃命走得远着,独与我厮杀,岂不是丈夫,可以做伴来。"不但没有杀他,还教他领一百人,做了个小头目(《蒙古秘史》校勘本下册,第996页)。

王罕父子只带了十几个人逃到西部南乃蛮地面,藏在一片树林里。王罕口渴,下去找水喝,被乃蛮部士兵抓住。乃蛮部守将豁里速别赤把他当成奸细审问,王罕自报说:"我是克烈部王罕。"豁里速别赤火了:"你竟敢冒充王罕!"一刀把他砍了。乃蛮部太阳汗的妻子(即老可汗的那位小妾古儿别速),听说把王罕杀了,就说:"不管怎么样,王罕是位老皇帝了,把人头拿来我看看,如果真是,应该祭祀他。"于是派人叫守将豁里速别赤把王罕的头割下来,送给太阳汗的妻子去看。她一看果真是王罕,"于是动着乐器祭祀他"。祭祀时,"王罕头笑了"。太阳汗认为这是不祥之兆,上去一脚把王罕的头颅踩碎了(《蒙古秘史》校勘本下册,第998—999页)。

王罕儿子桑昆听说父亲已经被乃蛮部人杀掉,带着妻子和十几位随从向西逃跑。他已成了丧家之犬,东奔西逃。投奔西夏,西夏不纳;投奔吐蕃,吐蕃不纳。他只得到处流窜,以抢掠为生。最后逃到今新疆南部,被当地人抓住杀掉了。至此,克烈部彻底灭亡(《史集》第一卷第二分册,第185页)。

消灭突厥乃蛮部之战

乃蛮部是铁木真汗在北方草原的最后一个劲敌。消灭乃蛮部,成为铁木真汗统一蒙古草原各部的收官之战。对于铁木真汗消灭乃蛮部和其他各部残余势力的战斗,各种史籍记载不尽一致。综合各书记载,大致经历了三次重要战役。

第一个战役是纳忽山之战,消灭太阳汗南乃蛮部。

《史集》等书把这次战役称为纳忽昆之战;《蒙古秘史》中也说战场在纳忽山崖前(今蒙古国境内)。当时,札木合纠集的草原各部残余势力,也聚集到了南乃蛮太阳汗旗下。铁木真汗消灭克烈部王罕,一方面引起了同是突厥人的乃蛮部恐慌,另一方面乃蛮部多数人主张把克烈部的地盘和人众从铁木真汗手中夺回来。南乃蛮太阳汗名声虽响亮,但却是一位只知吃喝玩乐、毫无本事的主儿。他知道本部力量打不过铁木真汗,于是派人去通知汪古部首领阿刺忽失,让他从右翼进攻铁木真汗。阿刺忽失不仅拒绝出兵,还派人把消息告诉了铁木真汗。

金泰和四年(1204年)的春天,太阳汗在哈瑞河(今蒙古国杭爱省哈努伊河)纠集蔑儿乞部、克烈部、斡亦剌部以及札木合统领下的朵儿边、合答斤、珊竹等各部残余势力组织军事同盟,宣誓共同对付铁木真汗。他很轻蔑地说:"这东边有些达达(蒙古人)","他敢要做皇帝么道?天上止有一个日月,地上如何有两个主人,如今咱去将那达达取了"。他的后母兼妻子古儿别速在一旁娇滴滴地说:"那达达百姓歹气息(身上有羊膻味),衣服黑暗(油黑),取将来要做什么,教远着者","若有生得好妇女,将来教洗浴了,挤牛羊乳呵中有"(《蒙古秘史》校勘本下册,第999页)。总之,突厥乃蛮人很瞧不起蒙古人。

当时铁木真汗已将活动中心移往西部,他正在帖麦该川(今蒙古国肯特山西麓)围猎,得到汪古部首领阿刺忽失送来的消息后,召集部将"大会于帖麦该川,议伐乃蛮"(《元史·太祖纪》)。铁木真汗判断敌人不会马上就到,他抓住时机移军至合勒合河(今蒙古国中央省哈刺河)畔进行整军备战,"立千百户牌子头"(《蒙古秘史》校勘本下册,第1000页)。所谓"牌子头",就是每十户选一人为长,称"牌子头";百户长领九个牌子头、自兼一个牌子头;千户长领九个百户牌子头、自兼一个百户牌子头,再往上听命于将军。将军中有兼领千户长者为"领千户"。凡"领二千户"以上者,皆由军功卓著的将军担任。将军中有领九个千户长者称"领万户"。同时,对可汗的警卫(宿卫、散班)力量也进行了补充和加强。这样,蒙古军队就有了严密的组织系统,组织指挥大大加强,战斗力大为提高。与此同时,铁木真汗提前派了一些人混进乃蛮部去宣传蒙古军的厉害,展开心理攻势,收到很大效果。整军完毕,"鼠年(1204年)四月十六日,铁木真汗祭了旗纛,去征乃蛮,逆着客鲁涟河(克鲁伦河)行了"(《蒙古秘史》校勘本下册,第1001页)。

札木合开始也加入了太阳汗的军事同盟,但太阳汗瞧不起他的人格,对他存有很大疑心,并当众侮辱他。札木合于是拉走了他的部队,并派人向铁木真汗通报了消息。上一次阔亦田会战时,札木合开始也和王罕一起来偷袭铁木真汗,王罕想叫他担任总指挥,他觉得自己斗不过铁木真汗,王罕想把他推到第一线,他根本没有取胜把握,中间溜了,并派人给铁木真汗通风报信。札木合这样做,是为自己"多留一条后路",是他狡诈过人的表现。

铁木真汗向乃蛮部发起进攻时,命二弟合撒儿率中军,忽必来率左手军,三子窝阔台率右手军,他亲率头哨,向敌人发起攻击。但太阳汗的联军守在山头上,居高临下,人又多,铁木真汗的军队处在盆地中,向上发动强攻显然不利。有位名叫朵歹扯儿必的人,向铁木真汗献了一计,假装来盆地里牧马,先把马匹在盆地里布满。晚上每人点五堆火,盆地里一片火光。太阳汗没有打过仗,见了这么多火光必然惊疑。这时,马吃了一天草也吃饱了,突然发起冲击,直抵乃蛮部大营,必然可胜,铁木真汗采纳了他的建议(《蒙古秘史》校勘本下册,第1002—1003页)。

晚上,乃蛮部的哨兵从山头上往下一望,盆地里全是火堆,误认为铁木真汗开来了许多军队,马上去向太阳汗报告。太阳汗听后果然害怕了,不敢进攻。太阳汗的儿子屈出律说他父亲胆小得还不如女人。这话被太阳汗听到了,他很生气地对儿子说,你现在嘴巴硬,一到厮杀的时候你这点勇气就没有了!乃蛮部大将豁里速别赤,也对太阳汗未战先怯很不满。他对太阳汗说,你父亲亦难赤汗同敌人打仗时,男子的脊背、战马的后臀,都不能让敌人看见(意即"没有逃跑一说"),如今你却未战先怕了,还不如叫你母(妻)古儿别速来指挥,她都比你强!太阳汗在无奈之下,只得下令进攻(《蒙古秘史》校勘本下册,第1003页)。

七月初的某日黎明,铁木真汗"整治军马排阵了,自做头哨,教弟合撒儿主中军",向乃蛮军山头发起了冲击。乃蛮军已在山头上坚守了两个多月,锐气已耗尽。各部队都在各自驻守的山头上,既不主动出击,也不互相支援。蒙古军将乃蛮军防线冲开一道口子,乃蛮军纷纷逃跑,"人马坠于山崖相压死者甚众"。太阳汗在逃跑时被乱箭射伤,士兵把他扶上马背逃到一处山上,因失血过多,已昏迷过去。突厥人是很能打仗的,将领豁里速别赤对周围的人说,与其围着太阳汗看着他死,不如回身冲杀,使大汗死前知道我们在为他战斗。于是把古儿别速叫来,让她守着太阳汗,他们回身去战斗。

天亮后,蒙古大军云集,突厥将领豁里速别赤率领的一些人守在山口拼死抵抗。铁木真汗见了勇敢战斗的人就欣赏,让人高呼劝降,对方不听;高喊休战,任他们撤走,对方还是不听,直至全部战亡。蒙古士兵在山顶上将负伤的太阳汗及古儿别速抓住了,押送到铁木真汗面前。铁木真汗问古儿别速道:"你不是说达达身上有歹气息吗,你怎么被达达人抓住了?"古儿别速风韵犹存,瞟了铁木真汗一眼。这时太阳汗躺在一边尚未断气,铁木真汗就把古儿别速纳为妃了(《蒙古秘史》校勘本下册,第1005页)。南乃蛮灭亡后,原来聚集在札木合周围的各部残余势力,大部分都离开了札木合,投降了铁木真汗。

第二个战役是不黑都儿麻之战,消灭北乃蛮部。

南乃蛮被消灭后,太阳汗的儿子屈出律、札木合和他纠集的最后一些残余势力,都逃往北乃蛮,投奔了古出古敦不亦鲁,图谋东山再起。铁木真汗率领大军一直追击到今我国新疆与蒙古国交界的阿尔泰山地区。这时已是冬天,铁木真汗率领蒙古军"到金山(阿尔泰山)驻过冬"。金泰和五年(1205年)开春后,冰雪开始融化,铁木真汗率领蒙古军"逾阿来岭去"。阿来岭是今蒙古国境内阿尔泰山支脉之一。当时太阳汗的儿子屈出律与蔑儿乞部的老首领脱黑脱阿在一起。铁木真汗追上了他们,双方厮杀,脱黑脱阿被乱箭射死,他的儿子无法将他的尸体带走,逃了一程又返回来,将他的头割下带走了。这些人渡过也儿的失水(今我国新疆境内额尔齐斯河)逃跑时,上游山洪暴发,"溺死者过半,余者皆散亡"(《蒙古秘史》校勘本下册,第1007页)。对于北乃蛮首领古出古敦不亦鲁,有两种说法,一种说法是在这次交战中被袭杀了,另一种说法是他在兀鲁塔山打猎时"遭到铁木真汗骑兵队的袭击而被杀"(《草原帝国》,第276页)。

第三个战役是也儿的失河之战,消灭蔑儿乞等残部。

公元1208年秋天(一说春天),"成吉思汗亲自向也儿的失河上游进军去对付最后的一批'反叛者'"(《草原帝国》,第276页)。由于山洪暴发,乃蛮人、札木合等过河逃跑时,人畜大半被山洪冲走淹死。铁木真汗消灭北乃蛮后,太阳汗之子屈出律逃往西辽去了(当时西辽是统治中亚地区的大国)。

也儿的失河一战,北乃蛮主力被全歼。太阳汗之子屈出律和札木合过河逃脱了。札木合只带领五个伴当逃过河去,在今蒙古国唐努乌山一带以劫掠为生。札木合脾气变得极为暴躁,常拿五个伴当出气。五人商量后,将他捆了,驮在马上,送到了铁木真汗那里,五人想得重赏。札木合不愿被捆绑着去见铁木真汗,叫人向铁木真汗传话说："黑老鸦会拿鸭子，奴婢能拿主人，皇帝安答必不差了。"意思是说，我看你铁木真汗怎么来处理这件事。铁木真汗说："自己的正主，敢拿的人，如何留得？"他让人当着札木合的面，把这五人都杀了。接着，铁木真汗让人去对札木合传话，回忆了两人三次结为安答的经历，并对自己同王罕、太阳汗交战时，札木合派人向他报信表示感谢。札木合回答说，我们从小做安答的事，我都没有忘记；现在你做了皇帝，安答做不成了。札木合最后只提了一条要求，别让他流血而死。不流血而死，这是草原民族的一个古老传统，只有处死国王或亲王时才有资格享受这一待遇。铁木真汗对手下的人说，札木合虽然背叛了我，但也没有存心害我的地方，就依了他这一条吧。于是"令札木合不出血死了，仍以礼厚葬了"（《蒙古秘史》校勘本下册，第1009—1010页）。

登上成吉思汗大位

在阿尔泰山下，蒙古军俘获了太阳汗的掌印官畏吾儿人塔塔统阿。铁木真汗问他为何死抱住怀中的金印不放，塔塔统阿说："是臣之职，欲见故主之子以授之而已。"铁木真汗赞扬他一片忠心，又问此物有何用处？塔塔统阿说："出纳钱谷，委任人才，一切国家政事，均以此印验证。"铁木真汗说，这种办法好。于是铁木真汗劝其投降，帮助蒙古建立这种制度，塔塔统阿同意了。由于实行印证制度离不开文字，铁木真汗命塔塔统阿教的儿子及诸王们学习畏吾儿文字，并用畏吾儿字母草创了最早的蒙文。有的学者感叹说，假如铁木真汗最早接触的不是畏吾儿文，而是汉文，他缔造的帝国可能取得更快、更大的文明进步，元朝的国祚也许会更长。但这只是一种美好的猜想，历史永远没有"假如"。

丙寅虎年（1206年），铁木真汗回到今蒙古国东北部斡难河

(鄂嫩河)源头乞颜部发祥地,登上了成吉思汗大位。我国史书称成吉思汗为元太祖,这一年为元太祖元年。成吉思汗是铁木真的蒙古大汗名号,元太祖是他作为中国元朝开山先祖的名号,这两个名号不能并列使用。

各书关于铁木真汗登上成吉思汗大位的记载,都很简要。《元史·太祖纪》记载:"元年丙寅,帝大会诸王群臣,建九游白旗,即皇帝位于斡难河之源。诸王群臣共上尊号曰成吉思汗皇帝。"《蒙古秘史》记载:"至是虎儿年,于斡难河源头,建九脚白旄纛做皇帝,封功臣木华黎为国王。命者别追袭古出鲁克(屈出律)。整治达达百姓。除驸马外复授同开国有功者九十五人为千户。"《史集》记载:"虎年(1206年),幸福地莅临时,初春,成吉思汗下令建九脚白旄纛,隆重地召集举行了大忽里勒台(库里尔台)。在这次忽里勒台上他获得了'成吉思汗'的尊号。"

在成吉思汗所封的功臣中,功劳最大的有木华黎、博尔术、孛罗忽勒、赤刺温、忽必来、者勒蔑、者别、速不台、主儿扯歹等人。他对牺牲的烈士也进行了褒奖,对他们的遗孤进行了优抚。同时,任命孛斡儿出为右手万户,木华黎为左手万户,纳牙为中军万户,失吉忽秃忽为大断事官。

《史集》和《多桑蒙古史》都提到一个细节,认为上"成吉思汗"尊号的是通天巫豁儿赤。《史集》的说法是:"献上这个称号的是晃豁台部蒙力克别乞-额赤格的儿子、人称帖卜-腾格里的阔阔出。"(《史集》第一卷第二分册,第208页)《多桑蒙古史》的说法是:"1206年春,遂集诸部长开大会于斡难河附近之地,建九游白旄纛。珊蛮(萨满)或卜者阔阔出……奉天命命其为成吉思汗",但"铁木真汗颇恶其人,兹既无须其助"(《多桑蒙古史》上册,第57页)。豁儿赤的用意是抢"头功",便于今后驾驭、利用成吉思汗。成吉思汗早先曾经有过利用他的念头,但后来越来越厌恶他,酝酿着一场不可避免的斗争。

一场汗权与神权的斗争

　　成吉思汗登上大汗之位后,汗权和神权的矛盾变得尖锐起来。具体地说,就是那位萨满教通天巫豁儿赤,开始同成吉思汗争权,他要求神权与汗权平等,想以此控制成吉思汗。成吉思汗考虑到豁儿赤也曾发挥过一些作用,所以一直忍让着。于是,豁儿赤越发嚣张起来。

　　有一次,他竟掌掴成吉思汗二弟合撒儿。合撒儿去向成吉思汗诉说,成吉思汗正在为别的事生气,反而批评合撒儿说,你平时吹嘘谁都打不过你,今天怎么能被他打了耳光?活该!合撒儿非常生气,几天不愿来见成吉思汗。豁儿赤担心遭到报复,编了一通瞎话去对成吉思汗说:"长生天的圣旨来告说,一次教铁木真管百姓,一次教合撒儿管百姓,若不将合撒儿去了,事未可知。"经豁儿赤这样一挑拨,成吉思汗对二弟合撒儿起了疑心,连夜去捉拿合撒儿。有人立即去向成吉思汗母亲诃额仑报告,老太太连夜叫人驾车往合撒儿那里赶。她赶到时,合撒儿已被成吉思汗剥夺了冠带,捆了起来,正在审讯他。忽闻母亲赶到,成吉思汗大惊。老太太先把合撒儿解了,把冠带还给他。老太太"盛怒盘坐",敞开胸怀,把两个乳房放在膝盖上,叫成吉思汗看着,对他说:"您见了吗?这是您吃的乳。合撒儿何罪,你自将骨肉摧毁。"又说,你吃过的这个奶头,你两个小弟弟都不肯再吃,"唯合撒儿将我这二乳都吃了,使我胸中宽快。为那般所以铁木真心有技能,合撒儿有气力,能射。……如今敌人已尽绝,不用他了。"这是成吉思汗母亲诃额仑教训"皇帝儿子"的特殊方法,中国历史上仅见此一例。成吉思汗当场被母亲训斥得"怕也怕了,羞也羞了"。但他心中对二弟合撒儿的疑团并未解开。后来他又瞒着母亲,剥夺了合撒儿的百姓和权力。有些百姓眼看合撒儿失势,也都离他而去。"诃额仑得知,内心忧闷,所以早老了。"(《蒙古秘史》校勘本下册,第1032页)

　　做母亲的心疼每一个儿子,不管你成吉思汗做了天底下最大的皇帝,仍是她的儿子,合撒儿也是她的儿子。儿子们骨肉相残,最使诃额仑痛心。强的欺负弱的,她不能容忍。在以后的日子里,诃额仑并不为长子成吉思汗做了草原之王而高兴,而为二儿子合撒儿受了委屈而痛心。一生经历了这么多艰辛都没有把她压垮,这件事却使她愁老了。从这一点上说,诃额仑的母爱之心,比成吉思汗君临天下的征服者之心更伟大。这都是豁儿赤这位"通天巫"在成吉思汗兄弟、母子之间制造的矛盾。

　　又一次,豁儿赤命令成吉思汗四弟斡惕赤斤向他下跪,承认他轻视"神"的权威的罪责。第二天早晨,成吉思汗和孛儿帖夫人尚未起床,斡惕赤斤闯进去跪在床前哭诉。未等成吉思汗开口,孛儿帖夫人往上拉一拉被子盖住胸口说:"他是如何的晃豁坛,在前将合撒儿打了,如今又要斡惕赤斤跪,是何道理?你今见在,他尚将来你桧柏般长成的弟每(们)残害。久后你老了,如乱麻群鸟般的百姓,如何肯服你小的歹的儿子每(们)管!"她"说罢哭了"。这时,成吉思汗终于表态,对四弟说:"帖卜腾格理(豁儿赤)如今来时由你。"跪在地上的斡惕赤斤一抹泪站起来就走了,他要的就是这句话。他马上去找了三位大力士,准备着。吃饭的时候,豁儿赤往酒桌西边去坐,刚坐下,斡惕赤斤上去一把抓住他衣领拖了出去。豁儿赤帽子掉在地上,蒙力克站起来,捡了他的帽子跟出去,豁儿赤已被三位大力士折断腰骨处死了。蒙力克把帽子盖在豁儿赤脸上(《蒙古秘史》校勘本下册,第1032—1035页)。

　　这是一场巩固成吉思汗汗权和大蒙古国新生政权的斗争。虽然斗争形式特殊,但也是你死我活、惊心动魄。

成吉思汗登上大汗之位,标志着大蒙古国的建立(西方史称"蒙古帝国")。这是一个重要的历史新起点。从此以后,成吉思汗不仅要为中国历史谱写轰轰烈烈的篇章,也将为世界历史打上深深的印记。

后来,成吉思汗的孙子忽必烈推翻南宋建立元朝后,尊成吉思汗为元太祖。在我国史书中,成吉思汗的正式称号是"元太祖孛儿只斤铁木真"。

2011 年 1 月

朱可夫雕像

一

我看到的第一座朱可夫青铜雕像,是在莫斯科红场北端的出口处外面,基座很高,朱可夫骑在马上,面对着他的俄罗斯祖国,面对着来自世界各地的游人。

我们来到俄罗斯,使馆的同志在为我们安排参观活动时,曾征询我有何具体要求。我说,别的活动悉听安排,我只有一个额外要求,想看一点朱可夫的遗迹,希望能如愿。他们说,由于朱可夫在苏联政治风云中几经沉浮,他的遗迹、遗物保留下的不是太多,但他们会留心我的这个要求。

那天参观红场,他们特意将我领到北端出口处外面,来观看这座朱可夫雕像。

二十世纪打了两次世界大战,造就了一批世界级名将,朱可夫是出类拔萃的一位。漫漫百年,将帅如林,朱可夫的非凡军事指挥才能,他在反法西斯战争中建立的卓著功勋,无人出其右。

作为军人,我崇敬朱可夫。他具有摧不垮的钢铁意志,他具有洞察战场复杂形势的深邃目光和敏锐感觉,他具有把战场险境、绝境化为胜利的铁腕和奇谋,他具有面对斯大林敢于直陈不同意见的胆识和豪气,他具有每当关键时刻亲临火线察明敌情的求实作风,他具有就地撤换玩忽职守者的严厉治军手段……他是一位真正的"战神"!

军人不崇拜战功盖世的英雄,算什么军人?

朱可夫是为战争而生的。人类迄今发生的两次世界大战,他都参加了。第一次世界大战中,朱可夫参军、参战、负伤,因作战勇敢,并俘获过一名德军军官,曾两次获得乔治勋章。第二次世界大战中,朱可夫先后作为苏军总参谋长、最高统帅部代表、多个方面军的司令员、最高副统帅,参与策划并亲自指挥了耶尔尼亚地区反突击作战、列宁格勒保卫战、莫斯科会战、斯大林格勒会战、库尔斯克会战、乌克兰会战、解放白俄罗斯、攻克柏林等一系列重大战役。他指挥过的战役次数之多,规模之大,战场之宏阔,战斗之激烈残酷,交战双方战亡人数之众多,在人类战争史上前所未有。朱可夫对最终战胜法西斯德军所发挥的重要作用,没有哪一位二战中的将帅能超过他。

斯大林生前是从不夸奖人的,但他对朱可夫却是个例外。在庆祝卫国战争胜利的庆功宴上,斯大林在谈到莫斯科会战的特殊意义时说:"朱可夫的名字,作为胜利的象征,将永不分离地同这个战场联系在一起。"

华西列夫斯基元帅,战时与朱可夫同为斯大林的左右手。他是一位从来不办莽撞事、从来不讲过头话的人,他对朱可夫做出了如下评价:"朱可夫具有卓越的统帅天赋。他生来就是从事军事活动的,而且生来就是从事军事战略活动的。在战胜法西斯德国军队的享有荣誉的苏联统帅中,朱可夫是最杰出的。"

与对德协同作战的艾森豪威尔、蒙哥马利、巴顿等盟军将帅相比,朱可夫也是最杰出的。美国和苏联是冷战时期的死敌,但曾在对德作战中与朱可夫有过合作、后来当上了美国总统的艾森豪威尔将军,却一直与朱可夫保持着莫逆之交。他称朱可夫是"一个天才的军人","没有哪一个人对联合国的贡献能够超过朱可夫元帅的了"。并说,今后应当设立一项"朱可夫勋章",用以奖励那些在战场上勇敢、坚忍、有远见和必胜决心的军人。美国军事历史学家钱尼说,"朱可夫是战场上的胜利的永恒象征"。

朱可夫的影响融进了历史,超越了国界。

二

莫斯科红场外的这座朱可夫雕像,他一身戎装,大檐帽压得很低,使人很难看清他脸部的全部表情。但他微微噘起的又宽又厚的下巴给人以深刻印象,紧闭的双唇透出顽强而坚毅的神情。他胸前挂满勋章,左手控住马缰,右手刚向受阅部队敬过礼,尚未放回到与左手同握马缰的位置,手掌向下平举在腰部前方。这是一个瞬间动作。他并没有坐在马鞍上,而是绷直了双腿站立在马镫上,因而裆部是悬空的,这更显出他顽强不屈的性格。他胯下的那匹战马高大健壮,马脖子强有力地弓起,马头略低,马嘴微张。马的右后腿已悬空提起,正要向前跨步。马尾如一束随风飘动的火焰向后平展着。整座雕像,外在的稳健竭力抑制着内在的躁动,雕塑家把这种稳健与躁动的矛盾凝固于一瞬。

这是一代骁将朱可夫走出战争、走向和平的瞬间神态。

这座雕像身后的莫斯科红场,是卫国战争胜利后,朱可夫代表最高统帅斯大林骑马阅兵的地方。这是当年斯大林奖赏给朱可夫的一份无上荣光。

朱可夫是唯一敢对斯大林说"不"的人。莫斯科会战前,担任苏军总参谋长的朱可夫经过分析判断后认为,德军企图在最短时间内首先粉碎苏军中央方面军,尔后攻克莫斯科。因此,他竭力建议放弃基辅,抽调三个集团军加强中央方面军。斯大林一听火了,"真是胡说八道……把基辅交给敌人,亏你想得出来!"朱可夫毫不畏惧,回答道:"如果你认为总参谋长只会胡说八道,那么还要他干什么?我请求解除我的总参谋长职务并把我派到前线去。"半小时后,斯大林找朱可夫谈话,通知他已被解除总参谋长职务,将他任命为预备方面军司令员,要他去负责他自己建议的耶尔尼亚地区的反突击作战。斯大林问他:"你什么时候可以动身?"答:"一个小时以后。"一小时后,朱可夫动身前往预备方面军就任司令员。他来到前线,经过紧张而周密的准备,指挥部队一举夺取了耶尔尼亚地区反突击作战的胜利。随后的战局发展,证明朱可夫对德军进攻企图的分析判断完全正确。斯大林将他召回莫斯科,把他请到自己家里与他谈话。斯大林对他说了两句话,一句是:"你在耶尔尼亚地区搞得还不错。"另一句是:"您那时是对的。"

斯大林说的是,朱可夫上次关于德军进攻企图的分析判断是对的。几十年后,朱可夫在他的回忆录中又一次谈到他当时能够"料敌如神"的奥秘。他说,他当时正以十分肯定的口气向斯大林汇报德军的进攻企图,斯大林没有马上表态,但他身边有位名叫麦赫利斯的人,竟插话问道:"你是从哪里知道德军将如何行动的?"问得朱可夫哭笑不得。斯大林正在认真听着,便说:"继续讲下去吧。"朱可夫接着说:"我不知道德军的行动计划,但是根据对情况的分析,他们只能这样,而不会有别的做法。"秘密究竟在哪里呢?朱可夫在回忆录中一语道破说:德军在战略性进攻战役中起主导作用的是他们的装甲、坦克和机械化部队。只要将敌人的这些主战军力频繁调动、变更部署的情况及时摸清摸透,就可以对敌人的进攻企图看得一清二楚,绝不会发生根本性的判断错误。这是一位真正的军事家,能对机械化作战时代战争规律的深刻认识和自如驾驭。而像麦赫利斯这类专会在领袖面前给别人下蛆的小人,连战争的门都还没有摸到。

谈话结束时,斯大林又问朱可夫:"现在想上哪儿?"朱可夫的回答仍然是:"回前线去。"斯大林又问:"回哪个前线?"朱可夫答:"您认为需要的那个前线。"

斯大林便说:"去列宁格勒吧,列宁格勒很困难。"

临别,斯大林又主动问朱可夫:"关于敌人下一步的计划和可能性,您有什么看法?"

至此,斯大林对朱可夫的军事指挥才能,对他分析判断战场形势的洞察力,已深信不疑。

后来,在莫斯科会战最吃紧的日子里,斯大林打电话到莫斯科前线指挥所问朱可夫:"你坚信我们能够守住莫斯科吗?我怀着内心的痛苦在问你这个问题,希望你作为共产党员诚实地回答。"朱可夫回答说:"毫无疑问,我们能够守住莫斯科。"在朱可夫指挥莫斯科会战最危急、最紧张激烈的二十几个日日夜夜里,他每昼夜至多能睡两个小时。危急关头一过去,他立刻在指挥所里睡"死"了过去。斯大林两次来电话,指挥所的人都回答说:"朱可夫在睡觉,谁都无法叫醒他。"

斯大林动情地说:"别叫他,让他自己醒吧。"

此后,只要战场上哪个方向形势吃紧,斯大林都会首先想到朱可夫:"派朱可夫去吧。"因此,在整个卫国战争期间,朱可夫曾先后担任过八个主要作战方向上的方面军司令员,先后十五次担任最高统帅部代表,在关键时刻、前往关键的作战方向,去指挥作战。

斯大林内心对朱可夫的赞赏深藏不露,他以自己的方式来奖赏朱可夫。朱可夫指挥苏军攻克柏林后,斯大林任命他为驻德苏军总司令、四国对德管制委员会苏方最高长官,并由他主持德国无条件投降签字仪式。1945年6月,斯大林决定在莫斯科红场举行一次胜利阅兵式,庆祝卫国战争取得的伟大胜利。斯大林将朱可夫从柏林召回莫斯科,把他叫到自己的别墅去。斯大林微笑着问他,你的骑术是否已经生疏了?朱可夫是骑兵出身,当过骑兵团长、师长、军长,骑术精湛。他回答说:"没有,没有生疏。"斯大林这才亮出正题,对他说:"是这么回事,你将担任胜利阅兵式的阅兵首长,阅兵总指挥由罗科索夫斯基元帅担任。"朱可夫回答说:"谢谢您给我这样的荣誉。但由您来阅兵不是更好吗,您是最高统帅。"斯大林说:"我当阅兵首长太老了,还是你来当吧,你年轻些。"

1945年6月24日,莫斯科红场举行了隆重的胜利阅兵式。阅兵总指挥罗科索夫斯基元帅向朱可夫报告,朱可夫代表最高统帅斯大林充当阅兵首长,检阅了卫国战争中功勋卓著的一支支英雄部队。

军人们和市民们的"乌拉"声山呼海啸般响彻莫斯科上空。

在这一历史瞬间,朱可夫达到了人生的辉煌顶点。那一年,朱可夫才四十九岁。

红场外的这座朱可夫雕像,就是根据他当年在红场骑马阅兵时的一幅照片塑造的,它真实地记录下了这个辉煌的历史瞬间。

然而,这座将稳健与躁动凝固于一瞬的雕像,却蕴含着一个暗示:战争需要顽强和骁勇,和平却需要平稳和圆通。在随之而来的和平岁月里,朱可夫能够掌握好这种新的平衡术吗?

朱可夫正骑马走向新的考验。

三

我看到的第二座朱可夫青铜雕像,是在离莫斯科一千七百公里之外的乌拉尔军区司令部大楼前。

乌拉尔军区司令部所在地叶卡捷琳堡,苏联时期的名字叫斯维尔德洛夫斯克。它在莫斯科以东一千七百公里处的乌拉尔山东麓,是乌拉尔地区的中心城市。

我们到这里来参观2002年度俄罗斯防务展。

卫国战争期间,乌拉尔地区是苏联的大后方。战后,这里是远离莫斯科政治中心的地方,偏僻而冷落。

这里是第二次世界大战结束后朱可夫的被贬之地。

战后,历史主题迅速发生着转换。在苏联国内,战争已经让位于建设;在苏联与美英之间,合作已让位于冷战。朱可夫的命运也在转换,但他自己并没有及时地、清醒地认识到这一点。波茨坦会议后不久,1946年3月,美国从四国对德管制委员会中召回了艾森豪威尔,英国召回了蒙哥马利。朱可夫也被斯大林召回国内,任命他为苏军陆军总司令。

朱可夫命中注定只能是战场上的一位胜利之神,他不可能成为和平岁月里的政治宠儿。

苏联新闻界、文学艺术界对朱可夫的不适度宣传,有些溢美之词甚至超过了最高统帅斯大林,给他帮了倒忙。美英等西方国家则有意要在苏联领导人中间打入"楔子"、制造矛盾,他们拼命抬高朱可夫的功劳,贬低斯大林在战争中的作用,这不能不引起斯大林的警觉。一个人的幸运和厄运,犹如一座高山和它背后的阴影。高山投下的阴影或长或短,那是随着阳光对山峰照射的角度变化而变化的。朱可夫是一座巍峨的高山,斯大林是照耀这座山峰的阳光。当斯大林对朱可夫格外器重时,阳光直射到山顶,这座山峰的阴影便最短;一旦斯大林在感情上与朱可夫逐渐疏远,犹如阳光偏西而去,投射出这座高山的巨大阴影,而且这阴影越拉越长。

像朱可夫这样一位宁折不弯的刚烈之人,性格中也往往会有某种易受攻击的致命弱点。他指挥作战杀伐决断,在战场上采取的一些果断措施、批评人的过激言辞,伤害了一些平庸将领的感情。他在各个作战方向之间东南西北满天飞,往往每到一个作战方向就要拿出挽回危局、克敌制胜的措施来,他通常只能在战略战役的关键处下手,对一些细枝末节不可能事事都考虑得那么周到细致,办事方式也不可能那么温柔随和,急切中免不了会产生某些失当、失误。他重用过的某些人,有的也没有为他争光。他难以自制的居功自傲情绪,更引来了周围一些人的忌恨。凡此种种,都为他埋下了招来厄运的一粒粒"种子",遇到适宜的气温条件,它们都开始发"芽"。有些人眼看着朱可夫已经失势,凭着他们的灵敏嗅觉,开始对朱可夫采取行动。

朱可夫很快从人生的巅峰跌落下来。

1946年7月,朱可夫被免去陆军总司令职务,任命为敖萨德军区司令员。有位戈沃罗夫元帅,战争初期在列宁格勒军区吃了败仗,当时是朱可夫前去控制了那里的危急局面。如今,戈沃罗夫元帅当了苏联武装部队总监察长,他到敖萨德军区来检查工作,实际上是来监察朱可夫的言行。朱可夫压根儿瞧不起这位败将,怠慢他是很自然的事情。戈沃罗夫搜集到了朱可夫平时流露出的对斯大林的不少不满言论,回去告发了他。

朱可夫再次被贬,被调往大后方乌拉尔军区当司令员。从此,人们再也听不到关于朱可夫的消息,报刊上再也看不到他的照片。

乌拉尔军区司令部大楼前的这座雕像,朱可夫同样是一身戎装,同样是骑在马上,但人与马的姿势神态,已和莫斯科红场外面的那座雕像完全不同。坐骑是一匹腾空而起的烈马,马头桀骜不驯地扭向左侧,两条悬空提起的前腿,右腿钩成一个强有力的问号,左腿如铁拳般向前直击而出。马身后坐,两条弯曲的后腿蓄满了力量,保持着一种随时都能连人带马一齐弹射出去的姿势。拖垂到地面的马尾,如一根怒卷的旋风柱般直立着。朱可夫双手控缰,绷直了身子站立在马镫上,前胸紧贴着狂乱的马鬃,下巴噘得更高，嘴唇闭得更紧，一把入鞘的马刀从左侧腰间垂挂到脚腕。

如果说，莫斯科红场的那座朱可夫雕像是力图在稳健与躁动之间保持平衡，那么，乌拉尔军区司令部大楼前的这座朱可夫雕像，则已完全冲破了这种平衡。他内心的躁动再也压抑不住，整座雕像充满了剧烈的动感，犹如一股冲天而起的狂飙。

朱可夫心中不服啊！

四

乌拉尔军区司令部大楼和我们落脚的伊谢季宾馆在同一条大街上，相距不远。那天早晨，我和谢方权秘书走出宾馆散步，向东转过两个街口，就转到了乌拉尔军区司令部大楼前。这时正是军营早操过后，大楼四周的马路上有一些士兵挥动着大扫把在打扫卫生，一位俄军军官正在转悠着检查打扫卫生的情况。看来，天下军营都有一些相同的节奏和韵律。俄国士兵早晨打扫卫生的情景，和我们中国军营的早晨景象多么相似。看到这一幕，一种亲切感在我心中油然而生。我多年前曾写过一首《冬季，我思念天下士兵》的诗，此刻又一次体验到了这种情感。

乌拉尔军区司令部大楼地面以上有四层，地下还有一层，露出了半截窗户。整座大楼的下半截是花岗岩墙体，显得庄严稳重。大楼两侧的花园周围，排列着一个个又粗又矮的铁桩，用一条手臂粗的大铁链连成护栏，使人联想到军舰甲板，联想到波涛汹涌的大海，联想到狂风巨浪。

朱可夫在这里当司令员的那些日子，他的内心肯定波涛汹涌。

我们从司令部大楼前返回宾馆时，在路上遇到一位满头白发的老太太，她左手臂弯里挎着一只提包，右手拿着一束刚刚采摘的粉红色鲜花，身子一摇一晃地向司令部大楼方向走去。

那天早饭后,我们访问团全体成员都到朱可夫雕像前去拍照留念。

俄方陪同人员介绍说,这座朱可夫雕像,是叶卡捷琳堡市民为了纪念卫国战争胜利五十周年,于1995年自动捐款建造的。叶卡捷琳堡的市民们认为,朱可夫是卫国战争中最杰出的英雄,他到乌拉尔军区来担任司令员,不管是出于什么原因,都是乌拉尔地区的光荣,乌拉尔人民永远怀念他。这座雕像的基座上镌刻着一句俄文:"乌拉尔人民献给朱可夫大元帅"。雕像基座上摆放着八九个塑料花圈,有的是红花,有的是白花。我眼前忽然一亮,在这些塑料花圈上面,台阶的正中位置上有一束粉红色的鲜花。它正是早晨我们在路上遇到的那位白发老太太手里捧着的那束粉红色鲜花。原来,她是一早到这里来向朱可夫雕像献花的。

经历过战争灾难的国度,人民崇拜战争英雄。朱可夫走出了莫斯科,却更深入地走进了人民心里。在叶卡捷琳堡的市民们看来,莫斯科历来对朱可夫不公,莫斯科的那座朱可夫雕像也雕得不好,那匹战马的行走动作看上去很别扭。他们要在叶卡捷琳堡雕出一座能够真实反映朱可夫英雄性格的雕像。必须承认,乌拉尔军区司令部大楼前的这座朱可夫雕像,比莫斯科红场外的那一座生动多了,对朱可夫的性格刻画得真实多了。

朱可夫和我们中国的彭德怀元帅一样,出身于贫苦农民家庭,来自生活底层,他和劳动人民有着一种天然的感情联系。真正的英雄都是懂人性、重人情的。对此,我们过去曾经长期发生过误解。我从古今中外一些著名战将身上发现,他们的情感世界中有一种共同的"基因":他们无一例外地深爱着自己的母亲,同情穷人。

我想起了朱可夫回忆录中的几个场景。朱可夫十三岁那年,父亲送他到莫斯科去学皮匠。他写道:"妈妈给我包了两件衬衣、两副包脚布和一条毛巾。还给了我五个鸡蛋和几块饼,让我在路上吃。……然后,妈妈对我说:'好吧,儿子,上帝保佑你。'说完,她就忍不住伤心大哭,并把我紧紧地搂抱在怀里。父亲的眼圈也红了,眼泪不住往下淌。"走出村子,朱可夫想起在三棵橡树旁边那块地里和妈妈一起割麦子的情景,他当时把自己的手指割破了,他问妈妈是否还记得。妈妈回答他说:"孩子,我记得。当妈妈的对自己孩子的一切,都记得。只是有的孩子不好,他们往往忘记了自己的妈妈。"朱可夫回答说:"妈妈,我决不会那样!"

朱可夫是孝子。他一生都在为战争奔忙,但只要有机会,他就会回到故乡去看望父母和姐姐。卫国战争中,在莫斯科会战前的紧张日子里,西方方面军的情况一度很糟,斯大林命令朱可夫前去弄清情况,以便稳定那里的防御。朱可夫乘车前往尤赫诺夫地区,到第一线去查明战场情况。经过朴罗特瓦河时,他想起了自己的童年时代。他坐车经过的地方离他家乡斯特烈耳科夫卡村只有十公里,父亲去世了,但他的母亲、姐姐和姐姐的四个孩子都还住在村子里。他多么想进村去看看他们,但重任在肩,时间紧迫,不能去。他马上又想到,一旦法西斯德军进了村,他们逮到了朱可夫的亲属,肯定会在全村人面前枪毙他们。他在心里着急,无论如何,一定要设法把他们接到他在莫斯科的家里去。三天以后,他派副官冒着危险把母亲、姐姐和姐姐的四个孩子接到了他莫斯科的家里。两周后,他的家乡真的被德军占领了。朱可夫庆幸及时救出了妈妈、姐姐和姐姐的四个孩子。

朱可夫在经过莫斯科防御前线一个叫美登的村庄时,看到一位老太太在被炸毁的房屋废墟中寻找着什么。他走上前去问她:"老太太,你在找什么?"老太太抬起头来,用两只睁大的、迷惘的、毫无表情的眼睛看了他一下,什么话也不说,继续低头寻找。旁边有人对朱可夫说:"她因为悲伤而发疯了。"前天德国飞机轰炸这个村庄时,她正在井边打水,她的几个孙子在家里。她亲眼看到敌人把炸弹扔在她家房子上,几个孙子都被炸死了。

朱可夫带着极其沉重的心情离开了这个村庄,走向决战决胜的火线。

朱可夫一想起那位老太太,就会立刻想起自己的母亲。老太太抬起头来望着他的目光,使他永远难忘。

朱可夫誓死战胜敌人的钢铁意志,就是这样被浓浓的亲情浇灌起来、被深深的对敌仇恨激发起来的。

一个顽强不屈的英雄内心,他的情感之根会在战斗中越扎越深。战争中,英雄同情苦难的人民;和平岁月,人民同情落难的战争英雄。

五

在叶卡捷琳堡,我们有一个意外收获,去看了朱可夫担任乌拉尔军区司令员时的故居。朱可夫故居在人民大街拐角处的一个院子内,院子被很高的土黄色围墙围着,拐角上有一个碉堡面向大街。

这个朱可夫故居,是当地导游瓦莲娜为我们打听到的。她介绍说,这个院子内原有一座教堂,十月革命后被用作驻军官邸营院,里面盖了一些住宅,沿用至今。

我们到达那里时,院子的两扇大木门紧闭着。俄方陪同人员上前敲开大门,说明来意。对方回答说,朱可夫故居不对外开放,这个院子是军事禁区,谢绝参观。这时大门里开出一辆小旅行车、一辆吉普车,车里坐着女人和孩子,一看便知是军官家属。由于我们的接待方是俄罗斯军工部门,与俄罗斯军方没有直接联系,乌拉尔军区并不知道有一个中国军方访问团要来参观朱可夫故居。如果再层层上报重新联系，那就把简单的事情搞复杂了。

我和俄罗斯军人语言不通，但军人与军人之间自有另一种极易沟通的"语言"。对方严密把守大门的是一位矮胖的、负责营院管理的俄军三级士官，穿着一身迷彩服，戴着大檐帽。我知道应该如何同这样的军人打交道。我上前和他握了一下手，对他说，我们崇敬俄罗斯民族英雄朱可夫元帅，他永远是你们俄国军人的骄傲。我是一位中国将军，我也姓朱，我和我的同事们不远万里来看朱可夫故居，你看你是怎么搞的，你怎么可以不让我们看呢？我笑着摇了摇他的肩膀。我们的俄语翻译把我的话一句一句翻译给他听，他听完也笑了："好吧，请进。"

其实，我对他说"我也姓朱"这句话，对他来说是极为费解的，但他绝对可以从中获得一种套近乎的感觉，这句话成了打开他情感之锁的一把钥匙。

双方提前说好，我们只看看朱可夫故居的外貌，房子里面不去。朱可夫故居是一座带廊柱的平房，淡黄色外墙。在我们国内，有的军营里有一些过去苏联军事专家住过的房子，样子都和这座房子差不多，因为我军当时的苏联军事专家住房也是按苏方提供的图纸盖的。朱可夫故居周围种了不少树，树荫浓密。矮胖士官说，这幢房子现在已经不住人了，内部正在整修，已经收集了一些朱可夫元帅的遗物，搞传统教育时供军人们参观。将来准备搞成朱可夫纪念馆，对外开放。在这座房子的路对面，正在盖一座新的官邸，看样子是顶替朱可夫故居，供某位乌拉尔军区首长居住的。

半个多世纪里，朱可夫本人和俄罗斯民族都经历了政治风云的复杂变幻，经历了世界时事的巨大变迁，但朱可夫永远是俄罗斯民族的骄傲，更是俄罗斯军人的骄傲。尤其是在俄罗斯军人心目中，朱可夫将永远拥有崇高地位。这一点，从这位把守营院的俄军士官身上就可以看得很清楚。他从我们身上看到了朱可夫的巨大国际影响,这使他感到无上光荣。所以,他不但让我们进了院子,而且愉快地和我们每个人以朱可夫故居为背景合影留念。

我们眼前的这座淡黄色房子,原本是朱可夫的落难之所,现在正在成为一座精神宝库,俄罗斯军人要从中吸取于艰难中奋起的精神力量。

六

我看到的第三座朱可夫雕像,是在莫斯科俯首山卫国战争胜利纪念馆内。

我们一行从叶卡捷琳堡回到莫斯科后,去参观了俯首山卫国战争胜利广场和胜利纪念馆。俯首山的苏联卫国战争胜利广场和胜利纪念馆,真是大手笔、大气魄,极具震撼力。胜利广场上的纪念碑是一把高耸入云的三棱剑,高达一百四十一点八米,象征着卫国战争所经历的一千四百一十八个日日夜夜。纪念馆内,卫国战争经历的七大战役,每个战役都有一个单独的展厅,半圆形的幕墙上画着巨幅油画,地面的人物雕塑和墙上的画面布置得浑然一体,再配上灯光和音响,展现出一幅幅宏阔的战争场景,立体感极强。

在综合展览大厅的入口处,我们看到了卫国战争时期苏军将帅们的一尊尊半身雕像,从老一代的铁木辛哥,到斯大林、朱可夫、华西列夫斯基、科涅夫、安东诺夫、缅什科夫、罗科索夫斯基、罗沃洛夫、马利诺夫斯基、托日布欣等,众多著名将帅都在这里。斯大林和朱可夫的半身雕像被放在比较显要的位置。从陈列将帅雕像的展厅往楼上去,整个宽阔斜面都是通向楼上的台阶。台阶两边各有一条宽大的装饰带,上面装点着被子弹洞穿的钢盔、步枪、橄榄枝,引导参观者一步步向楼上灯火辉煌的展览大厅登临,犹如从战争灾难的深渊一步步走向胜利的巅峰。

朱可夫和将帅们的雕像就在这座宽阔的楼梯下面，那里是走向胜利的起点。朱可夫的这尊半身雕像没有戴军帽，胸脯挺拔，神情严肃而平静。

朱可夫的心情得以重新平静下来，那是因为他在斯大林时代终于得到了公正对待。其实，在朱可夫落魄的日子里，真正在明里暗里保护他的，还是斯大林。有些人眼看朱可夫在斯大林那里已经失宠，便落井下石，诬告他"谋反"。他们满以为这样做迎合了斯大林的心思，斯大林却对此嗤之以鼻。斯大林明确告诉这些人，通过四年卫国战争，他对朱可夫的了解甚至比对自己的了解还要深刻，他们应该删掉那些捕风捉影的废话。当时，苏联文艺界创作了一个反映苏军突破德军奥德河防线、向柏林发起反攻的文艺作品《奥得河上的春天》，竟不提朱可夫的名字。斯大林又一次明确表态说，写奥得河上的春天而不提朱可夫，肯定是不真实的。

在斯大林看来，朱可夫本人的问题只是居功自傲而已，其他骇人听闻的不实之词都强加不到他头上。对于朱可夫这只猛虎，冷他一冷，煞煞他的威风，对他未尝不是一件好事。当然，斯大林不可能把自己的真实用意告诉朱可夫。朱可夫在极度苦闷之中，强烈要求离开军队，以便离开军队中那些和他过不去的人。斯大林坚决压住，不批，将他继续"冷冻"在乌拉尔军区。

到了1950年，朝鲜战争爆发，国际局势风云突变，斯大林及时将朱可夫这只猛虎重新放出樊笼。他下令将朱可夫召回莫斯科出席最高苏维埃会议。在同年举行的苏共第十九次代表大会上，朱可夫被增选为苏共中央候补委员。

斯大林和朱可夫，是两块钢铁，互相一碰，铮铮作响。他们之间谈不上一般意义上的"亲密"，但绝对"相知"。战争期间，朱可夫曾对斯大林有过几次顶撞，斯大林表现得豁达大度，从不计较。斯大林对朱可夫也有过多次严厉批评，甚至当面训斥，但他对朱可夫绝对信任、绝对重用。斯大林的气度,表明他是一位真正的统帅。朱可夫一生经历了那么多磨难,有些坎坷挫折直接与斯大林对他的严厉态度有关,但令朱可夫真正心服的人还是斯大林,他的这个态度至死未变。他在回忆录中写道:我同斯大林一起度过了整个战争时期,曾对斯大林的军事活动进行过详细研究。斯大林精通重大战略问题,他通晓方面军战役和方面军群战役的组织问题,并且熟练地指挥了这些战役。他具有巨大的洞察力,善于抓住战略态势中的主要环节采取对策,实施某个大规模的进攻战役。毫无疑问,斯大林是当之无愧的最高统帅。朱可夫写道,斯大林死后有一种说法,认为斯大林做出军事政治决定时独裁。朱可夫不同意这种说法。他说,如果向最高统帅汇报的问题具有充分理由,他是很注意听取的。朱可夫自己就不止一次遇到过斯大林放弃个人意见和改变原来决定的情况。并说,由于斯大林要求极为严格,才促使他们做到了许多本来几乎做不到的事情,这一点对夺取战争胜利同样起到了重大作用。

可惜,斯大林于1953年3月逝世后,再没有人能够驾驭住朱可夫这只猛虎了,再没有人能够在必要时对他采取保护性措施,朱可夫只能凭着自己的一腔豪情去搏击政治风浪了。因而,朱可夫后来遇到了更多、更大的政治磨难,也就难以避免了。

在赫鲁晓夫时代,朱可夫的几次政治举动颇受非议。他始则为赫鲁晓夫所利用,继则被赫鲁晓夫之流所废弃,宦海沉浮,大起大落。这又一次证明,军人是政治的工具,而政治永远不可能成为可以在军人手中随意把玩的工具。朱可夫在战场上是一位不败的战神,一旦进入政治领域,注定他非倒霉不可。朱可夫的命运,使我每每联想到中国的彭德怀元帅,他们都是令人思情低回的悲剧英雄。

俄罗斯人民永远不会忘记耿直不阿、克敌制胜的朱可夫。他们永远看重的是朱可夫那颗赤诚透亮的心,其骨铮铮,其心昭昭,此乃俄罗斯民族之赤子。

当朱可夫被赫鲁晓夫之流打落下马、长期沉寂之后,在苏联1965年举行的庆祝卫国战争胜利二十周年大会上,当念到战争功臣朱可夫的名字时,会场上突然爆发出雷鸣般的掌声和欢呼声,这给当时的苏联当权者内心带来的震撼非同小可。但此时的朱可夫已踏遍青山,心静如水,不为所动。他静下心来写他的回忆录,此书一经面世,立刻成为行销世界的军事名著。

1974年,朱可夫去世。

到了1995年,俄罗斯举行卫国战争胜利五十周年庆祝活动时,虽然俄罗斯的社会生活和苏联时期相比已经发生了根本性的变化,但是,莫斯科和叶卡捷琳堡等地都建起了一座座朱可夫雕像,人民怀念他。

现在,朱可夫超越了政治风浪的云谲波诡,超越了人类两次世界大战的时空变迁,已被定位在俄罗斯历史之中。在莫斯科红场前、列宁墓北侧的红墙根下,埋葬着朱可夫的骨灰盒,红墙上镶嵌着一方朱可夫的墓碑,墓碑上镌刻着朱可夫的全名和生卒年月:格奥尔基·康斯坦丁诺维奇·朱可夫,1896—1974。

2003年5月

铁头萨达姆

萨达姆曾经是个人物。在伊拉克国内,他曾经是将这个一盘散沙似的国家整合成形的铁腕人物;在中东和海湾地区,他曾经是一跺脚就让邻国感到地动山摇的强硬人物;在国际舞台上,他曾经是呼一方风雨便可牵出大国外交乱局的风云人物。

一

美军抓到萨达姆,全世界都"哦"了一声。伊拉克战争结束八个月来,美军手里捏着那副扑克牌通缉令,一张一张往下翻,终于翻到了那张搜寻已久的黑桃A,从地洞中揪出一个活物来。小布什定睛一看,真的就是胡子拉碴的萨达姆,他大腿一拍笑起来:"哈哈,我赢了!"

是的,萨达姆输了,彻底输了。

自从2003年4月9日巴格达陷落后,萨达姆在美军鼻子底下遁身藏匿长达八个月,给世人留下了一个不大不小的悬念。这一回,他把留给世人的最后一个悬念也输掉了。你看,萨达姆被美军从地洞里活生生揪出来按倒在地的那一刻,那才真正叫作猛虎落难不如狗。曾几何时,他还是一位何等桀骜不驯的主儿,如今当了美军俘虏,满脸一副抑抑憋憋的狼狈相,美军军医把他当作瘟神似的,戴着手套要对他验明正身,叫他把嘴张开就张开,将压舌板伸进他嘴里左左右右乱拨弄,将一束小电筒的黄光直射到他的嗓子眼儿里,看喉看腮看牙口,管他恶心不恶心。要是过去,谁敢!萨达姆到了这一刻,也只得"认命"啦。他的两个儿子乌代和库赛都被美军打死了,他勇敢的小孙子十四岁的穆斯塔法也被美军打死了,祖孙三代全都搭上了,连本带利全都输光了。他纵有血海深仇,咬碎钢牙想跟老美继续玩命,可除了往美国大兵脸上吐过一口唾沫,招来一顿拳脚,他再也玩不出什么名堂了。

萨达姆,枭雄也。世界上如果没有了萨达姆,没有了这样一位强硬角色,梗直了脖子去同布什父子上演海湾战争和伊拉克战争这两出连本对手戏,说不定世界时局就不会这么热闹可观了。在这新旧世纪交替之际这台热热闹闹的大戏里,萨达姆这位人物的出现,是有某种典型意义的。

萨达姆是一本书。在今后若干岁月里,人们还将不断翻阅萨达姆这本书,从中引出一个个发人深思的话题来。萨达姆其人,说他简单也简单,说他复杂的确很复杂。昔日之萨达姆,横刀立马,傲视中东,不屑老美,目空世界。构成萨达姆性格的主要成分是三要素:雄心、铁腕和好战。他以雄心立身,以铁腕治国,以好战对外。世人闻其言,察其行,观其败,叹其悲。有人觉得,萨达姆被美军抓获的一刹那没有一枪崩了自己,真不够意思。此乃匹夫之见,大可不必那么偏激。虽然萨达姆说过"面对敌人把子弹打光,将最后一颗留给自己"之类的话,但让萨达姆留住一个脑袋,回想回想他做过的这些事情,重新思考思考伊拉克和阿拉伯世界的前途命运,不是更好吗?萨达姆被审判后倘若仍能留住一条老命,说不定有朝一日他真的会写出一本什么书来给世人看看,也未可知。

呜呼,萨达姆!

二

先从萨达姆的雄心说起。

萨达姆的雄心是从哪里来的呢？是伊拉克的辉煌历史赋予这位"伊拉克之子"的。两河流域,是人类文明的摇篮。美索不达米亚、巴比伦、阿拉伯帝国,都曾经是伊拉克这片土地上的辉煌历史。萨达姆曾无比自豪地说:"世界上最古老的文明是美索不达米亚文明,这是毫无疑问的。"萨达姆有个外号叫"巴比伦雄狮",他的雄心就是要重铸伊拉克的历史辉煌,充当阿拉伯盟主。他在台上呼风唤雨之时,有一位西方记者问过他,是否梦想成为像新巴比伦国王尼布甲尼撒和阿拉伯民族英雄萨拉丁那样的人？他直言不讳道:"真主作证,我确实梦想并希望如此。"

为此,萨达姆明确表示,"伊拉克将继续把自己的历史作为榜样"。萨达姆对伊拉克的辉煌历史是怀有深情的,他这种感情是发自内心的,装是装不出来的。他上台以后,在全国修复和保护的历史古迹多达一万多处。在此次战乱中遭到洗劫的伊拉克国家博物馆,可排进世界十大博物馆的行列,里面收藏的两河流域古代文物之丰富,在世界上首屈一指。

萨达姆对伊拉克历史上的英雄人物的竭力效仿,到了亦步亦趋的程度。他仰慕历史上新巴比伦国王尼布甲尼撒的赫赫威名,将共和国卫队的王牌师之一命名为"尼布甲尼撒师"。当年,尼布甲尼撒除了军事上的辉煌胜利,还曾重修巴比伦城,并在城墙上刻下他的一段语录:"我,尼布甲尼撒,热爱建设甚于热爱战争。武神命我修建此城,巴比伦的后人将缅怀我的功绩。"萨达姆当政后,也立即拨出巨款重修巴比伦城,同样在城墙上刻下了一段颂扬他自己的话:"这些围墙在伊拉克共和国总统萨达姆·侯赛因执政时期重建,巴比伦城不会湮没无闻,千秋万代,岁月作证。"但可惜,对于尼布甲尼撒说的"热爱建设甚于热爱战争"这句名言,萨达姆却并没有认真理解和消化吸收。

萨达姆十分崇拜的阿拉伯民族英雄萨拉丁,也出生在提克里特,是萨达姆的老乡。萨拉丁曾率领阿拉伯联军转战中东,在抗击欧洲十字军东征的战斗中取得辉煌胜利,在埃及开创了阿尤布王朝,并将叙利亚、美索不达米亚北部、也门、巴勒斯坦等国家和地区统一在他的旗帜下。萨拉丁不仅敢于在必要时采取军事手段达到目的,而且十分注重通过外交手腕解决问题。又可惜,萨达姆对萨拉丁的精神遗产同样未能全面继承。萨达姆有雄心、有抱负,但他的远见、韬略和计谋,以及他与强大对手艰苦周旋的持久耐心和耐力等,都远未达到他心目中仰慕的历史英雄的高度。

对于如何继承历史遗产,有一个问题萨达姆似乎一直没有弄得十分明白:伊拉克的辉煌历史,对他来说虽然是一笔雄厚的资本,但并不是一笔可供他随意购物付账的现款。他好像一位背着沉重包袱赶路的商人,一路上急需开销现钱,虽然包袱里有的是沉甸甸的金块,却没有人肯为他兑现,使他处处受窘。换句话说,萨达姆对伊拉克的辉煌历史念念不能忘怀,而对伊拉克在当今世界上的低下地位则耿耿于怀。他太想出人头地了,愈受窘,愈不甘,于是跺脚耍横,要来几手硬的给全世界瞧瞧。他曾经公开表示过,他并不在乎人们今天说他些什么,而在于五百年后人们将如何评价他。他这席话,"经典"地表达了萨达姆的雄心。

萨达姆企图靠他的强横逞能创造历史。他好比挑着一副一头重、一头轻的担子,斜着横着要走他的称雄之路。一只篮子里放的是伊拉克的辉煌历史,分量很重;另一只篮子里准备放进五百年以后的自己,刚上路时这只篮子还是空的,他必须一边走路一边往里捡石头,慢慢增加它的重量。他心里想的是,什么时候两只篮子里的重量平衡了,他就大功告成了。可是,萨达姆也不好好想一想,在当今世界上,哪里能轮到他来横着斜着走称雄之路?他悍然出兵侵占科威特,自以为捡到了一块分量不轻的好石头,可是还没有等他把这块石头放进自己的篮子里,就被老美狠狠一脚踹在屁股上,跌了个大跟斗,偷鸡不着蚀把米,吃的亏大了。

说到底,萨达姆未能迈过如何继承历史遗产这道坎。对一个国家、一个民族而言,祖先创造的辉煌文明,是一种永恒的历史能源,它永远会对子孙后代产生强大的激励作用。它是一个历史标杆,一代又一代地标示着本民族后辈所达到的历史高度。衰落愈久,落差愈大,这种激励作用则愈加强烈。可是,如何开发利用这种强大的历史能源,也像开发利用水、火、煤、油、核等各种能源一样,需要掌握一整套复杂的控制技术。开发出来的能量一旦失去控制,便会引发决堤、失火、爆炸、触电、核辐射等灾难,后果不堪设想。开发历史能源的一项"关键技术",就是如何使历史遗产与当今时势相契合。对本民族的辉煌历史恋之愈深,对当今世界时务识之愈透,随世而变,应时而动,则复兴伟业成功之可能性愈大。反之,纵有经天纬地之志,若无洞察时势之明,一意孤行,逆时而动,定然处处碰壁,头破血流。历史辉煌可以激励一位民族之子立下雄心,但立下雄心,至多是获得了一份祖传遗产的合法继承权而已,它并不等于复兴大业便可就此告成。纵观古今,普天之下,未见食古不化、逆时而动者可以造福于民族的。

大凡一个衰落的豪门,后辈中可能会出现四种不同类型的人物。第一种是低首下心、勾头缩颈之辈,浑浑噩噩过日子,对祖上的辉煌淡漠之至,毫无复兴祖业的雄心可言。第二种是海阔天空、不重实务之辈,空悲切、长浩叹,说祖业辉煌滔滔不绝,干创业实绩一事无成。第三种是雄心可嘉、志大无当之辈,虽是豪情满怀、敢作敢当，却脱离实际、冒险蛮干，到头来鸡飞蛋打，呜呼哀哉。第四种是高瞻远瞩、坚韧不拔之士，壮志在胸、远见在目、时势在握，纵横腾挪又脚踏实地，则伟业可图。萨达姆大概属于第三种类型。伊拉克衰落太久了，萨达姆太想出人头地了，他魂牵梦萦着美索不达米亚、巴比伦、阿拉伯帝国的历史辉煌，念念不忘阿拉伯帝国的复兴，孤注一掷，急欲谋取中东霸主地位。他无洞悉当今时势之明，徒有"隔世雄心"，冒险盲动，怎能不败？

大败，惨败，完败！

三

再说萨达姆的铁腕。

回首二十世纪，新独立的国家陷入长期动乱的不在少数，有的一心搞民主越搞越乱套，有的决心治乱又苦无良策。故，长期动乱的国家走向铁腕治国，似乎也是这些国家历史发展的另一段必经之路。对于萨达姆的铁腕治国，似可作"五五开"观之，他是成于斯、败于斯。

翻一翻伊拉克的历史，怎一个"乱"字了得。自从阿拉伯帝国分崩离析之后，伊拉克历史从此辉煌不再，先是外乱，后是内乱。从十一世纪中叶开始，突厥人来了，蒙古人来了，波斯人来了，土耳其人来了。在土耳其奥斯曼帝国瓦解过程中，西方殖民主义势力又纷纷进入伊拉克，葡萄牙人来了，英国人来了，法国人来了，德国人来了。第一次世界大战后，伊拉克沦为英国的委任统治地。1921年伊拉克爆发反英大起义，经十余年奋斗，才从英国人手中先后争得半独立、独立地位。可是，由于复杂的历史背景，严重的贫穷落后，伊拉克国内各种矛盾错综复杂，社会弊端丛生，百疾并发、治无良医、疗无良药，陷入了长期动荡的内乱局面。不是一般的乱,乱得国无宁日,惊心动魄。从1921年至1950年,三十年间更换了四十五届内阁,平均七个半月更换一次。从1936年至1941年,五年间发生了七次军事政变或军人干政。从1958年至1968年,十年间又发生了十多次政变或未遂政变。历次政变头目之间互相残杀,血溅高楼、尸滚大街,血腥恐怖气氛长期弥漫。自伊拉克1921年名义上获得独立至1968年复兴社会党上台执政,伊拉克经历了将近半个世纪的内乱动荡,国家发展、民族振兴无从谈起。伊拉克独立后的风雨历程表明,它在呼唤一位强有力的铁腕人物出现,首先要将这个散乱不堪的国家整合成形,然后才谈得上经济发展、社会进步、民族振兴。从某种意义上说,伊拉克几十年混乱不堪的时势造就了萨达姆这位"英雄",他的出现倒也算得上是应运而生。

萨达姆一脚踏进政治,一亮相就是一位铁血人物。1957年,刚满二十岁的萨达姆在伊拉克国内反西方、反费萨尔王朝的风潮中加入复兴社会党。不久,因涉嫌参与刺杀活动被捕入狱,后获释。1958年,军方背景的卡赛姆在复兴社会党支持下政变上台,推翻费萨尔王朝,废除君主制,成立伊拉克共和国。但是,站在反西方、反费萨尔王朝斗争第一线的复兴社会党未能分得政变果实。1959年10月,复兴社会党成立五人暗杀小组,决心搞掉卡赛姆。萨达姆是五人暗杀小组成员之一,行刺未遂,萨达姆左腿中弹,他用匕首挑出子弹,在寒冷的夜晚游过底格里斯河,逃出巴格达,辗转逃到叙利亚,逃到开罗,遭通缉,被缺席判死刑。1963年2月,复兴社会党再次联合军方力量发动政变,终于将卡赛姆杀掉。但不久,政变上台的军方新总统阿里夫又将复兴社会党排挤出政府。五年后,复兴社会党又一次联合军方力量发动政变,一举夺取政权。政变总指挥贝克尔当上了总统,萨达姆在政变中带领坦克攻进总统府,成为党内二把手,辅佐贝克尔执政十一年,为伊拉克的发展打下了一定基础。1979年7月16日,贝克尔隐退,将权力交给了萨达姆。

萨达姆大权一到手,立刻亮出他的铁血手腕。他当政第二天,立刻宣布查获了一个党内高层间谍集团,他们是"革命指挥委员会"二十一名委员中的五个人。很显然,他决心从身边除掉这五名异己力量,首先要在复兴社会党最高领导机构内树立自己的绝对权威。他指定另外七名委员成立特别法庭,对这五名"间谍"及其牵连者进行审判,共有二十二人被判处死刑,三十三人被判处十五年以下徒刑。对这二十二名死刑犯,他让复兴社会党各个地区分支机构的代表来执行。接着,又在全国反间谍、搞清洗,发展秘密警察,实行严密监控。萨达姆这叫"一刀见血",慑服了全党、威服了全国。区区一个复兴社会党,小小一个伊拉克,还有什么是他萨达姆摆不平的吗?没有了,全被他摆平了。

多灾多难的伊拉克,人民久乱思治啊。过去几十年太乱了,现在好了,新总统萨达姆又强硬又果断,服了。当然,服的当中也不一样,有的是心服,有的是口服,有的是诚服,有的是臣服。有没有不服的呢?有啊。其他政治派别不服,库尔德人不服,什叶派穆斯林不服,还有其他一些政敌不服。他们不服,萨达姆不怕,一个字:杀。萨达姆不怕,对手却怕了,心里不服,嘴上也得"服"了,这叫压服。不管怎么说吧,总之是服了萨达姆了。

平心而论,萨达姆执政二十三年,并不是一无是处。他的铁腕治国,对久乱不治的伊拉克是发挥了历史作用的。萨达姆对伊拉克下的是一帖治乱的虎狼药,下药猛、见效快。错综复杂的社会矛盾被强制性整合,纷纭杂乱的国民意志被强制性统一。于是,国家意志形成了,萨达姆可以做些事情了。他的国内纲领是权力、强大、社会主义。他首先提出要确立"建立在政治、经济、社会、军事结构上的权力",而且是绝对权力,目标是"建设一个强大的伊拉克"。萨达姆搞的"社会主义"怪怪的,他搞的是严厉镇压伊拉克共产党的"社会主义",是"阿拉伯民族社会主义",是"萨达姆式的社会主义"。他充分利用伊拉克丰富的石油资源,大打石油经济牌,以此带动国民经济全面发展,曾经取得过惊人效果。萨达姆统治时期,开创了伊拉克独立以来的昌盛局面。至二十世纪八十年代末,伊拉克全国人口已由1932年的三百三十万猛增到一千六百万,国民收入达到人均两千美元,由中东最贫穷的国家一跃成为中等富裕国家。国家大幅度提高国民福利,小学实行义务教育、中学大学免费、全面扫盲,免费医疗,粮价补贴,取消低收入者所得税,人民生活得到显著改善。

萨达姆铁腕治国取得成功之时,也恰恰是他酿成最终悲剧结局的开始。他走向悲剧的几个主要标志是:第一,他的专制强权、高压政策,同他统治下出现的稳定发展产生相互作用,使伊拉克举国上下形成了对他的狂热崇拜。第二,他被自己的成功所陶醉,自我膨胀到极点,专制独裁到极点。第三,他的专制独裁又同举国上下对他的狂热崇拜形成恶性循环,越独裁越崇拜,越崇拜越独裁,终于把他推上了悬崖峭壁之巅,只等一阵狂风刮来,立刻将他掀下万丈深渊,等待他的是灭顶之灾。

萨达姆专制独裁到了什么程度呢?他将所有大权都集于一身:总统、政府首脑、三军总司令、革命指挥委员会主席、阿拉伯社会复兴党伊拉克地区总书记、最高计划委员会主席、协调委员会主席、义务扫盲最高委员会主席等等。全国城乡随处可见他的画像,报纸、电视、广播天天充斥着对他的颂词:英明的统帅、斗争的带头人、阿拉伯领袖、阿拉伯民族的骑士、民族解放英雄、领袖之父、英勇无畏的斗士等等。各级官员对他敬畏得无以复加,见了他一个个连眼皮都不敢抬一抬,告退时必须面向他倒退着离开。萨达姆把人民当羔羊、当玩物。在2000年萨达姆主持的一次盛大阅兵式上,他每隔一会儿就要单手举枪向空中放一枪,每一声尖厉的子弹声从人们头顶上呼啸划过时,人群中立刻会爆发出一阵狂热的掌声和欢呼声。阅兵式持续了十几个小时,萨达姆一共放了一百四十二枪,人们对他的欢呼也持续了十几个小时。2002年萨达姆六十五岁生日那一天,他的家乡提克里特举行了二十万人的庆祝活动,游行队伍高举着他的画像和标语牌,一遍又一遍地呼喊着:"我们的心,我们的血,全都献给萨达姆!"

狂热之中,悲莫大焉!萨达姆沉溺于举国上下对他狂热崇拜的假象中,自以为一切都在他的控制之中,其实骨子里早已怨声载道、众叛亲离。人民生死、国家命运,在萨达姆的一意孤行之中,正在迅速滑向深渊。在这种狂热崇拜的虚假氛围下,萨达姆彻彻底底成了孤家寡人,他已经听不到任何真实情况,根本不清楚自己正在加速走向灭亡。他的两个女儿曾向外界透露过一件事,最能说明问题。她们说,在战争爆发前夕的最后一次家庭聚会上,她们曾问过父亲,情况将会怎样发展?萨达姆很有信心地说,事情不会恶化,一切都在控制之中。实际情况根本不是这样。她大女儿拉格达悲哀地说,他的助手们、他最信任的人全都背叛了他,他被人出卖了。是的,将军们早就在背地里背叛了他,共和国卫队都放弃了抵抗。但是,归根结底还是萨达姆自己把自己葬送了。

专制独裁和狂热崇拜,这是两样什么好玩意吗,萨达姆啊!

四

现在要说到萨达姆的好战。

这个问题,又要回过头去从萨达姆的雄心说起,因为萨达姆的好战同样来源于他的雄心。

萨达姆要建设一个强大的伊拉克,这样的雄心好不好呢?当然是好的。但是,萨达姆的雄心不只是要当伊拉克的领袖,也不只是要建设一个强大的伊拉克,而是要当阿拉伯世界的领袖,实现阿拉伯统一,重铸阿拉伯的历史辉煌。他的雄心就从这里走向了反面,成了野心。随着他铁腕治国的"成功",国内对他的狂热崇拜,他想当阿拉伯领袖的野心也越来越大、越来越迫切。急不可耐之中,他不顾一切地驾着他的"萨达姆战车"横冲直撞驶向目标,驶出不远就翻下万丈深渊,粉身碎骨、灰飞烟灭。

萨达姆为什么要去开动这辆灾难性的战车呢?根源盖出自于他矢志奉行的泛阿拉伯主义。阿拉伯民族是一个伟大的民族,古老的阿拉伯文明为人类留下了辉煌的历史文化遗产。但是,进入二十世纪以来,阿拉伯世界似乎一直处在一个深刻的矛盾之中:一方面,阿拉伯国家间已高度离散;另一方面,阿拉伯民族主义者却一直在谋求建立一个新的权威中心。事实上,古代经历了阿拉伯帝国大崩溃,近代经历了奥斯曼帝国大崩溃,又经过二十世纪两次世界大战,被帝国主义不断占领和瓜分的阿拉伯世界,最终已分解成了二十多个不同国家。可是,阿拉伯民族主义者却始终解不开阿拉伯情结,他们推行泛阿拉伯主义的宗旨,就是要建立一个统一的阿拉伯国家或联邦。泛阿拉伯主义萌发于第一次世界大战前,形成于二十世纪二三十年代的叙利亚,随后传入阿拉伯各国。伊拉克是阿拉伯帝国鼎盛时期的统治中心,在民族心理上极容易接受泛阿拉伯主义,这种思潮一经传入,立刻落地生根。

宗教的伊斯兰和民族的阿拉伯,这两个概念虽有不同,但主要部分是重合的。按照"文明冲突论"创始人亨廷顿的说法,伊斯兰世界只能由一个或几个强大的核心国家来统一其意志,但自从奥斯曼帝国灭亡以后,伊斯兰世界失去了核心国家。他认为,当今有六个"可能的"伊斯兰核心国家,它们是埃及、伊朗、沙特、印尼、巴基斯坦、土耳其,但它们目前没有一个具有成为伊斯兰核心国家的实力。因而他认为,伊斯兰是"没有凝聚力的意识",阿拉伯民族主义者苦苦追求的"一个泛阿拉伯国家从未实现过"。

在亨廷顿列举的伊斯兰世界"可能的"六个核心国家中,偏偏没有提到伊拉克,但最想当阿拉伯领袖的恰恰是伊拉克。萨达姆对阿拉伯复兴的愿望无比强烈,他说:"阿拉伯民族是一切先知的发源地和摇篮","我们的梦想"是要"创建一个统一的阿拉伯社会主义民主国家"。萨达姆认为,阿拉伯复兴的任务只能依靠伊拉克来完成。他说:"阿拉伯人的荣誉来自伊拉克的繁荣昌盛,伊拉克兴旺发达,整个阿拉伯民族也会兴旺发达。"不仅如此,"我们的雄心甚至超出阿拉伯民族广阔的地平线"。这就是萨达姆的"经典语言",这些"经典语言"中包裹着的就是一颗"萨达姆雄心"。萨达姆在这种雄心的驱使下,他的对外政策还能不强硬吗?一旦同邻国把事情闹到谁也压服不了谁的时候,他就不惜向对方开战。

萨达姆执政二十三年,竟连续打了四场战争,国家怎不遭殃,人民怎不遭殃?当然,一个国家遭受连年战乱,倒并不一定直接等于这个国家的领导人好战。假如这些战争都是由外国侵略势力平白无故地强加到这个国家头上的,那么,这个国家的领导人理所当然要动员人民举国抗战。问题是,萨达姆执政期间的四场战争,导火索都是由他自己点燃的。他1979年上台,1980年就主动挑起两伊战争,同伊朗一打就是八年。1990年他又悍然出兵入侵科威特,直接导致海湾战争,被老美打趴在地。最后使他陷于灭顶之灾的伊拉克战争,虽然是美国以"先发制人"战略来打他,但实际上仍是海湾战争的继续,起因仍要追查到他自己头上。

许多人从电视里看到萨达姆被美军生擒时显得那样"老实",均感大惑不解。其实,那一刻萨达姆自己也在发蒙,他被自己搞糊涂了,为什么自己扔出去的石头居然飞回来砸了自己的脚?

战火是这么好玩的吗,萨达姆啊!

五

最后,再来看看萨达姆在伊拉克战争中的战略决策错误。

它实质上是一个如何处置民族危机的问题。而且,以上说的都是导致萨达姆走向悲剧结局的间接原因,最后这一条却是导致萨达姆落到今天这个地步的直接原因。

如何处置民族危机,这是任何一个国家的领袖必须具备的基本素质之一。天有不测风云,人有旦夕祸福,干大事、成大业者,哪能一帆风顺?无论多么英雄盖世的政治家,也难免会在某些重大问题上出偏差、犯错误。但这本身倒并不一定就是致命的,真正致命之处在于:一旦出现危机,尤其是到了国家生死存亡的关头,该怎么去应对?

任何一场战争,战略决策都是决定战争全局的。战略决策如何产生?《孙子兵法》的作者孙子说,这要"算":"夫未战而庙算胜者,得算多也;未战而庙算不胜者,得算少也。"孙子说的"得算多"与"得算少",是指战略分析的深与浅。他说的"庙算胜"与"庙算不胜",是指战略决策的对与错。

所谓战略分析,就是先把鸡毛蒜皮的事情放到一边去,首先要分析带根本性的大问题:这场战争该不该打、能不能打、能不能打赢?答案从哪里来?要把敌我双方的情况拿来全面分析、对比、判断,还要分析自己一方的天时、地利、人和怎样,国际环境怎样,等等,把各方面的有利因素与不利因素摆出来,分析透、判断准,然后才能果断做出战与不战的战略决策。

按理说,经过海湾战争战败之后,萨达姆是应该"尽知用兵之害"了。国内经济尚未恢复,伊军元气大伤,他是无论如何再没有力量去同美国打第二场战争了。美军的厉害,他在海湾战争中也应该充分领教了,伊军手中的化学武器等仅剩的几颗"牙齿"已被老美拔掉,他抗衡老美已"手无寸铁",再拿什么去抵挡?结论是明摆着的。海湾战争战败的后果,是伊拉克遭到十年制裁。如果这次伊拉克战争再败,后果将是亡国。为了避免亡国之灾,唯一正确的战略决策是什么?应该是,也只能是两个字:避战!

举国御敌,"全国为上"永远是战略思考的顶点。此时的伊拉克,只有避战才能全其国、保其军、护其民。对于萨达姆来说,摆在他面前的也只剩下力避灭国之灾这条最高、最后的战略原则了。实际上,他此时若能采取全力避战的明智态度,其实也是"胜"的一种。它虽然不属于"战胜",也属于"知胜",这就是孙子在《谋攻篇》中所说的"知可以战与不可以战者胜"。

那么,此次伊拉克战争开战之前,萨达姆有没有避战的可能性呢?有的。因为,此次美国急着要对伊拉克开战,同上次伊拉克悍然入侵科威特的性质是差不多的。在世界舆论面前,老美要用武力入侵伊拉克这样一个主权国家,理由并不充分。当时美国逼迫联合国通过对伊拉克的出兵决议,安理会根本通不过。这是美国在伊拉克战争中暴露出的战略软肋,是它优势中的劣势。萨达姆如果能敏锐地抓住这一点,充分利用这个可资回旋的战略缝隙,迅速地、全力以赴地在国际间进行战略运作,千方百计使自己获得越来越多的国际同情,使美国的开战理由越来越少,最终是有可能达到避战目的的。

当时,美国开出的价码是:第一,萨达姆下台;第二,伊拉克自动解除武装;第三,彻底销毁大规模杀伤性武器。老美的要价高是高了点,但萨达姆到了这种时候,为了达到"避战保国"的目的,该让步的必须让步啦。何况,当时在国际舆论的反战声音中,还有法、德、俄三位男高音,如果萨达姆当时有所表示,使三大国手中得到新的筹码去跟老美叫板,再由此获得更大范围的国际支持,就有可能遏止老美开战。

可是,萨达姆的战略思维极其僵化,一副死猪不怕开水烫的劲头,硬梗着脖子等着挨打。他这么僵硬死顶,实在是伊拉克国家之灾、人民之灾、军队之灾。跟着萨达姆这样的主儿,惨了。

开战前夕,美国又亮出了最后一条:限令萨达姆流亡国外。中国古代兵法中确有一计:"走为上"。这虽是三十六计中的最后一计,但在特定条件下,它又是上上之计。

如果萨达姆觉得流亡他国面子上实在下不来,也不妨来个变通,将"走"字改成"下"字。他若能在"走"与"下"中择一而断,则此战可避矣。要是那样,对美国来说,当然是达到了"不战而屈人之兵"的目的,顺风顺水,求之不得,"善之善者也"。对于萨达姆来说,也不能算完败,至少可以获得喘息时间,再作他议。原先不切实际的战略目标该调整的要下决心调整啦,再不能逆时代潮流而动,总想当阿拉伯领袖啦。萨达姆当时若能选择"走"或"下",虽然成不了阿拉伯民族英雄,也不至于成为伊拉克的历史罪人,说不定还能带上一点英雄末路的悲壮色彩。可是,他当时"走"也不肯,"下"也不肯,那就只有硬着头皮同老美打第二场战争了。

拒绝妥协,好走极端,这是萨达姆性格的显著特点。萨达姆喜欢用这样的诗句来形容阿拉伯历史:"要么矗立在高山之巅,要么跌落到深谷之底,从来不是一马平川。"他也喜欢以同样风格的语言来形容伊拉克人的性格:"伊拉克人要么不站立,要么站立在顶峰。"因此,他声称"要用我们的枪炮、匕首甚至芦苇来抗击敌人"。强悍、僵硬,将国家和民族的前途命运挑在他的刀尖上,一次次将战火拨旺,不惜孤注一掷,放手一赌,输光拉倒。

呜呼,萨达姆!

2004年1月

狂人卡扎菲

一

利比亚的卡扎菲,在世界各国领导人中是真正的"另类",独一无二的"怪人"。美国骂他是"狂人""疯狗""流氓政权"领导人。利比亚和阿拉伯世界的崇拜者则称他是"沙漠雄狮""铁汉""阿拉伯雄鹰""非洲勇士""伟大骑士""革命导师"。再用超脱的眼光去看卡扎菲,他是北非沙漠中一只狡猾透顶的"狐狸",一只真正的"沙漠之狐"。

卡扎菲统治利比亚四十二年,政绩斐然,结局惨烈。

2011年年初开始席卷北非和中东的骚乱风暴,最先被刮倒的是突尼斯总统本·阿里、埃及总统穆巴拉克,但"台风眼"从一开始就在利比亚回旋。美国和欧洲伙伴,最积极的是法国,其次是英国和意大利,他们认为这一次是搞掉卡扎菲的绝好机会,千万不能错失。美国国务卿希拉里的话说得最直白:"卡扎菲必须下台!"这位美国女子的一身霸气,好生了得!

在美国和欧洲几国的操纵下,利比亚的街头骚乱很快演变成了全面内战。美国和法国、英国一面对卡扎菲政府军直接实施军事打击,一面用军事装备和强大舆论武装和支持利比亚反对派。强硬的卡扎菲顽抗了半年,终于彻底崩溃。最后时刻,陷入绝境的卡扎菲钻进了下水道水泥管中,被反对派士兵拖出来开枪打死,"卡扎菲时代"戛然而止。

世界上少了卡扎菲这样一位桀骜不驯的狂人,美国能否从此减少一位敌人?

二

本人为文不避讳,先为卡扎菲说句公道话:他曾经是利比亚的一位革命者。

卡扎菲领导的利比亚"九一革命",至少实现了三个目标:其一,推翻了利比亚封建王朝,建立了阿拉伯利比亚共和国;其二,赶跑了美国在利比亚的军事基地,后来又将美国在利比亚的石油企业收归国有;其三,领导利比亚摆脱了贫困,成为非洲"首富",令世人瞩目。

卡扎菲1940年6月出生在利比亚滨海城市苏尔特西南三十多里沙漠中的一个普通牧民家庭,属于柏柏尔人卡扎法部落。他的全名叫奥马尔·穆阿迈尔·卡扎菲。他是家中唯一的男孩,排行最小,上面有三个姐姐。他父亲阿布·梅尼尔·卡扎菲是个文盲,但他千方百计要让儿子读书,希望他长大后能出人头地。沙漠中没有学校,父亲每周领着卡扎菲到一位宗教老师家里去学习,有点像中国旧时代的私塾。主要学习《古兰经》,同时也学习一些基本的书写和算术。卡扎菲十岁时,父亲送他到苏尔特的一所小学去读书。卡扎菲已经懂得珍惜来之不易的上学机会,因付不起学校的寄宿费,他白天上课,晚上就睡在清真寺的地板上。伊斯兰国家每周五为休息日,卡扎菲每周四放学后步行三个半小时回家与家人团聚,星期六又步行三个半小时返校。他在班里是年龄最大的学生,同学们讥笑他是"乡巴佬"。他沉默寡言,学习刻苦,用四年时间学完了六年小学课程,并取得了毕业文凭。卡扎菲十四岁时,父亲为了使他能上中学,在利比亚中南部塞卜哈附近找到了一份为人放牧的工作,全家搬往中南部沙漠,卡扎菲进了塞卜哈市内的一所中学。家庭的游牧生活背景、小时候的上学经历,养成了卡扎菲既放荡不羁、桀骜不驯,又能吃苦耐劳、同情穷人的性格特点。

塞卜哈中学是卡扎菲走上革命道路的出发地。

二十世纪五十年代,非洲大陆掀起民族独立运动高潮,北非各国相继摆脱殖民统治,获得民族独立。影响最大的是纳赛尔1952年7月领导的埃及七月革命,推翻了埃及法鲁克封建王朝,赶跑了英国殖民主义者。卡扎菲在塞卜哈中学收听《开罗之音》广播,当他听到纳赛尔抨击西方帝国主义、呼吁阿拉伯国家团结起来等内容时,心情异常激动,纳赛尔成了他崇拜的偶像。他想到了自己的国家,利比亚以前是意大利殖民地,虽然在1951年12月24日获得了独立,成立了利比亚联合王国,但国王伊德里斯太软弱,利比亚仍然受到外国势力的摆布。

在纳赛尔主义的影响下,卡扎菲于1959年在同学中成立了秘密组织"卡扎菲同学会",在他身边聚集了一批有志青年。1961年10月5日,卡扎菲第一次带领示威者走上街头,抗议外国人在利比亚土地上建立军事基地。示威者与军警发生了激烈冲突,多名示威者被捕。塞卜哈警察当局认定卡扎菲是一个不安定分子,报请利比亚教育部长签字批准,将他从塞卜哈中学开除。但塞卜哈市执政者中有人同情卡扎菲等青年人的反帝行动,他父亲去请求塞卜哈市的一位行政长官为卡扎菲在米苏塔腊另找了一所中学。当年卡扎菲已经十九岁,超过了报考中学的入学年龄。他父亲又去求另一位行政官员为卡扎菲开了一份虚假证明,把他的出生时间1940年改为1942年。卡扎菲进了米苏塔腊中学,不久又在同学中恢复了"卡扎菲同学会"的秘密活动。卡扎菲为同学会成员立了三条规定:不喝酒、不玩牌、不玩女人。

如果用一句正面语言来表述,卡扎菲早在中学时代就已成为一名青年革命家。他中学毕业后考入班加西的利比亚大学攻读历史,但两年后他转入班加西军事学院学习。这时他心中已有明确目标:必须千方百计进入军队、掌握军队,这样才能实现宏图大业。1965年从班加西军事学院毕业,在利比亚陆军服役,被授予少尉军衔。1966年被派往英国桑德赫斯特皇家军事学院受训。

当年,埃及纳赛尔领导七月革命的核心力量,是由他创立的"自由军官组织"。卡扎菲仿效纳赛尔的这一做法,也在利比亚军队中秘密成立了以他为首的"自由军官组织"。并以此为核心,通过各位成员去秘密发展各种民间外围组织,积聚革命力量。

卡扎菲准备发动军事政变,推翻西方傀儡伊德里斯封建王朝。为了策划这次政变行动,卡扎菲经常召集他的"自由军官组织"核心成员到几百公里之外的沙漠深处去开会,有时就在野外露宿。为了解决活动经费,卡扎菲规定"自由军官组织"核心成员必须交出每月全部工资。卡扎菲向利比亚每个兵营派出两名"自由军官组织"骨干,要求他们把那里的所有军官名单、上下级领导关系、士兵和武器弹药数量、军营活动规律等,摸得一清二楚。卡扎菲对发动政变的每一个细节都考虑得细而又细。

1969年年初,卡扎菲要求各个方向的负责人重新核查行动路线、交通工具、联络方式、突发情况处置方案等准备情况。核查结果,一切准备就绪,卡扎菲下令3月21日举事。但3月21日临时出现了一个情况:埃及著名女歌唱家乌姆·库尔舒姆要来班加西举办演唱会,大部分王室成员和军政要员都将出席。卡扎菲认为演唱会现场戒备等级肯定很高,行动不易得手。而且,歌唱家乌姆·

库尔舒姆在阿拉伯国家名望很高,扰乱她的演唱会,在舆论上对政变行动不利。卡扎菲经过再三考虑,果断取消了这次行动计划,把行动时间推迟到6月5日。

6月5日前几天,有好几名"自由军官组织"成员突然接到调防通知,引起卡扎菲警觉,他怀疑政变计划是否已被泄漏?卡扎菲再次取消了行动计划。

8月,正在国外度假消夏的国王把利比亚上议院和下议院领袖都召集到希腊首都雅典,交给他们一封信件,宣布自己退位。消息传回国内,利比亚政局出现动荡,各派政治势力都跃跃欲试。卡扎菲得到情报,利比亚军队参谋长沙勒希兄弟领导的宫廷集团准备在9月4日前夺取政权。卡扎菲本人则接到通知,要他9月11日去英国接受第二次培训,为期六个月。卡扎菲感到采取行动已经刻不容缓,于是下达最后命令:9月1日凌晨开始行动。

政变行动出乎预料地顺利,仅在占领"昔兰尼加卫队"兵营时发生一阵对射,一人死亡,十五人受伤。首都的黎波里的王室成员和军政高官悉数被捕。只有王储一人听到枪声后躲进了游泳池,天亮后也被捕,但他马上表态拥护新政权。其他各地的行动基本没有遇到抵抗。整个政变行动不到四小时,东部重镇班加西和首都的黎波里同时取得胜利。

清晨六时三十分,卡扎菲在班加西广播电台发布推翻伊德里斯封建王朝的第一号公告。"自由军官组织"没有提前准备公报,卡扎菲进了电台播音室随手抓过一张纸,急速写了几条提纲,然后边讲边发挥,满怀激情地向利比亚全国宣告:伟大的利比亚人民,为了实现你们的崇高愿望,你们的武装部队已经采取行动,推翻了反动落后的腐朽制度,结束了漫漫长夜,诞生了新的阿拉伯利比亚共和国。

1969年9月1日凌晨,在卡扎菲领导下发动的这次政变,后来被称为"九一革命"。

政变后,卡扎菲没有下令处死旧政权的任何人,更没有出现血腥屠杀。一周以后,卡扎菲批准公布了由十二人组成的"革命指挥委员会"名单,由他担任利比亚最高领导人兼武装部队总司令,军衔由中尉晋升为上校,这时卡扎菲才二十七岁。刚开始,他对外使用的头衔是总理兼国防部长。不久,他把自己的职务改为"总人民委员会总秘书处总秘书"。他说,他的职责是为利比亚人民当"秘书"。曾有记者问他为何不当总统?他回答说:"总统隔几年就要来一次选举,多麻烦,我当秘书不用选举。"上校的军衔也一直没有变,这丝毫不影响他的无上权威。这就是卡扎菲的过人之处——在政治斗争领域,展现出了他的绝顶聪明和狡猾!

卡扎菲把某些社会主义概念和《古兰经》中的伊斯兰教教义杂糅在一起,创立了另一种"社会主义理论",这些理论包括在他发表的三卷《绿皮书》中。由于他的《绿皮书》"理论"既反对资本主义,也反对共产主义,后来被称为"第三套世界理论"。他宣称,他的"第三套世界理论"终极目标是要通过政治、经济和社会革命"解放全世界被压迫人民"。卡扎菲处处喜欢"搞怪",在"革命理论"上也如此。

利比亚拥有丰富、优质的石油蕴藏量,过去都被西方石油企业垄断经营。卡扎菲以强硬手段逼迫西方石油公司和利比亚新政府谈判,重新分割利润,利比亚得大头。不久,又先后将英国等西方国家在利比亚开采的油田收归国有,利比亚从此迅速"脱贫致富"。卡扎菲将大部分石油收入用于提高人民生活水平,搞免费教育和免费医疗,还兴建了好几项大型水利工程,把南部的地下水引往北部沙漠地带,发展农田灌溉和沙漠绿化。

就在卡扎菲被打死前不久,加拿大全球化研究中心还在一篇文章中指出:"利比亚人的生活水平在非洲大陆是最高的,卡扎菲领导下的利比亚在全非洲拥有最低的婴儿死亡率和最长的生命预期,他四十多年前从伊德里斯国王手中夺过权力时,全国识字率不足百分之十,今天这一比例超过百分之九十。"

还有的研究文章指出,阿拉伯世界的石油经济从二十世纪七十年代以后得以起飞,建立头功的是卡扎菲。卡扎菲为他们树立了榜样,敢于从掠夺资源的西方资本主义国家手中夺回本国利益,阿拉伯各国纷纷仿效,大见成效,这是千真万确的事实。

单从经济效益和社会效益来说,卡扎菲领导的利比亚"九一革命"无疑是成功的。但是,四十二年后,利比亚国内为什么会冒出这么大的反对派势力反对他?这要卡扎菲自己来回答。

三

卡扎菲后来成为"另类""狂人",不是偶然的,他是当今各种世界性矛盾纵横交错"杂交"出来的一个"怪胎"。

卡扎菲以"反美斗士"的姿态出现,突出反映了美国与阿拉伯世界的尖锐矛盾。美国是基督教文明,阿拉伯世界是伊斯兰教文明,意识形态不同、价值观不同。在意识形态和价值观问题上,美国一贯奉行极端的排他主义。凡是与美国意识形态不同、价值观不同的国家和地区,都被美国视为"异己""敌人",动辄制裁、遏制、颠覆、围堵,直至发动战争将其消灭。并不是阿拉伯世界要想"吃掉"美国,阿拉伯世界没有这个能力;而是美国念念不忘要对阿拉伯世界实施"民主化改造",使阿拉伯世界对美国俯首帖耳,这是美国不变的战略目标。但穆斯林是不易"驯服"的,阿拉伯国家是世上"最倔强的孩子",不听你美国佬任意摆布。阿拉伯国家伊斯兰教原教旨主义中的极端派,便使用恐怖主义对抗美国。在恐怖主义者看来,对付美国极权主义的最好办法,就是用极端恐怖的方式同它

"对话"。他们之间是一对你死我活的矛盾,一时无法调和。

冷战结束以来,美国"一超独霸",全世界都感受到了来自美国咄咄逼人的压力。阿拉伯世界首当其冲,因而对美国的反抗也最为强烈。最有力的证明,就是阿拉伯世界涌现了"反美三雄":本·拉登、萨达姆、卡扎菲。在这"反美三雄"中,卡扎菲的反美资格最老。他1969年通过发动政变成为利比亚领导人后,立即充当反美急先锋,把美国在利比亚的惠勒斯空军基地赶走,宣布废除利比亚王室同美国签订的军事协定和其他各种协定。当时冷战尚未结束,惠勒斯空军基地是美国在非洲最大的一个军事基地,驻有六千多人,是美军监视苏联在地中海和黑海军事活动的前哨。卡扎菲的这一大胆举动,等于挖掉了美国的一只眼睛,美国对卡扎菲怎能不切齿痛恨?

以色列问题,是美国同阿拉伯世界尖锐对立的一个死结。

1947年联合国通过了巴勒斯坦分治《决议》,由于《决议》对土地分配不公,阿拉伯世界强烈反对。犹太人抢先于1948年5月14日宣布在巴勒斯坦土地上成立了以色列国,并在第二天就对埃及、伊拉克、黎巴嫩、叙利亚等阿拉伯国家发动了侵略战争,把九十六万巴勒斯坦人赶出家园,沦为难民。犹太教与基督教同源,美国却一贯偏袒信奉基督教的以色列,激起了阿拉伯世界的强烈反美情绪。自从以色列宣布成立国家到现在,已经先后爆发了四次中东战争。以色列得到了美国先进武器装备和充足资金的全力支持,阿拉伯国家每次都打不过以色列,这使阿拉伯国家更加仇恨美国、仇恨以色列。

卡扎菲准备联合阿拉伯国家发动"全面战争"消灭以色列。1970年年初,即利比亚"九一革命"后第二年,卡扎菲就去向他崇拜的导师埃及总统纳赛尔汇报他的计划。纳赛尔耐心地对他说:"不行啊,我亲爱的小兄弟,阿拉伯国家的主要军事装备同以色列差距太大了，打不过它。"卡扎菲回答说："这有什么可怕的，以色列只有三百万人口，阿拉伯国家有一亿人口，我们应该联合起来，都听你指挥，对以色列发动全面战争，把它彻底消灭！"纳赛尔说："这不行，以色列一旦在常规战争中处于下风，它会立刻向阿拉伯国家扔原子弹。"卡扎菲问纳赛尔："我们自己有原子弹吗？"纳赛尔对他摇摇头："我们没有。"

卡扎菲回国后，很快派利比亚二号人物贾卢德少校去向纳赛尔通报说，利比亚准备花钱去买一颗原子弹来，交给埃及使用，打败以色列。纳赛尔一听惊呆了，问："你们准备向谁买？"贾卢德少校说，卡扎菲分析过，美国和苏联肯定不会卖给我们，去向中国购买。贾卢德少校辗转来到中国，周恩来总理接见了他，并耐心听完他的陈述，微笑着告诉他，中国研制原子弹，一是为了自卫，二是为了打破美苏核垄断，原子弹不是商品，不能卖的，客客气气地把贾卢德送走了。

四

卡扎菲搞不到原子弹，他就开始搞另一手，用恐怖主义同美国和以色列对抗。

1973年2月21日发生的一起事件，使利比亚同以色列的矛盾激化了。利比亚有一架飞往埃及首都开罗的客机，偏离了航线十八公里（原因不明），进入了被以色列占领的西奈半岛领空，被以色列空军击落，机上一百〇八名乘客全部遇难，其中包括利比亚外交部长亚西尔。卡扎菲愤慨至极，要求埃及总统萨达特允许利比亚空军飞越埃及领空，前去轰炸以色列的法海港，报复以色列。萨达特没有同意，劝卡扎菲保持"冷静"。卡扎菲对萨达特极为不满，怒吼道："以色列可以击落利比亚客机，利比亚为何不能对以色列报复?"

当年5月14日,以色列庆祝建国二十五周年。欧美许多犹太富翁租用英国豪华邮轮"伊丽莎白二世"号前往以色列出席国庆活动。邮轮从英国经地中海驶往以色列,要经过相邻的利比亚和埃及两国领海外的海面。卡扎菲提前得到这一消息,召见停泊在利比亚首都的黎波里港的一艘埃及潜艇艇长,向他摊开一张地中海海图说:"我以阿拉伯民族主义者和利比亚武装力量总司令的名义和你说话,你能辨别出航行在地中海上的'伊丽莎白二世'号邮轮吗?"艇长答:"能。"卡扎菲接着说:"你能用两枚鱼雷瞄准它,把它击沉吗?"艇长答:"从理论上说能,但事关重大,我必须得到直接领导下达的命令才能开火。"卡扎菲就说:"那好,现在我就给你下达命令,击沉它!"艇长敷衍应诺。入夜,艇长将潜艇浮出海面,用无线电向国内报告了这一情况。萨达特总统接到报告后说:"卡扎菲是想陷害我们!"他命令潜艇立即返航。这使卡扎菲对萨达特更为不满,骂他是"阿拉伯叛徒",两国关系出现紧张,直至断交。

但卡扎菲报复美国和以色列的决心绝不动摇,更不会放弃。萨达特不肯帮忙,他自己干。1977年春,卡扎菲秘密策划了一起刺杀行动,准备刺杀美国驻埃及大使赫尔曼·艾尔茨,以破坏埃及与美国的关系。但这一情报被利比亚一名官员向美国中央情报局出卖了,未能得逞。当时的美国总统卡特鉴于斡旋中东和平进程正处于关键阶段,下半年埃及总统萨达特将出访以色列,同以色列单独媾和,所以对此事并未公开声张,只是通过利比亚驻联合国大使向利比亚政府递交了一份抗议照会,揭露了卡扎菲策划的这一阴谋。

不久,美国开始报复利比亚。1980年,卡扎菲支持英国分裂组织"爱尔兰共和军",美国宣布利比亚是"支持恐怖主义国家",关闭了驻利比亚大使馆。1981年,美国里根总统上任后,骂卡扎菲是"疯狗",以利比亚搞恐怖主义为由,在地中海利比亚锡德尔湾上空击落利比亚空军两架飞机,宣布同利比亚断交。

卡扎菲以牙还牙,从1985年底开始,制造了一系列针对以色列和美国的恐怖袭击事件。1986年春,美国一架民航飞机在希腊上空被炸,四名美国人炸出飞机丧命。同年,西德西柏林美军士兵经常光顾的一家舞厅爆炸,死伤二百多人,其中有六十多名美军军人。

美国对利比亚采取了更大规模的报复行动。1986年春,美国出动两艘航母、几十架飞机,对利比亚首都的黎波里和东部重镇班加西的兵营、海港、卡扎菲帐篷等五个目标实施了一次大规模空袭。利比亚一百多名平民被炸死,六百多人受伤。卡扎菲的妻子索菲娅和八个孩子受伤,其中一个一岁多的养女被炸死。卡扎菲几天没有露面,美国以为他已被炸死。三天后,卡扎菲的一名助手发布一则消息说,美军前来空袭时,卡扎菲正在一个装有空调的帐篷里躺着读一本越南战争的书,并观看了一部描述美军在越南搞恐怖活动的录像。当天,卡扎菲本人穿着一身崭新的军装,胸前佩戴着三排奖章,发表电视讲话,强烈谴责美帝国主义的侵略行径,痛骂里根总统屠杀利比亚妇女儿童,美国人是"没有进化成人类的猪"。他对利比亚人民说:"我们取得了伟大胜利,打开你们的灯,到街上去跳舞吧,我们不怕美国佬!"

1988年12月1日,美国泛美航空公司的一架波音747客机从西德法兰克福飞往纽约。途中飞经苏格兰一个名叫洛克比的小镇上空时突然爆炸,机上二百五十九名乘客无一生还,飞机坠毁时地面又被炸死十一人,一共丧生二百七十人。这就是震惊世界的"洛克比空难"。经调查,空难与两名利比亚特工有关,卡扎菲否认。美国向联合国施压,联合国通过"决议",从1992年起对利比亚实行全面制裁,卡扎菲陷入了困境。

但卡扎菲是一只狡猾透顶的沙漠之狐,他为了摆脱困境,逃避严厉惩罚,对美国的态度说变就变,而且不变则已,要变就彻底变一身皮毛。美国人眼里的一条"疯狗",很快变成了一只温顺的"绵羊"。

2001年本·拉登对美国发动"9·11"恐怖袭击事件,卡扎菲是最早向美国遇难者表示哀悼的非洲国家领导人,并公开发表声明严厉谴责恐怖主义,第一个提出应该缉拿本·拉登。不仅如此,他还对利比亚国内同"基地"组织有联系的人采取了措施,主动向美国提交了一份名单。

2003年1月,美国发动伊拉克战争前夕,卡扎菲凭借他灵敏的嗅觉感到苗头不对,迅速抛出口风,愿意同美国改善关系。3月,美国悍然发动伊拉克战争,这使卡扎菲进一步受到震慑。8月,卡扎菲表示愿意对"洛克比空难"负责,并愿意拿出二十七亿美元对空难死者进行赔偿,每位死者获赔额高达一千万美元,创造了世界空难史上赔偿额最高纪录。卡扎菲对美国发动伊拉克战争一直保持低调,过激的话一句都不说。12月19日,卡扎菲又公开表态放弃开发大规模杀伤性武器计划,并愿意无条件接受国际社会的核查。

卡扎菲的主动"皈依",换来了美国的"回报"。2004年6月,美国在利比亚首都的黎波里重设联络处。9月,美国小布什总统宣布解除对利比亚的经济制裁。2006年5月15日,美国宣布恢复同利比亚的全面外交关系,将利比亚从"支持恐怖主义国家"的名单中删除。

可是,到头来美国还是把卡扎菲搞掉了,这又是为什么?这要美国来回答。

五

当今世界,发展极不平衡。

卡扎菲用古老的游牧帐篷去叫板拥有航天飞机的美国,这件事表面看起来仅仅是卡扎菲喜欢"搞怪"的一贯作风,其实它极具象征意义。这两样东西是两个符号,代表着相隔遥远的两个不同时代。游牧帐篷是古老部落的符号,航天飞机是当今世界最先进的高科技符号。当今世界正在快速迈向现代化,但世界发展的严重不平衡性,使许多人感到无所适从、失魂落魄,有一种被世界遗弃的感觉。

卡扎菲却偏偏要留住本民族、本部落的古老符号——游牧帐篷。他不仅平时在他的游牧帐篷内办公、居住,出国访问也把他的游牧帐篷走到哪里带到哪里。有记录为证:1989年,他到南斯拉夫出席不结盟首脑会议,就住在自己带去的帐篷里。1990年,他出访埃及,把他的帐篷搭建在埃及国宾馆的院子里。2000年,他率领由二百多辆汽车组成的利比亚代表团,前往多哥首都洛美出席非洲统一组织首脑会议,带着帐篷浩浩荡荡穿越撒哈拉大沙漠,晚上就用帐篷在大沙漠中露营。2001年,他带着帐篷前往约旦首都安曼出席阿拉伯国家首脑会议,并在帐篷内举行盛大宴会招待各国首脑。2007年,他访问法国,把他的帐篷搭建在距爱丽舍宫不远的马里尼酒店的花园里,还带去了一头骆驼,每天早晨喝骆驼奶。

2009年9月,卡扎菲要前往美国纽约出席第六十四届联合国大会。卡扎菲想,联合国大会年年开,各国领导人前往美国成了家常便饭,美国佬从来不把其他国家领导人当回事,我卡扎菲以什么形象踏上美国的土地,才能引起美国人注意?一想有了,带帐篷!你美国不是拥有最先进的航天飞机吗?我卡扎菲拥有最古老的游牧帐篷!这叫骑着骆驼赶着鸡,究竟谁高谁低,不妨比一比。到时候各国新闻记者前往利比亚大帐篷采访卡扎菲,风头肯定盖过你奥巴马!卡扎菲开始想把帐篷搭在距联合国总部较近的纽约中央公园,美国说,不行! 于是,卡扎菲改变计划,希望把帐篷搭在与曼哈顿一水之隔的新泽西州英格伍德市一处利比亚早年买下的土地上。但此举引起新泽西州官员民众的强烈反对,拼死抵制卡扎菲在那里搭帐篷。卡扎菲无奈之下,只得放弃搭帐篷的念头,在曼哈顿皮埃尔豪华酒店预订了房间。但美国佬还是同卡扎菲过不去,他们有意把前往皮埃尔酒店最方便的行车路线刊登在报纸上,鼓动"洛克比空难"遇难者家属及普通民众前往该酒店去对卡扎菲抗议示威。据说,卡扎菲万般无奈之下,最后住进了利比亚驻联合国大使馆。

卡扎菲想把他的游牧帐篷搭建在美国土地上,终究没能搭成,心里憋得慌,他要发作。9月23日,各国首脑在联大发言,展开一般性辩论。美国总统奥巴马发完言就和希拉里等美国高官离开了会场,晾你卡扎菲。后面就轮到卡扎菲发言,他终于发作了。他一开口就以猛烈言辞攻击联合国。他说,联合国安理会应该改名叫恐怖理事会,动不动就通过"决议"制裁不听美国摆布的国家,向受制裁国施加强大压力,使受制裁国人民遭受种种困难。又说,自从1945年联合国成立以来,世界上发生了六十五场战争,联合国没有制止过其中任何一场。卡扎菲说的这句话是大实话,谁也不敢讲,他讲了,冒天下之大不韪。联合国有规定,每位国家首脑在大会上发言不得超过十五分钟,卡扎菲一讲讲了一小时三十六分钟。最后,卡扎菲在联大讲坛上当着全世界的面撕毁了联合国宪章!卡扎菲想以蔑视联合国权威的方式告诉全世界:美国的航天飞机能够飞上天,我卡扎菲为何不能带着帐篷赶着骆驼游牧全世界?不管你美国是小毛驴还是大象,他都想赶进他的牧群。

六

卡扎菲和萨达姆,他们两人的勃勃雄心和悲惨结局极具相同点。萨达姆拥有本国巴比伦文明的辉煌记忆,卡扎菲则拥有环地中海地区各古老帝国的辉煌记忆。卡扎菲曾在利比亚大学攻读过两年历史,对于环地中海地区拥有的光荣历史,他每当想起就激动不已。古罗马帝国、阿拉伯帝国、奥斯曼帝国,哪一个不是横跨欧、亚、非三大洲?哪一个不是辉煌几百年?如今为何成了谁都不爱理会的破落户?

大凡被世界急速现代化的高速列车甩出车厢的人,都会在失落之余,去寻觅自己曾经拥有过的辉煌,用来同这列高速列车的车头掰手腕,卡扎菲就是当今世界这样一位代表人物。卡内基国际和平基金会的研究人员杜恩说过一句话,他说:"卡扎菲就像一个来自另一个时代的陈年古董。"杜恩这句话并没有讲错,卡扎菲的确一直在做着一个"古老的梦"。

卡扎菲自称是阿拉伯民族主义者,他一直有一个梦想,把阿拉伯国家统一起来,人多力量大,同美国干!为此目的,他曾进行过多次尝试。1970年11月9日,在卡扎菲的推动和纳赛尔总统的支持下,利比亚、苏丹、埃及三个相邻的北非国家宣布成立联邦。但是,卡扎菲崇拜的埃及总统纳赛尔因心脏病突发去世,继任埃及总统的萨达特对卡扎菲远没有纳赛尔对他友好。因此,联邦从成立第一天起就埋下了不祥的伏笔。不过,由于纳赛尔总统的崇高威望还在,这个联邦当时还是得到了三国广大群众的拥护。1971年4月叙利亚也加入了这个联邦。1971年9月1日是利比亚"九一革命"胜利两周年纪念日,当天埃及、叙利亚和利比亚三国人民就他们的国家实行联合举行公民投票,投赞成票的人数高达百分之九十三。但是,这个"虚拟联邦"一天也没有变成事实。加入联邦的四国领导人心中各有算盘。埃及总统萨达特只想得到利比亚的石油,但他对卡扎菲这个人却十分厌恶,称他是"精神分裂症患者"。叙利亚则担心联邦将被埃及控制,叙利亚沦为附庸,故犹豫不前。

卡扎菲感觉到联邦推进过程遇到了困难,他再次访问埃及做萨达特的工作。萨达特异常精明,口头上并不反对,把卡扎菲推到埃及人民面前,请卡扎菲到大会上去发表演说,阐明成立联邦的好处。卡扎菲上当了。埃及尽管是阿拉伯国家,信奉伊斯兰教,但埃及社会比较开放,妇女可以参加工作,也不严格规定妇女必须穿裹头蒙脸的阿拉伯服装。卡扎菲按照《古兰经》中的教义对埃及妇女们说:"伊斯兰的妇女们应该待在家里,按照《古兰经》的教导做一个合格的妻子和母亲。"埃及妇女对卡扎菲的演说嗤之以鼻,都说:"卡扎菲是从贫民窟里出来的人,尚未开化,没见过世面!"卡扎菲带着懊丧的心情离开了埃及,自我安慰道:"埃及那些腐朽的资产阶级自然要反对我那些让他们不舒服的观点,来自贫民窟和农村的埃及人民一定会支持我的观点。"

卡扎菲仍然没有放弃努力。1973年9月,他组织了两万利比亚人长途跋涉两千多公里向开罗进发,他相信埃及拥护联合的人民一定会沿途纷纷加入进来,形成浩大声势,向埃及政府施加压力。结果,埃及总统萨达特毫不客气地用火车车厢封堵住边境通道,卡扎菲组织的这次行动又告失败。卡扎菲曾组织过两次这样的"向开罗进军"的行动,最终都未能实现压服萨达特同意两国"合并"的目的。

东面的邻国做不通工作,他就去做西面邻国突尼斯的工作。1972年12月22日,卡扎菲在突尼斯的一个群众大会上发表演说,鼓吹两国实现统一。正在家里收听卡扎菲广播讲话的突尼斯老总统布尔吉巴大吃一惊,立刻赶往现场,一把抓过话筒说:卡扎菲关于两国统一的讲话脱离实际,阿拉伯人从来没有联合为一个整体。而且当面挖苦卡扎菲道,在这个问题上,我们不想听一位连自己内部团结都搞不好的落后国家领导人来说教!

不欢而散,梦想成灰。

卡扎菲为何一再做这种"不识时务"的"古代之梦"？除了他个人性格上的原因，也有客观世界的原因。卡扎菲追求的是世界迈向现代化的高速列车从河边驶过时投下的那个清晰倒影——世界极不对称中的"虚拟对称"。

七

利比亚战争，是这次北非和中东骚乱风暴的"台风眼"。美国下决心搞掉卡扎菲，蓄谋已久。美国对卡扎菲这样一位"狂人""疯狗"，真要找碴儿整他太容易了。他浑身长刺，随便拔下一根就能作为对他实施军事打击的"理由"。但美国尚未从阿富汗、伊拉克这两场战争中脱身，它不会愚蠢地把刚要拔出泥潭的一条腿立即踩进另一个泥潭。因此，美国一直在创造条件，等待时机，寻找替代办法。为此，美国加紧培养利比亚国内的反对派势力；暗中使招制造利比亚国内局势的动荡因素；在欧洲找到愿意出兵出力的帮手；等等。一旦这些条件成熟，机会出现，美国就会立即出手，毫不犹豫。

为什么北非和中东在同一个时期内出现动乱？如果认为这纯粹是偶然，那就太天真了。这是美国很早就开始播种的一茬庄稼，现在到了收割季节。本·阿里、穆巴拉克、卡扎菲、萨利赫，美国采摘到的每一个果实都滚圆肥硕，沉甸甸的，真叫"硕果累累"！

美国为了搞掉卡扎菲，先从利比亚东西两边的邻国下手。西边，先通过网络煽动舆情发动"茉莉花革命"搞掉突尼斯总统本·阿里；东边再以大规模街头骚乱搞掉埃及总统穆巴拉克。两面一夹，不信你卡扎菲不垮。事情的发展果真如此。2011年1月14日突尼斯总统本·阿里倒台；2月10日埃及总统穆巴拉克倒台；2月15日利比亚首都的黎波里等几个城市爆发大规模群众示威，要求卡扎菲下台。左右两家失火，中间这一家熊熊大火也立刻冲天而起！

2月16日，卡扎菲对全国发表电视讲话，表示绝不辞职，绝不逃离祖国，宁愿死在这片土地上。同仓皇出逃的突尼斯总统本·阿里相比，卡扎菲在这一点上不愧是条汉子。他对示威者采取强硬弹压措施，这符合卡扎菲性格。卡扎菲如果在这时候"软"下来，美国反倒觉得有点不好办，卡扎菲越强硬，美国越好办。

这时就出现了墙倒众人推的状况：

2月22日，阿盟决定暂停利比亚参加阿盟会议的资格。这时被卡扎菲得罪的阿拉伯兄弟们开始报复他，眼看他身上已经着火，又往他身上泼了一瓢油。利比亚反对派立刻从中得到一个信号：卡扎菲已经彻底失去各方支持。于是有恃无恐，骚乱迅速升级。许多国家开始从利比亚撤侨，利比亚彻底乱了。

2月27日，利比亚反对派在东部城市班加西成立了"全国过渡委员会"，由利比亚前司法部长穆斯塔法·阿卜杜勒·贾利勒担任主席，委员由来自利比亚主要城市和乡镇的三十三名代表组成。这表明，参加利比亚骚乱的群众再不是群龙无首的乌合之众，如今有了"领导核心"，卡扎菲难了。

3月10日，法国率先承认利比亚"全国过渡委员会"为代表利比亚民众利益的合法政府。法国为什么在这次北非和中东骚乱风暴中充当美国的马前卒？因为萨科齐总统在法国国内声名狼藉，他想在国际斗争中捞点"积分"，为连选连任做准备。

3月17日，法国、黎巴嫩、英国和美国共同向联合国提交制裁利比亚的决议草案，安理会十五个理事国进行表决。十票赞成，常任理事国中的中、俄和非常任理事国中的印度、德国、巴西五国投了弃权票，没有反对票，制裁决议获得通过。美国负责指挥，法国打冲锋，英国紧紧跟上，他们就像打群架时的"三个搭档"，不把卡扎菲这位"壮汉"硬生生扳倒不罢休。联合国受谁操控，天下共知。

3月19日,美、英、法三国对利比亚发动了代号为"奥德赛黎明"的第一波军事打击。美国从停泊在地中海的导弹驱逐舰巴里号上向利比亚发射了一百一十枚战斧式巡航导弹。法国二十多架"幻影-2000"和"阵风"战机对利比亚实施了三轮空袭。英国也有战机参加了第一波军事打击。挪威、加拿大也有战机飞往意大利西西里岛北约空军基地,准备参加对利比亚的军事行动。就这样,利比亚内战的战火也被美国牌打火机点燃了。

多国部队对卡扎菲政府军的军事打击正在一轮接一轮地进行。反对派武装在同政府军的拉锯战中度过了最困难的时期,逐渐占得上风。卡扎菲政府军开始节节败退,内部开始出现分化。

卡扎菲曾想挽回败局,他给美国总统奥巴马写去了一封信,由于奥巴马是非洲裔,他称奥巴马"我们亲爱的儿子",希望他能看在非洲老乡的分上,出面说句话,把军事打击停下来。奥巴马见信偷偷一乐,没有理睬。不错,奥巴马是非洲裔,他的肤色可以作证。但美国精神已经融化在他的血液中、深入他的骨髓里,他只代表美国利益,非洲奶奶家的事他是不管了。希拉里站出来代表奥巴马表态,说了三个"必须":卡扎菲必须停火、必须放弃权力、必须离开利比亚。老卡一听这美国娘儿们讲的这三条,他一条也接受不了。他早就说过三个"决不":绝不辞职、绝不逃离开祖国,绝不向反对派妥协!

狂澜既倒,无可挽回。

2011年10月16日,联合国大会以一百一十一票赞成、十七票反对、十五票弃权的投票结果,同意利比亚"全国过渡委员会"作为利比亚在联合国的合法代表。

10月20日,卡扎菲在家乡苏尔特被反对派武装包围,他钻进一个下水道水泥管里。反对派武装发现了他,将下水道口包围。卡扎菲在洞里向外喊了一句:"不要开枪!"反对派士兵把他从洞里拖了出来,他当了俘虏。这时,一名反对派士兵向他开了两枪,一枪打在腰部,一枪击中脑袋,卡扎菲一命呜呼。卡扎菲是军人,他没有逃往国外,没有死在老美的巡航导弹下,最后死在本国反对派的枪口下,也值了。

卡扎菲时代一切都已结束了,但利比亚的问题则刚刚开始。

2011年11月

幽灵本·拉登

一

本·拉登,他始终以忧郁的眼神望着这个世界,两眼就像冬天结了冰的湖,冷冷的,风吹不见波;但他内心却是一座火山,沸腾着宗教狂热的炽热岩浆,随时都会喷发。

他盯上了美国。克林顿时代,他不断袭击美国驻外机构;克林顿下令炸死他,没炸到。他来了一手更厉害的,发动"9·11"恐怖袭击事件,把小布什整苦了。此后,美国追杀本·拉登,直到小布什任期届满,仍然未能将他捉拿归案。全世界都说美国的情报部门厉害,又说美国的侦察卫星更厉害,你今天早晨忘了刮胡子,急匆匆赶去上班,美国侦察卫星能在路上拍下你的脸部照片,美国情报分析人员可以一根一根分辨出你脸上的胡子究竟有多少根。偏偏本·拉登就长了一脸阿拉伯式的大胡子。在中国古代,长有这样一脸大胡子的人是可以称为"美髯公"的。本·拉登席地坐在阿富汗的某处山坡上,把随身携带的一支AK-47冲锋枪靠在身边岩石上,伸手摸摸自己脸上很久没有洗过的大胡子,忧郁的眼神里露出一丝不易察觉的冷笑。他要考一考美国佬,让全世界都来看看美国佬到底有多大能耐。这一考,竟把老美考得狼狈不堪,十年无法交卷,十年没有走出考场。这时,本·拉登忧郁的眼神里再次露出一丝不易察觉的冷笑:纸老虎!

纸老虎原本是毛泽东形容美帝国主义的一个著名比喻,最早是在延安对美国记者斯特朗讲的。半个多世纪过去了,这句话被本·拉登借去用了一回,他是对全美广播公司记者约翰·米勒讲的,时间是1998年5月28日,地点是阿富汗某山区。当时毛泽东已去世二十二年,他若地下有知,肯定会坐在他书房的沙发里偏转头去对尼克松一笑说:"本人对此概不负责呢。"想必尼克松会回答说:"世界已被改变,让后辈们按照新的游戏规则去玩吧。"三个月后,1998年8月20日,美国对本·拉登在阿富汗山区的秘密基地进行了一次大规模空袭,使用的是美军最先进的侦察卫星和巡航导弹。本·拉登好几天没有消息,白宫官员们开始欢呼,有的打赌,有的请客,断定本·拉登已在这次空袭中毙命。几天后,本·拉登的讲话录像带在半岛电视台播出了,他毫发未损,纸老虎傻眼了。

那次采访中,本·拉登明确告诉米勒,他将把对美国的圣战进行到底。他说,真主要求他们以伊斯兰教的名义去清除入侵穆斯林世界特别是阿拉伯半岛的美国人,因为二战之后,美国人越来越具有挑衅性和压迫性,尤其在穆斯林世界表现得最为过分。米勒对本·拉登说,美国人谴责恐怖主义袭击活动使许多妇女儿童失去了宝贵生命。本·拉登反唇相讥,对米勒道:"美国在广岛投下原子弹时,区分过婴儿和士兵吗?"

2001年9月11日,发生了震惊世界的"9·11"恐怖袭击事件。本·拉登借助《古兰经》作为支点,他在那一瞬间撬动了地球,全球人都感觉到了那一阵剧烈晃动。

此后,本·拉登使出了高超的隐身术,比美国隐形飞机的隐身术还厉害,连他的高级助手都不知道他的具体下落,只知道他仍然辗转在神秘的阿富汗山区,由真主保佑着他。美国动用了无数特工,使尽各种招数,悬赏五百万美元,下了血本不惜代价追杀本·拉登。苦心不负美国人。十年后,美国情报部门终于在意想不到的地点发现了本·拉登。纰漏出在本·拉登与外界唯一的秘密联络人谢赫·阿布·艾哈迈德身上。

二

宗教狂热赋予一个人的精神能量,有时是难以估量的,按常理也是难以解释的。

本·拉登家族是沙特阿拉伯的建筑业巨头,与沙特王室关系密切。穆斯林实行一夫多妻制,老拉登讨了十个老婆,本·拉登是他二十个儿子中的第十八子。本·拉登从家族中继承了属于他的那份资产,也继承了经商本领,成了亿万富翁,美国媒体一直说他的资产多达数十亿美元。但本·拉登对伊斯兰教教义的信仰,远远超过了他对财富的迷恋。他凭着对伊斯兰教原教旨主义的狂热信仰,先后两度奔赴阿富汗前线,去对抗苏联和美国两个超级大国对阿富汗发动的战争,因为阿富汗是穆斯林兄弟国家,他要为捍卫伊斯兰教原教旨主义而战。

1979年,苏联入侵阿富汗。那一年,血气方刚的本·拉登才二十二岁,大学尚未毕业,就以极大的热情投入了支援阿富汗抵抗苏联入侵的圣战事业。当时的圣战领导人名叫阿卜杜拉·阿扎姆,他分配给本·拉登的圣战任务包括:以自己家族拥有的雄厚资产援助阿富汗抗战;为阿富汗抵抗战士运送作战物资;向海湾地区的富商们游说,募集资金支援阿富汗抗战;在巴基斯坦和阿富汗边境建立圣战训练营,在世界各地穆斯林中招募圣战志愿者。由于圣战事务越来越繁忙,1980年(一说1981年),本·拉登毅然从阿吉兹国王大学经济管理系退学(还剩一学期就要毕业了),全身心地投入到圣战事业中去。

1984年,本·拉登举家迁往巴基斯坦靠近阿富汗边境的白沙瓦。随后,本·拉登进入阿富汗境内建立了第一个圣战军事基地,地点就在阿富汗东南部的贾吉村附近,在那里聚集了来自世界各地的几千名穆斯林圣战志愿者。三年后的一个春天,本·拉登领导圣战士兵在这个军事基地附近同侵阿苏军进行了一次战斗并取得了胜利,使他一战成名,被视为沙特阿拉伯的民族英雄。又过了一年,本·拉登为了适应在全球范围内发动圣战的需要,在阿富汗境内创建了秘密的圣战组织"阿尔·伊达",意即"基地军事组织",简称"基地"。

值得一提的是,抵抗苏军入侵阿富汗期间,本·拉登曾是美国中央情报局的反苏"盟友"。当时美国中央情报局对阿富汗境内与苏军作战的游击队进行全面培训,本·拉登的许多"计谋"和暴力手段,都是从中央情报局那里学来的。本·拉登还从美国人手中得到了价值约两亿五千万美元的军事援助,其中包括对付苏联武装直升机的肩扛式"毒刺"导弹等先进武器。

1989年,苏军撤出阿富汗。本·拉登也带着大约一百名忠实追随者回到了沙特阿拉伯,他把这些人安排在他的公司或农场里,成为他手中的一支"圣战常备军"。同年,原圣战领导人阿卜杜拉·阿扎姆在白沙瓦被一枚路边炸弹炸死,本·拉登就成为"基地"最高领导人,成为阿拉伯世界家喻户晓的"人民英雄"。

三

海湾战争,是本·拉登从反苏转向反美的转折点。

真是东边日出西边雨,苏军刚从阿富汗撤出不久,1990年8月就发生了伊拉克入侵科威特事件。沙特与科威特接壤,沙特王室担心伊拉克军队乘势进入沙特境内,主动邀请美军提前进驻沙特。这件事使本·拉登同沙特王室产生了尖锐矛盾。本·拉登要求会见沙特国防部长,他摊开地图向国防部长建议说,动员本国力量就可以抵抗伊拉克入侵,不用依靠美国军队。国防部长问他,如何对付伊拉克的飞机、坦克和生化武器?本·拉登回答说:"我们靠信仰来打败他们!"国防部长看着他说:"你可以走了。"本·拉登负气离开沙特,去了也门,老子不和亲美政府同在一个屋檐下待着。

海湾战争发生在美国老布什总统时代,具体时间是1991年1月至2月。美国为首的多国部队先对伊拉克进行了四十二天空袭,然后从沙特境内向进入科威特的伊拉克军队和伊拉克本土发动了一百小时的地面进攻,将伊拉克军队彻底打败,伊军灰溜溜撤出科威特。但美军既然进来了,也就不走了,在沙特建立了永久性军事基地。

本·拉登对此无法容忍,强烈谴责沙特政府允许美军进入沙特是"引狼入室",特别是允许美军驻扎在沙特两个伊斯兰教圣地麦加和麦地那,是对穆斯林的"犯罪行为"。他号召全体穆斯林用暴力手段把美军赶出沙特,并推翻沙特王室统治。他领导的"基地"组织一再对驻沙特美军和沙特政府机构发动袭击。沙特王室迫于美国的压力,对本·拉登的极端主义行为极为恼火,开始严格限制他的活动,规定他不得离开沙特一步。

1991年,本·拉登欺骗王室一位成员说,他要去巴基斯坦关闭他的企业,并保证返回沙特,那位王室成员同意放行。但一只出笼的鸟儿,怎肯再飞回笼中?本·拉登离开沙特后,通知家眷向外转移,随后举家迁往当时非洲最大的阿拉伯国家苏丹。

1994年,沙特政府宣布开除本·拉登沙特国籍,冻结他在沙特的银行资产。他的兄弟们为了自保,纷纷宣布同他断绝往来。

本·拉登失去沙特国籍后,全家安顿在苏丹首都喀土穆。这时本·拉登已娶了四房妻子(纳依瓦、赫蒂彻、哈丽雅、西哈姆),四位妻子已为他生育了十四个孩子,全家住在苏丹首都喀土穆一幢三层楼房内。本·拉登极具经商天赋。他在苏丹五年间,承建了苏丹港新机场,以及从喀土穆至苏丹港的一千二百公里高速公路。除了这两项大工程,他还在苏丹开办了一家建筑公司、一家银行、一家加工山羊皮工厂、一个向日葵农场、一家著名的"绿洲与水"进出口公司等等。在他这些工程和企业中,有的也有苏丹"全国伊斯兰阵线"和苏丹军方的股份。他清楚地知道,不同苏丹本土势力合伙,他很难在苏丹立足。

本·拉登赚了这么多钱财用来干什么?除了养家糊口,他并不追求物质享受。他常年穿着一件最普通的阿拉伯长袍,布帕裹头,生活简朴得如同阿拉伯贫民一般。他要求妻子儿女们吃简单的食物,过简单的日子。他把赚来的大笔钱财全部投向了他的圣战事业。他从阿富汗带回的一百多名忠实追随者也一起来到了苏丹,仍然安置在他在苏丹的工厂或农场内。他在苏丹继续发展"基地"组织,重新建立训练营地,在全世界穆斯林中招募圣战志愿者,经过训练,把他们派往索马里、波斯尼亚、科索沃、车臣等国家和地区投入圣战。

1995年6月26日,非洲出了一件大事。埃及总统穆巴拉克于当天前往埃塞俄比亚首都亚的斯亚贝巴,出席一年一度的非统组织首脑会议。穆巴拉克的车队从机场前往市内,途经巴勒斯坦驻埃塞俄比亚使馆时,突然遇到一场惊心动魄的暗杀行动。两辆汽车突然从横向蹿出,停在车队前进道路中央,挡住了去路,四名持枪刺客向穆巴拉克的防弹车射击;马路两边的楼顶上也有枪手向车队射击。穆巴拉克的安保人员跳出车外开枪回击,司机急忙掉转车头返回机场,穆巴拉克的专机立刻起飞返回埃及。美国情报部门一口咬定,这起暗杀事件的幕后操纵者是本·拉登,因为他对亲西方的阿拉伯国家领导人都持敌对态度。

苏丹原本就被美国列入了支持恐怖主义国家的名单,这次暗杀事件发生后,美国、埃塞俄比亚、沙特三国一齐向苏丹施加压力,谴责他们容留恐怖头目本·拉登。苏丹政府拖至第二年5月,再也顶不住了,下令将本·拉登驱逐出境。

天苍苍,野茫茫,本·拉登这次流亡,又将去何方?世界各国的报道有过多种版本,有的说他先流亡到了菲律宾,在菲律宾开办了三家大公司,并娶了一位菲律宾妻子。但美国女作家简·萨森通过亲自采访本·拉登的妻子儿女们,在她写的《本·拉登传》一书中是这样记载的:本·拉登与第一房妻子纳伊瓦生的第四个儿子奥玛说,1996年5月,他是被父亲选中的唯一陪同他离开苏丹的儿子,那年他才十五岁。他虽然极不情愿,但母亲鼓励他说:"奥玛,自己保重,跟主走吧。"奥玛说,他和父亲两人肩上都斜挎着卡拉什尼科夫冲锋枪(即AK-47),出了家门,不知道父亲要把他领到哪里去,也不知道要离家多久。飞机从喀土穆起飞后,飞过了他们的祖国沙特上空,途中唯一停留的一次是在伊朗为飞机加油,他们直接飞到了阿富汗的贾拉拉巴德,因为那里有本·拉登最亲密的朋友部落首领诺瓦赫毛拉可以为他提供庇护。后来,本·拉登把妻子儿女们陆续接往阿富汗,先后安置在贾拉拉巴德、托拉博拉山区、坎大哈等地。全家人跟着本·拉登并没有享受到亿万富翁的富裕生活,而是吃够了颠沛流离之苦。奥玛竭力反对父亲本·拉登发动圣战,反对恐怖主义,他后来独自离开了阿富汗,住在叙利亚外婆家,经申请恢复了沙特国籍,但前途未卜。

本·拉登已经无法回头,他从此走上了圣战不归路。

四

不妨来探讨一下本·拉登与美国不共戴天的主要原因。

苏联解体后,本·拉登为何专门同美国对着干?1997年3月底,美国有线广播新闻网记者彼得·阿内特,第一个前往阿富汗山区采访了本·拉登。本·拉登在接受采访时谈了他对美国的看法,他说,"苏联的解体使得美国更加傲慢和目空一切,它开始把自己当成世界的主宰而且要建立所谓世界新秩序,它想任意愚弄全世界的人们","在目前的霸道环境下美国建立了双重标准","把那些反对它不公正行为的人称为恐怖分子"。接着,他以控诉美国罪恶的方式申述了对美国发动圣战的理由:"我们向美国发起了圣战,因为美国政府是不公正、可耻和残暴的政府","它违反了所有的戒律,犯下了世界上过去任何帝国主义国家未曾做过的罪恶"。他还说,美国才是全世界最大的"恐怖头子",美国向日本扔下原子弹是迄今为止最大的"恐怖袭击",美国的封锁制裁造成了成千上万伊拉克兄弟因缺粮少药而死亡,这同样是"恐怖主义"。

本·拉登说:"不公在这个世界上是多么严重啊!"他这句话很有震撼力。

本·拉登是一个代表。他虽然代表的只是伊斯兰教原教旨主义极端派的态度,但也在一定程度上反映了阿拉伯世界的一种普遍情绪。阿拉伯世界对美国抱有同样敌对情绪的还有两位著名人物萨达姆和卡扎菲,这就足以佐证这一点。本·拉登、萨达姆和卡扎菲,被称为阿拉伯世界"反美三雄"。

人们不禁要问,冷战结束以后,美国同阿拉伯世界的矛盾为何会激化到如此程度?结论既复杂又简单,因为"霸权平衡"被打破后,世界秩序严重失衡,尤其是基督教文化圈与伊斯兰教文化圈之间的失衡现象更为突出。伊斯兰教文化圈有着辉煌的历史记忆，但是当今世界的政治、经济、军事、科技、舆论等的话语权都被美国霸占着，阿拉伯世界对此普遍不满。伊斯兰原教旨主义极端派奉行的恐怖主义，是对霸权主义不满的一种极端的表达方式。

东方的儒家文化讲究"中庸"，佛教文化讲究"圆通"，它们虽然也反对霸权主义，但不会采取恐怖主义这种极端方式。

恐怖主义带有反人类、反社会、抵制世界现代化进程等特征。本·拉登对现代社会抱有极端的抵触情绪，有一个典型例子就是他禁止他的儿女们上学，使他的下一代失去了接受教育的机会，这是不可理喻的。

从本质上说，恐怖主义是霸权主义的对立物。它是二战结束以后，美苏两霸在世界范围内推行霸权主义的产物。苏联的解体，犹如经历了一场强烈地震，在原有政治板块破碎的边缘地带，一片狼藉，治安状况严重恶化，社会秩序极度混乱。美苏两霸长期对抗引发的这场灾难，最终要由它们双方共同埋单。苏联已用它自身的解体作了抵偿；那么美国呢？它就只能通过对付以本·拉登为首的恐怖主义去偿还这笔欠账了！

五

在克林顿总统和小布什总统任期内，本·拉登同美国的较量达到高潮。

克林顿八年任期内，本·拉登不断策划恐怖袭击事件，并曾两次密谋刺杀克林顿，均未得逞。1996年，克林顿下达绝密命令，授权美国中央情报局可以采取任何手段摧毁"基地"组织，消灭本·拉登。但本·拉登是狡猾的狐狸，逮不住他。既然逮不住狐狸，狐狸就要半夜"闹鬼"。1998年8月7日这一天，美国驻非洲肯尼亚和坦桑尼亚两国大使馆同时遭到恐怖袭击。在肯尼亚首都内罗毕，美国驻肯尼亚大使馆爆炸案炸死二百一十三人，其中有十二名美国人，受伤四千五百余人。大约五分钟后，坦桑尼亚首都达累斯萨拉姆美国大使馆也发生爆炸，同样是汽车袭击，炸死十一人，炸伤八十五人，伤亡人员中没有美国人。这两起恐怖袭击事件震惊了美国，克林顿强烈谴责恐怖分子的暴力行为是"令人憎恶的、灭绝人性的"，宣称美国"将尽一切努力惩罚罪犯"。

美国政府立即从本土派出反恐专家小组，并由美军驻沙特海军陆战队组成反恐突击队奔赴两国爆炸现场，调查案情，实施救援。但美国的救援行动引起了肯尼亚和坦桑尼亚两国的不满。这两起爆炸案中，大批炸伤人员都是肯尼亚和坦桑尼亚两国当地人，美国救援分队却封锁了爆炸现场，只顾在伤员堆里寻找和抢救美国人，大批当地伤员的救护被耽误了。美国人平时很高傲，他们的自私在这一刻暴露无遗，这使阿拉伯人对美国很反感。

就在爆炸案发生当天，巴基斯坦情报部门在卡拉奇国际机场逮捕了一名持假护照急于离开的阿拉伯人，名叫欧登，三十二岁。他原籍巴勒斯坦，他的妻子是肯尼亚人。他领导的小组为了策划这两起爆炸，他本人潜伏在肯尼亚首都内罗毕摆了个鱼摊卖鱼，他的鱼摊就是恐怖分子的联络点。他不仅供出了这两起爆炸案的策划经过，而且供出了"基地"组织在世界各地的网络：纽约、波斯尼亚、车臣、塔吉克斯坦、阿富汗、巴基斯坦、约旦、以色列、沙特、埃及、利比亚、阿尔及利亚、也门、苏丹、埃塞俄比亚、索马里、突尼斯和菲律宾等。并说，本·拉登掌握一支由穆斯林武装分子组成的四千至五千人的军队。如此看来，本·拉登领导的"基地"组织已经发展到相当惊人的程度。

克林顿受到了极大刺激，他必须向美国国内有所交代，向世界表明立场，对恐怖主义绝不宽容。1998年8月20日凌晨，克林顿下令，美军同时向阿富汗和苏丹实施了猛烈空袭。游弋于阿拉伯海和波斯湾的美军舰艇负责袭击阿富汗，他们从舰艇上向阿富汗东南部塔利班控制区的本·拉登六处营地发射了将近一百枚战斧式巡航导弹。空袭开始时，美国是凌晨，阿富汗已是夜间。美国从阿拉伯海舰艇上发射的巡航导弹是飞越巴基斯坦上空打往阿富汗的，美国事先并未征得巴基斯坦同意。空袭开始后，克林顿给当时的巴基斯坦总理谢里夫打电话，告诉他说，此刻正有美国巡航导弹从你头顶上空飞过，不过不是打你的，是打向阿富汗境内的本·拉登营地的，你不用紧张。谢里夫放下电话苦笑，这老美，好一副霸权主义嘴脸！阿富汗境内被袭地区一声声巨大爆炸声响彻云霄，火光冲天，地动山摇。空袭持续了一个小时，本·拉登的两处营地被炸毁，二十一人被炸死，三十至五十人受伤。美军的巡航导弹袭来时，本·拉登刚刚离开其中的一处营地，走到半路听见身后传来巨响，他站在黑暗中回头看看冲天而起的火光，一丝冷笑，转身钻进了山沟。

  与此同时，游弋在红海海域的美军舰艇负责空袭苏丹喀土穆。美军除了从红海舰艇上向喀土穆发射少量巡航导弹外，另有两架远程轰炸机直接飞临喀土穆一家化工厂上空实施轰炸，化工厂顷刻变成一堆废墟。美国情报部门认定，那家化工厂是由本·拉登投资，正在制造生化武器。事后，负责设计和建造这座化工厂的人站出来证明，它只是一家普通的制药厂。美国对此毫无表示，炸了也就炸了，你想怎么着？

  空袭当天下午，克林顿发表电视讲话，宣称这次空袭是对恐怖分子制造肯尼亚和坦桑尼亚美国大使馆两起爆炸案的反击和报复，美国今后还将采取类似的行动。但直到克林顿任期届满，他向小布什移交总统权力时，美国情报部门仍未找到本·拉登的下落。

较量尚未结束,后面还有"大戏"。

2001年1月20日,小布什正式就任美国第四十三届总统。他上任伊始,在他最为关注的国家安全领域内,重要任务之一就是如何对付恐怖主义。在他制定的年度财政预算中增加了不少这方面的拨款,中情局也增加了不少这方面的任务。本·拉登这一方也没有打瞌睡,他们正在加紧策划更大规模的恐怖袭击事件,决心要给小布什来个下马威。下半年,"大戏"终于上演了,这出"大戏"就是震惊世界的"9·11"恐怖袭击事件。

恐怖分子组织了一支精干的秘密分队,其成员都是具备自我"献身精神"的宗教狂热分子。他们制订了一份周密的计划,先从学习驾驶飞机开始。从2000年7月,两名恐怖分子去美国佛罗里达州接受驾驶商业飞机的飞行训练,另外两名恐怖分子前往意大利威尼斯接受飞行训练。2001年9月10日,即"9·11"前一天,恐怖分子在美国最东北角的缅因州集合,进行最后一次协调。然后兵分两路,从不同地点飞往波士顿。他们决定劫持四架飞机,每架飞机要上去四至六人,以确保行动成功。他们计划用四架飞机同时向预定目标发动自杀式袭击。

恐怖分子为何把袭击日期选定在9月11日?因为911是美国的呼救电话号码,它在美国人心目中是带来安全保障的象征。恐怖分子们说:"让美国佬的安全感见鬼去吧!"

他们最初选定的三个袭击目标是:美国白宫、纽约世贸中心大楼、美国总统空军一号专机。后来执行中有所变动。

我们如果看一下美国地图,波士顿、纽约、华盛顿都在美国东海岸北部沿海,三点连一线,这是"9·11"恐怖袭击的三个相关地点。

令人难以置信的一个问题是,在美国这样的国家,恐怖分子居然在波士顿机场全部顺利登上了不同航班的飞机,飞机起飞后恐怖分子在空中同时成功地劫持了四架飞机,地面竟毫无察觉。据事后调查发现,被劫持的四架飞机上一共上去了十八名恐怖分子。袭击纽约世贸中心双塔大楼的两架飞机上各有五名恐怖分子;撞向华盛顿美国国防部五角大楼和坠毁在匹兹堡附近的另外两架飞机上各有四名恐怖分子。

当时,全世界都观看了"9·11"恐怖袭击事件的直播过程。眼看着两架飞机先后撞向美国世贸中心两座大楼,引起巨大爆炸,冒出团团浓烟烈火。又眼看着两座高达一百一十层的大楼在燃烧中先后倒塌。位于华盛顿的美国国防部五角大楼也遭到飞机撞击,引起大火,部分大楼倒塌。最后一架飞机在匹兹堡附近坠毁。

本·拉登导演的这出"大戏",超过了美国好莱坞迄今为止拍摄的所有恐怖大片,创造了全球最高收视率,世界被惊呆了。

小布什总统上任不到十个月,当头挨了一闷棍,几乎蒙了。他稍作镇定后发表电视讲话,向全世界宣布美国遭到了恐怖袭击,并称这是美国的"国家灾难",美国将对事件展开全面调查。

"9·11"恐怖袭击事件,成为小布什总统发动阿富汗战争和伊拉克战争的导火索,理由就是这两个国家都支持恐怖主义。这两场战争,表面上美国都"打赢"了,主要标志是端掉了阿富汗塔利班政权和伊拉克萨达姆政权。但是,直到小布什连选连任两届总统期满,仍然没有找到本·拉登下落。克林顿同本·拉登拌了八年,小布什又同本·拉登拌了八年,就是找不到本·拉登究竟藏在何处。

2009年1月21日,小布什向奥巴马移交总统权力时,他把这块"心病"一起交给了奥巴马。

六

本·拉登导演的"9·11"恐怖袭击事件,对美国造成了深远而巨大的影响,最为致命的一点是使美国人的自信心遭到了重挫。

美国第四十四届总统奥巴马在就职演说中直言不讳地承认,"现在我们都深知,我们身处危机之中。我们的国家在战斗,对手是影响深远的暴力和憎恨"。并说,现在有人"认为美国衰落不可避免,我们下一代必须低调的言论正在吞噬着人们的自信"。他表示要领导美国重拾信心,"从今天开始,我们必须跌倒后爬起来,拍拍身上的泥土,重新开始工作,重塑美国"。

美国正"身处危机",美国的"衰落不可避免",美国需要"重塑",这样的字眼第一次出现在美国总统的就职演说中。仅此一点,就足以使全世界的人们受到震撼。

奥巴马上任第一年,仍然没有找到本·拉登的下落。

2010年8月,美国中央情报局向白宫报告:已经发现了本·拉登的藏身之地!

十年来,美国中央情报局撒开了大网,一直在苦苦寻找有关本·拉登的一切线索。中情局全面审讯捕获的"基地"恐怖分子,发现他们屡屡提到一位本·拉登极为信任的人物。中情局开始调查,发现这位人物是"9·11"恐怖袭击事件的主谋之一,全名叫谢赫·阿布·艾哈迈德,出生于科威特。他是唯一负责本·拉登与外界联络的人,也是唯一知道本·拉登住处的人。只要发现这个人的行踪,便能找到本·拉登。于是,中情局开始监听"基地"恐怖分子的来往电话。2010年夏天,谢赫向外打了一个电话,立即被锁定位置,中情局向发出电话信号的位置直扑过去。

搜寻结果大大出乎美国情报人员的意料。这个地点不在阿富汗境内,竟在美国反恐盟友巴基斯坦境内。具体位置就在巴基斯坦首都伊斯兰堡东北不远的小城阿伯塔巴德。他们在那里发现了一座奇异的住宅,造价高达一百万美元,户主是阿富汗人,围墙高达六米,住宅内没有安装电话线和网线,生活垃圾从不向外倾倒,就在院内焚烧。中情局断定：这就是本·拉登住处。

奥巴马先后九次召集国家安全委员会开会，讨论抓捕本·拉登的方案。最后决定，严密封锁消息，绕开巴基斯坦，派遣美国海军海豹突击队从阿富汗境内乘坐黑鹰直升机进入巴基斯坦，直接执行抓捕任务。军方根据预定方案，在秘密地点组织了模拟演练。

2011年5月1日下午，奥巴马下令，抓捕行动开始。直升机上、海豹突击队员的头盔上都装有摄像头，将现场图像实时传回美国，奥巴马和希拉里都坐在作战室内观看抓捕过程。

美国媒体披露的大致过程是：海豹突击队员从阿富汗境内乘坐黑鹰直升机进入巴基斯坦境内，直扑本·拉登住宅上空，用绳索坠降至屋顶，进入屋内。本·拉登的卫兵们与海豹突击队员展开了激烈交火。本·拉登一度将妇女当作人肉盾牌，结果被海豹突击队员一枪打中头部毙命。被打死的另外四个人是：本·拉登的一位妻子、一个儿子、两个信差（其中包括谢赫）。

美国时间当晚午夜二十三时十五分，奥巴马在白宫东厅发表电视讲话，向全世界宣布本·拉登已被击毙，这是他上任以来美国在国家安全领域取得的最大胜利。

七

历史对本·拉登无法回避，他将作为一名反面人物载入史册。他对世界头号强国美国发动了一场"一个人的战争"，从他1996年重返阿富汗直接同美国对抗算起，到2011年5月1日被美军海豹突击队击毙，坚持了长达十五年之久。

本·拉登策划的"9·11"恐怖袭击事件，对美国、对世界局势走向产生了深刻影响。

现在留下的问题是，恐怖主义的泛滥提醒人们，世界在迈向现代化的进程中，始终伴随着诸多无法回避的尖锐矛盾，人类将如何唤醒良知，去化解这些矛盾？

人类正在迈向进步。但人们必须保持清醒，我们不是正在步入天堂。

本·拉登说过的那句话，仍在我们耳边回响："不公在这个世界上是多么严重啊！"

2011年12月